A HISTÓRIA DO VENTRÍLOQUO

PAULINE MELVILLE

A HISTÓRIA DO VENTRÍLOQUO

Tradução:
BETH VIEIRA

COMPANHIA DAS LETRAS

Título original:
The ventriloquist's tale

Capa:
Angelo Venosa

Fotos de capa:
Sem título, s. d., Celina Dutra da Fonseca Rindon;
Índia amazônica, Ricardo Stuckert/Abril Imagens

Preparação:
Áurea Kanashiro

Revisão:
Beatriz de Freitas Moreira
Isabel Jorge Cury

Dados Internacionais de Catalogação na Publicação (CIP)
(Câmara Brasileira do Livro, SP, Brasil)

Melville, Pauline
A história do ventríloquo / Pauline Melville ; tradução Beth Vieira. — São Paulo : Companhia das Letras, 1999.

Título original: The ventriloquist's tale.
ISBN 85-7164-861-1

1. Romance inglês I. Título.

99-0122 CDD-823.91

Índices para catálogo sistemático:
1. Romances : Século 20 : Literatura inglesa 823.91
2. Século 20 : Romances : Literatura inglesa 823.91

1999

EDITORA SCHWARCZ LTDA.
Rua Bandeira Paulista, 702, cj. 72
04532-002 — São Paulo — SP
Telefone: (011) 866-0801
Fax: (011) 866-0814
e-mail: coletras@mtecnetsp.com.br

Existe um mito conhecido em todo o continente americano, desde o sul do Brasil até o estreito de Bering, passando pela Amazônia e Guiana, que estabelece uma equivalência direta entre eclipse e incesto.

Claude Lévi-Strauss

Nunca mais hão de surgir romances sobre incesto. Não, nem mesmo aqueles de muito mau gosto.

Julian Barnes

Tudo é permitido ao sul do Equador.

Provérbio português do século XV

ÍNDICE

TERCEIRA PARTE

PRÓLOGO

Por despeito, sou forçado a contar que meu biógrafo, o afamado brasileiro Mário de Andrade, cometeu um engano quando me despachou para o céu daquele jeito descuidado, a toque de caixa. Vai ver, pensou que eu ia ficar ali deitado com as estrelas para todo o sempre, contando lorotas — como nós, índios sul-americanos, costumamos fazer à noite, na rede — e cuspindo de lado para fazer cair o chuvisco matinal do orvalho. Bom, com licença enquanto cago de uma grande altura. Com licença enquanto rio feito um papagaio... aliás, por falar nisso. Será que ele contou a história toda ou será que deixou o papagaio só batendo as asas, a caminho de Lisboa? Não contou? Eu já devia ter imaginado. Pois eu conto. Mais tarde.

Mas, antes, reivindico o posto de narrador deste romance. Sim, eu mesmo. Esta criatura turbulenta, irreprimível, adorável, que sou eu. Tenho cabelos pretos, pele cor de bronze e ficaria lindo num terno creme com um lenço de seda. Charutos? Sim. Óculos escuros? Sim — só não quero é ser confundido com bandido. Mas óculos escuros são pertinentes. Traduzido, meu nome significa "o que trabalha no escuro". Mas pode me chamar de Chico. É o nome do meu irmão, mas e daí? Lá de onde venho, não é costume revelar o nome verdadeiro assim tão fácil. Um chapéu diplomata preto usado de banda? Talvez. Um BMW bem veloz para quando estiver em Londres? Um Porsche para Nova York? Um Range Rover ou um helicóptero para percorrer as savanas e matas infindáveis da minha terra? Sim. Sim. Sim. Ah, e eu gosto de estar sempre cheiroso. Gosto de esfregar cada orifício, fenda, fresta e canto do corpo com loções, poções, bálsamos e cremes.

Por que então não sou eu o herói, perguntará você? Porque vocês esqueceram como se faz um herói. Os heróis e heroínas de hoje são escravos do tempo. Não provocam mais nem admiração nem espanto. Não tentam sequer surpreender, encantar ou divertir. Não sabem ser brincalhões e não têm mais fome de aventura. Heróis abaixo de zero. Uma turminha chocha, encravada na história ou, pior, na psicologia — essa prega no campo do conhecimento que, com sorte, logo será passada a ferro, deixando-nos em nossos devidos lugares, entre os macacos e as estrelas.

Acredite-me. Eu sou o que é capaz de cavar o túmulo do tempo.

Além disso, vocês escolhem seus heróis com descaso, não levam em conta a linhagem. A minha é impecável. Quero que saibam que descendo de um grupo de pedras no Equador. Lá de onde venho, as pessoas têm memória comprida. Qualquer um de nós é capaz de recitar o nome de várias centenas de gerações de ancestrais. Eu ouço um discurso de uma hora e depois posso repetir tudo, tintim por tintim, ou de trás para a frente, sem anotar nadinha. Escrever as coisas fez vocês esquecerem de tudo.

Minha avó não confia na escrita. Diz que toda escrita é ficção. Até a que se diz factual, que registra a data de nascimento e morte de um homem, é algum tipo de invenção. Você acha mesmo que a vida de um homem está pendurada entre duas datas, feito uma rede? Pendurada no meio da história, sem nenhum meio visível de apoio? É preciso mais que uma vida para fazer uma pessoa.

Minha avó jura que a história das pedras no Equador é verdade, se bem que ela às vezes diga México, ou Venezuela, para variar um pouco — sendo que a variedade é muito mais importante que a verdade, na opinião dela. Mais confiável, segundo diz. A verdade muda. A variedade é constante. Claro, ela até se dispõe a contar a verdade, se você lhe der mel suficiente, mas ela nunca vai dizer o quanto de mel é suficiente. Nós, nesta parte do mundo, temos uma veneração toda especial pela mentira, suas conseqüências e ramificações. Nós levamos a mentira a sério, como se fosse uma planta, a ser cultivada e cuidada, todos os seus ramos e galhos estimulados a crescer.

Onde é que eu estava mesmo? Ah, sim. Minha avó. Ela ainda menciona com raiva um homem chamado Charles Darwin, que andou pela região com o frenesi lerdo de um bicho-preguiça, medindo e coletando. Ninguém por aqui gosta de medidores, coletores ou catalogadores. Não dá para armazenar nada aqui nos trópicos. É consumir logo, senão vem outra criatura e come. Mais cedo ou mais tarde tudo desaba no glorioso espírito da podridão, com suas fanfarras de cores e fedores de torcer o nariz. O espírito da podridão e seu anjo anunciador, o cheiro, noticiam quase tudo, neste meu pedaço de mundo. Mas, voltando ao assunto, segundo minha avó, Charles Darwin, sem nem sequer um dá licença, estacionou seu traseiro nos meus ancestrais e escreveu a primeira frase da *Origem das espécies*, declarando que nós somos descendentes dos macacos. Se tivesse os olhos na bunda, teria percebido melhor as coisas.

Toda noite, antes de ir para a cama, Koko, como nós chamamos minha avó, tira uma lasca do fumo de corda que fica pendurado nos caibros do telhado e enrola um daqueles cigarros fortes, doces, com gosto de alcaçuz. Depois entrega-se a alguma pequena profecia, antes de se aboletar na rede. Na juventude aprendeu coisas sobre os jogos sagrados de bola que prevêem acontecimentos futuros. Foi assim que ela adquiriu fama como adivinha de ossos e jogos de futebol. Você sabe como são as avós. A minha é cheia dessas besteiras.

No entanto, as rugas de seu rosto seguem quase exatamente o contorno dos rios do Amazonas. Eu costumava segui-las com os dedos, enquanto ela me carregava no colo. Foi assim que aprendi a geografia da região. Eu tinha que ser carregado. Eu me recusei a andar até os seis anos de idade. Também não falava. Nisso o senhor Andrade acertou.

Tudo que eu dizia era: "Ai, que saco essa vida!".

Desde o princípio, sempre preferi licor de coco ao leite materno. Minha avó explicou aos meus pais que meu coração estava fora do corpo, escondido sob a forma de um papagaio, em algum lugar no mato. Disse que eu era indestrutível por esse motivo. Isso deixou meus pais tão deprimidos que se puseram a produzir vários outros irmãos e irmãs, na esperança de que eu quebrasse a cara. Minha mãe sabia que tinha alguma coisa estranha comigo porque, quando estava grávida de mim e se perdia, eu costumava gritar o caminho de dentro do útero.

Um dia, eu estava deitado na rede, nu e rechonchudo, com meu tacape sexual apontado todo ansioso para o telhado de palha, quando uma das meninas veio me espiar na beirada da rede.

"Estou vendo um pombinho sentado sobre dois ovos", ela disse, pulando em cima de mim. Depois disso, nunca mais parei de falar.

"Ele deve ter engolido a bunda de um papagaio", eles diziam, enfastiados, ao ouvir minha falação constante. O primeiro sinal de que eu seria um narrador veio quando estava deitado na rede, mijando num arco enorme direto na rede da minha mãe, embaixo da minha, por pura preguiça de levantar, enquanto compunha um poema para meus pais em louvor dos utensílios de cozinha que eu via em volta.

Eu nunca pedi desculpas. Nós não temos uma palavra para desculpe.

"As baratas comeram minha consciência à noite", eu respondia, sempre que alguém questionava meu comportamento. Se você quer virar santo, viva para agradar os outros, se quer virar um deus, viva inteiramente para seu próprio prazer. Esse é meu lema.

Como foi que eu descobri que iria fazer o papel de narrador? Por aclamação, claro.

Aqui no meu pedaço de chão tem muita lagoa: lagoa azul-marinho, lagoa vermelha feito sangue, lagoa cor de estanho, lagoa negra. Um dia eu estava pescando numa lagoa barrenta, que também serve de depósito para as pessoas jogarem restos de coco, espinhas de peixe, casca de caranguejo, bicicletas estropiadas, tudo quanto é tipo de lixo. Fuçando por lá, arranquei do fundo da lama uma palavra. Sim, você ouviu certo, uma palavra, pesada feito uma pedra e coberta de musgo. Ela fez um gluglu quando eu a tirei do barro escuro que tentava sugá-la de novo. Mas não tinha mais volta. Eu a aninhei no peito com um misto de emoção violenta e espírito de posse. Enxagüei. Limpei. Raspei o musgo dos séculos de cima dela.

Vi então que sobre a palavra estavam entalhadas outras palavras, hieroglifos, fileiras minúsculas deles, todos numa língua que eu não entendia. Foi aí que me dei conta da existência ruidosa e volúvel das palavras, uma tagarelice incessante do passado e, à medida que a falação foi crescendo, à medida que a multidão de palavras aumentou e veio vindo pelas trilhas da mata, pelas veredas da savana, por gargantas, atalhos e picadas, às palavras, algumas declamadas, outras sussurradas, se juntaram, primeiro, risadas e assobios debochados, depois ruídos grosseiros de peidos e, por fim, um tropel inconfundível que só podia ser a dança estrepitosa de ossos.

Eles apareceram. Que turba mais espantosa, aquela. Aos empurrões e trambolhões, lá vinham eles, os ossos, papagueando, manquitolando, sacudindo-se desengonçados, por toda parte, até onde alcançava a vista, desde a fronteira com o Brasil, descendo em bandos pela rodovia Pan-Americana. Alguns se amontoando em barcos, subindo em galeotas, empurrando suas pirogas para longe da margem; outros caminhando tagarelas, abraçados com aqueles braços ossudos deles. E tinha os que reclamavam com os que se demoravam atrás.

Esqueletos de criança chutavam bolas de borracha. Adultos requebravam os ossos das cadeiras, de um jeito sem-vergonha; alguns puseram-se a lanchar na beira da estrada, cozinhando em fogueiras acesas às pressas. Um deles começou a batucar com os próprios ossos; tirou um da perna e se meteu a rodopiá-lo e a bater com ritmo num porongo grande, virado de borco. Quando o bando espaventado veio se aproximando pelas trilhas e veredas, matracolejando que nem um tropel de putas na calçada, quando essa multidão imensa e decidida, tão vibrante, tão viva, tão atraente e ruidosa, com todo aquele seu parlar furioso, guinchos, risadas, acusações raivosas e sugestões chulas veio vindo, senti-me irresistivelmente atraído por assembléia assim tão jubilosa.

E foi assim que saí de trás da moita onde estava espiando e avancei um bocadinho, hesitando só uns instantes antes de me entregar à multidão, que me recebeu, bamboleante, com brados de alegria e uivos de aprovação, erguendo-me sobre seus ombros esqueléticos, a balbúrdia alvoroçada aumentando cada vez mais de volume, até que, com uma única voz ensurdecedora, ouvida de Mahaica até Quito, o falatório daquele bando de ossudos fundiu-se num só rugido monstro berrando: "Esse é dos nossos".

Ao que eu respondi, à frente desse populacho glorioso, com o punho fincado no ar, delirando de êxtase como se tivesse acabado de marcar um gol para o Brasil: "Beijem o meu traseiro".

E foi assim que foi. Eu estava lá. Eu sei. Eu fui o escolhido. E por enquanto é só, pessoal. Saí pescar.

E como foi que aperfeiçoei essa minha perícia de narrador? Para que entendam isso, vou ter que lhes contar alguma coisa sobre a arte da caça, porque foi pela caça que aprendi a me destacar como ventríloquo.

Na minha língua, caçar significa fazer amor com os bichos. A caça é um namoro, um ato sexual. É tudo uma questão de disfarce e cheiro. Torne-se atraente para sua presa. Pinte-se com cores capazes de atraí-la. Nós sabemos que cheiro atrai qual criatura. Sabemos qual peixe gosta de sentir cócegas e onde. Sabemos que o que voa não gosta de ser afagado. Sabemos como nos livrar do nosso cheiro para que um animal não se amoite. Nós nos esfregamos com seja lá que cheiro for que atraia a presa. Nós nos apresentamos como um parceiro sexual. É preciso sempre estudar que animal arriscará a pele pelo quê. Você tem que entender os desejos da presa. A onça, por exemplo, tem um baita apetite por pimentas fortes e amargas, comidas salgadas e azedas e por filhotes.

Nós flertamos com nossa presa como qualquer *serial killer*. E é aqui que entra meu talento sublime como ventríloquo. Sou capaz de reproduzir perfeitamente os chamados de amor de todo pássaro e bicho do Amazonas. Às vezes faço sem ajuda nenhuma, às vezes recorro a determinadas folhas e capins, enrolados em volta dos dedos. Parece mágica. Aliás a mágica está sempre relacionada ao desejo. Todo o propósito da mágica é a satisfação e a intensificação do desejo. A mágica é privada. Ela trabalha em segredo, disfarçada. A religião, perto dela, é mixaria. Um evento social. O mundo foi ordenado magicamente, antes de ser ordenado socialmente. Ah, o segredo, a camuflagem e a traição. Que bênção para todos nós. De onde eu venho, o disfarce é a única verdade e o desejo, a única medida verdadeira do tempo.

Camuflagem é a outra habilidade necessária. Eu posso sumir do mapa com a mesma facilidade de um camaleão — fundir-me com o ambiente. Trituro folhas de mandioca-brava e esfrego nos sovacos, como um desodorante, para o cheiro não me denunciar. Se você me visse pescando, na luz verde e turva da floresta, nunca seria capaz de diferenciar minhas pernas dos galhos retorcidos de uma árvore na beira do barranco.

Meus dons de ventríloquo foram percebidos logo que eu comecei a falar. Eu conseguia reproduzir o silvo tremido da jararaca e cantar a ária "Lilliburlero", o prefixo musical do serviço mundial da BBC, segundos depois de ouvi-los. Às vezes minha avó me usava como uma forma antiga de gravador.

Uma vez, lembro bem, ela queria muito ouvir um programa sobre o ruído cósmico detectado por radiotelescópios — aquele eco frágil do Big Bang que se espalhou pelo universo através dos éons. Sempre fomos doidos por astronomia. Quando ela voltou da pesca, chegou até onde eu estava, deitado na rede, e eu repeti o programa inteiro sobre Einstein e Hawking, com a voz de Alvar Liddell, um famoso locutor da BBC.

"O que veio antes", eu disse, "a equação ou a história?"

"A história, é claro", ela disse sem pestanejar, enquanto ouvia com todo o cuidado minha imitação perfeita daqueles tênues sons assobiados do universo, vindos do início dos tempos, gravado por radiotelescópios.

"O que as pessoas estão ouvindo", ela disse, "é o sopro final de uma enorme risada."

O programa continuou, explicando como o universo se expande para fora, por milhões de anos, rumo ao infinito, e depois se contrai de volta, por milhões de anos, rumo à singularidade.

"Um orgasmo bem vagaroso", disse ela, pensativa.

Para encurtar uma história que não tem fim, eu tenho um grande dom para a ventriloquia. Qualquer uma das divas do Scala de Milão daria uma fábula para ter meu alcance vocal. Eu consigo fazer qualquer voz: onça, malandro londrino, araponga, tamanduá, poeta épico, um coro de guaribas, um brutamontes urbano, um tapir. A lista é infinita.

Mas sem mais nem menos, as coisas ficaram pretas entre mim e Koko. Ela ficou raivosa quando soube que eu ia escrever as histórias no papel. Ela é agarrada com a tradição. Toda novidade ou inovação é sinal de morte para ela, e a história só merece confiança quando coincide com o mito. Ela acredita que nós, índios, devíamos nos manter isolados, retirar-nos do mundo moderno, feito as estrelas que se contraem. Nós brigamos. Ela esfregou pimenta nos meus olhos. Eu a derrubei — temporariamente — com um porrete de guerra.

Então por que estou contando esta história, das tantas que há?

Toda história é contada por vingança ou tributo. Você escolhe.

Mas, por mais triste que seja, para contar essas histórias de amor e desastre, vou ter de deixar de lado tudo quanto é fantástico e tudo que minha natureza e o continente sul-americano recomendam, para me tornar um realista. Acabaram-se os homens com membros do tamanho de zepelins e mulheres voando pelos céus — uma ocorrência freqüente do outro lado do continente. Por que realismo?, pergunta você. Porque o realismo inflexível, irredutível, é o que se quer hoje em dia. Os fatos imperam. A fantasia ficou de escanteio. Talvez tenha algo a ver com os protestantes ou puritanos e com o tedioso desejo de prestar testemunho, isso de as pessoas preferirem depoimentos, nos dias que correm. Agora, infelizmente, a ficção tem que se disfarçar em fato e eu devo me curvar a essa tendência e me tornar um realista.

Bom, como se diz por aí, o macaco cortou o rabo para entrar na moda.

Eu os convido à minha terra natal, as ressequidas savanas que cobrem os dois lados dos montes Kanaku, ao norte do Amazonas, as planícies onde, segundo se diz, as pessoas têm tão pouco que cachorro de pobre precisa se encostar no muro e juntar forças antes de latir.

Por enquanto é só, pessoal. O narrador tem que parecer que sumiu. Tchauzinho.

PRIMEIRA PARTE

O MENINO DO PEIXE-BANANA

O menino que levou o peixe-banana levou também a notícia. O portão caíra fazia tempo e ele parou onde os dois mourões enquadravam a savana deserta. Soprava um vento quente. Enfiada no fundo do bolso estava a catástrofe em forma de recado. O menino não sabia o conteúdo do bilhete, nem estava muito preocupado com isso. O peixe era sua preocupação primeira. Sacudiu-lhe a poeira e esperou. O sol era abrasador. O calor reverberava da terra vermelha. Durante um bom tempo ficou ali parado, com o peixão nos braços, com medo de chegar mais perto por causa dos cães. O lugar parecia vazio.

Por fim uma senhora idosa, de cabelos brancos caídos até os ombros, apareceu na porta. Ela contornou uma barafunda de bicicletas velhas e uma antiga cadeira de balanço, depois sombreou os olhos, para poder enxergar quem era. O menino conhecia a mulher de vista. Ninguém nas vizinhanças saberia adivinhar quantos anos tinha tia Wifreda.

Quando alguém lhe perguntava, ela sacudia os ombros de um jeito simpático e dizia apenas: "Não sei. Se eu fosse um cavalo, eles me sacrificavam".

Ela sumiu de volta lá para dentro e um homem baixo, bem-proporcionado, de cabelos pretos e pele pálida, saiu, limpando a faca na calça jeans. Chofy McKinnon controlou os cachorros, convidou o menino a entrar e saiu na direção do riacho.

Tinha acabado de discutir com a mulher e queria ficar fora de casa até recobrar o autocontrole.

A conversa, em princípio sobre o futuro do filho, culminara em briga, como vinha acontecendo ultimamente. Marietta continuava insistindo para que se mudassem mais para perto dos pais. Os sogros de Chofy tomavam conta das poucas cabeças de gado do casal, do lado sul dos montes Kanaku. Marietta nunca se conformara com a idéia de não terem ido morar perto de seus pais, como era o costume entre os índios da savana, depois de casados. Em vez disso, ela é que se mudara para a casa dele e de tia Wifreda. Isso continuava lhe parecendo errado. Além do mais, as savanas do norte eram território macuxi. Eles eram uapixanas, uma tribo do sul. Isso também era motivo de inquietude.

Marietta insistiu, dizendo que os pais já estavam velhos e cansados demais para cuidar do gado. Chofy não gostava da mãe de Marietta e não queria se mudar mais para perto, para ajudar. A briga terminara como sempre, ela toda corada, ele numa de suas raivas frias.

Chofy parou na beira do córrego. Não gostava de confrontos. Em qualquer discussão, era de uma polidez gelada, distante. Tendo escolha, preferia fazer parte da paisagem sempre que havia uma rixa.

Ao chegar aos quarenta, entendera que aquela era sua vida. Não iria mudar nem melhorar. No mais das vezes, aceitava. Pertencia às savanas. Sua existência estava ligada à paisagem e às estações, de chuva ou de seca. Como muitos outros, não gostava do número cada vez maior de estranhos que aos poucos invadiam a região, vindos do litoral e do Brasil. Mas também ele andava sentindo uma coceirinha de insatisfação com a própria vida. Era uma coisa que roía logo abaixo das costelas. Fazia com que ficasse com vontade de ir embora. Em geral, quando tinha esse tipo de sensação, passava uns tempos enfiado no mato. Mas dessa vez o desassossego o deixara com vontade de partir para algum lugar novo, mesmo que o desejo viesse acompanhado de um aviso, mais ou menos na boca do estômago, de que qualquer mudança era o princípio da desintegração.

De toda forma, o esforço sem trégua exigido para sobreviver com o que podia tirar da terra o deixava exausto.

Golpeou sem muito ânimo uma moita de rabo-de-cobra com a faca e, na hora, foi obrigado a descer o rio um pouco mais; sem querer tinha bulido com um ninho de *marabuntas* no tronco de uma árvore vizinha. Abaixou-se no meio do emaranhado de folhas, na beira do córrego, para evitar os poucos marimbondos que saíram zumbindo atrás dele, e sorriu um sorriso irônico, reconhecendo que, naquele lugar, até os movimentos mais insignificantes eram feitos apenas como uma resposta ao desastre. O azar — em geral praga de um inimigo — era o gatilho mais comum da mudança.

Em algum lugar, rio acima, um besouro *waam* zunzuniu cada vez mais alto, mais intenso, lembrando uma serra elétrica em miniatura. Isso significava que as chuvas estavam chegando. Chofy espiou o córrego para ver se o nível da água tinha subido. Primeiro viriam chuviscos, pancadas, ventos e tempestades isoladas. Depois a cantoria dos sapos e, aí, as cabeceiras inchadas fariam transbordar tributários e riachos. No auge da estação chuvosa, o córrego podia subir nove metros numa noite.

Dentro da casa, o ambiente era escuro e fresco. O menino entrou direto na parte usada como cozinha. Marietta estava enxaguando uns pratos de plástico com água do balde, o rosto ainda em fogo por causa da discussão. A única luz do aposento vinha de uma grande abertura na parede, que dava para um terreiro nos fundos. O menino pôs o peixe em cima da mesa.

Antes de lavar as vasilhas, Marietta raspava todos os restinhos pela abertura que servia de janela e as galinhas corriam para pegá-los, fazendo escarcéu e batendo as asas. Lá fora, a luz refletida do poste metálico que sustentava o varal ofuscava a vista. Marietta virou-se, enxugando as mãos na saia, e aproximou-se para examinar a enorme criatura que o menino tinha posto na mesa. Sua carne reluzia amarela, com marcas de listras pretas e uma cauda laranja.

"Quer um pouco de água?" Ela falou com o menino em uapixana. Ele acenou que sim e foi até a grande moringa de barro, ergueu a concha e engoliu um pouco da água fresca. Ao olhar de relance para o lado, viu a figura de tia Wifreda no outro cômodo, deitada de lado na rede, os cabelos prateados espalhados em cima de um ombro. Três caveiras de onça descansavam numa trave em cima de sua cabeça, junto com outras bugigangas e uma peneira enfeitada de penas. Rodeavam-na prateleiras empoeiradas, cheias de embalagens de papelão, latas velhas, caixas de lenço de papel, frascos, um ou dois vidros velhos de Marmite,* mais umas quinquilharias de utilidade geral.

O menino espiou em volta. Atrás de tia Wifreda, a porta dos fundos estava aberta. As roupas, quase todas, eram lavadas no córrego, mas às vezes eram esfregadas ali fora e o morrião branco tinha tomado conta dos lugares onde espirrava água. A horta de tia Wifreda era composta por uma tábua sustentada por dois latões enferrujados de querosene. As plantas cresciam em fileiras de latas velhas, vasilhas e vasos lascados de barro. Havia plantas para limpar o estômago, plantas para evitar que as moças engravidassem, plantas para manter as pessoas bravas longe de casa, plantas para endurecer um homem e plantas para amaciá-lo.

Por uma porta à esquerda, viu três redes vazias, com as telas enroladas em volta, e uma única cama, sem colchão, só com as molas à mostra. Rolos rígidos de peles de veado e boi encostados nas paredes davam ao lugar um cheiro rançoso, animal.

Não havia forro no teto. As paredes de dentro eram de tábua e não chegavam até o telhado, deixando todo o topo da casa aberto. Traves e varetas de araribá e siruabale subiam até os beirais do telhado seco e poeirento de palha.

Atrás de todas as portas havia um arco com algumas flechas, para espantar os invasores. Na porta da entrada ficava a espingarda de Chofy McKinnon, junto a um cilindro feito com tronco de palmeira, onde eram guardadas as facas de caça. Pendurados na parede, alguns chapéus de palha trançada e algumas fotos antigas, cujas pontas começavam a encrespar.

De alguma parte, lá fora, numa mangueira, um dos papagaios da família gritou tristemente em português: “Louro. Louro”.

Enquanto o menino tomava água, Marietta inspecionava o peixe. Pesava bem uns seis quilos — grande demais para ter sido apanhado no córrego. Devia ter sido pescado no Rupununi ou no Takatu. O peixe ainda estava firme e fresco, mesmo depois de o menino ter andado quilômetros com ele. Marietta mediu um peda-

(*) Marca de um concentrado inglês. (N. T.)

ço, quase um terço, inclusive a cabeça, e cortou. Pegou vários sacos de azedinha e deu para ele, em troca do peixe.

O menino saiu para descansar debaixo de uma goiabeira, entre um punhado de frutas semicomidas no chão. Olhou para cima. Periquitos amontoavam-se nos galhos. Por hábito, apanhou uma pedra e atirou na árvore, para manter os pássaros longe dos frutos.

Dentro da casa, Marietta pôs as porções de peixe num balde, com um pano por cima, para afastar as moscas, e voltou a despejar água morna sobre os pratos, com uma concha de madeira.

Marietta era uma mulher vibrante, cheia de vigor, que trabalhava sem parar. Dois baldes de água esperavam diante dela, um para lavar, outro para enxaguar. Ocupada com os pratos, curvava a figura robusta, baixota, de um balde a outro. Faltavam-lhe dois dos dentes da frente, mas isso nunca a impedira de sorrir. A pele era de um marrom-escuro avermelhado. Usava o cabelo negro numa trança frouxa. Quase sempre cantava pela casa, mas agora mal se dava conta do que fazia. Estava transtornada por causa da discussão. Estavam brigando assim havia meses.

Mesmo antes dessa última desavença, Chofy vinha passando por uma fase de mau humor que a deixava preocupada. Não sabia o que fazer a respeito. Por uns tempos, parou de se barbear. Ficava horas espiando da janela. Mexia no queixo e sorria consigo mesmo. Uma vez, fechara apressado uma gaveta, quando ela entrou no quarto, como se estivesse escondendo alguma coisa. Ela fora dar uma olhada na gaveta, mais tarde, numa hora em que ele estava raspando as peles no córrego. O que achou a deixou intrigada. Era um recorte de uma revista *Time* antiga, que alguém devia ter emprestado para ele. A foto mostrava o milionário Claus von Büllow e a mulher numa estréia de cinema em Nova York. A senhora Von Büllow usava um vestido de noite branco, justo, cintilante e decotado. Marietta botou o recorte de volta na gaveta.

Depois que escurecia, à luz do lampião de querosene, Chofy se ocupava entalhando, obsessiva e meticulosamente, o padrão exato da carapaça de uma tartaruga em pedras chatas que apanhava na savana. Ou então cortava esferas perfeitas de madeira, do jeito que o pai lhe ensinara a fazer. Uma noite, saiu para caçar e matou dois veados. Durante alguns dias, sentiu-se mais animado.

Apesar da desconfiança costumeira entre parentes afins, Marietta acabou indo se consultar com tia Wifreda. De manhã, depois de banhar-se no córrego, ela parava no quarto de tia Wifreda, o cabelo ainda molhado, a toalha embrulhada em volta do corpo robusto, e contava seus sonhos.

"Eu sonhei com um Land Rover todo novo, branco, espalhafatoso, com faróis brilhantes em cima. Ele vinha vindo nesta direção. Do lado da estrada tinha umas barracas pequenas, vendendo comida. Uma senhora com um bebê se aproximou e disse que o marido dela queria falar comigo. Eu fiquei assustada. Fiquei com a impressão de que os homens no Land Rover queriam me levar. Eu disse: 'Eu não quero ir. Eu sou mulher de Chofy'. E aí chegou um avião na pista com um morto dentro."

Tia Wifreda reparou que em muitos dos sonhos havia alguém doente ou morto.

"Tinha uns degraus, perto do rio, e eu estava vendendo alguma coisa perto deles. Chofy estava por ali. Eu vi quando ele sentou e depois, de repente, deitou no chão. 'Eu vou buscar um travesseiro', eu disse, e saí correndo até em casa. Aí apareceram alguns brancos apanhando manga, junto com uns negros e indianos."

E uma outra vez.

"Hoje de novo sonhei com uma escada alta e estreita. Eu subi, mas na metade do caminho fiquei com medo porque ele estava lá em cima, bêbado. Fui buscar água. Ele sumiu. Depois vi que ele estava deitado perto de uma cerquinha baixa, com uma mulher do lado, e eu disse: 'Vou cortar você feito uma árvore', aí a mulher se transformou em madeira e eu cortei ela em pedacinhos bem pequenos."

Tia Wifreda franziu o cenho e torceu para que Chofy não acabasse ficando como o irmão dela, Danny, e sucumbisse a acessos de febre da mata. Febre do Rupununi, como diziam.

Quando o tio de Chofy era vivo, tinha fama de ser uma criatura arredia, apesar dos vários casamentos e filhos. Havia épocas em que Danny bebia até mais não poder e em seguida sumia no mato sozinho, por longos períodos. A memória mais nítida que guardava de Danny era dele em seu leito de morte, o rosto de bronze e os olhos negros impassíveis, mentindo deliberadamente para o padre em suas últimas palavras e seu último suspiro. O choque daquilo ficou com ela para sempre. Tia Wifreda estava vendo o rosto dele na sua frente quando voltou a si, assustada, e percebeu que Marietta ainda estava falando.

"Eu vou ter que esperar até Chofy se acertar de novo", falou ela, com o rosto coberto de tristeza sincera.

Enquanto isso, saíra do quarto conjugal e pendurara a rede no outro cômodo empoeirado, cheirando a pele de veado. Eles não dormiam juntos fazia meses.

Um movimento atrás da sapucaia do outro lado do córrego chamou a atenção de Chofy.

"Por que não está na escola?", gritou Chofy.

Bla-Bla apareceu com muita relutância por trás da moita, de arco e flecha na mão. Com oito anos de idade, tinha os cabelos negros espetados feito aparas de ferro debaixo de um ímã. O rosto estava tomado de horror e a boca já se enchia de mentiras para contar ao pai.

"A escola terminou. Não tinha professor", disse Bla-Bla, correndo certeiro na direção do pai, equilibrando-se fácil no tronco que servia de ponte sobre o córrego.

"Venha cá, Cabeça de Folha de Açaí." Chofy agarrou-o e tentou alisar um chumaço de cabelo rebelde. Bla-Bla escapuliu torcendo o corpo.

"Pegue o carrinho e vá buscar lenha", gritou Chofy para o filho, que já estava contornando a casa e correndo na direção do barracão. "Eu vou investigar essa escola, sabe? Isso vive acontecendo."

Bla-Bla, afogueado pelo esforço de empurrar o carrinho de mão no terreno acidentado, terminou de pegar lenha e despejou a carga ao lado do forno no terreiro. Assobiou para o menino do peixe-banana e, em fila indiana, foram até o córrego, onde desceram o barranco íngreme de terra vermelha para chegar à beira da água. Decidiram procurar por amêndoas de *awara* para fazer pião.

Nas duas margens, talos altos e cinzentos de mucu-mucu, de folhas verdes em forma de coração, faziam uma espécie de trançado de varas. A trilha levava até uma clareira às margens do córrego onde as pessoas tomavam banho e lavavam as roupas. O rio estava turvo, turvo demais para enxergar peixe, a água barrenta no lugar onde um pouco antes alguém jogara uma pilha de mandiocas podres que empesteou tudo.

"Uma menina se afogou aqui", disse Bla-Bla, apontando para o lugar com um pau.

"Foi um treme-treme que pegou ela?"

"Não. Ela se enroscou nas raízes. Eles levaram ela até em casa e puseram na prateleira, no quarto da Koko Wifreda."

O outro menino ficou imaginando o corpo da menininha na prateleira empoeirada, junto com os vidros de Marmite e decidiu que não pisaria mais naquele quarto.

Eles apanharam duas boas amêndoas de uma *awara* ali perto, tiraram o miolo com uma faca e sentaram-se na beira do córrego para entalhá-las. Bla-Bla talhou a dele na forma de um peixe e o outro menino escolheu a forma de folha. Trabalharam em silêncio camarada, de cabeça baixa, abrindo quatro buracos em cada pião, para que fizessem aquele barulho assobiado engraçado, como o de uma queda mortal. Depois voltaram até a casa, amarraram um pedaço de pano sobre um dos panelões de Marietta, deixando mais afundado no meio, para que os piões não saltassem. Levaram a panela para fora e puseram-se a competir com ferocidade para ver quem derrubava o pião do outro da arena.

Quando achou que era hora, o menino do peixe-banana entrou para apanhar a azedinha e se despedir de Marietta, mas não olhou no quarto de tia Wifreda, para o caso de haver algum sinal da menina morta. Pouco antes de partir, procurou no bolso das calças rasgadas e entregou o bilhete que tinha levado.

Marietta franziu o cenho enquanto tentava decifrar os garranchos quase ilegíveis da carta. Era do pai. Dizia que o gado fora atacado por uma praga de morcegos-vampiros.

Naquela mesma noite, Marietta ouviu o rangido do carro de boi e um "eia, eia" baixinho lá fora.

Acendeu uma lamparina. O pai estava parado na frente deles, de olhar turvo, o cabelo preto luzindo sob a luz mortiça da lamparina, o rosto preocupado. Viajara cinqüenta quilômetros. Não havia nada que pudessem fazer. O gado tinha sido todo atacado. Um dia, de tardezinha, o céu escureceu de repente com um bando de morcegos saídos dos montes Kanaku. As criaturas se agarraram feito guarda-chuvinhas pretos abertos do avesso em cima do gado. Nove novilhas morreram, o sangue todo chupado. Ele e alguns outros homens ficaram acordados durante duas noites, tentando espantar os morcegos e impedi-los de atacar mais bois e cavalos. Muitas das vacas sobreviventes começavam a mostrar sinais de raiva. Dois dias depois que os morcegos chegaram, apareceu uma leva de corujas que se refestelou com os morcegos.

Marietta deu ao pai um copo de limonada e um pedaço de pão de mandioca. Ele partiria de volta assim que amanhecesse. Ela conseguiu reprimir o "Eu não disse?" destinado a Chofy por várias horas. E aí, pouco antes de ir deitar, não resistiu.

Pelo resto da noite, mesmo depois que a luz se apagou, Chofy ficou sentado à mesa da cozinha, a cabeça entre as mãos e a mente em rebuliço. Embora tivessem uma pequena roça de mandioca, a cinco quilômetros dali, e ele fosse bom tanto na caça quanto na pesca, dependiam do gado quando precisavam de dinheiro. Quando era rapaz, crescendo ainda, raramente se usava dinheiro. Era tudo feito através da troca de presentes. Mas hoje em dia o dinheiro era cada vez mais necessário.

Na manhã seguinte, partiu para Potarinau com o sogro, para inspecionar os danos. Juntos, manobraram o carro de boi pelo vau do Sawariwau. Ao se aproximarem do curral, descendo o morro, Chofy sentiu o coração baquear. Fora um desastre. Podia ver dali mesmo que o curral estava quase vazio. Tinham sido trinta cabeças. Restava apenas um punhado de vacas brancas, algumas cambaleantes, de pernas rígidas, mais de uma espumando na boca. Um cavalo vacilou bem na frente deles, na estrada. Já fraco, as costelas todas à mostra, feito um cesto de vime, a criatura caiu de joelhos. Os urubus voando em volta. Chofy sentiu-se mal com o espetáculo.

Caminhou em silêncio atrás do sogro até a casa. Baixou a cabeça na entrada. O aposento minúsculo abria-se para um outro, igualmente pequeno. Chofy transpôs a trave de madeira, na porta que separava os dois cômodos. A trave servia para afastar a água das enchentes durante a estação das chuvas. Não havia nenhum objeto na casa, exceto uma mesa vazia e um banco. Tudo ali dentro era cinzento, por causa da fumaça. A única cor naquela casinha vinha das penas pretas e marrons reluzentes de um *powis* pendurado numa trave. O interior cheirava a fumaça. A mãe de Marietta estava sentada à mesa.

"Estamos esperando alguém vir flitar a casa com DDT. Eles disseram que iam mandar um homem." Ela fez um gesto apontando em volta, para explicar por que as poucas posses que tinham estavam empilhadas do lado de fora. "Não pudemos fazer nada pelo gado." Chofy pressentiu um elemento de orgulho naquele pedido de desculpas.

Teve a impressão, amarga como sempre, de que a velha mãe de Marietta obtinha um certo prazer obscuro em seu fracasso.

Um dia depois de voltar, Chofy sentou-se com Marietta para discutir a situação, esquecidos, ambos, na esteira dos acontecimentos, de sua briga mais recente. Chofy descambou depois para um silêncio pensativo, enquanto ia comendo o mingau encaroçado de mandioca e pesando as diversas opções. Tia Wifreda remexia em volta, à procura de linha e anzol para ir pescar.

"Tamukang está tocando flauta", disse ela, ao ouvir o vento.

"Quem é Tamukang?", perguntou Bla-Bla, rabiscando umas garatujas no caderno da escola.

"Ele joga no time do Brasil", Marietta falou, brincando, e depois acrescentou: "Não, não joga não. Ele é o Pai dos Peixes. Ele mora nas estrelas. Um dia desses eu lhe mostro".

Era abril e a casa estava envolta num vendaval. Os ventos tinham se soltado e, libertos, gemiam pela planície. Agora fustigavam em volta da savana, com força pachorrenta, testando a resistência das casas com pequenas investidas arreliantes. Por causa da estrutura toda aberta da construção, sopravam tanto dentro quanto fora da casa. Brincalhões, esquadrinhavam cada cômodo.

Sopravam nas bochechas de Chofy e despenteavam seu cabelo com familiaridade impudente.

O pé-de-vento o deixava inquieto, como se tudo pudesse sair flutuando. Xingou quando viu um pedaço de pão de mandioca sendo levantado da mesa. As correntes de ar que varriam a casa lhe pareciam o desmanchar de tudo, o desamarrar dos laços, o arauto do caos. Marietta apanhou a lasca de pão.

Chofy fechou a cara e falou com firmeza, como se, ao soar decidido, pudesse ancorar a família à terra.

"Eu vou para Georgetown e tento arrumar algum trabalho por lá. Nas minas, quem sabe. Ou cortando madeira. Talvez seja obrigado a achar alguma coisa na cidade mesmo. Eu mando dinheiro para vocês e nós refazemos o rebanho de novo. Você consegue cuidar da roça?"

Eles moravam nos arredores da aldeia de Mucu-mucu, a uma certa distância de qualquer outra casa. Mucu-mucu era uma das últimas aldeias antes da encosta norte dos montes Kanaku. Muitas das casas estavam espalhadas a várias horas de distância umas das outras. Não havia nenhum vizinho por perto para ajudar. A roça de mandioca deles estava plantada num teso, a uns cinco quilômetros dali.

Apesar da sensação recente de insatisfação, agora que estava sendo forçado a partir, Chofy se sentia infeliz. A idéia da cidade o enchia de receios. A ventania soprando dentro de casa parecia um presságio de desarranjo. Parecia estar rindo dele, até mesmo brincando com ele. Ao falar, suas palavras soaram ocas, indefesas diante de ventos capazes de espalhar os planos humanos em qualquer direção.

Empurrou o prato de repente e foi pegar as facas de caça. Pela janela, divisou cinco silhuetas pequenas, chefiadas por Bla-Bla, correndo em debandada pela savana, na direção de um mangueiral, no sentido contrário da escola.

"Lá vai o esquadrão dos gazeteiros", disse ele, com uma carranca.

A tensão nos ombros foi o sinal, para Marietta, de que ele estava sucumbindo a uma de suas crises de mau humor.

"Você tinha que lhe dar uma surra", ela disse. "Quando eu era pequena, eles batiam nas costas da gente com quadrados de *mucru* especialmente trançados de modo que a cabeça da formiga saía por uma ponta e o ferrão pela outra. Eles sentavam a ponta com o ferrão e seguravam firme. Ou então esfregavam pimenta no olho da gente. Ia ver como ele aprendia rápido."

Chofy não tomou conhecimento e saiu de fininho. De má vontade, tirou uma das peles de veado que estavam secando na lateral da casa, como se pretendesse ignorá-la. Depois andou os duzentos metros até o córrego, onde tinha deixado as outras peles de molho. Dois homens que estavam ali para ajudar esperavam sentados no barranco. Uma pele de veado já estava amaciada e fora tratada com cal, para remover parte dos pêlos. As peles já raspadas estavam no barracão, de molho numa tina de água com casca de marimari até ficarem marrons.

Ele jogou a pele amaciada sobre um tronco boiando na água e deu aos outros homens uma faca para cada um. Depois entraram todos no córrego para raspar o resto dos pêlos com as facas de caça.

Lá pelo fim da tarde, o fato de ter passado boa parte do dia com água até a cintura, mais o calor, o cheiro do couro, as piadas dos outros homens e o trabalho duro tinham se combinado para fazê-lo esquecer, temporariamente, as incertezas sobre o futuro.

Os homens ainda estavam no córrego quando Marietta reparou que o ar dentro de casa de repente começou a cheirar úmido. Depois escureceu tudo. Quando veio a tempestade, ela se pôs a correr pela casa, distribuindo baldes, panelas, bacias, cabaças, porongos, qualquer coisa que pudesse ser posta no chão de terra batida, nos pontos onde a água atravessava a palha do telhado. O primeiro raio atingiu um velho poste elétrico perto da casa, relíquia de algum plano há muito esquecido de levar eletricidade à região. O raio derrubou os fios num emaranhado fumegante.

Tia Wifreda, com um pano na cabeça, abriu caminho pelo aguaceiro, em direção a uma fileira de plantas nos fundos da casa. Bla-Bla estava correndo de volta, vindo da direção da escola. Um raio riscou o chão bem na frente dele.

"O raio me cutucou no pé. Eu vi sangue", gaguejou Bla-Bla para a mãe, que passava voando por ele para tirar a roupa do varal. O menino tentou examinar o pé, com a água escorrendo da cabeça para os ombros.

"Você tem que cobrir a cabeça", gritou tia Wifreda, que estava atravessando a enxurrada para salvar suas plantas da investida da chuva. "Raio não gosta de cabelo molhado. Tem muito ferro por aqui. Raio fica vexado. Ele não gosta de fios e essas coisas todas." Ela pegou dois vasos que continham mudas e levou-os para dentro.

Debaixo do céu desaguando, Chofy e os outros homens fizeram um esforço para tirar as peles encharcadas do córrego. Deixaram os couros do lado de fora e entraram na casa. Sem dizer palavra, Chofy saiu imediatamente de novo e subiu no telhado, para ver se o poste elétrico tombado não danificara alguma coisa.

Na distância, viu os raios ziguezagueando pelos montes Kanaku, desde o pico de Darukaban até o pico de Shiriri.

Marietta tirou o peixe da panela, pôs um pano na cabeça e foi retirar as folhas que enchiam a valeta em volta da casa. Água amarronzada gorgolejava e jorrava em frente à porta traseira.

"Bla-Bla. Amanhã você tem que me ajudar a limpar a valeta e abrir outra em volta do barracão", disse ela, entrando de novo, ensopada, puxando o vestido molhado para longe do peito.

Chamou por Chofy: "Chofy. Venha, vamos tomar chá".

Chofy entrou, enxugando a cabeça e as mãos num trapo. Os quatro sentaram-se junto com os outros dois homens em volta da mesa. Lá fora trovejava sem parar. Fiapos de chuva se retorciam pelos buracos da palha e vinham se esparramar no chão.

"Isso não é um telhado", lastimou-se Marietta, olhando para cima. "A gente mora é embaixo de uma peneira."

O fato de a estação das chuvas estar começando apressou a decisão. Ficou combinado que Chofy ainda ficaria para o plantio, que precisava ser feito antes do início propriamente dito das chuvas. Depois partiria direto para Georgetown, caso contrário corria o risco de não conseguir chegar, por causa das enchentes.

Levaria tia Wifreda junto, para a tão adiada operação de catarata. Embora resmungasse por ter que levá-la, no fundo estava agradecido pela companhia. Toda vez que pensava em partir, experimentava um aperto na boca do estômago. O padre de Lethem tinha lhe dito que havia um abrigo católico para os idosos, onde ela podia ficar de graça enquanto estivesse sendo atendida no hospital. Ele teria que encontrar acomodações para si.

Uma noite antes da partida, Marietta tinha acabado de deitar na rede quando ouviu a voz do marido chamando do outro quarto.

"Cadê a minha querida?"

"Estou aqui, Chofy, e eu amo você", ela respondeu do escuro. Depois foi até ele, um tanto tímida, atravessando a noite palpável, para deitar-se a seu lado numa cama composta por um velho colchão apoiado em cima de caixas e caixotes, e ali fizeram amor pela primeira vez em meses, sentindo-se enferrujados, sem prática, um pouco constrangidos e felizes.

UMA CIDADE FEITA DE ESPAÇO

Estar em Georgetown era como ter um corvo preto sobrevoando o espírito. Chofy alugara um quarto minúsculo e barato no bairro de Albouystown. Mas seu novo senhorio, um indiano chamado Rohit Persaud, estava louco para agradar.

"Diga-me o que falta aqui de que você possa vir a precisar", disse ele, acenando com a mão triunfante em redor do cômodo dilapidado, "e eu lhe direi como passar sem."

No terceiro sábado, Chofy foi acordado por um facho de sol esfuziante batendo direto da janela e pelo barulho de uma briga feia no quarto vizinho.

Toda manhã era a mesma coisa. A casa se punha em movimento ao som estridente de Rohit Persaud brigando com a mulher. A mulher de Rohit não queria dormir com ele porque desconfiava que o marido estivesse tendo um caso. A formidável batalha de Rohit para obter um pouco de sexo era ouvida por todos. As paredes eram finas. A casa toda sabia do caso.

"O que foi que houve, senhora da Frente Ártica? As pernas não abrem? Fechou o barraco ou o quê?"

"Se eu descobrir que andou se encontrando com aquela ossada ambulante, eu arranco seus bagos fora e enfio eles na sua goela."

"Que ossada ambulante?"

"Você sabe quem. A cara de ralador. Perna de vassoura. Feijão-guando com arroz. Aquela geléia de goiaba de que você tanto gosta."

"Mas se você não quer, o que é que eu vou fazer? Segurar meu pau entre as pernas e morder a língua?"

Em seguida veio o som da mulher saindo da cama e se mexendo do outro lado da parede, batendo potes e panelas no fogão. Depois de uns tempos, o cheiro de feijão-guando requentado atravessou a divisória.

"Eles fazem tamanho barulho, essa gente", pensou Chofy, enquanto apanhava água para tomar banho. Vestiu-se com esmero com uma calça de algodão, uma camisa azul bem passada e as botinas marrons que sempre usava no mato. Continuava achando uma experiência esquisita olhar-se no espelho para pentear o cabelo. Com uma clareza maldosa, o espelho refletia um estranho — um outro homem, de cabelos pretos, semelhantes ao dele, que terminavam num bico-de-viúva na frente, dando um aspecto de coração ao rosto redondo. Seus olhos o olhavam de volta, lembrando uma lontra.

Chofy pendurou uma toalha no espelho.

Na saída, deu de cara com Rohit descendo as escadas com um balde de água que enchera na torneira comunitária, o rosto nadando em suor e o peito luzindo com um amarelo bilioso debaixo da camiseta.

"Eu sei lá o que tem de errado com essa mulher", ele disse, sacudindo a cabeça irritado. "Ela se inflama toda e fica brava com qualquer coisinha. Não consegue agüentar o tranco."

A senhora Persaud espiava o marido com desdém, da janela aberta, a cabeça enfurnada no pescoço gordo feito um pombo no ninho.

"Olha só para você, sua bola de sebo", caçoou. "Não admira que as pessoas te chamem de sardinha do Suriname." Ela franziu os lábios, com nojo.

"Você bem que estava precisando de uma besuntada, madame Rocha Seca."

Uma meia porção de feijão-guando voou da janela e por pouco não caiu na cabeça de Rohit.

Aliviado de escapar daquela casa, Chofy pôs-se a caminho do mercado Stabroek, para fazer contato com um homem macuxi cuja mulher tinha uma barraca ali aos sábados e que estava viajando de caminhão para o Rupununi. Ele concordara em levar dinheiro para Marietta. Aos sábados, Chofy só precisava estar no novo emprego às dez horas. E terminava ao meio-dia. Depois disso, iria visitar tia Wifreda e ver se ela estava se dando bem no Lar São Francisco de Assis.

Atravessando o portão quebrado que dava para a rua, viu-se em meio à barulheira dos barracos caindo aos pedaços, de madeira cinzenta, desbotada de sol, que enchiam a vizinhança. Avançou pelas valetas fedorentas, cruzou pilhas de lixo, pneus abandonados, tentando ao máximo não inalar a variedade de odores revoltantes. O tingalinga, tingalinga de uma banda de metais lutava para sobrepujar o martelar incansável do reggae, tata-tum, tata-tum, que bombardeava os ouvidos das pessoas que passavam por ele, gritando umas com as outras de um lado a outro da rua. Chofy ansiava pela paz das savanas do Rupununi.

Um menino de fisionomia esperta, preto feito ébano, brincava com os amigos na carroceria retorcida de um carro abandonado. Quando Chofy passou, ele berrou: "Ei, seu índio" e, depois, "Olha lá o índio cara de lua". Um dos companheiros dele atirou um caroço de manga em Chofy. "Volta para o mato, seu índio." Chofy não deu atenção, mas por dentro fervia de raiva. Assumiu uma expressão vazia e continuou andando.

Com a ajuda de um padre do Rupununi, Chofy conseguira um emprego temporário na biblioteca central, mudando e empilhando os livros enquanto o prédio era reformado. Durante os primeiros dias, teve dores de cabeça ininterruptas.

Era a primeira vez na vida que trabalhava para alguém. Trabalhar dentro de quatro paredes o fazia sentir-se um prisioneiro, sem ar. Deliberadamente, envergou o que chamava de "cara de índio", uma fisionomia educada mas sem expressão, que não revelava nada do que sentia de fato, embora suspeitasse que, com isso, as pessoas o achavam burro. A cada dia que passava, sentia-se menor, como um balão que vai murchando à medida que o ar escapa devagar.

Trabalhar com horários rígidos o incomodava, mas o mais difícil foi adaptar-se ao conceito de lazer, o trabalho ser uma coisa e o lazer outra. No Rupununi, nunca fizera distinção. Sempre havia alguma tarefa a cumprir e em geral alguém do lado para executá-la junto. Você parava para comer, ou quando se aboletava na rede. Caso contrário, sempre tinha alguma ponta de flecha para entalhar, armas para limpar, coisas para plantar ou roçar, telhados para consertar, peles para raspar, redes de pesca para remendar. O trabalho era contínuo e variado.

Confinar o trabalho a determinadas horas e depois ficar o resto do tempo sem ter nada para fazer o deixava pasmo. Na primeira semana, terminado o trabalho na biblioteca, voltava direto para casa, entrava na cama, se bem que nem escuro estivesse ainda, virava a cara para a parede de tábuas e cobria a cabeça com o lençol, para não ver a luz do dia. Às vezes abraçava o travesseiro, para evitar confrontos com os intermináveis alqueires de tempo à-toa pela frente.

Enquanto cruzava com passos leves, um tanto hesitantes, a praça em frente ao mercado Stabroek, deu-se conta de vários pares de olhos que o vigiavam. Incerto, entrou na imensa estrutura de ferro do velho mercado de escravos, abrindo caminho por entre um labirinto de barracas, à procura do homem que entregaria o dinheiro a Marietta.

De início, a escuridão cavernosa do imenso mercado o deixou abatido. Aquilo lhe parecia um mercado de letargias. Era cedo, ainda, e havia poucas pessoas fazendo compras. Um homem atarracado dormia esparramado no balcão, ao lado da carne por vender. Uma mulher de movimentos lerdos oferecia rolos de pano à luz de vela. Uma outra mulher, de rosto fino e olhos traiçoeiros, estava escarrapachada ao lado da barraca que mostrava cebolas, maços de tomilho de folha miúda e alguns vidros de esmalte de unha Cutex.

Chofy encontrou o homem macuxi que estava procurando sentado na barraca da mulher. Entregou o dinheiro de Marietta. O homem estava se preparando para acompanhar Chofy até lá fora quando a mulher sentiu uma súbita dor de cabeça violenta e ele decidiu ficar com ela. Chofy despediu-se e começou a procurar uma saída naquele labirinto.

Chegou a uma encruzilhada de caminhos. De repente, teve a impressão de ter se formado um remoinho de correntes de vento, um tornado de brisas. Os joelhos começaram a ceder e ele se viu tombando aos poucos para trás. Depois foi como se pequenas moscas estivessem pousando por todo o corpo. Mãozinhas. Era como se estivesse sendo manipulado. Como se o toque leve dos ladrõezinhos fossem moscas em cima de uma carcaça. Percebendo o que sucedia, girou nos calcanhares apenas o suficiente para tomar impulso e socar quem estava atrás. O punho esmagou um rosto na altura de sua cintura. As silhuetas avançaram, mas Chofy escapou para o lado e correu pelas alamedas, em direção à luz.

Lá fora, meio que andou e meio que correu para longe daquele lugar, olhando para todo mundo com desconfiança, o coração aos pulos. Na agitação, ocorreu-lhe que todos em volta eram controlados pelo Pai dos Batedores-de-carteira. O Pai dos Batedores-de-carteira devia ter organizado a coisa toda: a dor de cabeça repentina da mulher, a confluência de ventos, os próprios ladrõezinhos.

Sacudiu a cabeça e tentou recuperar o controle. As mãos foram conferir se ainda continuava com os poucos dólares no bolso. Pelo menos entregara o dinheiro de Marietta, antes que eles pulassem em cima. O soco dado na cara de alguém o preocupou. Detestava envolver-se com polícia ou tribunais de qualquer espécie. Seguiu rápido pelas ruas, meio às cegas, andando instintivamente rente a paredes e cercas, feito um gato, protegido ao menos de um lado.

Em dez minutos, estava perdido.

Por fim, diminuiu o ritmo em algum lugar perto das ruas Camp e Brickdam. A avenida larga e espaçosa estava quase deserta. Poucas pessoas tinham se aventurado a sair no calor abafado da manhã. Certificando-se de que não estava sendo seguido, Chofy andou pela Brickdam, sem muita certeza de para onde estava indo, olhando para as grandes mansões coloniais de madeira branca, feito pássaros enormes de asas dobradas que tivessem pousado para descanso, um tanto distantes da rua.

Diminuiu o passo e acabou parando na frente de uma casa com uma placa de ferro fundido no portão, com "Mynheer Nicklaus" escrito; sentou-se na mureta baixa de pedra que apoiava o portão, recuperando aos poucos a compostura. À medida que a respiração foi voltando ao normal, começou a se dar conta do ambiente.

* * *

Em algumas cidades reina um estranho vazio.

Chofy não ia com muita freqüência a Georgetown. Desde a primeira visita, quando ainda menino, sentira desconforto naquela cidade. Não era apenas o quadriculado geométrico das ruas, as paralelas, os quadrados e os retângulos que o desorientavam, depois do ziguezaguear das trilhas indígenas de sua região; andando sobre os chumaços de grama tostada crescendo na beira das calçadas, experimentou o inexplicável sentimento de perda que pesa sobre os espaços entre os palacetes, famosos por sua simetria e ordem tão holandesas.

Desde o começo de sua história, sempre houvera algo meio pálido em relação à cidade de Stabroek, como Georgetown era chamada no século XVIII. Como se os arquitetos e construtores tivessem tentado subjugar o litoral com uma geometria inadequada, que escondia alguma coisa mais. As labutas humanas criaram uma cidade feita de formas euclidianas, de telhados vermelhos de ângulos obtusos, casas de estrutura quadrada sobre palafitas espaçadas por igual, venezianas Demerara em ângulos delicados, tudo construído em torno de transparências, vazios e luz.

Desde o início, a população da cidade nunca fora grande o bastante para causar efervescência. Até mesmo a largura das ruas provocava melancolia entre os europeus, acostumados às vielas de pedra e aos cortiços barulhentos de suas próprias capitais.

A rua Water, naqueles primeiros tempos, era uma das poucas áreas onde se podia perceber azáfama e movimento de negócios. Lojas de mercadores, armazéns, relojoarias, tabacarias, selarias e boticas fervilhavam de atividade. Os africanos, vestidos em geral com calças azuis e camisas grosseiras, guardavam um pouco de seu espírito alegre, apesar da condição de escravos. O homem branco, andando ocioso sob o guarda-sol, vestido com pantalonas de nanquim e camisa fina de morim, foi o que sucumbiu com mais freqüência à instabilidade mental, justamente pelo seu langor e apatia.

Em outras partes, Stabroek era mais silenciosa. O calor fazia as pessoas andarem devagar, como se caminhassem pela água. As ruas eram largas e divididas ao meio por canais. Uma mulher européia, num passeio naqueles primeiros tempos, acenaria para uma conhecida do outro lado, em vez de cruzar a rua e cumprimentá-la no calor do dia. Essa letargia produziu isolamento. O espaço em volta de cada um era grande demais. Promoveu uma espécie de loucura entre os primeiros colonos, uma perda do controle da realidade. Visitantes confundiam essa letargia com serenidade, ao invés de reconhecer ali o princípio de loucura que se anunciava.

Muitos europeus foram tomados pelo medo de que existisse algo que não podiam ver. Conspirações escravas. Doenças capazes de matar em algumas horas. O que eles não perceberam foi que o continente estava se inclinando e afundando na direção do mar, de uma forma que nem mesmo os holandeses, com seu dom para administrar as águas e evitar a erosão das margens, puderam suspeitar. Havia todo um plano que não levaram em conta, uma dimensão que não puderam compreender por inteiro. As águas não euclidianas que, em alguns rios, correm de trás para a frente, eram tão incompreensíveis para eles quanto os peixes descobertos no sul do país que, aparentemente, andavam em terra firme.

A região não se submeteu tranqüila às medições. As intenções daqueles que projetaram os canais e *kokers* — eclusas que pareciam guilhotinas — e daqueles que tentaram medir a gradação das marés fluviais foram insidiosamente derrotadas; a capital parecia ter sido estirada muito além de seu tamanho ideal, para manter afastado o terror dos cidadãos diante da massa de terra que havia por trás dela. De modo que sorriu para o mar, acreditando que seu futuro estava à frente do horizonte, e ignorou as terras do interior e os povos que ali viviam.

Um fazendeiro chamado Mynheer Nicklaus, que em harmonia com as ruas da cidade tinha os olhos azuis tão separados que se poderia até dizer que os campos de sua visão não coincidiam — que havia uma brecha no meio onde ele não via nada, mas onde no entanto algo existia —, passou a vida toda tentando manter as pálpebras sempre abertas, de tanto medo que tinha daquele "algo".

De noite, em sua casa enorme, construída com os lucros do mercado escravo, mandava pôr cones de vidro sobre as velas de espermacete, para que a chama não oscilasse na brisa, enquanto ficava deitado, olhando estatelado através do cortinado, lutando para enxergar fosse lá o que fosse que não conseguia ver no centro.

Adquiriu o hábito de mover a cabeça de um lado a outro, feito um radar. Mas, ainda assim, a sensação de não conseguir ver tudo que existia lá o levava a verdadeiros frenesis. Quando achava ter conseguido ver o que havia no centro, convencia-se de que algo nas beiradas do campo de visão lhe escapara.

Ouvindo dizer que os índios da savana acreditavam que a vida cotidiana era apenas uma ilusão por trás da qual se poderia prever uma outra realidade, mandou que um deles fosse capturado e levado a sua casa, para poder descobrir os segredos de sua filosofia. Um índio uapixana foi preso e levado até a casa da fazenda de Mynheer Nicklaus.

O uapixana ficou tão perturbado que se sentou num banquinho, sem comer, nem beber, sem nem sequer falar, até que se tornou óbvio que o homem iria morrer e o holandês foi obrigado a soltá-lo sem descobrir o que queria saber. O homem voltou em seguida ao Rupununi com mil e uma histórias sobre as espantosas maçanetas redondas de madeira que tinha visto nas portas e sobre as orbes perfeitamente esféricas que podiam ser vistas no fim do corrimão.

Quando o holandês, um especialista em contabilidade, estava em seu leito de morte, tentou não piscar porque temia o que pudesse se revelar quando as pálpebras se fechassem por uma fração de segundo. Em sua febre derradeira, teve uma ereção tão imensa que sua devota esposa foi obrigada a desviar os olhos do leito do moribundo e, quando finalmente morreu, ninguém conseguiu fechar os olhos dele. A mulher voltou para a Holanda, jurando que os europeus jamais conseguiram entender o que realmente se passava naquele lugar.

Sentindo-se mais calmo, Chofy levantou-se da mureta e decidiu achar seu caminho pelo marco mais conhecido de todos em Georgetown, a grande catedral anglicana de São Jorge. A biblioteca onde ele trabalhava era praticamente pegada.

Foi até a esquina e enxergou a pontinha da torre. Não é que sempre conseguisse se situar pela catedral. Várias vezes ela lhe passara a perna. A gigantesca estrutura de madeira, toda pintada de um branco estonteante, parecia não estar nunca no mesmo lugar duas vezes seguidas. Andando pela cidade, de repente aparecia bem perto, onde ele menos esperava. Depois, quando achava que ela estava perto, surgia lá bem distante. A construção parecia estar sobre um elástico. Às vezes desaparecia por completo.

Dessa vez, contudo, localizou-a e dirigiu-se à biblioteca. Bateu na porta do escritório abafado de sua nova chefe e entrou.

Carmella de Pereira estava ao telefone. Carmella era uma mulher grandona, operística, de ascendência africana e portuguesa, com um coque de cabelos negros retintos assentado formalmente no cocuruto da cabeça. Apesar das coxas reforçadas, andava com passinhos minúsculos que lhe davam a aparência prematura de meia-idade. Estava com o telefone na mão, como se prestes a atacar uma ária, fazendo ao mesmo tempo sinal para que Chofy, parado na porta, entrasse. Pôs a mão no busto farto e cascateou uma risada.

"Sim. Com certeza. Eu digo a ele para ir a esse endereço. Ele pode ir agora. Sem problema. Sim. Ele é um dos McKinnon do Rupununi." Fez um gesto de cabeça para Chofy, como se ele tivesse o dever de saber do que se tratava. "Não há de quê. Foi um prazer. Por favor, venha nos consultar na biblioteca que nós ajudaremos na pesquisa. Bom dia."

Virando-se para Chofy, deu-lhe o papel onde anotara alguma coisa.

"Por favor, vá correndo até esta casa na Brickdam. Não precisa empilhar nenhum livro hoje. Tem uma inglesa lá que gostaria de conhecê-lo — Rosa Mendelson, ou algo assim. Ela está fazendo uma pesquisa sobre Evelyn Waugh e quer conhecer alguns McKinnon."

Quinze minutos depois, para sua surpresa, Chofy viu-se uma vez mais na frente da casa Mynheer Nicklaus, onde estivera sentado antes. Percebeu então que o casarão era agora um semi-hotel. O vigia noturno, ainda de serviço, abriu para ele os portões de ferro fundido.

Havia mesas postas no vão da palafita, entre a estacaria. Numa delas, estava uma mulher européia com uma camiseta azul, da cor da urarirana, tomando café ao ar livre. Ele se aproximou e parou diante da mesa. Sem se dar conta de sua presença, ela estava inclinada para a frente, lendo um livro apoiado no bule de café e comendo pãezinhos recém-assados.

Algo que seu tio Danny lhe dissera uma vez, durante uma bebedeira, voltou-lhe inesperadamente à cabeça: "Sempre espie uma mulher comendo porque é assim que ela trepa".

Baixou os olhos um instante, para o caso de ela erguer a vista de repente e, de alguma forma, ler seus pensamentos.

O vão onde estava sentada era todo dividido por treliças de alturas variadas, pintadas de branco, dispostas em ângulos diversos, como telas rendadas. Algumas em forma de diamantes enviesados, outras com um quadriculado menor. Os desenhos entrecruzados criavam um pano de fundo intrincado, feito uma charada matemática. Por trás desse cercado, açafroeiras, hibiscos e helicônias brotavam em profusão, tentando avançar por entre as fasquias de madeira.

Chofy esperou educadamente até que ela erguesse a vista. Reparou nos seios sob a camiseta, enquadrando o bule. Ela comia com vagar e delicadeza, mas com prazer.

"Com licença. Bom dia. Desculpe interromper sua refeição. Meu nome é Chofy McKinnon. Acredito que esteja querendo me ver."

Quando ela ergueu os olhos, Chofy não sabia dizer se estava ofuscado pelo aparente movimento das treliças, que criavam uma espécie de ilusão óptica, ou se pela maneira como ela sorriu para ele. O sorriso estava transbordando de satisfação.

"Ah, que ótimo", disse ela.

Foi amor antes da primeira vista. O sorriso lhe pareceu tão familiar que sentiu como se a conhecesse desde sempre. O cabelo era um arbusto de cachos negros e ásperos em volta da cabeça. Mais tarde, descobriu que o pai dela era um judeu russo, o que explicava as maçãs do rosto largas e a boca rasgada. Os olhos eram azuis, oblíquos e grandes, sonhadores e um tanto saltados. O branco ficou à mostra sob a íris, quando ela olhou para cima, feito um animal de desenho animado ao piscar.

Além do cheiro de café e pão, que o fez sentir-se faminto, sentiu o cheiro de algo mais, doce e desconhecido, que o intoxicou.

Desculpou-se de novo: "Desculpe interromper sua refeição. Foi uma hora ruim para vir?".

Ela levantou-se, engasgou com uma migalha e pôs a mão na garganta, tossindo e rindo ao mesmo tempo. Era alta e usava jeans.

"Desculpe. Eu a fiz engasgar."

"Não precisa ficar se desculpando o tempo todo." Ela se recuperou.

"Eu fui criado em parte por um padre", Chofy falou, defensivo. "Ele nos ensinou que pedir desculpas era a coisa mais importante do mundo. Fui ensinado a dizer por favor, desculpe e obrigado."

"Todas palavras que fazem uma pessoa sentir-se inferior", ela respondeu rápido. "Eu sou Rosa Mendelson."

Cumprimentaram-se. O sol tentava abrir caminho entre as treliças. Chofy sentiu-se zonzo.

"Sempre se podem apontar os filhos dos judeus comunistas de uma certa época." Ela fez uma careta brincalhona. "Todos temos nomes de gente como Rosa Luxemburgo ou Leon Trotski."

Chofy riu. Por dentro, estava meio chocado. Tinha ouvido dizer que os comunistas eram perigosos.

"Estou fazendo uma pesquisa sobre Evelyn Waugh e sua viagem para cá, nos anos trinta." Ela sentou-se de novo. "Estou tentando descobrir se tem mais alguém vivo aqui que possa tê-lo conhecido. Aparentemente, ele passou algum tempo com a família McKinnon."

"Disso eu não sei. Mas conheço esse nome, Evelyn Waugh — só que não sabia como era a pronúncia. Aos sábados, quando eu era pequeno, tinha que espanar os livros do padre. Na estante tinha livros de Evelyn Waugh e T. S. Eliot, isso eu lembro. Você está com sorte. O momento é perfeito. Minha tia Wifreda veio a Georgetown, para fazer uma operação. É mais provável que ela se lembre."

Rosa tinha o hábito de girar os olhos quando ria.

"Mas que ótimo. Será que posso vê-la?"

"Claro." Chofy hesitou uns instantes, perguntando-se como venceria a profunda aversão de tia Wifreda por estranhos. "Ela não está muito bem no momento. Talvez daqui a uma semana."

Houve um silêncio. Foi então que Chofy McKinnon fez algo completamente inesperado sob o sol matinal, com as empregadas conversando na cozinha feito pássaros nas árvores e as flores amarelas do hibisco balouçando suas línguas lascivas por trás da cerca. Chofy debruçou-se para a frente, com as mãos sobre a mesa, olhando para baixo, para a leiteira, pães, fatias de papaia, e apostou num jogo arriscado.

Numa voz mais baixa que de costume, ele disse: "Eu amo você. Eu me apaixonei por você".

Seu tom foi tão pragmático que Rosa Mendelson não tinha certeza de tê-lo escutado corretamente. Nem ele tampouco tinha certeza do que dissera. De modo que ambos ignoraram as palavras que pareciam vindas de parte nenhuma.

Chofy pensou rápido.

"Já visitou o interior alguma vez?", perguntou, depois de mais um silêncio.

"Não. Por enquanto só conheço Georgetown e a universidade."

"Bom, se quiser aproveitar, meu primo Tenga se casou com uma moça de Pakuri, a umas três horas de viagem daqui. Eu posso levá-la até lá, se quiser ver alguma coisa da mata."

"Eu adoraria. Obrigada."

Ele combinou de apanhá-la no outro sábado e prometeu conversar com tia Wifreda sobre o assunto. Foi embora tremendo um pouco, tentando controlar a emoção, ver se conseguia organizar algum meio de transporte até Pakuri, para a semana seguinte.

EU CORTEI O CABELO DE EVELYN WAUGH

Rosa Mendelson gostava de viver com uma certa ordem e racionalidade. Logo depois de chegar à Guiana, um dos moradores da casa avisara que era bom ir se preparando para uma vida sem nem uma coisa nem outra.

Uma tarde, fora atraída até o andar de baixo pela música de um violão clássico que saía de um dos quartos. De porta aberta e sentado na cama, Arthur Singh apresentou-se sem parar de tocar. Era um músico guianense lânguido, meio calvo, que morava em Trinidad e voltava a Georgetown uma vez por ano para dar aulas de violão clássico no Queen's College.

"Eu sempre fico aqui quando volto à Guiana. Faço o papel do mordomo informal na casa. É uma característica deste lugar que os quartos sejam preparados para gente que nunca chega e que cheguem pessoas para quem não há quartos. Às vezes eu acho que é porque nós, guianenses, vivemos em casas sobre estacas que nunca pusemos o pé na terra como nação."

Foi ele que disse: "Saiba que este é um país onde terá que se render ao inesperado. A balsa quebra, mas sempre aparece um outro barco. Quando seu carro encalha numa valeta, surge uma carroça de burro como que por milagre, vinda do nada. Você está à mercê do acaso. Não procure um padrão e não tente impor nenhum. Espere até que alguma coisa aconteça e depois vá na onda. Na minha opinião, o vírus é rei deste planeta. Devíamos pegar nossas dicas com ele. As pessoas existem apenas como hospedeiras desse mestre do salto quântico que se adapta milagrosamente ao que não tinha antecipado".

Não obstante toda aquela sua homenagem ao inesperado, Rosa reparou que Arthur Singh guardava saquinhos de chá e leite em pó como um avaro e que de vez em quando dava um jeito de se convidar para tomar uma xícara de chá com ela, lá em cima.

Rosa alugara todo o espaço do sótão da mansão Mynheer Nicklaus porque contava com banheiro próprio e uma quitinete, onde podia fazer café nos dias em que ficava trabalhando em casa. Estava fazendo uma pesquisa sobre as atitudes de Evelyn Waugh no que dizia respeito às colônias.

Na manhã em que Chofy McKinnon deveria levá-la a Pakuri, acomodou-se, tentando dar uma organizada no trabalho. Pôs uma pilha bem-arrumada de papéis e documentos sobre a escrivaninha de carapa, outra em cima da cama, depois amontoou alguns livros na penteadeira de jacarandá, que tinha um espelho oval.

Trabalhava devagar, pensativa, fazendo uma lista do que conseguira até aquele momento.

O primeiro item dizia "Clube de Georgetown". Riscou-o como terminado. Um dia depois de chegar, telefonara para o elegante reduto colonial, com suas fileiras de venezianas Demerara, todas semi-abertas no mesmo ângulo discreto, onde Evelyn Waugh se hospedara uns tempos, durante sua visita à capital. Descobriu que um dos antigos sócios do clube tinha, de fato, lembrança de Evelyn Waugh, de modo que combinou ir vê-lo

Parada na entrada do clube, foi engolfada pela atmosfera inconfundível do passado colonialista do país. O interior confiantemente despretensioso, quase pobre, as fotografias desbotadas, os gabinetes com animais empalhados, sua aura de clube exclusivo da elite, o som do gelo tilintando nos coquetéis de rum, tudo isso a atraía e repugnava ao mesmo tempo.

Esperou na ampla sala do bar pela chegada do entrevistado. Um grupo de empresários bebia e conversava ruidosamente numa mesa vizinha. Era impossível não se lembrar do pai naquelas circunstâncias, um homenzinho mirrado, sorridente e sincero, comunista autêntico, que se apresentara como candidato comunista pelo rico bairro londrino de Dulwich. Ela estava com dez anos de idade, na época. Um pequeno grupo muito constrangido marchara pelas ruas arborizadas de Dulwich, empunhando um cartaz, que mostrava o rosto do pai, e gritando "Vote em Mendelson". Apavorada com a idéia de ser vista por alguma coleguinha de escola, foi se arrastando enfezada, ao lado da mãe. O pai montara uma tribuna no parque de Dulwich e fizera um discurso apaixonado sobre Paul Robeson e o colonialismo, ao qual ninguém prestou atenção.

Os dois tinham morrido, mas o clube colonial prosperava, presunçoso, como se desse uma banana à memória do pai. Para ela, era um alívio que tivessem morrido antes do colapso do bloco soviético. Teriam ficado atordoados. Toda a vida adulta dos dois fora gasta trabalhando na esperança de um mundo socialista.

Uma gargalhada sonora na outra mesa a fez olhar o relógio. Seu entrevistado estava atrasado. Perguntou-se o que seus pais teriam pensado de um mundo transformado num enorme mercado capitalista.

Pouco antes de partir da Inglaterra, comparecera a um jantar oferecido pelo Arts Council em homenagem a um famoso ator da Alemanha Oriental, um velho amigo de seus pais. Ele fugira para o Ocidente em meados dos anos 80. Enquanto o café era servido, um outro convidado aproximou-se do distinto ator de cabelos brancos, agarrou-lhe o ombro e cumprimentou-o energicamente pela derrota do comunismo alemão. O ator limpou os cantos da boca com o guardanapo de linho, levantou-se e ficou frente a frente com seu interlocutor.

"O senhor jamais saberá", disse ele, delicadamente, "o quanto nós trabalhamos para que desse certo. Eu não queria sair da Alemanha Oriental. No fim, não tive outra escolha. Mas muitos de nós desejávamos, desesperadamente, que desse certo. Nós preferíamos a idéia de justiça social até mesmo à idéia de nossa própria liberdade. Isso de que o senhor fala com tanto entusiasmo significou a morte de um grande sonho para nós."

Dito isso, fez um aceno de cabeça polido e digno, pediu licença e saiu da mesa, ao lado da esposa, uma mulher pequena, de cabelos brilhantes, que o acompanhou preocupada, erguendo a vista a todo momento para o rosto do marido.

Rosa levantou a cabeça e viu um senhor lépido e pálido na entrada, olhando interrogativamente em volta. No fim, percebeu que o velho sócio, uma verdadeira matraca de cabelo empastado de Gumex e modos nervosos, efeminados, lembrava muito pouca coisa de Evelyn Waugh, a não ser que gostava de cortar tantos milímetros da ponta dos charutos, antes de fumá-los. Depois perguntou a Rosa se ela o ajudaria a comprar uma passagem para a Inglaterra, porque desejava muito ver a rainha.

No sótão onde Rosa trabalhava, as janelas estavam abertas, deixando entrar o ar quente da manhã. Lá fora, a voz de Bob Marley cantando "Every little thing's gonna be all right" subia de uma outra casa nos fundos. Alguma coisa voou dentro de seu campo de visão. Uma rã minúscula, de não mais que dois centímetros e meio de comprimento, pousou no parapeito da janela, sua garganta pulsando delicadamente. Ela fez um esforço para se concentrar nas anotações sobre o Clube de Georgetown.

O item seguinte da lista dizia apenas "Encontrar os McKinnon".

Rosa Mendelson ouvira falar dos McKinnon através de Nancy Freeman, uma guianense que morava em Londres. Um amigo pusera as duas em contato.

"Ah, sim, eu cortei o cabelo de Evelyn Waugh quando ele esteve na colônia", disse ela com orgulho, ao telefone.

Rosa percorrera as ruas intermináveis de casas geminadas do bairro de Acton, tão idênticas quanto fileiras de casinhas recortadas em papel, até chegar onde morava a senhorita Freeman.

A mulher alta, magra e atlética que lhe abriu a porta devia estar na casa dos setenta, mas parecia bem mais nova. O cabelo crespo e grisalho estava amarrado na nuca. Ela tinha feições africanas, pele clara e um nariz curto e atraente. Rosa sentiu uma espécie de emoção ao ver a versão tridimensional da mulher sobre quem tinha lido nos diários de Evelyn Waugh.

"Suponho que esteja querendo saber coisas sobre o tempo que passei nas savanas", disse ela, depois das apresentações.

"Na verdade eu queria saber o que se lembra de Evelyn Waugh." Rosa tirou o bloco de anotações.

Sentaram-se na sala da frente, cheia de plantas e bugigangas. Enquanto falava, Nancy Freeman bordava um encosto de cadeira de linho.

"Pouca coisa. Eu tinha ido trabalhar na fronteira com o Brasil. Ah, eu passei os anos mais felizes de minha vida ali. Cavalgando. Sempre ao ar livre. Não tem nada mais doce que a brisa da savana."

Rosa acomodou-se para acompanhar a trajetória sinuosa que levaria a possíveis informações sobre Waugh.

"Eu trabalhei para uma das mulheres da família McKinnon — Wifreda. Os McKinnon eram uma grande família ameríndia. Bom, ameríndia com um pouco de europeu. Mas de modo geral eram considerados todos índios. Conheci Wifreda numa de suas viagens anuais a Georgetown, para comprar mantimentos. Estava procurando alguém para ensinar os filhos. Não havia escola nem nada parecido onde moravam. E alguns dos McKinnon tinham prosperado bastante com o gado — se bem que nunca deixaram de viver no estilo indígena.

"Bom, eu era jovem, aventureira, e me dispus a ir. Fui pela trilha do gado. Wifreda McKinnon ainda era jovem, na época, mas já tinha tido seis filhos. Era uma índia típica. Ela não me explicou nada. Olhe e copie, é o jeito deles. Eles não fazem pergunta. Você deve descobrir sozinha. Tudo que ela me disse foi: 'Não leve muita coisa. Use botina por causa dos carrapatos'.

"No fim, metade dos cavalos morreu na viagem. Tínhamos que acender fogo à noite por causa das onças. Num determinado momento, nós vimos a água do córrego ainda se mexendo, no lugar onde uma onça tinha atravessado, bem na nossa frente. Comíamos peixe salgado e cacau de manhã e depois mais nada, até o arroz e o peixe salgado da noite. O dia mais puxado da viagem deu trinta e quatro quilômetros pelo meio do mato. Ali você tem que manter o passo. Ninguém espera por ninguém. Às vezes a gente andava enfiado na lama até o joelho. Quando chegamos nas savanas, corri para mergulhar no córrego. Eu estava tão seca que nem saliva mais eu tinha.

"Wifreda McKinnon pouco falou durante todo o trajeto. Mais tarde aprendi que aquilo era timidez. Com os outros índios ela não tinha problemas, mas com estranhos ficava calada. Eu a achava uma pessoa fechada, silenciosa. E tinha um problema na vista. Às vezes ela tropeçava e os outros índios davam risada. Eles têm seu lado cruel, sabia?"

Rosa tentou levar a conversa de volta para Evelyn Waugh.

"Ah, sim." Nancy cortou com os dentes a linha verde de bordar. "Bom, um dia, esse inglês me aparece por lá, assim sem mais nem menos, a cavalo. Disse que era escritor e estava atrás de material. Mais tarde ficamos sabendo que ele tinha ido assim tão longe por causa de problemas com uma mulher. Lembro que ele chegou numa Quarta-feira de Cinzas."

Rosa brincava com a caneta.

"Lembra mais alguma coisa sobre ele?"

"Não muito. Nós sentíamos pena dele. Coitado. Estava tão fora de lugar. Ele sentou-se ao ar livre, naquele primeiro dia, e foi quando eu cortei seu cabelo. Ninguém sabia ao certo que diabos ele estava fazendo ali. Danny McKinnon, o irmão de Wifreda, era obrigado a ficar sentado, escutando ele ler em voz alta durante horas a fio — acho que Dickens."

Rosa acenou com a cabeça e anotou.

"Mas, se estava em busca de material, perdeu uma história ali bem debaixo do nariz dele."

"Que história?"

A voz de Nancy Freeman adquiriu um tom que Rosa reconheceu como sendo o da relutância de alguém em abrir mão do bom senso e se deixar levar pelo prazer de revolver os podres.

"Bo... m. Eu não sei se devia dizer muita coisa sobre esse assunto. Você disse que está indo para lá?" A pergunta foi cautelosa.

"Estou. Vou ver se ainda resta alguém que se lembre dele. Vou no mês que vem."

"Se encontrar alguém da família McKinnon, então sim, eles talvez possam lhe dizer alguma coisa a respeito do senhor Waugh. O outro assunto dizia respeito a Danny McKinnon e uma das irmãs. O nome dela era Beatrice. Wifreda me contou a história. Talvez fosse melhor não perguntar nada sobre isso. Pode causar transtornos. Eu não sei por que o senhor Waugh não escreveu a respeito. Com toda a certeza ele sabia."

"Talvez não fosse o tipo de história para Evelyn Waugh."

"Talvez não. Mas me interessou. Eu só vi Beatrice McKinnon uma vez, muitos anos depois. Quando cheguei ao Rupununi, ela já tinha ido embora para o Canadá — por causa desse... assunto. As pessoas diziam até que ela podia ser processada criminalmente. Mas o Rupununi era tão remoto, a lei não chegava lá. Ela só voltou uma vez, pelo que eu sei, e mesmo assim não foi ao Rupununi.

"Foi nessa vez que eu a vi. Eu já tinha saído da savana e ido morar em Berbice. Chegaram notícias de que um certo senhor Horatio Sands estava voltando ao país com sua mulher e que ficaria hospedado com o superintendente de obras públicas.

"Bom, eu sabia que a senhora Horatio Sands era Beatrice McKinnon. Eu tinha muita curiosidade sobre ela, por causa do que Wifreda me contou e porque eu dei aula para o filho dela. Arrumei um jeito de ser convidada para o chá. Fomos apresentadas. Parecia uma senhora canadense qualquer, só que com uma constituição de índia. Baixa e robusta. Acontece muito com as índias, as mocinhas mais delgadas acabam virando mulheres entroncadas. O cabelo continuava negro, puxado para trás, num coque. O marido era canadense, um homem comprido, de modos suaves.

"No final da tarde, ela e eu fomos dar uma volta pela savana. Eu contei que conhecia sua família no Rupununi, que eu tinha vivido com Wifreda por uns tempos.

"Ela parou quieta naquela terra seca e me disse: 'É mesmo?'. Na hora, me deu a impressão de que reinava absoluto silêncio. Achei que até os pitangos tinham parado de cantar. O sol me pinicava a nuca. Aí ela continuou a andar, abaixando de vez em quando para colher aquelas florzinhas brancas da savana — aquelas que parecem luar. Flor de cemitério, acho que é assim que eles chamam. Esperei que ela perguntasse da família — de Danny, ou do filho, de Wifreda, qualquer pessoa. Mas ela não disse mais nem uma palavra e, depois de uns quinze minutos, por aí, voltamos."

A entrevista obviamente terminara. Rosa tinha imaginado que desvendaria um colosso de informações sobre Evelyn Waugh e saiu de lá sem grande coisa.

Nancy Freeman acompanhou-a até a porta.

"Não me lembro de mais nada. Ah, sim, ele tinha algum problema nos pés. Andava com uma bengala de muirapiranga. Você tem que encontrar os McKinnon. Se Wifreda ainda estiver viva, ela deve se lembrar. Eu perdi contato com todos eles."

* * *

Rosa desconcentrou-se e largou o bloco. Espiou pela janela. Lá embaixo, Aristotle Crane, o velho carpinteiro que trabalhava na casa, estava sentado, descansando, contemplando o mundo de cima de uma pilha de lenha.

Ela escreveu dois cartões-postais apressados, um para a filha, que estudava em Manchester, e um para o ex-marido, na Holanda. Para passar o tempo, foi olhar no mapa para tentar localizar o Rupununi. Seus olhos vagaram do interior para a costa. Aldeias e fazendas tinham nomes que a faziam pensar em *A viagem do peregrino*: Capricho, Aventura, Perseverança, Improviso. Depois largou o mapa e consultou o relógio. Chofy McKinnon ficara de passar naquele horário.

Segundos depois, olhou para baixo e o viu esperando no portão, com sua camisa toda colorida.

ONDE AS RÃS SE ENCONTRAM PARA ACASALAR

A visita a Pakuri quase vira um desastre.

Durante a semana toda, o estado de Chofy alternou entre a euforia e a convicção desesperada de que era tudo imaginação sua, de que Rosa não poderia nunca achá-lo atraente. Assim mesmo, fantasiou a respeito da viagem a Pakuri com muitos detalhes: abriria cocos para ela beber a água; mostraria as urariranas voando à beira do córrego; nadariam juntos perto do desembarcadouro. As fantasias acabavam sempre empacadas num certo ponto e ele tinha de voltar ao início e começar tudo outra vez. A imaginação traz o evento, a avó costumava dizer.

A aldeia de Pakuri ficava a uns noventa quilômetros da costa, aninhada na floresta. O caminhão estava cheio de aruaques *lokono* voltando para passar o fim de semana em casa. Assim que deixaram o terreno aberto da savana e o túnel verde da floresta se adensou em volta, Chofy ficou perturbado porque pensou ter visto em Rosa um sobressalto de claustrofobia.

"O que significa Pakuri?", ela perguntou.

"Onde as rãs se encontram para acasalar", respondeu um homem baixo, dentuço.

Depois de três horas de viagem, o caminhão trovejou pela aldeia silenciosa, com suas casas cobertas de tururi erguidas sobre estacas na areia branca. Ao desembarcarem, Chofy acovardou-se. Em vez de caminhar até o córrego com ela, para nadar como planejara, no nervosismo largou Rosa sem a menor cerimônia com algumas mulheres e desapareceu à procura do primo e das forças de alguma bebida.

A casa do primo ficava no extremo de uma segunda clareira. Tenga estava ajoelhado na porta, trançando folhas de tururi para cobrir a casa de um vizinho. Baixo, de rosto vincado de sol, estava com as mãos fedendo com o cheiro pegajoso das folhas. Ele se levantou, limpou as mãos no jeans, deu uma piscada para Chofy e acenou para a choupana caindo aos pedaços onde poderiam comprar rum.

"Vamos até o Jonestown."

"Por que vocês chamam o bar daqui de Jonestown?", Chofy ficou curioso.

"Porque as pessoas entram ali e somem",* riu Tenga.

Puseram-se a ingerir a bebida adocicada.

"Como vão as coisas?", perguntou Chofy, relaxando enquanto o rum lhe abria uma trilha quente pelo estômago.

"Tudo bem. Eu queria voltar para o Rupununi. Sinto falta da minha farinha e do meu chibé. Mas a família da minha mulher está toda aqui e ela não quer ir." Ele soltou um suspiro.

"Eu trouxe uma mulher aqui." Chofy não resistiu à tentação de introduzir o assunto casualmente, mas com uma certa dose de satisfação. "Ela está pagando. Foi a única maneira de eu poder vir."

"Que tipo de mulher? Turista?"

"Não. Ela veio para fazer um trabalho. Pesquisa."

Tenga deu um resmungo.

"Esses são os piores. Isto aqui parece um zoológico. Eles vêm aqui olhar porque é a vila mais próxima de Georgetown. E então a gente sorri e presenteia todo mundo, dá nosso artesanato, essas coisas. A gente não tem merda nenhuma e ainda dá presente para eles. Só não mostramos o que mais cresce aqui — a parte do cemitério reservada para as crianças."

Os dois começaram a se embebedar. Tenga foi ficando mais ressentido.

"Nós, os índios, somos uns idiotas, sabia? Fomos colonizados duas vezes. Primeiro pelos europeus e depois pelo pessoal do litoral. Não sei o que é pior. Grandes companhias aparecem por aqui

(*) Referência ao local onde viviam os seguidores da seita do reverendo Jim Jones. Em 1978, cometeram suicídio coletivo ao beber veneno durante uma cerimônia religiosa. (N. T.)

para explorar minério ou derrubar madeira. Pesquisadores vêm e se enfiam no meio das nossas comunidades, estudando a gente e arrancando nosso conhecimento para benefício deles. As ONGS chegam e interferem na nossa vida. Os turistas ficam olhando embasbacados. E os políticos montam um cerco em volta, na época de eleição."

Tenga cuspiu no chão. Chofy tentou mudar de assunto.

"Você lembra quando a vó cuspia no chão desse jeito e dizia: 'Se você não voltar até isso secar, vai ver só'?"

Mas Tenga recusou o desvio.

"Os índios não têm a menor chance neste país."

"Eu não concordo", Chofy disse, sincero, os olhos vidrados de rum. "Acho que a gente tem que se misturar. Senão não teremos futuro. Temos que nos educar."

Tenga serviu mais bebida.

"Eles que se eduquem do nosso jeito."

Chofy ergueu o copo até os lábios.

"Nós não podemos voltar no tempo. A Guiana tem que se desenvolver."

Tenga olhou desconfiado para Chofy.

"Eu não sou guianense. Eu sou uapixana. Como vai a Marietta?", ele perguntou de repente.

"Está bem. E Bla-Bla também. Fica fora o dia todo. Volta à noite para casa feito um passarinho."

Chofy não olhou o primo nos olhos. Rezou para que Tenga não mencionasse Marietta quando fosse apresentado a Rosa. Estragaria tudo.

"Você diz que a gente devia se misturar", disse Tenga, com amargura. "O que fazer? Se nos misturarmos, seremos destruídos. E seremos destruídos se não nos misturarmos."

Chofy abanou a cabeça, em desacordo, e engoliu mais uma talagada de rum.

"Mas às vezes eles tentam ajudar, os de fora."

Os dois tinham voltado a falar em uapixana.

"Até quando um de fora tenta ajudar ele atrapalha", disse Tenga, expondo os dentes numa careta embriagada. "Mas deixar a gente em paz que é bom, isso nunca. Isso eles não fazem. Eles montam em cima. Sentem muita compaixão pelo nosso sofrimento, pelo fardo que temos que carregar. Oferecem ajuda. Fazem qualquer coisa — exceto desmontar do nosso lombo."

Tenga fez um gesto, apontando em volta do armazém onde estavam.

"Olha só para isto aqui. Antes de abrir, as pessoas costumavam pescar e dividir tudo com as outras famílias. Agora eles levam o peixe para vender em Georgetown, por dinheiro, e vêm comprar coisas na loja. E você viu o poço lá fora? Alguém chegou aqui e perguntou o que nós queríamos. A gente não sabia. Então dissemos um poço. Eles construíram um para nós. Mas as pessoas sentem falta de descer até o rio para buscar água e conversar. O poço destruiu a vida social da aldeia. E a água tem um gosto diferente — horrível — parece ferro. Aí veio alguém e cagou no poço, ou as crianças jogaram lixo, e metade da aldeia se envenenou."

Chofy reparou que o sol estava se pondo e ficou ansioso por causa de Rosa.

"É melhor eu ir ver onde está aquela mulher, ver se ela está bem."

"O pior é quando eles vêm e casam conosco", Tenga falou com malícia, enquanto Chofy cruzava a soleira da porta.

Abandonada por Chofy e um tanto sem graça, Rosa sentou-se timidamente num banco, espremida entre várias outras mulheres, falando aruaque. Depois de algumas horas, o cansaço venceu a polidez e ela começou a cabecear. Uma mulher gorda a cutucou e perguntou se não gostaria de entrar e deitar numa rede. Não havia sinal de Chofy. Rosa entrou, subiu na rede e dormiu.

Quando acordou, estava escuro. Saiu e atravessou a clareira para se juntar às outras mulheres, que, àquela altura, tinham se espalhado pelos degraus das casas vizinhas. A areia dificultava e retardava o passo.

O professor da escola tinha pegado o violão. Alguém marcava o ritmo num pandeiro, enquanto ele dedilhava os acordes de "Knock-knock-knocking on heaven's door", num lamento vagaroso sob as estrelas, com todo mundo fazendo um coro melancólico. Dois ou três casais envoltos em sombras dançavam sobre a areia branca que cintilava entre as casas. Uma sensação de desolamento permeava a vila.

Depois de uns tempos, ouviu-se o som de um motor acelerando e de alguém gritando. Chofy, de porre, apareceu cambaleando na areia, vindo do outro lado do povoado. Ele ajudou Rosa a subir no veículo.

Homens, mulheres e crianças amontoaram-se no caminhão. Quase todos cheiravam a bebida. Um homem de nariz quebrado sentou-se ao volante e saiu. Chofy ia bem na traseira, com alguns outros homens, lançando olhares freqüentes para Rosa.

O veículo disparou pela trilha acidentada. Os galhos chicoteavam os passageiros. Todo mundo se segurava na carroceria. Depois de quase uma hora, deixaram a floresta e entraram de novo na savana. A lua estava alta no céu. O ar quente.

As estrelas rodopiavam lá em cima. Aos trambolhões, Rosa viu Órion escarrapachado de lado, na linha do firmamento, como se embriagado, com uma constelação pendurada entre as pernas.

"Mabukili", disse o vizinho do lado, quando viu para onde ela estava olhando. "O homem de uma perna só."

Todo mundo balançava, enquanto o caminhão seguia veloz pela noite.

Os olhos de Chofy tinham encolhido na cabeça. Ele cantava alto, numa espécie de cântico: *Estou com uma ereção. Onde é que eu ponho?*. Sempre de olho em Rosa. As pessoas riam.

Em mim não. Em mim não, entoou seu vizinho, solenemente. Era um homem atarracado, com um bigode à Charlie Chaplin, sentado com o braço em volta da mulher.

Rosa tentou cochilar. Chofy estendeu o braço, agarrou seu cabelo e puxou-lhe a cabeça. Ela se esquivou.

Estou com uma ereção. Onde é que eu meto? Os passageiros caíram na gargalhada.

Sossega o facho, sossega o facho, entoou o outro homem, com voz profunda, imitando Paul Robeson.

Começou um coro irreverente. Os homens sentados no fundo berravam em uníssono: *Não me ponha camisinha. Não me ponha camisinha.*

O caminhão parou sob o céu estrelado para que quem quisesse fosse mijar. As pessoas saltaram e se afastaram um pouco. Depois a viagem recomeçou.

O motorista dirigia feito louco, sem se preocupar com a segurança. O chacoalhar do caminhão e seu progresso irresponsável assustavam Rosa. Era como se todos os demais se deleitassem com esse mergulho no oblívio, como se a viagem representasse uma trilha rumo à extinção.

Àquela altura estavam indo a uma velocidade vertiginosa.

Nós vamos morrer. Nós vamos morrer, cantava o caminhão inteiro de índios para as estrelas acima. Para Rosa, era como se todos tivessem desistido da esperança e abraçassem a destruição com um abandono descuidado, felizes com o perigo, com a inevitabilidade da aniquilação.

De repente o caminhão chegou ao ponto onde a trilha se encontrava com a estrada principal. A suavidade e o silêncio da estrada, depois do caminho acidentado, tiveram como efeito imediato levar todos de volta a uma realidade diferente e o desvario abandonou a viagem. Ainda trafegando a toda, passaram pelo pedágio sem parar e os xingos do funcionário encarregado de cobrar fragmentaram-se atrás. Mas a sensação de brincar com o destino se fora. Continuaram em silêncio até Georgetown.

O motorista rodou pela cidade, deixando as pessoas em vários pontos. Parou na frente da grande casa branca onde Rosa estava hospedada. Ela desceu. Chofy já tinha desembarcado pelo outro lado. A noite estava silenciosa, só se ouviam os ruídos dos grilos e sapos. Os dois últimos ocupantes do caminhão olharam com curiosidade sonolenta. O motorista, morto de cansaço, debruçou-se ao volante, com uma mancha escura brilhante de suor na camiseta cinza, entre os ombros.

Chofy parou ao lado do veículo. Rosa deu-se conta da camisa de estampado vivo, do cabelo preto e do calor da noite.

"Posso ficar?"

O barulho do motor funcionando.

"Você está bêbado?"

"Estou sóbrio que só vendo." Ele cambaleou ligeiramente, depois tentou parar ereto mas mesmo assim continuou inclinado de lado.

Rosa lembrou-se do homem dizendo: "Espere até que algo aconteça e depois vá na onda".

"Pode. Você pode ficar."

O coração de Chofy deu um pulo e começou a bater mais rápido.

Os cães começaram um latido furioso. Abdul, o vigia noturno, veio abrir os portões.

"Vai sair de novo?", ele perguntou a Chofy.

"Não. Vou ficar."

Abdul afastou-se com um olhar de nojo teatral no rosto.

Os dois subiram os três lances da escada de madeira. A água-furtada estendia-se por todo o comprimento da casa. Embora as venezianas Demerara estivessem abertas, emoldurando o negror da noite, o sótão ainda retinha o calor do dia. Chofy acomodou-se rigidamente no sofá de encosto de madeira. Sentou-se ereto e fechou os olhos, meio subjugado pelo álcool e pelos sacolejos da viagem. Ficou imóvel.

Rosa esperou e, quando achou que tinha adormecido, saiu pé ante pé. O espaço era separado por meias divisórias de um lado e de outro, de modo que era possível andar por todo o comprimento daquele espaço sem abrir nenhuma porta. Sua cama ficava no canto onde o telhado era mais baixo. Ali as janelas tinham permanecido fechadas e estava tremendamente abafado.

Ela foi até o banheiro, escovou os dentes, tirou a roupa, sentindo-se como se tivesse se safado de algo. Depois deitou sob o lençol e estava a ponto de pegar no sono quando se deu conta de uma figura parada, hesitando nas sombras do espaço contíguo. Ele estava esperando, uma das mãos no beiral do teto, o pé semi-erguido, os dedos plantados no chão. Ela fechou os olhos e não fez nada. Não escutou o menor ruído quando ele entrou na cama ou tirou a roupa.

SOB AS ÁGUAS DO TELHADO

Estas foram as palavras ditas naquela noite, sob as águas do telhado inclinado, onde todo o ar quente do dia parecia ter se concentrado. Não importa quem disse o quê nem em qual ordem:

Posso deitar com você?
Pode.
Posso chupar seus seios?
Pode.
Você parece um pássaro. Seu corpo é para dançar.
Você é tão quente. Tão quente.
Você é tão forte.
Você é um bebê.
Mama um pouquinho.
Quero fazer amor com você.
Você é demais, mulher.
Senti tesão por você desde a primeira vez.
Quando eu faço isso, seus bicos empinam.
Me dá sua língua.
Meu espírito está fugindo do corpo.
Você é ingênuo. Está tremendo.
Você está prestando mais atenção naquele mosquito do que em mim.
Você é linda.
Quer que eu vá mais devagar?
Apóia as pernas na trave.

Quero continuar fazendo amor com você. Quero machucar você.

Deixa eu te dar um beijo.

Ai, estou sentindo isso.

Não é justo. Não é justo.

A gente não devia estar fazendo isso.

Você não está nem aí, está?

Gostei. Gozar não é o importante.

Depois risadas e risinhos graves, gorgolejantes.

É casada?

Sou só eu.

Quantas mulheres você tem?

Você gostaria de ter exclusividade, não gostaria?

Não me machuque aí.

Vem, deixa eu puxar você mais para baixo da cama.

Melhor fechar a porta. Pode subir alguém.

Eu não sei que porta fechar.

A que fica no topo da escada. Eu fecho.

Passos leves cruzando o chão quente.

Volte para a cama.

Não. Quero dormir um pouco.

Quero violar você. Quero parte da sua alma.

Que cicatriz é essa no braço?

Alguém tentou roubar meu relógio.

Você é um amante maravilhoso.

Sou homossexual.

Você pode ser o que quiser.

Não está me escutando. Não está me escutando.

Quero um pouco de afeto.

Você é lindo.

Continue fazendo assim.

Me abrace. Me abrace forte.

Você é uma amante e tanto.

Não me venha com superioridades.

Quero foder você.

O que acha que está fazendo?

Fazendo amor com você.

Mais devagar. Vai mais devagar.

Não.

Suas pernas são de seda.

Estou sentindo você contrair. Parece que está me segurando.

Você sabe mentir?

Quando é preciso.

Quanta timidez. Que vulgaridade.

Venha por cima.

Tenho preguiça. Eu avisei.

Vem você por cima.

Tem um cheiro tão doce.

Você tem gosto salgado.

Isso é suor.

Deixa eu te dar um beijo.

Olha lá uma barata. Rápido. Rápido. Ela foi pra baixo do colchão.

Quer que eu mate?

Quero.

Me dá a sandália.

Vamos dormir.

Deixa eu pôr a perna em cima da sua. Uma vez eu vi meu pai assim com minha mãe.

A casa em que os dois amantes dormiram era como um enorme navio, construída toda em madeira pintada de branco. Como um navio, rangia e estalava. Em todos os quatro andares, venezianas Demerara semi-abertas lembravam asas de madeira desdobradas. E, evocando um passado marítimo, nos parapeitos das janelas de cima alinhavam-se garrafas recuperadas das águas barrentas do estuário de Demerara: garrafas de gargalos compridos, garrafas cor de gengibre, robustas garrafas negras, garrafões de vidro verde, garrafas tintas com o verde do mar, que eram usadas nos navios negreiros vindos da África, e garrafas que, apesar de minúsculas, pesavam um bocado na mão.

Também como um navio, a casa continha passadiços e corredores, varandas, conveses e escadas. Eram tantos os diferentes níveis e quartos que as visitas se perdiam. Uma vez um hóspede abriu uma porta e deu de cara com uma família inteira, que ele nunca tinha visto antes, sentada tomando o café da manhã.

Era um galeão que acabara abicado numa cidade, entre uma hoste de outras naus encalhadas — Georgetown era uma cidade construída quase que só de madeira —, as casas eram como grandes escunas, veleiros, brigues, baleeiras miúdas, barcos estropiados, jangadas e chalupas. Era como se todas as casas de Georgetown, dos maiores palacetes aos menores barracos, tivessem um dia, no processo da evolução, pertencido a uma flotilha de embarcações marítimas que o oceano atirara à praia. Era uma armada transformada em cidade, uma frota de madeira em terra.

Enquanto os dois dormiam um sono leve, revirando debaixo do único lençol úmido, às vezes ao mesmo tempo, às vezes separadamente, o sol matinal começou a iluminar a água-furtada e os empregados da casa foram aos poucos se reunindo para o dia de trabalho.

Lá de baixo, o som estridente da cozinheira Anita cantando "Como é doce o som do nome de Jesus" subia flutuando até as janelas do sótão. Ela cantava numa voz aguda, esganiçada, sempre instalada a um passo sobranceiro da histeria, num tom de voz de taciturna ameaça, como se desafiando Deus a tratá-la mal.

Na cozinha, limpou o vapor do rosto negro reluzente e tirou a panela de alumínio de leite fervido do fogão para dar aos cães. Passou um pano na mesa e pôs em cima o mocotó, a carne de porco, a carne-seca, os cravos, os temperos e o tomilho. Depois foi buscar o tucupi e as pimentas vermelhas *maiwiri.*

Pela janela, viu Cuthbert atravessando o portão. Cuthbert era o mecânico que abandonara o navio e fora trabalhar na carpintaria da casa, junto com Crane.

"Quando é que vai voltar para o mar?", perguntou ela.

"Isto aqui é que nem papel mata-mosca. As pessoas grudam", ele respondeu de volta.

Anita soltou uma risada comprida, aguda.

"Verdade. Isto aqui é uma casa de contos." E continuou a cantar: "Aos ouvidos do crente".

Depois foi a vez de Aristotle Crane, o carpinteiro-chefe, aparecer, como fazia todas as manhãs de sua vida, até aos domingos. Mas, aos setenta e cinco anos, seu ritmo era bem mais vagaroso e passava uma parte considerável do tempo sentado numa pilha de lenha, com as pernas compridas estiradas à frente.

Ninguém conseguia se lembrar de uma época em que Crane não estivesse trabalhando na casa e o trabalho na casa não terminava nunca. Era um homem magro, com um único dente saliente, que entendia tudo de madeira: as tensões e pesos que cada variedade agüentava; que madeiras eram melhores para suportar o sal levado pelos ventos marítimos; que condições ajudavam a madeira a respirar e expandir; que métodos de preparo reforçavam as tábuas. O próprio rosto tinha os veios e a cor do mogno.

Quando jovem, fizera um curso noturno no Queen's, depois a escola técnica. Um bom professor ensinara-lhe os rudimentos. O pai e o avô lhe ensinaram o resto. Ele sabia fazer portas, janelas de guilhotina, venezianas Demerara e gelosias. Podia transpor a cozinha do último andar para o térreo e devolvê-la ao lugar de origem. Conhecia o jeito certo de desenhar treliças, janelas e divisórias para que pegassem a brisa mais tênue ou a rajada mais forte dos ventos alísios, de modo que a casa estava sempre fresquinha.

Aristotle Crane tinha um único medo — o de que um dia chegasse para o trabalho e a casa não estivesse mais lá. Quando ficou doente e o médico o aconselhou a fazer um tratamento e, talvez, aposentar-se nos Estados Unidos, ele recitou solenemente este hino em resposta:

Aqui estão enterrados nossos pais
Aqui moram nossos familiares
E também nossos filhos
Amar como, outra terra em outros mares.

Junto com os demais — Cuthbert, Boops, Henri e Boso —, Aristotle Crane formava o chamado parlamento da casa. Por volta das quatro da tarde, eles se encontravam no barracão dos fundos, onde Crane guardava a madeira. Ali, Henri, o marceneiro que se dizia descendente de franceses, índios, barbadianos e espanhóis, trabalhava assiduamente, fazendo lindos violões e pequenas caixas marchetadas com madeiras preciosas. Enquanto Henri trabalhava, Crane prestava ajuda servindo o rum e lustrando uma mesa ou um armário em fase de fabricação. Boops em geral era o escolhido para ir buscar gelo e limões frescos. A eles iam se juntar Cuthbert, Boso e, às vezes, algum passante ocasional que, por algum meio secreto, soubesse que o parlamento estava em sessão.

E então, no calor amenizado do final da tarde, aconteciam debates vagarosos e circunspectos, lerdos como melaço subindo o morro, pontuados por pausas ponderadas que podiam durar até dez minutos, durante as quais Leonard, o papagaio, oferecia de quando em vez sua contribuição das profundezas da mangueira que sombreava o barracão. Com vagar, amaciada pelo rum, envolta pelo aroma do cedro e da canela-limão, atolada até os tornozelos em aparas de madeira, essa prestigiosa e digna assembléia de parlamentares discutia toda a gama de tópicos, desde as momices ridículas do governo até a eficácia do repelente de insetos Pif-paf, passando pela natureza do sobrenatural, cujos embaixadores, vários deles, tinham ultimamente adquirido o hábito de visitar Aristotle Crane.

Era a mais veneranda das instituições, um parlamento incorrupto pelo poder.

Mais ou menos na mesma hora em que o parlamento se reunia, à tarde, o judiciário tirava os sapatos e realizava sessões lá em cima, no frescor da sala de estar. O judiciário era composto por Anita, a cozinheira, Indira, sua assistente, e a senhora Hassett, a governanta, cuja mente era como um ninho de passarinhos, confinada a finanças tão diminutas que mal enxergava a luz do dia, e que comparecia apenas quando se deixava convencer a largar os papeluchos em que garatujava suas somas enroladas. As últimas duas integrantes do judiciário eram Eileen, que fazia a limpeza, e Clara, a negra miúda que lavava e passava.

Ao jeito tradicional de qualquer tribunal, sentavam-se para julgar. E julgavam todo mundo, de astros de cinema a políticos, passando pelos hóspedes esporádicos que apareciam por lá, pelo restante da mão-de-obra e pelos respectivos maridos e namorados. E, quando alguma integrante do judiciário calhava de estar ausente, claro que era também julgada. Uma vez passada a sentença, eram poucas as chances de apelação.

O cargo de lorde camareiro e guardador das chaves era ocupado por Roy. Dois anos antes tivera um derrame, o que levara um lado do rosto a cantar melodia diversa da do outro. Isso, combinado à idade avançada, significava que seu progresso pela casa era lento. O esquecimento obrigava a repetições constantes do mesmo trajeto, porque sempre ficava uma coisa ou outra para trás. Havia o avançar lerdo, uma parada e depois a volta ao ponto inicial.

Os anos como funcionário da prefeitura, num prédio todo enfeitado de torres azuis, deixaram sua marca. Não havia saquinho de chá ou colherada de leite em pó cujo destino Roy não soubesse. A cozinha era trancada depois que os empregados iam para casa. Seu trabalho era controlar o conteúdo de armários e geladeiras. Mas os estoques desapareciam à noite, misteriosamente. Era como se fantasmas inalassem a comida toda. Ela sumia. Às vezes, quando calhava de entrar na cozinha de dia, encontrava crianças estranhas enchendo o pandulho com tigelas de arroz. Até anoitecer, os restos da salada de pepino e abacate que ele conferira no final da tarde já tinham desaparecido. Até descer as escadas para conferi-lo de novo, o jarro de suco de ameixa dentro da geladeira já estava três quartos vazio. Suas rondas intermináveis pela casa sempre revelavam algum objeto que evaporara ou fora transportado para outro lugar.

"O café deu chá de sumiço", podia-se ouvi-lo resmungando, enquanto fazia a inspeção. Por mais armários que trancasse, sempre havia alguma mão fantasma capaz de remover o que havia dentro.

Na manhã em que Chofy e Rosa dormiam no último andar da casa, Roy fez as rondas muito devagar, tomando um cuidado especial na conferência dos estoques, porque alguns hóspedes americanos da companhia Hawk Oil estavam chegando naquele dia.

A manhã já ia em meio. Tentando não ser visto pelos empregados, Chofy McKinnon desceu as escadas como se andasse no ar.

Tonto de felicidade, saiu e se pôs a caminho por entre valetas de esgoto estagnado e trechos de grama seca, pisando cauteloso nas pilhas de pedras empoeiradas sendo usadas para tapar os buracos da rua. Então, a lembrança do que acabara de acontecer tomou conta dele de tal forma que parou quieto uns instantes, no meio da rua.

Tinha decidido que devia visitar tia Wifreda. Ela estaria se perguntando o que fora feito dele. Mas, antes, não podia resistir a passar uns momentos no Jardim Botânico, para remoer uma e outra vez na cabeça o que estivera se passando em sua vida desde o início da semana.

Encontrou um banco no jardim, perto de uma estátua abandonada da rainha Vitória, postada em meio à vegetação rasteira malcuidada. Viu as garças empoleiradas nos ombros de mármore branco da rainha, depois fechou os olhos e acomodou-se num devaneio abençoado, repetindo sem parar os acontecimentos dos últimos dias. Sentia que toda a sua vida fora transformada. Possibilidades infinitas abriam-se a sua frente. Ele iria morar na Europa. Ou talvez Rosa viesse morar com ele. Ele construiria uma casa para ela. Marietta entenderia. Bla-Bla poderia ir visitá-los.

Meia hora mais tarde, uma guinchada de freios o fez abrir os olhos. Rohit Persaud, seu senhorio, parou ao lado dele, numa bicicleta. Estava meio tocado, torto, um pé num pedal, o peito suarento luzindo na abertura da camisa preta.

Chofy cumprimentou-o.

"Como vão as coisas?"

Rohit sacudiu a cabeça, decepcionado e frustrado.

"O mesmo de sempre. Bandeira vermelha hasteada. Chuva. Nada de brincadeira. Ela me botou para fora. Ela se veste com uma camisola toda transparente para me deixar excitado e depois não dá. Está com um ciúme danado. Eu vou me matar."

Chofy sorriu.

"O que vai fazer? Dar um tiro na testa?"

"Não. Quando chover, vou enfiar a cabeça num dos buracos da rua D'Urban e me afogar."

Rohit ergueu os braços e começou a cantar um calipso com voz chorosa:

Ah, que mulher mais exigente,
Quer controlar a vida da gente.

"Eu vou tomar umas e outras. Quer vir comigo?"

Chofy desculpou-se e levantou do banco.

"Tenho que ir ver minha tia. Ela está doente."

Rohit instalou-se de novo na bicicleta e saiu gingando na direção de um dos bares da rua Robb.

O Lar São Francisco de Assis, onde tia Wifreda estava, ocupava um pedaço da rua Thomas. Era uma cidade dentro de uma cidade, uma cidade de velhos, conhecida como Cidade dos Corocas, composta por choças de um só cômodo, administradas pela Igreja católica.

Ao chegar à entrada, nem mesmo a visão dos casebres funestos conseguiu destruir-lhe a felicidade. Da janela do primeiro, a zeladora virou a cabeça para ele com letargia e lhe fez um aceno ao abrir os portões. Ainda de camisola, o rosto inchado e da cor amarelada de açafrão, ela se abanava devagar, explicando que estava doente, tinha o coração dilatado.

De início tinham sido duas fileiras de cômodos, uma de frente para a outra. À medida que o lugar foi crescendo, foram surgindo outras moradias estropiadas aqui e ali, todas com ar atabalhoado, intoxicado, erguidas com tábuas entrecruzadas e ligadas por caminhos de rato gastos de tantas andanças. Cada choupana fora erguida sobre estacas, com quatro ou cinco degraus levando até a porta. Do lado de fora de todas elas havia um pequeno puxado para cozinhar, coberto por uma única folha de zinco. Onde o terreno era pantanoso, algumas tábuas cobriam os labirintos malcheirosos que separavam as casas.

As mulheres chegavam até a janela para ver quem estava passando. Umas duas pediram dinheiro. Outras lavavam ou tiravam o pó das choças descoradas, varrendo tudo da porta para fora. Havia as que apenas olhavam. À sua direita, uma mulher muito velha e murcha ergueu a saia cor de laranja e esvaziou os intestinos na valeta ao lado da casa.

O quarto de tia Wifreda ficava na outra ponta. Do topo do puxado, o papagaio verde da tia saltou para o telhado de zinco, fazendo estardalhaço, e soltou uma risada catarrenta com a aproximação de Chofy.

Ele subiu os degraus correndo e abriu a porta.

Tia Wifreda estava esparramada na cama, com a camisola azul e um tampão sobre o olho direito, que já fora operado. Do lado esquerdo do cômodo havia um balde amarelo de plástico e várias panelas.

Ela abriu o olho bom.

"Você trouxe fumo, Chofy?"

"Não, tia."

"Minha cabeça está me matando. Por favor, vá me pegar um pouco de fumo de corda."

Chofy xingou-se pelo esquecimento. Teria que andar até sua casa. Fumo do Rupununi era quase impossível de achar em Georgetown.

"Eu vou buscar um pouco. Como está se sentindo?"

"Com dor."

"Tia Wifreda." Chofy não agüentava de ansiedade. "Lembra-se de alguém chamado Evelyn Waugh, que foi ao Rupununi muito tempo atrás?"

"O quê?"

"Eu queria trazer uma amiga aqui. Ela quer saber se a senhora se lembra da passagem de Evelyn Waugh pela savana."

Tia Wifreda gemeu.

"Eu não quero ver ninguém. Diga para eles irem embora. Sim, eu me lembro dele. Cara de fuinha e uns olhinhos de pedregulho. Ele assistiu missa conosco, ao ar livre."

"Não precisa ficar tímida. Ela só quer lhe perguntar umas coisas."

Tia Wifreda gemeu, virou para o lado e fingiu estar doente demais para responder.

"Bom, quem sabe ela vem daqui uns dias, quando estiver se sentindo melhor", Chofy insistiu. "Eu volto mais tarde com o fumo."

Cruzou a porta e saiu.

Nem mesmo o longo trajeto de volta, o sol que lhe castigava as costas e o cemitério Le Repentir, com suas tumbas feito dentes quebrados enfiados em ângulos diversos no chão, foram capazes de extinguir aquela sensação de felicidade. Entrou na parte da cidade onde morava. O cheiro do óleo rançoso das barracas de comida de Albouystown não lhe embrulhava mais o estômago.

Assim que se aproximou da casa, ouviu a voz da mulher de Rohit, berrando com uma outra da janela.

"Todo mundo sabe que seu traseiro é quente demais para sentar no banco da igreja, hoje em dia. Não é mesmo, dona senhora?"

Uma figura esquivou-se por trás da ombreira da porta da casa em frente.

"Olha como ela se esconde. Olha só como ela não ousa mais sair de casa. E quando sair, eu vou quebrar a cara dela."

Rohit entrou em cena, bêbado, empurrando a bicicleta.

"Isso mesmo", berrou ele. "Baixa as calças e mostra a bunda para eles, madame Zona de Guerra. Mas hoje à noite eu te pego, quer queira, quer não, senhora Hostilidade."

Chofy entrou em silêncio. O pequeno quarto nu fechou-se afetuosamente em volta dele. Tudo naquele quarto parecia cheio de promessas, até mesmo a cadeira preta de plástico, com o enchimento escapando para fora. Ajustou o bujão de gás no fogão e revistou a mala, à procura de fumo. Depois tirou a toalha do espelho e olhou seu reflexo. Na mesma hora entrou em pânico ao pensar que estava ficando gordo demais. Não podia ficar gordo. Afundou na cadeira.

Durante alguns minutos, permaneceu de cenho franzido, sentindo-se culpado, mordendo o lábio. Era a hora do dia em que Marietta estaria aguando as árvores frutíferas. Ele imaginou suas costas e ombros largos, enquanto ela vertia água do balde. Imaginou Bla-Bla lutando com o carrinho de mão cheio de lenha.

"Mas a vida é tamanha batalha e eu mereço um pouco de felicidade", alegou consigo mesmo.

Algum tempo depois que Chofy saiu, tia Wifreda sentou-se na cama e pôs os pés no chão. O quarto estava quente e abafado.

Desde que ouvira o nome de Evelyn Waugh, achava-se inquieta. Ele trazia toda aquela história de volta. Wifreda ainda carregava um fardo de culpa. Restavam poucas pessoas que sabiam o que tinha acontecido. Tirou o tampão do olho, mas a pálpebra e a carne em volta ainda estavam tão inchadas que não pôde abri-lo direito para testar a visão. Durante toda sua vida adulta temera ficar cega simplesmente pelo parentesco que tinha com o irmão Danny e a irmã Beatrice. Parentesco com eles era, por si só, suficiente para garantir algum tipo de represália sobrenatural.

Passou a mão pela testa, onde a dor de cabeça se instalara por trás do olho, com os pensamentos agarrados ao cérebro feito caranguejos num barril. Diria o mínimo possível sobre Evelyn Waugh — não que ele tivesse alguma coisa diretamente com aquilo. Mas ela própria lhe contara a verdade e, até onde sabia, o homem podia estar vivo ainda. Beatrice, sua irmã, ainda podia ser processada por aquela história com o padre. Wifreda sabia que estava viva, num asilo de velhos em algum lugar no Canadá.

Sim, de fato lembrava-se de Waugh. Lembrava-se dele parado, vestido com calça de golfe, ao lado da mesa que havia debaixo da mangueira, onde a família às vezes comia. Ele achava curioso ver os McKinnon sentados para comer em roupas européias, mas falando uapixana e de pés descalços sob a mesa, com arcos e flechas pendurados no encosto das cadeiras.

E lembrava-se do encontro de Waugh com seu sobrinho Sonny. Sonny era filho da irmã Beatrice. Quando Beatrice foi embora para o Canadá, pediu a Wifreda para criá-lo.

Curioso como as lembranças de tanto tempo atrás eram mais nítidas em sua cabeça do que o que ocorrera no dia anterior.

Via Evelyn Waugh com clareza, bengala na mão, saindo da casa e indo na direção do rio. Sonny devia ter uns catorze anos. Estava sozinho, sentado à mesa debaixo da imensa mangueira, de olhos abertos mas com aquele sorrisinho nos lábios a indicar que dormia. O macaco de estimação da família tagarelava na jaula e a arara vermelha olhava em silêncio, lá do alto da mangueira. Ele era um menino bonito, de cabelos pretos e olhos negros grandes, oblíquos, num rosto em forma de coração. O senhor Waugh não devia saber que Sonny dormia de olhos abertos.

Sonny estava sentado ereto. Sombras em forma de losango, projetadas pelas folhas, pontilhavam-lhe o rosto e a parte superior do corpo. Ele se mantinha ereto, com as mãos postas na mesa a sua frente. As sombras em movimento o deixavam parecido com um arlequim. Às vezes as sombras das folhas se juntavam todas, feito o desenho no pêlo de uma onça. Um mago da noite, sentado a uma mesa ensolarada.

Havia duas regras com Sonny. Não assustá-lo era uma. Não falar depressa demais era a outra. Evelyn Waugh foi até ele e quebrou as duas de uma vez só.

"Boa tarde", ele disse, em voz alta, jovial, que soou como se estivesse tentando ser agradável. "Pensei que todos tivessem saído para pescar no..."

Nem chegou a terminar a frase. Sonny explodiu num remoinho de movimentos agitados, desajeitados, ao ruir por terra aquele seu espaço fechado tão veementemente guardado. Levantou-se aos tropeções, derrubando uma cuia da mesa, e entrou em casa. Depois de um minuto ou dois, a sombra de sua rede apareceu balançando-se de lá para cá no quarto.

Waugh, vexado, ameaçou ir atrás dele, mas, depois, sentou-se à mesa para ler *Dombey and son* até que os borrachudos *kaboura* o forçaram a entrar de novo.

Foi para compensá-lo por esse encontro que Wifreda, num raro acesso de franqueza, confidenciou-lhe a história de Sonny, não que o escritor parecesse estar especialmente interessado; na verdade, chegou a detectar nele um certo nojo enquanto ouvia. No dia seguinte, dera uma espiada em seu diário e descobrira uma referência cifrada ao assunto e a seu sobrinho "bastardo e lelé da cuca".

Tia Wifreda fechou os olhos. Mesmo agora, depois de tantos anos, lamentava-se pelo que ocorrera e sentia falta da irmã Beatrice, mais do que poderia expressar em palavras. Uma dor férrea lhe pesou no estômago, ao lembrar-se da separação. Beatrice fora a irmã mais velha e cuidara de todos eles. Todo mundo gostava dela. Se alguém pertencia às savanas, esse alguém era Beatrice. Ela conhecia todas as criaturas, todas as pedras, rios, passagens, moitas e plantas existentes num raio de quilômetros.

Tia Wifreda fechou os punhos e fez uma careta, ao lembrar-se de como fora em parte responsável pela partida de Beatrice.

Deitou-se, revirando sem parar na cama, no quarto sufocante.

A lembrança de Beatrice deixando para sempre Waronawa entrou-lhe na cabeça muito clara, com todos os detalhes.

A família toda levantara antes do amanhecer. Danny, o irmão mais velho delas, ia de um lado a outro, da casa até a carroça de boi, empilhando suas malas e cestos. Beatrice parecia perfeitamente calma. Sentada à mesa, comendo pudim de tapioca. Seus nove irmãos e irmãs, a maioria deles, estavam também presentes, lá na cozinha, com as duas mamais, Maba e Zuna. Havia ainda alguns vaqueiros, de pé mais cedo do que de hábito porque uma das éguas ia dar cria. Pouca coisa foi dita.

Wifreda tinha ido de Pirara até lá para se despedir dela e pegar Sonny. Beatrice estava com Sonny nos braços. Danny queria partir antes do amanhecer, mas o céu já começara a se tingir de rosa e verde-ovo-de-pata. Até estarem prontos para partir, o sol batia no topo dos montes Kanaku. As próprias montanhas pareciam ter se aproximado de Beatrice, com o toque do sol.

Quando subiu na carroça, Wifreda levantou Sonny até ela, para dizer adeus. O menino sorriu para alguma coisa situada além do ombro da mãe, mas não para ela, pelo menos não de maneira óbvia. Desviou a cabeça e afastou-se quando Beatrice passou-lhe a mão pelo cabelo. Depois Danny tocou nas rédeas e a carroça partiu.

A última coisa que Wifreda viu de Beatrice foram as costas daquela figura ereta, desafiadora, os cabelos escuros caídos no ombro, segurando na lateral da carroça e olhando em frente, para o pé do céu, onde os montes Kanaku terminavam e começava a savana.

BEIJA-FLOR CHUPANDO MEL

Passar a noite fazendo amor fez Rosa se sentir calma, feliz, meio sem peso, como se flutuasse. Mais que tudo, estava surpresa. Cruzou os braços atrás da cabeça e esticou os dedos dos pés, debaixo do lençol. No que daria aquilo tudo? Não fazia idéia. Em geral agia com vagar, de modo ponderado, avançando pela vida de um jeito metódico e minucioso. Tinha cautela em seu trato com o mundo. O que acontecera? Verdade que fora avisada de que esse era um país do acaso. Ocorreu-lhe que talvez nunca mais visse Chofy. Ou que talvez terminasse por tê-lo como parceiro de toda uma vida. Não havia como prever o que seria. O lençol amarfanhado enroscou-lhe nas pernas, quando se virou para dormir mais um pouco, com os acontecimentos da noite a seu lado, feito um bom sonho.

A manhã já ia alta quando finalmente levantou, tomou banho e pôs um vestido de algodão estampado. De olhos semicerrados, olhou-se no espelho salpicado de manchas pretas e passou o pente pela cabeleira negra emaranhada. Tomada por uma espécie de devaneio, não conseguiu fazer nada e por isso desceu à procura de algo para comer. Sentou-se à mesa ao ar livre, sentindo-se constrangida, como se a atividade sexual da noite anterior estivesse estampada por todo o corpo, como um daqueles carimbos luminosos de entrada numa discoteca londrina.

Como se para confirmar seus temores, havia um outro hóspede a espiá-la com uma certa curiosidade por trás dos óculos, sem armação em cima e com armação de aço em baixo. Tufos rebeldes de cabelo voavam espaventados do topo da cabeça meio calva, cor-de-rosa. Depois de alguns minutos, ele levantou e encaminhou-se desajeitado até sua mesa, o paletó esvoaçando em torno.

"Posso me apresentar? Meu nome é Michael Wormoal. Sou antropólogo, da Universidade de Berna. Eu a vi saindo ontem, com um grupo de índios, não foi?"

"Foi sim", Rosa respondeu, cautelosa.

"Eu sou tcheco. Meu campo de pesquisa é mitologia comparativa entre os índios sul-americanos. Quando eu a vi ontem, fiquei curioso... Será que... bom... será que está fazendo alguma coisa na minha área?"

Rosa detectou um certo desafio competitivo na pergunta.

"Estou fazendo uma pesquisa, mas em literatura", ela respondeu, educadamente.

Ele riu.

"Ah, bom, muitos de nós, antropólogos, estamos apenas escrevendo má ficção, hoje em dia. Parece que está na moda. Análise por metáfora. Uma espécie de preguiça, no fundo."

Rosa sorriu junto com ele.

"Estou aqui para fazer uma pesquisa sobre o escritor inglês Evelyn Waugh, que esteve no país nos anos trinta."

Ele parecia aliviado.

"Seu amigo que saiu agora há pouco... que tipo de índio ele é?"

"Uapixana."

"É mesmo? Parte das minhas pesquisas de campo foi entre a tribo uapixana. Acho que provavelmente sei mais sobre os povos ameríndios do que eles próprios sabem sobre si. Como é o nome dele?"

"Ele se chama Chofoye McKinnon. Chofy é o apelido. Aparentemente é um nome uaiuai. Significa 'explosão das cataratas' ou 'águas rápidas'."

"Interessante." Wormoal anotou em seu bloco. "Eu gostaria muito de conhecê-lo."

Uma onda inexplicável de sentimento de posse fez Rosa faltar à verdade.

"Não sei direito quando ele volta."

Wormoal perguntou, com um gesto, se podia sentar-se à mesa. Ela acenou que sim com a cabeça.

"É uma pena", Wormoal disse, sentando-se, "que a cultura indígena esteja se desintegrando tão rápido atualmente — contaminada pelos muitos contatos com outras raças."

Rosa levou suas palavras pelo lado pessoal e corou.

"Bom, eu sou uma internacionalista, acho. Acredito na mistura das raças", disse, hesitante.

Dali a instantes, sob as amabilidades, travava-se uma discussão de aço.

"Então está indo contra a corrente moderna", Wormoal falou. Os óculos reverberavam sob o sol do meio-dia. "As pessoas querem estar com sua própria gente. Todo mundo, hoje em dia, está recuando de volta aos grupos homogêneos. Negros com negros. Sérvios com sérvios. Muçulmanos com muçulmanos. Veja meu exemplo. Eu sou tcheco. Primeiro todos nós nos livramos da União Soviética, depois nos separamos dos eslovacos. Agora estamos contentes."

Uma das empregadas da cozinha chegou trazendo uma travessa de fatias vermelhas de melancia. Rosa descobriu-se defendendo a velha Tchecoslováquia.

"Eu costumava passar as férias na Tchecoslováquia com meus pais. Sempre nos divertimos muito."

Wormoal lançou um sorriso ligeiramente superior.

"O socialismo vigente, real, era muito diferente para quem vivia sob ele. Eu passei para o outro lado, agora. Acredito na pureza da nação."

Rosa levou um choque.

"As pessoas já sofreram um bocado com esse tipo de idéia. Esse tipo de pureza lança sombras escuras."

"Certo, mas tem que admitir que possui seus atrativos." O tom com que falava era provocativo. "E vocês, judeus, também optaram por se isolar em Israel."

"Na verdade, eu não sou sionista", ela respondeu de um jeito meio abrupto. "Apóio os palestinos na maioria das questões."

Rosa não conseguia acreditar que a conversa tivesse escalado para um terreno tão perigoso assim tão depressa. Tentou neutralizar o diálogo.

"Sua pesquisa é toda sobre a mitologia ameríndia?"

"É. Vou fazer uma palestra na universidade, sobre a abordagem científica da mitologia. Tenho uma cópia da palestra aqui comigo, se quiser dar uma lida." A transpiração escureceu um tufo de cabelo loiro que caiu sobre a testa rosa, enquanto ele procurava na pasta e entregava o documento a Rosa.

"Mas com certeza você próprio também contamina os índios, quando passa uns tempos com eles", disse ela, sem conseguir resistir, dando uma olhada rápida no documento.

Uma expressão pesarosa tomou conta do rosto de Wormoal. Lá de dentro da cozinha saíam ruídos de pratos batendo.

"Receio que esteja certa. Nós tentamos apenas observar, mas só com nossa presença alteramos as coisas. Os meus são os talentos desperdiçados de um agente secreto. Tenho o mapa todo deste país na cabeça. Conheço a história e os movimentos dos povos indígenas daqui, suas estruturas de parentesco, ocupações, filosofias, cosmologias, padrões de trabalho, línguas. Nós, os europeus, temos acesso a todos os livros e documentos que faltam a eles. E o que faço com esse conhecimento? Torno-me um catedrático e enriqueço as culturas européia e norte-americana com ele."

Rosa olhou-o curiosa.

"Você faz o conhecimento parecer uma nova forma de poder colonialista."

Wormoal assustou-a ao se debruçar de repente para ela com uma expressão intensa no rosto.

"Mas é claro que sim. A informação é o novo ouro. Você, como pessoa versada no assunto, devia saber disso. Meu conhecimento sobre os índios é uma forma de possuí-los — admito. Nós lutamos pelo território intelectual. Mas é melhor que roubar-lhes as terras, não é mesmo?"

Confusa, Rosa esquivou-se de ser equiparada a ele. Querendo se safar o quanto antes, levantou para sair da mesa.

"Obrigada pela cópia. Vou ler assim que tiver um tempo. Preciso subir para continuar meu trabalho."

"Eu aviso quando for falar na universidade. Talvez queira ir me ver."

"Muito obrigada."

No momento em que se levantou, um Land Rover novo em folha, com as palavras "Hawk Oil" escritas na lateral, estacionou no pátio. Cinco homens brancos, corpulentos e curtidos de sol, todos de boné de beisebol, saltaram. Dois trajavam ternos leves. Três estavam de camiseta e jeans.

"Eles chegaram. Os americanos." Anita, a cozinheira, parada no pátio, berrava excitada lá para cima. A senhora Hassett, a governanta, saiu às pressas para cumprimentá-los. Os recém-chegados olharam em volta, com olhos de donos.

Ao subir para sua água-furtada, Rosa cruzou com Anita e Indira na escada.

"Quem sabe eles nos arranjam um visto." Anita estava dando risada. "Ou quem sabe um deles se case comigo. Ou quem sabe eles nos levem para os Estados Unidos no bolso, ou escondam a gente na mala."

No sótão reinava calor e paz, um refúgio seguro. A conversa com Wormoal fora perturbadora. Ela deitou-se de novo, de cenho franzido, examinando a tese acadêmica que ele lhe emprestara. Estava abalada com as opiniões dele. A integração racial sempre fora a pedra de toque de sua visão de mundo. Mas ele provocara nela um certo constrangimento, por causa do relacionamento com Chofy, como se tivesse introduzido uma cunha envenenada entre os dois. Começou a ler:

Os Elementos Estruturais do Mito — M. J. Wormoal

> Minha intenção, hoje, é falar a vocês sobre a ciência da mitologia. Acho que estamos todos de acordo no que diz respeito à ciência ser a estratégia vitoriosa do mundo moderno. Ciência e razão são invocadas em todos os campos, inclusive em áreas que até pouco tempo atrás escapavam desse terreno, como a mitologia.
>
> Não há nada que não possa ser tratado pela razão. Como disse Stephen Hawking: "Vivemos num universo governado por leis racionais".
>
> No fim, está tudo escrito em linguagem matemática. Basta que ela seja decodificada e o mundo se rende. Costumávamos achar que, obedecendo à natureza, nós a comandávamos. Essa foi a base de grande parte da antiga cultura ameríndia. Agora, no entanto, já entendemos que o homem é o dono e o possuidor da natureza. A necessidade de obedecer desapareceu.

Depois de muitos anos de pesquisa, descobrimos que os métodos mais eficazes e férteis para se analisar os mitos são aqueles regulados pela álgebra. Com a álgebra, podemos constituir um conjunto de elementos de unidades através dos quais é possível comparar os mitos e analisar sua lógica interna. É para a ciência que deveremos olhar de agora em diante, quando estivermos em busca de explicações para a mitologia. Até mesmo o corpo divagante e malformado de entidades artísticas enquanto mitologia tem uma base científica e isso pode ser provado.

Vou tomar vários mitos originados nas Américas e dividi-los estruturalmente numa série de elementos com relações ordenadoras.

Os mitos que escolhi são do estreito de Bering, da tribo uapixana das savanas do Rupununi e dos tupinambás do Brasil. A cosmologia ameríndia está na raiz de todos esses estudos.

Por toda a América, desde o estreito de Bering, no extremo norte, até a ponta sul do Brasil, um dos mitos mais comuns e difundidos refere-se ao eclipse, que representa o incesto entre irmão e irmã, sob a forma do sol e da lua copulando. Os detalhes dos mitos variam, com algumas correspondências.

O que pretendo fazer é relatar rapidamente esses mitos para ver quais são as constantes e quais as variáveis. Poderemos então tomar certos elementos de unidades e encontrá-los repetidos numa variedade de combinações, para as quais é possível aplicar-se uma fórmula matemática.

O primeiro mito vem dos esquimós do estreito de Bering. Refere-se a um irmão que se apaixona pela irmã, passando a persegui-la sem descanso. Ela se refugia no céu e transforma-se na lua. Ele continua a persegui-la sob a forma de sol. Quando ele a alcança, eles se abraçam e há um eclipse.

O mito uapixana que eu vou usar também se refere ao eclipse. Eles acreditavam que o homem vivia em harmonia com a natureza — é bom acrescentar que o incesto vem a ser o símbolo da natureza, em oposição à sociedade. Essa harmonia termina quando um eclipse separa os seres humanos das plantas e dos animais. Eles acreditavam que um irmão visitava secretamente sua irmã, à noite. Ela gostava disso, mas, sem saber quem ele era, um dia pretejou o rosto dele com jenipapo mágico, para identificá-lo. De vergonha, o irmão subiu para o céu e tornou-se a lua. É por isso que a lua tem manchas escuras na face.

O mito tupinambá é semelhante, só que é a irmã quem deliberadamente seduz o irmão intoxicado, durante uma festa, para dar nome a uma criança. Ela pinta o rosto dele com jenipapo para torná-lo belo. Quando ele percebe o que fez, sai correndo da casa com um feixe de flechas e corre até uma clareira no mato. Lá, ele dispara uma flecha para o céu e mais outra em cima dessa e outra, até que se forma uma escada de flechas. Ele sobe para o céu e se torna a lua. Ela tira a saia e o segue, nua, para o céu, tornando-se a estrela Vésper. Lá embaixo fica uma criança que não recebe nunca um nome.

Pois bem, em todas essas histórias há certas semelhanças e coincidências. O eclipse. Incesto. Metamorfoses em sol, lua ou estrela. A separação entre homem e natureza. O estabelecimento de uma ordem mágica. É preciso que eu introduza ainda um outro elemento, o tapir, que é o animal símbolo do incesto entre várias tribos sul-americanas e que guarda a árvore da vida. Existe um mito da criação nas savanas, no qual dois irmãos derrubam essa árvore — na verdade o monte Roraima — e uma enchente jorra do tronco.

Portanto, temos um conjunto de elos de conexão entre:

O eclipse. Incesto. O dilúvio.

E um outro conjunto de elos entre:

O tapir. O dilúvio. Caos.

Se conferirmos a cada mito um número, por exemplo M1, M2 etc. e estabelecermos que S é sol, L é lua e assim por diante, teremos um conjunto algébrico completo de equivalências.

"O que está lendo?"

Rosa ergueu os olhos. Chofy aproximara-se em silêncio e estava de pé ao lado da cama, sorrindo para ela.

"Um homem que conheci lá embaixo me deu o trabalho dele para ler."

"Que homem?"

"Um outro hóspede."

"Eu quero fazer amor com você."

"De novo?", Rosa riu. "E quando é que eu vou poder trabalhar um pouco?"

Chofy atirou-se na cama, ao lado dela.

"Eu quero mergulhar nesse pote de mel e me lambuzar inteiro." Ele a segurou e beijou-a no pescoço. Ela se esquivou. Ele sentou-se na cama, olhando para ela.

"Eu estou dominado por você. Quero trepar agora, neste minuto. Estou intoxicado por você."

Rosa tentou desviar o assunto.

"Esse homem estava falando de mitologia uapixana. Você deve saber alguma coisa a respeito. Ele quer conhecê-lo."

"Eu não sei de mitologia nenhuma. Quem é esse homem?"

"O nome dele é Michael Wormoal."

"Conversou muito com ele?"

Chofy estava atravessado na cama de Rosa, o rosto coberto por uma máscara ciumenta e sem expressão.

"Eu contei a ele de você e o que seu nome significa." Ela tentou acalmá-lo.

"Não devia ter feito isso."

"Por que não?"

"Nós não devemos contar às pessoas sobre nossos nomes. É uma crença. Eu só lhe contei porque confio em você."

"Desculpe. Eu não sabia."

"Eu teria voltado mais cedo, mas tive que buscar fumo para minha tia." Ele tirou o pacote de fumo do bolso e jogou sobre a cama.

"Será que não podíamos ir ver sua tia Wifreda e voltar para cá depois?", sugeriu Rosa.

"Eu lhe disse, ela está doente. Acho que não pode receber ninguém", falou Chofy, com frieza.

"Bom, eu queria pôr umas cartas no correio. Quer vir comigo?"

"Claro", disse Chofy, com uma exibição deliberada de polidez.

Na volta do correio, subiram até o Café Demico, sentaram-se numa das mesas brancas de ferro batido e pediram uma cerveja cada um. Rosa pagou.

"Desculpe", disse Chofy. "Eu não devia ter me comportado dessa forma. Eu mal a conheço, mas sinto tanto ciúme de você."

Ela sorriu para ele. Plantas trepadeiras se retorciam pelas treliças, atrás da cabeça de Rosa. A saia se levantara, presa por uma das traves do braço da cadeira. Os olhos de Chofy deslizaram pelo comprimento das pernas pálidas. Ele a espiou bebendo. Enquanto ele próprio bebia, o rosto inchou de desejo e ele continuou encarando Rosa.

"Vamos embora. Eu quero foder. Você se importa que eu diga foder?"

"Não."

"Eu queria botar você encostada numa parede e foder você."

"Deixa eu terminar minha cerveja. E o fumo da sua tia Wifreda?", Rosa riu.

"Bom, podemos entregar isso primeiro." Ele sorriu, pediu licença e foi até o banheiro. Abaixo do café, nos fundos, ficava uma garagem de caminhões. O calor, o cheiro de fumaça e de piche derretendo invadiam o ar escaldante. Rosa relaxou. O cheiro industrial a fazia lembrar-se de Londres.

"Gostaria de ir à Inglaterra? Ir e ficar comigo lá?", ela perguntou, quando ele voltou.

"Claro."

Tomaram mais uma cerveja cada um e saíram.

Tia Wifreda tinha se levantado e estava reclinada numa cadeira, na porta, com o tampão ainda cobrindo o olho. Depois de dormir em rede, a cama parecia dura.

Chofy apresentou Rosa. Tia Wifreda enrolou um cigarro, segurando-o em frente ao olho bom. O papagaio verde empoleirou-se no encosto da cadeira, a cabeça para o lado, inquisitivo. Rosa inclinou-se para a frente e falou um tanto alto demais, como se tia Wifreda fosse surda.

"Eu conheci uma senhora chamada Nancy Freeman na Inglaterra. Ela me disse que a senhora se lembraria da visita de Evelyn Waugh. Estou tentando recolher toda informação que for possível sobre ele."

Tia Wifreda mudou de posição na cadeira, desconfortável, e deu uma risada constrangida.

"Isso faz muito tempo. Não me lembro de muita coisa."

O rosto não demonstrava nada. Era impossível dizer se fora ou não afetada pela visita.

"Não se lembra de nada, tia, do que Evelyn Waugh possa ter feito ou dito?", Chofy interveio, ansioso em nome de Rosa.

"Não. Na verdade, não."

"Estou querendo viajar até o Rupununi, ver se encontro alguém lá que se lembre dele", disse Rosa, tentando atiçar a memória da velha.

Depois de refletir uns momentos, a velha senhora respondeu: "Estão todos mortos agora, e as chuvas começaram. Você não poderia viajar. Se meu irmão Danny estivesse vivo, ele poderia levá-la. Com a canoa, Danny era capaz de encontrar o caminho melhor que um peixe. Mas ele também morreu."

Lá estava de novo a imagem de Danny em seu leito de morte. Tia Wifreda começou a suar. O padre estava perguntando a Danny o que, exatamente, acontecera com o padre Napier e Danny, a pele cor de bronze ainda mais amarelada pelo problema no fígado, contando mentiras com seu último suspiro e dizendo: "Uma epidemia o matou. Nada mais. Só uma epidemia local". Minutos depois, Danny morreu. Em poucas horas, o corpo fedia tanto que tiveram que tirá-lo da casa e o funeral foi feito com o corpo em cima de uma mesa, ao ar livre, na beira do rio.

Rosa estava dizendo qualquer coisa.

"O quê?", tia Wifreda enxugou a testa com a manga da camisola.

"Eu estava só dizendo que tem mais alguém que talvez queira falar com a senhora. Um homem chamado Wormoal. Ele fez algumas pesquisas sobre as crenças uapixana que falam do eclipse. Eu estava lendo a respeito esta tarde."

De repente, tia Wifreda sentiu-se muito mal, com muito calor. Escutou uma trovoada nos ouvidos, como se alguém tivesse feito soar um sino pesado que vibrava numa única nota. O rosto de Rosa começou a se derreter nas beiradas e a se transformar no rosto de sua irmã Beatrice. O cômodo inteiro passou a oscilar. O chão e as paredes ondulavam lentamente.

"Deixem-me. Vão embora." Ela falou em uapixana com Chofy. Preocupado, Chofy ajudou-a a apagar o cigarro e a voltar para a cama. E fez um sinal para que Rosa o esperasse lá fora.

"Acha que ela vai ficar bem?", perguntou Rosa, preocupada.

"Espero que sim."

Voltaram a pé para casa, lentos e calados, pela tarde calorenta.

"Em que está pensando?", ela perguntou, curiosa por saber se estava inquieto com a tia.

"Beija-flor chupando mel."

* * *

Depois que eles partiram, deitada ali na cama, Wifreda compreendeu que estava perdendo a visão, sem sombra de dúvida. Tudo ondeava como a esteira de um barco no Essequibo. Mas havia um negrume se esparramando do centro. A náusea lhe soltara o intestino. Mesmo com o olho bom aberto, tudo que enxergava era o rosto de Beatrice, para onde quer que virasse a cabeça. O rosto se mexia, distorcido, feito um reflexo na água, quando passa uma canoa. Wifreda fechou o olho bom. Quando abriu de novo, estava tudo completamente negro. O rosto de Beatrice ainda flutuava na frente dela, mas ela sabia que era apenas na mente. Na verdade, não via nada. A tão esperada cegueira chegara finalmente. Ouviu o som da voz de Beatrice, de muito tempo antes, berrando furiosa.

"Eu vou fazer você ficar cega, feito um cupim."

Acontecera. Ela tirou o tampão, abrindo e fechando os olhos por várias outras vezes. Estava tudo preto, como a língua de um papagaio. Ouviu Beatrice rindo, tão nítido como se a irmã tivesse acabado de entrar no quarto. A risada misturou-se com o som dos gorgolejos catarrentos do papagaio atrás dela. Depois Beatrice sentou-se a seu lado, falando com ela, tagarelando feliz sobre a infância das duas nas savanas.

"Pois é", Beatrice estava dizendo. "A coisa de que eu mais me lembro, minha primeira e mais nítida memória, é de rir com Danny em Waronawa. Eu não devia ter mais que três anos e Danny uns cinco, se bem que vai saber ao certo, os nascimentos não eram registrados naquele tempo. Hei de me lembrar da felicidade de rir daquele jeito até o dia em que eu morrer."

SEGUNDA PARTE

WARONAWA

Os dois estavam pelados, nos fundos da casa. Um varal de roupas balançava entre as árvores frutíferas e a parede de adobe. Três fornadas de pão de mandioca secavam no telhado de palha e havia uma meia-lua encardida dependurada no céu. Danny estava brincando com um cavalinho de pau, uma vareta com duas rodas pequenas de madeira na ponta, empurrando para a frente e para trás. Beatrice, agachada no chão vermelho, cutucava umas folhas com um graveto, o rosto todo borrado de terra.

A mesma terra vermelha que assentava na entretela de arame das janelas, a mesma terra vermelha que soprava pela casa dos índios da savana e se instalava nas prateleiras, vigas e traves; a mesma poeira fina avermelhada que formava uma película sobre a água de beber dentro do imenso jarro de barro que eles chamavam de pote. O pó penetrava nas dobras das roupas, metia-se entre as penas de arcos e flechas, entupia o cano das armas, cobria selas e arreios pendurados na parede, sufocava as plantas e deixava a pele de todo mundo sedenta, feito uma praga acobreada.

"Parece até que alguém pintou você com urucum para alguma festa", disse-lhe a mãe, em uapixana, sorrindo da cara suja da filha.

Mamai Maba estava de pé na beira do fogão. Usava apenas uma saia de algodão e seus seios tremiam enquanto trabalhava, pés separados, bem plantados no chão, limpando e estripando uma pilha de *patwas* redondinhos. Atirava os intestinos dos peixes no chão e deixava que as galinhas viessem buscá-los.

Quase toda a comida era preparada no telheiro. Lá dentro havia um cavalete comprido, feito com paus de forquilha, sustentando uma chapa de metal. Acomodado em cima, o fogão não era mais que uma pilha de tijolos de barro, com uma abertura no meio e, no topo, uma folha de metal enegrecido, com um buraco no centro; por baixo queimava uma acha de lenha, as chamas lambendo o ar pela fenda.

Toda vez que mamai Maba jogava um punhado de peixes no panelão, eles pulavam. De vez em quando, atirava os longos cabelos negros para trás dos ombros nus e enxugava os olhos com o antebraço, por causa da fumaça da lenha que lhe ardia na vista.

Beatrice parou com a brincadeira um instante e espiou os peixes saltando em arcos prateados, como se estivessem tentando se livrar do fogo. A menina tinha os mesmos belos olhos negros e puxados da mãe, tão separados que pareciam prontos para sair voando da cabeça. A pele, entretanto, era mais clara e cremosa. Em casa, seu apelido era Cara de Tapioca.

À medida que o cheiro de peixe frito foi chegando, Danny começou a ficar faminto. Jogou de lado o cavalinho de pau e correu até as mulheres. Beatrice riu do jeito que seu pênis saracoteou na corrida. Percebendo o espírito, ele começou a se pavonear e a se mostrar para a irmã, enfunando a pélvis pequena para a frente. Beatrice riu ainda mais animada porque percebeu que o pênis dele dançava como um dos peixes saçaricando na panela. Era a primeira vez que compreendia que uma coisa pode ser como uma outra. A descoberta a deixou extasiada.

"Faz de novo. Faz de novo. Faz mais."

Quanto mais ele fazia, mais ela ria e ele também.

Aí ele se atirou em cima dela e começou a lhe fazer cócegas, até que ela entrou num paroxismo de risadas. Guinchava e gargalhava, contorcendo-se na terra morna. Riu tanto que quase engasgou. Não sabia mais dizer se a risada estava dentro ou fora dela. Era como se tivesse se transformado num balão de risada. Gritava e ria tanto que pensou que fosse subir aos céus de prazer.

O dia estava escaldante. Ouvindo as crianças gritarem, Zuna, a irmã de mamai Maba, foi preguiçosamente até a porta do *benab* para ver o que ocorria. Estava grávida. As duas irmãs eram casadas com o mesmo homem branco. De início tiveram ciúme uma da outra. Às vezes o ciúme ainda aflorava. Mas com o tempo, e sobretudo depois que Maba deu à luz Danny e Beatrice, as duas perceberam que havia trabalho demais para uma mulher só.

"Eu a ajudo com a farinha." Zuna bocejou, espreguiçou-se e saiu bamboleando. Maba tirou a panela de peixe do fogo e pôs de lado para esfriar. O sol filtrado pelas palmas de buriti do telhado desenhava sombras douradas e vermelhas no rosto das duas, que lutavam para arrastar a pesada masseira de metal para perto das chamas e erguê-la até o fogo. Encheram a masseira e começaram o trabalho estafante de torrefação da farinha, revirando com pás imensas, puxando para a frente e para trás, até ficar amarelo-dourada e soltinha.

O calor do fogo atingiu em cheio o rosto das duas. Os olhos avermelharam da fumaça. Zuna começou a suar profusamente.

"Vai para a lagoa", disse Maba, vendo a testa gotejante da irmã. "Eu continuo com a farinha."

Zuna largou a pá e esfregou as costas doídas. Seu cabelo era tão longo quanto o de Maba, mas ela tinha a testa mais baixa, o que de certa forma lhe dava um olhar mais ansioso que o da irmã. O rosto plácido de Maba raramente parecia preocupado. Maba usava saia, mas Zuna voltara a usar sua tanga de sementes, porque roupas eram quentes e apertadas demais, agora que o bebê estava quase para nascer. O pequeno avental retangular assentava abaixo de sua enorme barriga. Era feito todinho de minúsculas sementes chatas, pardacentas, com uma franja de algodão e três penas amarelas de arara de cada lado.

A lagoa dos fundos desaguava num rio. Era estação de estio. A água, tanto no rio quanto na lagoa, estava baixa. O lugar ficava numa ligeira elevação na margem leste do rio Rupununi. Chamava-se Waronawa — "morros do papagaio" — mas a encosta onde moravam era conhecida como morro do espírito da arara; dizia-se que uma grande arara vermelha habitava a lagoa e arrastava os desavisados para o fundo das águas.

Foi por esse motivo que Zuna parou muito quieta ao ouvir um ruído de folhas atrás dela, bem na hora em que se curvou para molhar um pouco o rosto e os braços. O coração deu um salto. Virou-se. De frente para ela, estava o focinho comprido, marrom e pontudo de um tamanduá. Ele ficou ali parado, apoiando o peso nas grandes patas da frente, com seu olhinho malévolo grudado nela. Zuna gritou, a criatura grunhiu e voltou a caminhar pelos tufos de capim seco.

Tomada pela idéia de que o animal fora enviado para prejudicar o bebê por nascer, Zuna continuou parada onde estava, berrando. Maba jogou longe a pá da farinha e desceu correndo pela trilha. Ao saber sobre o tamanduá, riu.

"Você é bem boba. Foi só um tamanduá. Venha rápido. A farinha vai estragar."

Aquela noite, Zuna deu à luz uma menina. Ajoelhou-se no chão e segurou a rede com as duas mãos, forçando-a pela barriga, para empurrar o bebê. Beatrice e Danny dormiram durante todo o parto, na rede de cima. Maba e algumas outras mulheres da aldeia ajudaram, sob a luz incerta de um lampião de querosene, depois todas desceram até o rio para dar banho na criança. Zuna estava aliviada porque tudo terminara. Estava doida para comer carne de novo, e mangas, coisas proibidas durante a gravidez.

Decidiram esperar até McKinnon voltar do Brasil para dar um nome à criança. Quando se descobriu que a menina tinha vista ruim, Zuna pôs a culpa no jeito como o tamanduá olhara para ela. Anos depois, outras pessoas na aldeia diriam que os olhos da criança eram fracos porque já estavam tentando ficar cegos, para não ver o que acabariam vendo.

OLHO AZUL SIGNIFICA IGNORÂNCIA

Algumas semanas depois, McKinnon chegou muito satisfeito, a cavalo, depois de uma visita a Boa Vista, no Brasil, onde soubera de alguém que estava plantando maçãs. Deu o nome de Wifreda ao novo bebê, em homenagem à mulher de um amigo com quem passara uns dias.

Alexander McKinnon era um escocês magro, vigoroso, na casa dos trinta, que se orgulhava de ser um livre-pensador. Chegara à colônia pela Jamaica, onde o pai era arcediago e onde fora criado. Rejeitando a Igreja e decidido a se afastar o mais possível da civilização, partira para o interior da Guiana com um grupo de nômades atoraís, que estavam de passagem por Georgetown, negociando. Depois de viajar semanas pela selva tropical, que, conforme os índios disseram, não era nem trevas nem luz e sim uma memória gigante, já não sabia até onde, exatamente, subira o rio Essequibo. Como não tivesse ingerido mais nada além de pão de mandioca e peixe salgado, caiu doente. Quando não conseguiu mais acompanhá-los, os índios o abandonaram numa rede, à beira do rio. Não era costume deles pedir ou dar ajuda em tais circunstâncias.

Durante o dia, era atormentado por *kabouras* e mosquitos e à noite sentia a neblina fria do rio lhe entrando nos ossos. Achando que ia morrer, engoliu de propósito todo o láudano que levava consigo, para poder estar inconsciente na hora da morte. Quanto tempo ficou ali deitado naquele estado, nunca soube dizer, mas, por fim, recobrou a consciência e começou a vomitar uma coisa preta feito grãos de café. Sem idéia de onde estava, prosseguiu ao longo da margem e, depois de meio dia de caminhada, chegou à aldeia uapixana de Katiwau, nas savanas.

"Quando ele apareceu", Maba contou aos filhos, enquanto estendia as roupas para secar ao sol nas moitas espinhentas, "vinha se arrastando pelo chão feito um vira-bosta, de modo que não dava para saber que tipo de homem era, nem mesmo se era um homem. Em geral, a gente julga um homem pela maneira como ele anda. Se anda rápido, ou destrambelhado, se exibindo, devaneando, com preguiça — é o andar que diz quem ele é.

"No começo não gostei dele. Era magro feito uma folha de capim e, quando éramos crianças, nos contaram a história de um homem que tirou um irmão de um olho e uma irmã do outro; os olhos dele ficaram azuis e vazios feito o céu, sem pensamento nenhum. Olho azul significa ignorância. De modo que eu me mantive bem longe.

"Depois meu pai me fez cuidar dele e eu o ajudei a aprender a falar uapixana. No fim, acabamos nos dando bem. Ele queria ficar. Nós todos vivíamos numa casa só, imensa, na época. Todo mundo discutiu o assunto e meu pai deu permissão para ele pendurar sua rede junto da minha, na casa grande, o que significava que estávamos casados.

"Um outro homem da aldeia queria se casar com Zuna, mas nosso pai disse que McKinnon devia ter o direito de escolha, porque era a tradição, entre os uapixanas, que, se um homem casa com uma das irmãs, ele tem o privilégio de escolher a outra. Seu pai aceitou nós duas, de modo que aqui estamos."

Quando Maba estava esperando Danny, McKinnon decidiu se mudar de Katiwau. Subiu até onde foi possível pelo rio Rupununi e construiu um rancho. O lugar era Waronawa. Cinco quilômetros ao norte havia uma árvore isolada e, para além, os montes Kanaku erguendo-se a mais de trezentos metros do chão da savana. Comprou gado de um holandês, o único outro homem branco num raio de centenas de quilômetros, que estava vendendo tudo para ir embora.

Logo, grande parte da família de Maba e Zuna foi viver com eles, inclusive o pai, a mãe e o irmão Shibi-diṇ. Vieram outros também e logo mais havia um povoado uapixana crescendo ali.

Os recém-chegados ajudaram McKinnon a plantar árvores frutíferas. Fizeram roçados de mandioca e continuaram caçando e pescando como de hábito. Achavam McKinnon meio esquisito porque gostava de experimentar. Criava angolas e construía caixotes com pernas untadas de breu para afastar as formigas *cushi* dos tomates que tentava plantar em terra adubada. Formou um rebanho de ovelhas. No começo, planejava levar papagaios e macacos para vender em Georgetown, mas a extensão da viagem tornou o negócio impraticável. Tentou enviar amostras de carne-seca para a capital, mas as pessoas comiam as amostras e não faziam nenhum pedido. Tentou castanha-do-pará. Isso também não deu certo. O gado aumentava, mais por descuido do que por qualquer outra coisa.

Com o tempo, foi abandonando as idéias que tivera um dia de criar um empreendimento próspero em alguma coisa. A terra parecia contra ele. O ambiente inóspito derrotava um projeto atrás do outro e, pouco a pouco, acomodou-se ao jeito tradicional dos uapixanas. Só falava uapixana, porque ninguém em volta sabia falar inglês. Depois de um tempo, aprendeu o bastante de português para se virar quando cruzava o rio e ia ao Brasil. Em suas raras visitas a Georgetown, sempre voltava com livros para sua biblioteca e equipamentos fotográficos, porque fotografia era sua grande paixão.

Sabia que Maba, Zuna e o pessoal da aldeia achavam engraçadas suas tentativas de inovar. Quantas vezes não pegou olhares entrecruzados e ouviu risadinhas, ao sugerir um novo plano. Mesmo assim, achava estranho que nunca ficassem surpresos ou decepcionados diante de alguma nova idéia fracassada e, devagar, acabou percebendo que eles riam era da idéia de progresso; os índios desprezavam as novidades e tratavam todas com desconfiança. Na verdade, o novo era perigoso. Significava que havia algo de errado com a ordem das coisas. Maba, sobretudo, tratava seu entusiasmo pelo novo com guinchos de zombaria ligeira.

McKinnon ficava confuso, às vezes. Num certo nível, acomodara-se bem naquela vida, mas de vez em quando vislumbrava um mundo que não compreendia. Tentava conversar com o sogro, que era meio filósofo, e que explicara a McKinnon que não adiantava tentar mudar o dia-a-dia. O cotidiano era uma ilusão por trás da qual jazia a realidade imutável do sonho e do mito.

"Nós procuramos pela máscara atrás do rosto", ele dizia, sacudindo o dedo e rindo. McKinnon decidiu que estaria melhor se concentrando nos aspectos práticos da vida.

Assim mesmo, não conseguia evitar de se decepcionar com a apatia com que cada nova experiência sua era recebida. Quando revelou pela primeira vez fotos dos montes Kanaku e mostrou às pessoas, pensou que fossem todos ficar pasmados. Mas ninguém prestou muita atenção. Ele perguntou a Maba por que tinham tão pouco interesse em fotografia. Ela riu de um jeito constrangido, pressentindo que seu povo o decepcionara.

"É porque ninguém precisa delas", ela tentou explicar, falando das fotos.

Da mesma forma, uma vez McKinnon encontrou Maba muito assustada, na trilha que levava até a casa. Quando lhe perguntou o que havia, ela o pegou pela mão e lhe mostrou um fungo branco crescendo no caminho.

"Qual o problema? É venenoso?", ele perguntou.

"Não. Não é venenoso. Mas não precisava estar aí."

Por outro lado, as pessoas recebiam muito bem qualquer coisa trazida da cidade e que se mostrasse útil: facas, anzóis, lâminas de machado, pólvora e peças de pano para fazer calças e saias de algodão. Ninguém podia entender o que o impelia a viver tentando coisas novas, nem por que não parava de fazer isso e aquilo, quando podia muito bem estar deitado na rede. Mas era tolerado com equanimidade. As pessoas viam que ele se sentia feliz tendo esses planos.

"Esses planos — eles o ajudam a evitar de ver como é a vida de fato", disse o pai de Maba, que sabia que os livros que McKinnon trazia da cidade logo seriam atacados por cupins, sujados por baratas, perfurados por insetos ou roídos por traças.

Em Georgetown, corriam rumores de que McKinnon era agora mais índio que europeu. Quando chegava do mato, com seu chapéu de couro de vaqueiro, as classes altas da colônia desprezavam-no. Reservavam para ele aquele tipo especial de ódio que os colonialistas sentem por todos os que consideram traidores de sua raça e classe. Diziam que era imprestável para criar animais e que seu gado vagava sem nenhum controle ou supervisão. Porque trabalhava ao jeito índio, junto com a família e os amigos, cuidando dos animais sem a divisão costumeira entre empregado e patrão, temiam o que um exemplo desses poderia ocasionar na colônia. Felizmente, McKinnon estava numa parte tão remota do interior que podia ser praticamente esquecido. Um homem que viajara com ele até o rio Potaro voltou contando que McKinnon acendia fogo como um índio, para avisar que estava chegando e evitar confronto com outros índios que pudessem ser hostis.

"Ele virou índio", zombavam pelas costas.

McKinnon deve ter levado o sarampo com ele, quando voltou do Brasil. Beatrice e o bebê pegaram.

Maba levou Beatrice para o quarto. Era o único quarto que continha uma cama. McKinnon preferia fazer amor numa cama a fazê-lo na rede, ou na beira do rio. Tinham sido necessárias oito semanas para transportar a cama de ferro e o colchão de Georgetown até Waronawa. Ele também introduzira mesas e a idéia de usar pratos, em vez de comer em folhas. Suas duas mulheres resmungavam, por causa do trabalho extra.

Maba pôs a criança na cama. Zuna ficou abraçada ao bebê. Maba sabia que a doença se estendia feito uma teia pela filha, mas não tinha certeza se ela se esparramava pelas paredes e também pelo chão. Como estivesse incerta quanto às fronteiras da doença, manteve todos os outros fora do quarto, até poder chamar a mulher piaga. Beatrice permanecia calada, o rosto inchado, sarapintado, o cabelo negro emplastrado de suor. Maba a banhava o tempo todo, para manter a febre baixa.

Koko Lupi chegou de tarde. Era bem conhecida pelo gênio enfezado, por seus talentos na hora de brigar e beber e também pela habilidade de voar. As crianças olhavam estateladas para a papeira no pescoço, para os dentes pretos e para as mãos que pareciam garras, enquanto ela examinava Beatrice, deitada ardendo em febre. Imediatamente, disse que as rosetas sobre o corpo de Beatrice eram como as marcas do pêlo da onça. Instruiu para que o quarto fosse mantido em escuridão completa. Todas as fendas e frestas por onde a luz pudesse entrar foram tapadas. Zuna pusera o bebê deitado ao lado de Beatrice. As pessoas amontoaram-se no quarto e acomodaram-se no escuro. O cômodo estava abafadíssimo. Koko Lupi começou com Beatrice. Ergueu a menina e soprou nela fumaça de tabaco, primeiro na cabeça, depois no peito, barriga, mãos e pés. Depois fez igual com o bebê, o tempo todo entoando um *tareng* curativo.

O quarto sem ventilação começou a feder a fumaça. Koko Lupi tomou um trago de *parakari* de uma cabaça, gorgolejou com um pouco de fumo e cuspiu no chão. Depois se pôs a invocar certos espíritos para curar as crianças. Vieram ruídos de folhas estalando e galhos rangendo. Fazendo barulhos na garganta como um rufar de tambor, a piaga invocou o espírito da liana para que os outros espíritos pudessem descer. O bebê choramingou.

Momentos depois, ouviu-se o nítido som de uma grande lontra gemendo e o tagarelar de uma arara. Mas pelo visto nenhum deles era o que Koko Lupi queria, porque berrou para que fossem embora. Depois de uma longa espera, veio o som inconfundível de um farejo roufenho de onça e um esturro fenomenal trovejou pelo quarto. Esses barulhos se alternavam com a voz da piaga claramente entretida numa argumentação com o animal, ralhando, elogiando e queixando-se, dizendo que fosse embora e parasse de atormentar as crianças. O quarto lotado estava em silêncio. Todos ouviram a onça caminhar até a cama, farejar, rugir e se afastar de novo.

A sessão durou várias horas. Depois que acabou e todos saíram para a luz ofuscante do dia, Beatrice teve permissão para ficar de cama ainda alguns dias, até que as marcas da onça sumissem. McKinnon ficou aliviado de ver as duas crianças recuperadas. Ele estivera encostado na parede, durante toda a cerimônia de cura. Consigo mesmo, admitiu que o ritual podia produzir tanto resultado quanto rezar para um deus cristão.

Beatrice continuou fraca por um bom tempo depois disso. A mãe notou que estava mais séria e que brincava sozinha, nos fundos da casa. A doença deixara um ligeiro estrabismo no olho direito, que agora olhava para fora mais do que deveria. Maba não ficou descontente com isso. Secretamente, preocupava-a que a filha fosse bonita demais. Algumas outras mulheres sentiam ciúmes e ela tinha visto uma delas cutucar Beatrice com uma vara. Preferia que a filha tivesse um ligeiro defeito. Quando cresceu, o estrabismo que desviava um tantinho o olho direito para o lado passou a dar a impressão de que Beatrice estava sempre querendo escapar, quando conversava com alguém.

Alguns meses depois, ela voltou a ser a mesma menina feliz de sempre e Wifreda também se recuperou totalmente. Beatrice e Wifreda adquiriram temperamentos diferentes ao crescer. Beatrice era expansiva e simpática. Wifreda tinha uma cara fechada e vivia agarrada na mãe.

Maba e Zuna engravidaram outras vezes. Alice veio depois, aí vieram Joachim e Laurie e mais outros quatro. Àquela altura, ninguém mais se lembrava direito quem pertencia a que mãe. Além disso, na língua uapixana a palavra mamai serve tanto para mãe quanto para tia. Não havia distinção. A estrutura familiar era inteiramente diferente de tudo que McKinnon já conhecera.

McKinnon construiu mais casas e barracões para acomodar as crianças. Também levantou um pequeno armazém e as pessoas viajavam quilômetros para ir fazer suas trocas ali.

Danny e Beatrice cresciam soltos. A forma como as crianças cresciam lembrava a McKinnon uma brincadeira de criança em que os meninos se viravam para trás sem avisar, na tentativa de pegar os perseguidores que se aproximavam sorrateiros pelas costas. Cada vez que olhava em volta, a meninada parecia um pouco mais alta. Danny, em especial, crescia teimoso e malvado, com uma selvageria radiante e maligna, ao mesmo tempo brincalhona e mortal.

"Eu quero queimar. Eu quero queimar", ele dizia, segurando ansioso uma mariposa na chama do lampião.

Maba e Zuna tentavam contê-lo de várias maneiras.

"Eu vou cuspir no chão. Se não estiver de volta até secar, vai ver só uma coisa", Maba lhe dizia, dando-lhe umas lambadas na perna com um cutelo, quando ele desobedecia. Um dia, ele chegou em casa inconsolável, depois de uma briga. Jogou-se na rede e recusou-se a comer por dois dias.

Ninguém conseguia arrancar dele qual era o problema. Depois uma das crianças contou a Maba. O primo de Danny o infernizara porque McKinnon era branco e não um uapixana. Danny não queria mais olhar na cara do pai. Pegou sua rede e foi dormir no *benab* da avó.

"Eu sou macuxi. Eles também não gostam de mim", resmungou ressentida a avó anciã. Estava sentada no chão, na soleira, fiando algodão. A carne frouxa do braço balançava de um lado a outro em dobras minúsculas, sanfonadas, enquanto ela trabalhava a roca. Danny continuou amuado, no escuro, olhando. Ela embarcou numa história destinada a fazê-lo sentir-se melhor, mas, também, a sentir raiva do pai, em quem ela nunca confiara.

"Muito tempo atrás, o sol era uma pessoa feito nós. Ele passava o dia todo fazendo queimadas e limpando a terra para plantar. Sua cara brilhava de tanto trabalhar. Um dia, quando ele foi tomar banho no córrego, viu um remoinho misterioso gorgolejando no meio do ribeirão. Quando olhou mais de perto, viu uma mulher pequenina de cabelos compridos brincando ali, batendo na água com o cabelo, banhando-se toda feliz.

"Ele a agarrou pelos cabelos.

"'Me solta que eu lhe mando uma esposa', berrou ela.

"Ele a deixou ir. No dia seguinte, viu uma mulher branca se aproximando do roçado. Ela fez vários serviços. Depois ele a mandou ir até o rio buscar água. Lá foi ela com a cabaça, mas, assim que se curvou para enchê-la, seus dedos amoleceram e perderam a forma, depois os braços e aí o corpo todo. Ela despencou num montinho de barro. A mulher tinha sido feita de argila branca.

"Quando o sol foi procurá-la, encontrou só uma água turva e teve que subir o rio mais um pouco, para matar a sede.

"'Inútil', ele disse.

"No dia seguinte, apareceu uma mulher negra. Ele a mandou buscar água. Ela trouxe a água de volta e eles comeram. Quando a refeição terminou, ele voltou ao trabalho. Ela foi acender o fogo, mas quando soprou, o rosto derreteu, depois os braços e aí o corpo todo. Ela tinha sido feita de cera.

"O sol ficou lívido. Ameaçou secar toda a água do ribeirão. O espírito da água se escondeu e lhe disse que mandaria mais alguém.

"No dia seguinte, enquanto trabalhava a terra, apareceu uma mulher avermelhada, da cor das pedras. Ela acendeu o fogo e não derreteu. Foi buscar água e não derreteu. Foi embora à noite e no dia seguinte voltou para lhe preparar a comida. Ele descobriu que ela não dissolvia, não derretia nem quebrava. Ela lhe pareceu atraente. Quando foram se banhar juntos, ele descobriu que ela era da cor do bronze, feito a pirita que existe no leito dos rios.

"Ele queria que ela fosse viver com ele. Ela disse que teria que perguntar a Tuenkaron, o espírito da água. Naquela noite, ela voltou para dormir com o sol. Eles tiveram muitos filhos. Eram os Macunaímas. Os dois irmãos mais velhos, Macunaíma e Chico, são nossos heróis.

"Agora", disse a avó de Danny, "venha aqui na porta e olhe seu braço no sol." Danny saiu de má vontade. "Você é marrom-dourado. Você fala uapixana. Você pertence às savanas, como nós." Danny continuou a enrolar o fio em volta da flecha, examinando o braço.

"Tomara que meu pai derreta", ele disse. "Derreta inteirinho."

UMA LUFADA DE CALOR

Em 1905, quando Beatrice e Danny ainda brincavam na terra, chegou à colônia um homem que teria efeito tão devastador no destino dos dois irmãos quanto eles no seu. Padre Napier, jesuíta e dono de uma bela voz de tenor, achava-se de pé no convés, com o cotovelo apoiado na amurada do navio aguardando ao largo da barra de Demerara para atracar. Napier era um homem magro, nervoso, com os dentes da frente um tanto salientes, como se tivesse chupado demais o dedo, em criança. Segurando o cabelo ruivo e fino com a mão, para não lhe cair nos olhos, vistoriava o cenário.

As primeiras impressões deprimiram-no sobremaneira. A costa era plana e insípida, franjada por uma vegetação baixa, dividida em várias enseadas. Agarrado na amurada, sentiu-se nauseado com a ligeira oscilação e olhou para baixo. A água do mar, da cor de sopa de ervilha, lambia letárgica a lateral do barco. O cheiro de lama, peixe e sal lhe trouxe um sentimento de abandono e o sopro de um vento morno constante o encheu de melancolia. O sol já parecia estar trabalhando em suas tripas.

Com um sorriso forçado no rosto, como se para encorajar os demais passageiros amontoados no convés — caso eles também estivessem desanimados com as perspectivas futuras —, preparou-se bravamente para desafiar todas e quaisquer dificuldades que lhe surgissem pela frente, argumentando consigo mesmo que, quanto maiores as dificuldades, maior a glória de Deus em superá-las. Estava ali para servir ao Senhor.

Ignorando os maus pressentimentos e os avisos oblíquos que lhe dera a Costa Selvagem — como os jesuítas costumavam chamar a Guiana —, tomou a decisão de enfrentar tudo o que lhe fosse dado enfrentar. Era ambição sua partir para o interior do país assim que possível, para catequizar as regiões mais remotas do império. Abraçaria qualquer dificuldade, por difícil que fosse.

Antes mesmo de o navio atracar, já confundira agouro com desafio.

Quando mudou a maré e o navio entrou no porto seguindo a correnteza, as primeiras coisas a lhe dar as boas-vindas foram os vários armazéns lúgubres amontoados no cais e o cheiro enjoativo de açúcar mascavo que permeava as docas. Nuvens gordas de insetos zumbiam em volta dos barracões de zinco da alfândega.

O padre regressou à cabina exígua sob o convés, para recolher suas duas malas pequenas e descansar um minuto ou dois, até que os outros passageiros desembarcassem. Rezou pelo sucesso de sua missão. Mas a oração acabou se deteriorando em fantasias sobre seu próprio heroísmo aos olhos de Deus. Idéias de martírios e possivelmente santidade lhe cruzaram a mente. Ainda deitado no beliche, tentou suprimi-las bem rápido. Rezou para ter humildade. Mas os pensamentos continuavam a se insinuar de volta, deixando uma quentura gostosa por dentro.

No dia seguinte, o padre Napier, desesperado para começar sua missão, estava parado no assoalho inclinado do segundo andar do presbitério, onde ficava o gabinete do bispo. O estrondo das carroças passando na rua entrava pela janela aberta.

O bispo era um homem pesado, de aspecto germânico, com óculos de aro de aço, cujo ego enorme pastava em silêncio nos fiapos diários da lisonja. Ele estava semi-adormecido.

Napier queria permissão para partir direto rumo ao interior. O bispo, um homem cuja serenidade era, na verdade, uma camuflagem discreta para a preguiça, tentou dissuadi-lo, temeroso de que ele próprio fosse obrigado a empreender a viagem desagradável pelo sertão para supervisionar a fundação de uma tal missão.

"Passe uns tempos aqui em Georgetown." Ele falava devagar, a boca lutando contra um bocejo. "Conheça o lugar aos poucos." O padre Napier foi obrigado a ceder aos desejos do bispo.

Graças a um fervor ardoroso, Napier conseguiu superar parte da apatia e lassidão habituais que encontrara na sociedade de Georgetown. Além de seus deveres regulares, rezando missa, casando e batizando, organizou um coro na catedral, com coralistas portugueses, negros, indianos e pardos, aos quais treinou pessoalmente. Música era uma de suas paixões. Batia no encosto da cadeira com a batuta, encantado com a oportunidade de demonstrar essa ou aquela cadência com sua voz melodiosa de tenor.

Também realizou concertos no salão da assembléia, para onde eram levadas cadeiras extras, tamanha sua ansiedade para que as classes altas da colônia ouvissem trechos de *Peer Gynt*, da Grande Marcha da ópera *Tannhäuser* e, claro, os solos executados pela filha do governador. Essa era uma moça muito alta, desajeitada, de cabelos loiros compridos, que tinha o hábito de andar inclinada para trás, erguendo os joelhos feito uma girafa. Mas possuía uma voz passável e o padre a incluiu em seus programas na esperança de que, sob influência dele, largasse a heresia protestante.

Mas não havia como desistir de sua ambição suprema, que era catequizar o interior. Assim, após cinco anos em Georgetown, a vontade do bispo foi finalmente erodida pelos pedidos insistentes do padre, que obteve permissão para catequizar as savanas. O padre Napier explicara ao bispo que, se ambos fizessem uma viagem pela fronteira sudoeste, com certeza os brasileiros do outro lado organizariam uma recepção gigantesca, triunfante, a um homem de sua estatura. A vaidade superou a preguiça e o bispo concordou.

Em novembro de 1909, um apreensivo bispo e um padre cheio de entusiasmo providenciaram para que o barco fosse aprovisionado. Contrataram a tripulação e partiram pelo rio Essequibo, viajando através da mata até alcançar seu destino final, nas savanas.

Ao sair da floresta e entrar nas savanas, o calor atingiu o padre como uma lufada saída de um forno.

Depois da longa travessia da mata, o bispo e o padre reagiram de modo totalmente diverso ao atingir por fim as savanas. O bispo deu um suspiro de alívio, enxugou o rosto com um lenço e deu graças a Deus por estar de novo em terreno aberto. Ele achava a selva opressiva.

O padre Napier deu uma olhada pelas planícies avermelhadas e sentiu um aperto no coração. Era meio-dia. O céu não tinha uma nuvem. A estiagem fazia com que a terra esturricada e as pedras agissem como refletores para os raios solares. Não havia estradas nem pontes, apenas trilhas indígenas em todas as direções. As trilhas eram todas estreitas e pareciam andar em ziguezague. O padre curvou-se e apanhou um punhado de solo. Era leve e arenoso. Não se via uma sombra sequer.

Ficara combinado que os dois religiosos se encontrariam com McKinnon em Zariwa, um trecho elevado de chão nu, junto à barranca do rio Takatu. McKinnon queria fotografar o bispo debaixo do arco triunfal que os brasileiros de fato erigiram para a ocasião. Uma banda de trombetas roufenhas e sedutoras e mais um bando de crianças indígenas acompanhavam o bispo aonde quer que ele fosse. O bispo olhou em volta horrorizado com a aridez do lugar. Havia um punhado de choças cobertas com palha. A banda era formada por integrantes de várias fazendas brasileiras espalhadas pela região. Ele ergueu o báculo em cumprimento ao populacho curioso, a maioria proveniente de Bom Sucesso. O suor se acumulava nas dobras do pescoço gordo e surgiram gotículas sobre o lábio superior.

O sol já começara a afundar no horizonte quando McKinnon apertou por fim a mão do padre Napier. Os dois antipatizaram quase que na mesma hora um com o outro.

Uma forte brisa vespertina achatava o capim pardacento onde estavam, numa ladeira suave perto do rio, tendo a silhueta das montanhas azuis por trás.

"É melhor que o senhor compreenda desde já que eu não pertenço a nenhuma religião. Eu sou um livre-pensador", anunciou McKinnon, maliciosamente, ao se apresentar. Era um prazer falar inglês de novo, depois de tantos meses, ainda que fosse com um padre.

Napier correu os dedos pelo cabelo ruivo, reprimindo com muita dificuldade sua antipatia. Seu futuro sucesso em fundar missões por ali dependia, em parte, de McKinnon, que vivera entre os índios da savana sul durante muitos anos, de modo que não falou o que lhe passou pela mente. Mas, quando descobriu que McKinnon tinha duas irmãs por esposas, não pôde se controlar.

"Pessoalmente acho um arranjo intolerável", disse ele, asperamente.

"Ainda assim, é como vivo. Trata-se de uma tradição indígena." McKinnon estava gostando do desconforto do padre e continuou: "Duas das minhas filhas estão aqui". E apontou para Beatrice e Wifreda entre um grupo de crianças, quase todas nuas, que ouviam os músicos. "Elas estão passando uns tempos com a família Marinheiro, para aprender português."

A cacofonia da banda começou outra vez, mais ao longe. O bispo fez um discurso em português capenga, que não foi entendido pela maioria dos macuxis aglomerados em volta.

"Acho que eu devia fundar uma missão bem aqui", disse o padre Napier.

"Aqui não é um bom lugar", disse McKinnon, atiçado pelo ressentimento do padre. "Aqui não cresce nada, não tem pesca boa, nem caça. Os índios não iriam gostar daqui."

Na mesma hora, o padre desconfiou que McKinnon estivesse tentando subverter seu propósito evangélico.

"Bom. Eu vou tentar assim mesmo", disse ele em tom de desafio.

Em poucas semanas, Napier tinha instalado uma missão no local, mudando o nome de Zariwa para Santo Inácio.

Foi alguns meses mais tarde, depois de bem estabelecido na savana norte, que o padre Napier fez sua primeira viagem experimental para além dos montes Kanaku, até território uapixana, no sul. Viajou até Waronawa em carro de boi. O avanço era lento. Aos poucos, os Kanaku foram ficando mais próximos; ao lado do guia, contornou o ponto mais ocidental da cadeia e atravessou o córrego Sawariwau.

Na temporada da seca, a palha dos telhados da pequena aldeia indígena parecia cinzenta, assim à distância, reluzindo com um brilho prateado sob o sol. Foi essa a visão com que se deparou o padre Napier, ao se aproximar de Waronawa.

Apesar das reservas em relação ao novo padre, jamais teria passado pela cabeça de McKinnon recusar-lhe hospitalidade. Sem estradas, hotéis, pensões ou lojas, as savanas podiam ser um lugar bem inóspito a estranhos. Secas e enchentes alternavam-se, escorchando a paisagem árida. Durante meses seguidos, o céu era uma tela azulada, quase branca de tanto calor. Depois, durante a estação das chuvas, nuvens cinza-arroxeadas enchiam o céu e chuvas tempestuosas e ventos levavam lagos, rios e lagoas a um frenesi.

Quando ia se aproximando da aldeia, um homem uapixana de uns quarenta anos passou correndo por ele, vindo da direção do rio Rupununi. Era o tio Shibi-din. As costas bronzeadas brilhavam. Levava as flechas todas seguras numa das mãos e o arco pendurado no ombro. Vários uris de bom tamanho balançavam de um lado a outro, espetados numa das flechas. Napier ficou impressionado com o rosto do homem, cheio de vida e vigor. Ele fez um gesto de cabeça e sorriu um cumprimento. Shibi-din continuou correndo com seus peixes, sem prestar a menor atenção.

Maba espiava cautelosa da porta, enquanto o padre de cabelos ruivos e batina negra transpunha a lateral da carroça e saltava para o chão. Na mesma hora reparou que seu andar ágil não era adequado à savana. Desperdiçava energia. É preciso andar no ritmo certo na savana. Se você anda muito depressa, a savana o obriga a ir mais devagar. Se anda devagar demais, ela deixa você para trás e você morre. O homem era nervoso, cheio de arranques, feito um galo.

Maba dissolveu-se de volta nas sombras enquanto ele subia a ladeira, deixando os cumprimentos para McKinnon, que chegou até a porta num humor jovial e expansivo, mostrando ao padre Napier a rede onde ele poderia descansar, depois da penosa viagem.

Mais tarde, o padre levantou-se e explorou seus arredores.

Beatrice e Danny eram então os mais velhos dos dez filhos e a família espalhara-se por duas outras casas de adobe, cobertas de palha. Visitando a primeira, o padre descobriu que era mais escura, mas muito mais espaçosa do que tinha imaginado. Nos quartos, separados por tabiques que não chegavam ao telhado, o ar circulava à vontade. A casa estava cheia de bichos de estimação. Perto da parede, um filhote de tamanduá passou furtivamente por ele. Papagaios verdes empoleiravam-se no topo dos tabiques. Os filhotes de cachorro sobreviviam como podiam. Tartaruguinhas zanzavam de um lado a outro. Um macaco marrom tagarelava numa gaiola pendurada na porta traseira e um tapir solto usufruía de todas as facilidades.

Alguns dos quartos tinham camas, mas na maioria havia redes. Um dos cômodos parecia ter sido destinado a trabalhos em couro e estava cheio de peles de veado e boi. Outro era usado por McKinnon como câmara escura para suas fotografias. Do lado de fora havia dois telheiros para guardar petrechos de pesca, selas e os equipamentos dos vaqueiros.

Enquanto o padre xeretava embaixo, McKinnon lia no andar de cima. Contrariando os costumes locais, a casa principal tinha dois andares, mais uma inovação de McKinnon. Para grande satisfação sua, o padre Napier levara consigo vários exemplares amarelados do *Times*. O sol jorrava para dentro da sala toda.

Além do luxo de ter jornais para ler, McKinnon comprazia-se com o perverso prazer de ter dito, tanto ao padre anglicano de Yupokari quanto ao padre Napier, católico, que quem chegasse a Waronawa primeiro poderia batizar seus filhos. Tinha-se na conta de liberal e não era fanático a ponto de proibir totalmente a religião em casa, só porque ele próprio a rejeitava.

Os dois padres envolveram-se numa corrida bem pouco digna pelos cento e vinte quilômetros de savana, a fim de poder ser o primeiro a resgatar as almas perdidas da família McKinnon. O padre Napier vencera.

“Pode usar minha câmara escura para dizer a missa”, disse McKinnon, casualmente.

Todas as crianças estavam reunidas, exceto Danny, que fora batizado como anglicano, durante uma visita anterior a Yupokari, e Beatrice e Wifreda, que já tinham sido batizadas pelo bispo, na viagem ao Brasil.

Quando o padre perguntou sobre Maba e Zuna, McKinnon respondeu, provocativo: "Ah, para elas já é muito tarde para mudar. Elas acreditam numa árvore maravilhosa, que tem todas as frutas da terra. Essa árvore foi derrubada por dois irmãos, Tuminkar e Duid — os macuxis chamam-nos de Macunaíma e Chico. Bom, seja como for, do toco da árvore jorrou uma enorme enchente. Acho que prefiro essa história à história de Noé".

Napier encrespou-se, mas não quis se envolver numa discussão, mesmo tendo notado o tom de mofa. Compreendeu que Waronawa era uma aldeia chave na savana sul. Os uapixanas viajavam quilômetros para ir se acocorar no chão do pequeno armazém de madeira, contando as notícias, discutindo problemas e trocando mercadorias. McKinnon parecia ser aceito como uma espécie de tuxaua ou chefe dos uapixanas. O padre não podia se dar ao luxo de antagonismos. Contudo, o tempo estava do seu lado. Eu converterei primeiro os macuxis, pensou. Já tinha feito um começo lá.

As mulheres tomavam seu banho matinal todas juntas na lagoa, nuas debaixo de um céu esbranquiçado. Uma delas, gorda, de testa muito lisa, entrou na água e se manteve à tona mexendo os braços.

"Eu não gosto daquele padre. Ele anda engraçado", ela disse.

"Espera. Ele acaba indo embora. Eles todos vão, se a gente esperar o suficiente." Sua vizinha lavava os cabelos e mergulhava a cabeça na água para enxaguá-los. "Meu marido conheceu uns macuxis que disseram que ele está causando encrenca. Parece que construiu uma igreja e um casal foi lá e passou a noite fazendo amor. Ele saiu berrando pela aldeia, com um vozeirão tremendo, dizendo que ia ter que construir tudo outra vez."

"Eu não confio nos macuxis", disse a primeira mulher. "Não se pode acreditar numa palavra do que eles dizem. Vai ver até estão ganhando alguma coisa boa com o homem, e não querem que a gente saiba."

"Ele gosta que o homem tenha uma mulher só, e eu também", disse tia Bobo, boiando de cara para cima, feito uma tartaruga de barriga. "Se eu achar que meu marido tem mais alguém, eu corto ele em pedacinhos."

"Maba e Zuna parece que estão se dando bem, agora", disse uma outra, sem mais nem menos.

"É. Melhor do que costumavam se dar. Elas tinham muito ciúme. Elas nunca sabiam em que rede ele ia se balançar. Isso deixava Maba furiosa. Ela abriu a cabeça de Zuna com uma pedra uma vez."

O GRILO GIGANTE

Naquela noite, quase todos os moradores da aldeia uapixana rodearam calados a mesa de McKinnon, servindo-se de comida e bebida. Estavam curiosos para ver o novo padre. Alguns acomodaram-se no chão, encostados nas tábuas da parede.

Sobre a mesa, havia um caldeirão enorme, cheio até a boca com cozido apimentado. As crianças trepavam no banco para mergulhar seu pão de mandioca na panela. Uma costela de veado tinha sido transportada do forno lá de fora e descansava ao lado de uma travessa de barro cheia de farofa. Havia também pilhas de pão de mandioca, ao lado de pratos de arroz, tigelas de chibé e cabaças de água-de-coco.

Dois vaqueiros começaram a discutir em uapixana se deviam ou não ir atrás da onça que mordera a cabeça de uma bezerra. Padre Napier não entendia uma palavra do que estava sendo dito. Ele fez uma anotação mental para aprender a língua, se quisesse obter algum progresso na conversão daquela gente. McKinnon ouvia atentamente a discussão. Não estavam nem na estação das chuvas ainda, época em que as onças e suçuaranas saem atrás de porcos e gado. De vez em quando McKinnon lembrava-se de traduzir alguma coisa para seu convidado.

Tia Bobo, que tinha pernas grossas e risada de homem, sentou-se de costas para a parede, mexendo os dedos dos pés.

“Eu é que não queria me encontrar com ele no rio”, disse ela, olhando para os lados do padre Napier. “É tanta magreza que acho que ele quebrava no meio feito um graveto se eu lhe desse um abraço.” Ela soltou uma gargalhada sonora.

Beatrice e Wifreda entraram correndo, para participar da folia.

"Tinha uma moça", continuou tia Bobo, animada com sua platéia, "que foi avisada para não ir até o rio quando o marido não estivesse. Bom, claro que ela foi. Aí veio um monstro enorme peludo e fez sexo com ela. O pênis dele era tão grande e ele fodia tão forte que o pênis acabou saindo pelo topo da cabeça da moça. E a moça se transformou num — como é mesmo o nome do passarinho —, aquele com uma faixa careca na cabeça, que anda bamboleando, como se estivesse dolorido?"

"Saracura", riu Beatrice.

Todas as mulheres sorriram e tia Bobo riu tanto que teve de enxugar os olhos com a ponta da saia. Maba franziu o cenho e olhou para Wifreda.

"A gente precisa fazer alguma coisa com os olhos da menina. Ela mal enxerga as sementinhas de capim quando enfia um colar."

"Koko Lupi podia pedir ajuda aos patos. Foi assim que ela fez com os olhos da minha filha. Os patos abrem uma trilha certinha pela sujeirada que fica na água. Quem sabe ela pedindo, os olhos de Wifreda fiquem brilhantes e claros feito os do pato", disse uma outra.

Napier explicava zelosamente a McKinnon que crismaria as crianças quando elas tivessem idade suficiente para receber os ensinamentos adequados.

"Elas precisam ser capazes de compreender a idéia da vida eterna depois da morte, através de Cristo e da ressurreição", disse ele, fervoroso. McKinnon sorria cinicamente.

Maba estava absorvendo o que a companheira dissera a respeito dos patos.

"É, patos", disse ela, pensativa, "e quem sabe papagaios também. Eles cortam um caminho sem erro pela fumaça de lenha. Ela precisa da ajuda de qualquer uma dessas criaturas capazes de limpar os olhos dela."

Alguma coisa tinha feito tia Bobo disparar de novo. Ela ria, sacudindo-se inteira, e apontava para Shibi-din, que, bêbado com *parakari*, cambaleava para chegar até o banco.

Bem nesse momento, Danny entrou em disparada, o cabelo preto espetado, feito dois dedos cruzados no cocuruto, o rosto brilhando.

"Mamai. Matei um rato. Esmaguei a cabeça dele, cortei ele todo, depois lambi a barriga e as tripas saíram todas para fora. Era um filhote."

"Onde ele estava?", perguntou Maba.

"Debaixo da minha rede."

"Leva um dos cachorros para lá com você esta noite."

McKinnon chamou Danny e apresentou padre Napier a seu filho mais velho, que fez uma careta de timidez enquanto resmungava um olá em inglês.

"Muito bem, meu jovem. Logo mais virá a Páscoa e você estará de férias. O que fará então?"

Danny ficou confuso.

"Eu ando por aí e durmo", ele respondeu.

Pela primeira vez, ocorreu a McKinnon que o filho mal sabia falar inglês e que não tinha nenhum estudo.

"As crianças irão logo mais para a escola em Georgetown", resmungou mal-humorado.

Foi a primeira vez que se ouviu falar no assunto.

Sombras saracoteavam nas beiradas da palha do telhado. As mulheres e crianças limparam tudo, atirando os ossos e os restinhos para os cães e galinhas.

Foi então que padre Napier fez uma coisa espantosa, que seria lembrada e falada durante meses a fio. Levantou-se da mesa e, sob a luz trêmula do lampião, foi até suas sacolas, tirou um violino da caixa e começou a afiná-lo.

Em seguida pôs-se a executar o último movimento da sonata *K. 304 em mi menor* de Mozart.

O corpo de tia Bobo enrijeceu, chacoalhou e ela botou a mão na boca para não explodir na gargalhada. Todo mundo ficou espiando o padre andar de um lado para outro, o corpo curvado ora para trás, ora para a frente, com o arco na mão direita, serrando o instrumento com gosto.

Alguém comentou que ele parecia e soava feito um grande grilo esfregando as pernas e a sala inteira calou-se, enquanto todos absorviam a notícia com uma certa preocupação.

Embalado pela idéia de estar introduzindo os clássicos àquela gente e convencido de que o silêncio atônito era prova do quão comovidos estavam todos com a música, o padre sentiu os olhos lacrimejarem.

Todos os demais na sala, exceto McKinnon, que estava apenas se divertindo, olhavam com uma espécie de horror o padre se transformar num barulhento grilo gigante da savana, ali bem à vista de todos.

Naquela noite, Beatrice deitou-se na rede e a luz da lua furou um buraco do tamanho de um punho na palha, descendo pela corda até que ela parecia suspensa numa rede de luz. O pé da rede era a proa de uma canoa. Deu uma olhada para onde as irmãs dormiam. Também as outras redes flutuavam feito canoas de sombra suspensas em vãos escuros. Pela porta semi-aberta, viu Danny sentado num banquinho, fingindo ler com a luz de um pavio aceso numa tigela de sebo de boi. A luz era fraca, mas dava para notar que Danny olhava intensamente para o livro, o cabelo ainda espetado. A lua banhava o canto de Beatrice com a luz de um espírito forte.

Já adormecendo, perguntou-se por que ele fazia aquilo — fingir que sabia ler.

CAÇA AO VEADO

Era de noite e o veado se escondia em algum lugar, no meio do capim alto. Deitado de lado, na encosta do morro, Danny sentiu o mato áspero sob o corpo como se fosse o pêlo de algum bicho. Chegou quase a imaginar que estivesse respirando. Sob a luz da lua, enxergava apenas o contorno das costas do tio Shibi-din, que lhe fez um sinal para seguir o veado no sentido do vento. Saíram com o máximo de silêncio, evitando qualquer graveto ou folha que pudesse estalar ou farfalhar no chão. O tio tinha esfregado a glândula odorífera de um veado nos dois e pintado o rosto de ambos com o desenho dos ossos do bicho, só que na vertical.

Por alguns segundos, Shibi-din vira a faísca esverdeada dos olhos sob o luar. Danny já aprendera que, à noite, os olhos do veado têm um brilho verde, os da onça, laranja e os do jacaré, vermelho.

Ao se aproximarem de onde avistaram o bicho, Shibi-din disparou uma flecha. O veado ferido afundou-se ainda mais no capinzal. Shibi-din fingiu que estava muito cansado para segui-lo.

"Vai você pegar."

Danny sentiu náuseas de medo. Sabia que estava sendo enviado para caçar seu primeiro veado e sentiu uma onda de adrenalina espalhando-se pelo corpo todo. O tio o treinara para sentir o cheiro de sangue. Danny acercou-se do matagal mais alto que ele e abriu as narinas até sentir o cheiro levemente metálico de sangue nas folhas. Em seguida avançou pela escuridão, seguindo o rastro, apalpando os galhos quebrados e procurando os lugares onde a relva fora pisada. O coração batia forte. Mesmo ferido, o animal era capaz de dar um coice e tanto. De repente, o fedor de sangue e pêlo tomou conta de tudo e lá estava ele, ofegando no chão, na sua frente, debaixo de uma touceira. Danny hesitou um instante por causa do jeito como o animal o olhou, depois deu cabo dele com uma flechada entre os olhos.

O menino estava exultante, enquanto arrastavam o bicho até onde tinham amarrado o cavalo.

"Mas fiquei triste quando ele me olhou", disse Danny, vendo Shibi-din, forte como um touro, pendurar o animal morto no lombo do cavalo.

"Eu sei. Uma vez eu atirei num macaco numa árvore. Não foi uma boa flechada e ele só ficou ferido na perna. Mas eu vi quando pegou umas folhas para estancar o sangue. Nunca mais quis saber de atirar em macaco. É muito humano. Os animais são gente disfarçada, é o que dizem. Eu acredito nisso. Tem gente que diz que nós somos apenas os sonhos proféticos dos animais. Seus pesadelos. Também acredito nisso."

Começaram a caminhada de volta, debaixo das estrelas brilhantes. Shibi-din continuou falando sério.

"Você sabia que, muito tempo atrás, todos nós sabíamos falar a linguagem das plantas e dos animais? Os animais eram gente como nós. Não tinha diferença nenhuma. Aí um dia um homem fez um arco e uma flecha e atirou num veado, para comer a carne. Ele arrastou o bicho pelo mato e assou. As plantas que estavam no lugar onde o sangue caiu recuaram todas, acusando o homem de assassino.

"'Você matou um veado. Você matou uma criatura', elas berraram. 'Fique longe de nós.' Aí ele cortou mais plantas e elas berraram mais. Nesse dia, o sol parecia ter levado uma mordida. Escureceu tudo e a savana inteira ficou da cor de sangue enferrujado. Quando o eclipse acabou e o sol voltou a ser o mesmo de sempre, nós, o povo uapixana, tínhamos perdido nossa imortalidade e não podíamos mais falar com as plantas e os animais. Por toda parte havia um fedor horrível. É por isso que dizem que a perda da imortalidade tem a ver com mau cheiro."

Os músculos da barriga da perna de Danny doíam tanto que mal podia dar outro passo. A todo momento sentia pontadas do lado e diminuía o passo. Tudo que queria era montar no cavalo para voltar para casa. Shibi-din continuava empurrando o menino para a frente.

"O cavalo precisa poupar as forças", ele disse.

Levaram cinco horas para percorrer os vinte e poucos quilômetros de volta.

Na manhã seguinte, Danny corria de um lado a outro, felicíssimo, vangloriando-se todo, enquanto Maba e Zuna pelavam o veado e prendiam a pele estirada na parede, para secar ao sol.

Durante o restante daquela estação de estio, Danny ficou em volta de Shibi-din, indo a toda parte com ele.

Aos poucos, Shibi-din desvendou-lhe todo o emaranhado complexo das estrelas no céu, até que Danny entendesse completamente quais estrelas indicavam qual estação.

"Tudo tem seu pai nas estrelas", explicou Shibi-din. "Quer dizer, tudo que se move. Você não encontra plantas e árvores no céu porque elas têm raízes e não podem se mexer."

Apontou para uma certa constelação.

"Aquela é o Pai dos Peixes. Aquela constelação indica chuvas e diz quando é a época em que os peixes procriam. O pequeno grupo de estrelas no topo nós chamamos de Tapir — o tapir também está relacionado à estação das chuvas. Você já ouviu as pessoas dizendo: 'Mate um tapir e a chuva logo chega'. Tem muito tapir, quando vão chegando as chuvas."

Apontou então para a estrela mais alta do Cruzeiro do Sul.

"Quando a estrela de cima atinge seu ponto mais alto no céu, você ouve o grito do *powis* — aquela tosse gemida. Ele grita cada noite numa hora diferente —, mas sempre quando a estrela está mais alta."

Alguns minutos depois, ouviram o pássaro cantar.

Danny absorvia todo aquele conhecimento. Aprendeu que cada constelação já fora um ser terreno que subira ao céu para evitar perseguições e, também, para cuidar de uma determinada criatura. Logo já sabia dizer, pelas estrelas, quando haveria bastante porco-do-mato e paca; quando os talos altos do milho do trovão começariam a dar frutos; quando os sapos fariam sua cantoria e os peixes, sua desova. Já conseguia distinguir a chuva de escorpião da chuva de caranguejo e prever quando as andorinhas pretas sairiam grinfando das cavernas e rios, escurecendo o céu e mergulhando sobre os enxames de insetos.

Às vezes Shibi-din lhe metia medo. Todo mundo sabia que era melhor evitar Shibi-din quando ele bebia. Uma vez sacudira as vigas e arrancara seu próprio telhado, deixando a mulher e os filhos de cara para as estrelas.

A única vez em que as crianças viram Maba furiosa o bastante para erguer a voz foi quando ela sofreu um aborto e perdeu os gêmeos — pelo que se sentiu imensamente grata, porque gêmeos eram sinal de azar. Um dos homens da aldeia, um magricela criador de casos, de cara encovada, começou uns boatos de que ela tinha feito sexo com um boto e que dera à luz dois filhotes rosados de boto.

Disse que ficara espiando da outra margem, que vira quando ela colocara os filhotes de volta no rio e que eles saíram nadando correnteza abaixo.

"Eles tinham uma carne boa e firme, que nem seiva de balata."

Era estação das chuvas. Maba, furiosa, enveredou pelas trilhas inundadas e foi de casa em casa, para descobrir a fonte do boato. Por fim, enfrentou o homem no *benab* dele.

"Todo mundo sabe que você gosta de cutucar no traseiro da sua mulher e espalhar a coisa por tudo quanto é canto", ela berrou da soleira. "Bom, vê se faz sua mulher costurar o traseiro, assim você não acha mais merda."

A mulher atirou uma tora em Maba, mas ela se esquivou e caminhou de volta muito firme, debaixo da chuva compacta, com os cabelos emplastrados em torno da cabeça e os ombros erguidos, esparramando água para todo lado, até chegar em casa.

Ela também tinha ficado com medo ao ver os dois fetos na bolsa, quando abortou num trecho de mato, perto do rio. Para ela, os pequenos embriões pareciam ter cabeça de cavalo e pés de lagarto.

Maba não tinha muita certeza do por que não confiava inteiramente na filha mais velha. Quase todo mundo elogiava Beatrice por ser uma menina trabalhadeira, feliz, mas Maba tinha lá suas reservas. Sentia que havia algo secreto em Beatrice, e não aprovava mistérios.

Embora nunca tivesse mencionado a ninguém, nem mesmo a Zuna, ocorrera-lhe que Beatrice talvez pertencesse ao povo da água, que vivia na terra durante o dia e debaixo da água à noite, mas que, sob todos os outros aspectos, era idêntico às pessoas normais. Não fazia a menor idéia de por que se sentia assim a respeito de Beatrice, mas era fato. Sendo uma mulher prática, esse aspecto da filha a ofendia de alguma maneira. Reparou que Beatrice nunca fazia par com nenhum dos meninos, embora a maioria das meninas de sua idade já estivesse namorando. Ela parecia se manter à parte.

Quando a própria Beatrice ficou mais velha e tentou entender o que tinha havido, lembrou-se de que suas primeiras experiências sexuais não tinham sido com agentes humanos.

Fora no auge do calor da estiagem. Ela estava com uns onze anos e encostada no batente da porta de casa, um pé erguido, apoiado na madeira, olhando as outras crianças. Duas estavam engalfinhadas, lutando luta livre, no chão. Outras chutavam uma bola de balata de lá para cá, no chão duro, onde a terra amarelo-tostada fora cozida pelo sol e amassada por anos de passos de gente e cascos de cavalo.

Os peitos de Beatrice ainda eram lisos, mas os bicos tinham começado a inchar e empurravam o vestido ralinho feito duas cabeças de filhote de tartaruga. O cabelo estava amarrado na nuca. Sentia a quentura do batente nas costas. Bum. Bam. A bola batia na parede amarela de adobe, ao lado de sua cabeça. O calor fazia seus seios recém-brotados arderem de leve e, quanto mais quente o sol ficava, mais consciência ela tinha de uma escuridão incandescente no fundo da barriga, entre as pernas, num lugar misterioso do qual mal se dera conta antes.

Ouviu vagamente os outros gritando, enquanto brincavam, mas eles pareciam estar chamando de uma grande distância, de um lugar longínquo. O sol bateu com mais ferocidade ainda e, à medida que o calor crescia de intensidade, a escuridão dentro dela se transformou numa sensação efervescente deliciosa que beirou uma explosão e depois sumiu de novo. Ela continuou ali, de pé. As outras crianças tinham parado de brincar e estavam pegando os arcos e flechas para pescar.

Chamaram por ela, mas Beatrice virou para o outro lado, entrou em casa e foi se balançar na rede.

Depois disso, sempre tentava fazer a sensação voltar. Às vezes podia apenas estar montada numa cerca que ela começava de novo. O calor também podia provocá-la, quando estava parada ao sol, ou encostada numa viga da casa. De vez em quando, ela quase podia fazer com que acontecesse, pendurada entre dois galhos de árvore, se retesasse bem os músculos da coxa e ficasse se contorcendo, apenas. Seu corpo sabia que se pudesse manter aquela sensação por tempo suficiente, algo maravilhoso aconteceria, mas os braços cansavam primeiro e ela voltava para o chão. O mais espantoso é que era imprevisível. Às vezes acontecia e às vezes não. Às vezes acontecia quando ela estava indo até o córrego. Ela preferia quando o sol batia na barriga e começava tudo.

Àquelas alturas, as crianças já estavam brincando regularmente de sexo, coisa de que Beatrice não gostava. Elas iam todas para a beira do rio e formavam casais, deitados um sobre o outro, na sombra das moitas. Beatrice fazia mecanicamente. Fazia porque todo mundo estava fazendo, ficar subindo em cima do corpo um do outro. Nunca associou aquilo com a efervescência gostosa que descobrira havia pouco.

Fazendo novas experiências, descobriu que, se ficasse deitada na rede, fosse paciente e se esfregasse tempo bastante, primeiro de tudo vinha uma sensação de calor que se espalhava pela metade inferior do corpo e que ia depois crescendo de intensidade até chegar a uma explosão de prazer, seguida por uns repuxões fundos, que pulsavam e só muito aos poucos iam sumindo. Aprendeu a controlar as explosões de prazer. Elas a faziam lembrar-se da luz dourada, rodopiante, das rodinhas que tinha visto queimando numa quermesse em Boa Vista, durante a temporada que passara com a família Marinheiro. Sua única preocupação estava relacionada ao fato de o pai ter trazido recentemente uma lanterna do Brasil, que funcionava com pilhas. Beatrice temia que o recém-descoberto prazer podia também funcionar movido por alguma espécie de pilha interna, e ela não sabia quantas vezes mais poderia tê-lo antes que as pilhas acabassem. Por uns tempos, racionou-se.

Pouco depois, algo semelhante aconteceu, dessa vez na floresta, onde quase nenhum sol conseguia penetrar entre as árvores gigantescas. Beatrice, Danny e Wifreda tinham ido todos com Shibi-din e alguns outros primos colher casca de marimari. Shibi-din usava a casca para curtir seus couros de veado e boi. Ele disse que a casca era melhor se fosse tirada bem do meio da mata.

Ali, Beatrice descobriu que as cores intensas de certas flores tinham o mesmo efeito nela que o sol. Separando-se do grupo para procurar sozinha pela casca, tomando todas as precauções de hábito para marcar sua trilha, topou com algumas flores escarlates debaixo de um seibo. A sombra das árvores imensas não deixava muita vida no chão. Mas aquelas flores pareciam incendiar o ar em volta. Ela ficou olhando, fascinada. As flores ardiam como feridas. Não conseguia desviar a vista. Primeiro veio o ardor familiar no bico dos seios, depois começou a outra sensação, no fundo da barriga. Ela deitou-se de costas, debaixo da árvore enorme, e começou a brincar sozinha, a mão mergulhando entre as pernas feito a cabeça de um pato.

Sua prima mais velha, Gina, seguiu sua trilha e foi procurá-la, com um aturá cheio de casca de marimari pendurado nas costas. Ela viu Beatrice ofegante, sem fôlego, debaixo da árvore e pensou por alguns instantes que tivesse sido envenenada.

"O que está fazendo?", perguntou, depois disse, prosaicamente: "Ah, entendo. Está fazendo amor com fantasmas". E deixou que Beatrice encontrasse o caminho de volta até os outros sozinha, pela trilha marcada.

Mais tarde, Beatrice descobriu que o azul brilhante e elétrico das pétalas do jacarandá também fazia o bico dos seios arder daquele jeito. Certas flores, de determinadas cores vibrantes, tinham esse efeito sexual nela.

Em casa, o tapir costumava subir numa das camas e ficar rolando em cima. Uma vez Beatrice subiu junto e ficou ali deitada, esfregando a pélvis na pele grossa, respirando seu cheiro quase humano. O animal se sacudiu todo e desceu da cama, como se em protesto.

A mãe estava parada na porta, com uma leve carranca no rosto redondo.

"Vem cá, Cara de Tapioca, eu preciso de ajuda para carregar a panela de farinha."

Maba reparou no pêlo enlameado do tapir, parado no meio da sala, com seu olhar de cega inocência, farejando com o focinho preênsil.

"Não deve deixar esse bicho subir na cama. Ele passa o tempo todo no rio. Olha. Deixou lama no colchão." Depois, sentindo que havia qualquer coisa de estranho no jeito como Beatrice olhava, acrescentou: "Não devia manter um bicho com você muito tempo, sabia? Eles se tornam capazes de ler seus pensamentos e viram inimigos".

Wifreda achava Beatrice chocante sob vários aspectos, embora admirasse sua ousadia. Quando passaram uma temporada com os Marinheiro, no Brasil, Beatrice roubou um pouco do vinho da missa e dividiu entre as crianças. Quando Wifreda disse que não queria entrar na brincadeira, Beatrice se limitou a deitar na cama e olhar para ela, rindo.

Ela não violava somente as regras da Igreja. Violava todas as regras. Quando voltaram para casa, Wifreda viu Beatrice na parte do rio onde em geral se banhavam só os homens, isso porque tinha preguiça de descer um pouco mais adiante. E mentia quando estava menstruada, para poder ir pescar e tomar banho no rio. Ela parecia seguir os próprios impulsos. Se Wifreda ameaçava contar a alguém, Beatrice simplesmente dizia que iria embora para um outro lugar.

Wifreda achava que a vida sem Beatrice seria insuportável e, por isso, ficava quieta.

A LONGA ESPERA

Ficara decidido que Danny, Beatrice, Wifreda e Alice iriam estudar em Georgetown, no ano seguinte. Beatrice foi a única que se animou. Danny deu de ombros. Wifreda e Alice tentaram não pensar no assunto. Mas, a Beatrice, os ciclos daquele ano pareceram intermináveis.

Primeiro foi a vez de arrebanhar o gado. Os cavalos foram alimentados com milho durante semanas, para lhes dar forças. Por causa da má qualidade do pasto nas savanas, o gado de Waronawa vivia esparramado por uma região imensa, em busca de capim decente. Levava meses para arrebanhar todas as cabeças. Os vaqueiros, os rostos de bronze ainda mais avermelhados debaixo do sol, perseguiam as vacas por quilômetros e quilômetros, num remoinho trovejante de poeira branca. As savanas ecoavam com o reboar dos cascos e o mugido do gado. Todo mundo em Waronawa, até mesmo as crianças pequenas, sabia andar a cavalo. Os vaqueiros eram todos peritos, cavalgando no mais das vezes de peito nu e pés descalços.

Danny e Lallo, um de seus irmãos menores, empoleiravamse na cerca do curral, de calção, e ficavam ouvindo os mugidos da manada sendo conduzida para o rio. Danny segurava Lallo pelo braço. No ano anterior, Lallo tinha caído e sofrido uma fratura incompleta. Quando os vaqueiros voltavam com o gado, as crianças corriam de um lado a outro, enchendo baldes com água para os homens beberem numa sombra qualquer, antes de começar a marcação e castração dos animais.

Aquela noite, Shibi-din, com as mãos cheias de bolhas por causa das rédeas, bebeu muito além da conta. Bateu na mulher até ela cair desmaiada, porque não encontrou carne no cozido apimentado e, num acesso de raiva, pôs fogo na própria casa. A luz estranha, flamejante, e a gritaria acordaram as meninas. Beatrice, Wifreda e Alice desceram das redes e foram, cambaleando de sono, até lá fora ver o que estava acontecendo.

As pessoas corriam feito loucas até a lagoa, pegando água. Maba e Zuna já estavam de pé, junto com o povaréu, em frente ao calor que bafejava os rostos ansiosos. Todo mundo se reunira, tentando ajudar, mas as chamas eram ferozes demais e afastavam quem quer que fosse. A cena inteira estava banhada por uma luz rosada, diferente. Fiapos cor de laranja da palha incendiada, franjados de preto, flutuavam na direção do céu noturno. Um pitango, achando que já era a alvorada, começou a cantar.

Aro, mulher de Shibi-din, que acordara do desmaio e conseguira escapar, gemia sem parar. Zuna, agarrada em seu braço, impedia que tentasse entrar de novo na choça para pegar os filhos. Quando Shibi-din apareceu do nada, no meio da escuridão, ainda confuso, as pessoas tiveram que apartar o casal.

A casa foi afundando e aos poucos despencou numa pilha esbraseada. Estava claro que nenhuma das três crianças lá dentro poderia ter sobrevivido. No fim, Maba e Zuna levaram a mulher de Shibi-din para dentro e foi todo mundo para a cama.

No dia seguinte, na luz suave e clara do começo da manhã, onde antes havia a casa fumegava uma massa de cinzas quentes esbranquiçadas e de madeiras torradas. Alguns homens, munidos de paus, tentavam manter os cachorros longe. Os cães fuçavam as cinzas, excitados, tentando abocanhar a acha pegajosa e negra largada ali. Era tudo que restara do bebê de seis meses.

Quando a aldeia acordou, descobriu que Shibi-din tinha tomado o rumo do Brasil, a cavalo. Se porventura, num caso desses, não ficasse claro quem era o responsável, Koko Lupi seria chamada para esfregar folha de mandioca-brava no cadáver e, com isso, o culpado supostamente fugiria de lá em duas horas. Mas dessa vez todo mundo sabia quem tinha feito aquilo.

Maba e Zuna passaram a noite acordadas ao lado de Aro, ao pé do fogo. Disseram-lhe que podia ficar com elas o tempo que quisesse. Aro olhava em silêncio para a frente, de olhos estalados, esbugalhados como os de um filhote de veado. Mas Maba e Zuna eram irmãs de Shibi-din e Aro começou a desconfiar delas, porque, afinal, parente que não é de sangue não merece confiança.

Maba chamou Beatrice e lhe disse para ficar com ela o tempo todo e não deixá-la sozinha um minuto. Beatrice era a única pessoa que Aro conseguia tolerar. Beatrice sentou-se ao lado e não disse palavra até ela estar pronta para partir.

Dois dias depois, Aro saiu a pé para Baidanau, no sul, onde tinha parentes. Levou consigo uma sacola pequena com charque e farinha. Beatrice foi com ela, para lhe fazer companhia durante o primeiro trecho da viagem. Andaram em fila indiana pela terra nua, percorrendo as trilhas em silêncio, Aro cantarolando um canto triste enquanto contornavam os cupinzeiros, até o meio-dia. Aí chegou a hora de Beatrice voltar, se quisesse chegar a Waronawa antes do escurecer. Despediram-se e Beatrice ficou vendo a silhueta gorducha de Aro ir sumindo ao longe, antes de retomar o caminho de casa. Agradava-lhe saber que sua presença fora um conforto.

Danny ficou inconsolável com a perda de seu tio Shibi-din. Quis ir atrás dele no Brasil. Pegou alguns arcos e flechas, pendurou a rede no ombro e preparou-se para segui-lo. Disse que seria capaz de cuidar de si mesmo até encontrar Shibi-din. No fim, conseguiram dissuadi-lo e ele ficou se lamentando durante meses.

Depois foi a vez de ir colher castanha de caju. Quase toda a aldeia acampou num teso. Ali, todos se embebedaram até mais não poder com licor de caju, numa festa sem fim. Danças. Cantorias. Sessões de vômito coletivo. Brigas e escaramuças. Alguém sempre puxava uma faca. Ninguém nunca ficou ferido. Depois de duas semanas acampando, todos arrumaram as trouxas e voltaram para casa.

Para Beatrice, a estação da seca parecia não ter mais fim. Grupos inteiros de famílias partiram para o envenenamento dos peixes. Quando chegaram na beira do córrego, Maba, Zuna e as outras mulheres bateram a planta venenosa. Mexeram um pouco de mandioca-brava ralada e misturaram com folhas de conami. Depois enrolaram em pequenas bolinhas. Pouco depois que elas foram espalhadas no córrego, os peixes começaram a subir até a superfície e saltar para fora da água. Os homens e meninos simplesmente pegavam aquele mundo de peixe com qualquer vasilha que estivesse à mão. Eram assados ali mesmo, na fogueira.

McKinnon foi picado por uma arraia. Na agonia da dor, saiu da água e foi até o fogo, onde Zuna manteve seu pé tão perto das chamas quanto possível, usando uma dor para distraí-lo da outra.

Um alemão surgiu do nada, a cavalo, reluzindo feito uma miragem no ar quente. Estava exausto. Tinha as pernas tremendamente inchadas do tornozelo ao joelho, cobertas de feridas. Bolhas estouradas, de tanto cavalgar, significavam que as calças estavam grudadas no corpo com pus e sangue. Passou um tempo deitado dentro de casa, louco por laranjas. As crianças apanharam centenas de laranjas e toranjas para o alemão. Ele não comia outra coisa. Umas seis semanas depois, montou de novo e foi embora.

Em Waronawa, homens e mulheres sempre tomavam banho separados, mas as crianças entravam na água todas juntas. Na temporada que antecedeu sua ida para Georgetown, Beatrice ficava na margem, enquanto as outras crianças gritavam de alegria, banhando-se na lagoa. A lagoa era protegida, do outro lado, por juncos e bambus. Nuvens brancas passavam rápidas por sobre suas cabeças. A criançada brincava de cachorro e paca, mergulhando e perseguindo-se mutuamente dentro da água.

Beatrice começou a se sentir distante. Experimentou uma espécie de solidão. As outras crianças pareciam evitá-la.

"Por que ninguém conversa comigo?", perguntou à prima Gina.

"Você vai embora, vai se juntar ao pessoal do litoral", explicou Gina. "E a gente não gosta deles."

Danny não parecia sofrer as mesmas dúvidas sobre a ida para Georgetown. Sua ferocidade às vezes assustava Beatrice. Um dia laçou dois dos irmãos mais novos e amarrou o par numa árvore, até o anoitecer, apesar dos gritos de medo deles. Não parecia jamais pensar no fato de que logo mais partiria.

No momento, andava entretido com novas companhias. Alguns uaiuais estavam pousando por lá, a caminho de fazer negócios em Rio Negro. Danny passava a maior parte do tempo com um dos meninos uaiuai, Wario. Os dois costumavam sumir e ir pescar.

Uma vez caminharam quilômetros até chegar ao sopé dos Kanaku, onde alguém dissera ter visto um uiruuetê. Wario tinha cabelo comprido e ainda usava tanga e penas. Seu arco era tão grande que Danny não tinha forças para puxar a corda. Ficava impressionado de ver Wario manejá-lo sem o menor esforço e disparar as flechas, que passavam raspando pelo topo de buritis imensos, enquanto mirava num preguiça. Abriram caminho morro acima, através de mata fechada, até o topo de uma pequena cachoeira, onde construíram um esconderijo entre as árvores e esperaram pelo uiruuetê.

Esperaram três dias, mas não viram nem sinal do gavião. Depois voltaram a Waronawa.

McKinnon estava tirando os arreios enferrujados de um dos telheiros. O mais velho dos uaiuais, que usava duas penas de arara vermelha enfiadas num buraco no nariz, penduradas feito um bigode de mandarim, aproximou-se dele e apontou para dois rolos de pano, um liso e o outro estampado, que tinham sido trazidos de Georgetown e estavam guardados ali.

"É o mesmo espírito que faz os dois?", ele perguntou a McKinnon, em uapixana capenga, apontando para as peças de tecido.

"É", respondeu McKinnon, sem parar de tirar os arreios pesados das paredes. O lugar cheirava a couro velho bolorento. Ele não queria se dar ao trabalho de explicar sobre a manufatura de pano.

"Soubemos que tem um homem na savana que sabe tudo desse espírito."

"Está falando do padre Napier. Ele está para as bandas do norte, no momento. Eu digo a ele para ir para o sul ver vocês, quando tiverem voltado de Rio Negro."

McKinnon tinha grande prazer em desviar o padre Napier do território uapixana pelo maior tempo possível.

No dia seguinte, os uaiuais partiram em duas longas canoas, ansiosos para chegar a Rio Negro e negociar antes do começo das chuvas.

Os primeiros avisos de trovão estouraram sobre os montes Kanaku. As famílias saíram para limpar e fazer a queimada na mata. Depois das primeiras chuvas, todo mundo plantava sua roça de mandioca, milho, tabaco, arroz e feijão.

Aí vieram as tempestades. Os raios riscavam por toda a região de minério de ferro, entre Darukuban e os montes Shiriri. Uma tarde, Zuna viu um raio rolar pelo chão, numa bola luminosa estralejante, e instalar-se numa sambaíba.

Um dia uma mulher entrou ofegante. Dizia ter visto os homenzinhos das savanas, que sopram em flautas de pedra e matam as crianças. Maba, Zuna e tia Bobo acalmaram-na e ela logo voltou para casa, para ver se a família estava em ordem.

Chuvas, depois mais nada.

Naquele ano, a estação chuvosa pareceu interminável à Beatrice. As águas chegaram e roubaram a terra toda. A aldeia ficou completamente isolada. A casa parecia estar no meio de um vasto lago. Beatrice viu um jaburu enorme atravessando a água, nos fundos. Garças e cauanãs amontoavam-se nas árvores, protegendo-se dos ventos e tempestades violentas. Ninguém vinha visitar. A estrada para as savanas do norte era intransitável. As crianças mais novas estavam lhe dando nos nervos. Onças e suçuaranas chegavam mais perto. Um dos cavalos foi mordido. As feridas do gado infestavam, cheias de vermes. E os borrachudos *kaboura* estavam por toda parte, picando com crueldade. Danny estava sempre pescando em alguma parte, mas pela primeira vez na vida Beatrice se cansou de expedições de pesca.

Por fim, setembro chegou. O sol ficou mais forte e todos puderam viajar.

DIAS DE CONVENTO

Duas freiras muito idosas, de braços dados e cabeças unidas num chilreio de passarinho, atravessaram o claustro para receber as três irmãs McKinnon no mundo sereno que reinava por trás dos portões do convento.

As meninas tinham viajado seis semanas com o pai, em carroça de boi, a cavalo e de barco. Danny tinha ficado numa casa em Queenstown, hospedado com uma família de lá. As irmãs não o veriam por três anos.

Só no último minuto é que Danny deu mostras de ter percebido o que estava ocorrendo e que não poderia mais sair para pescar.

"Mas o que vai acontecer com todo aquele peixe?", ele perguntou ao pai, preocupado com a idéia de deixar os córregos e rios cheios de peixes.

"Eles ainda estarão lá quando você voltar", riu McKinnon.

Nas primeiras semanas, as três meninas sentiram pontadas de náusea na boca do estômago. O que mais deprimia Beatrice era ter que usar sapatos. Os pés ficaram tão pesados que pareciam arrastá-la para o chão. E o uniforme da escola restringia tanto quanto um dos arreios pendurados no barracão em Waronawa.

O convento tinha um cheiro estranho, de cera e desinfetante. Beatrice espiava os aposentos amplos e pensava em cavernas vazias, abandonadas. Embora de início tomada pela timidez, depois de uns tempos já conseguia falar inglês com um pouco mais de confiança. Wifreda permaneceu arisca — "tão fechada quando a arte japonesa de dobradura em papel", foi como uma das freiras a descreveu, "uma verdadeira indiazinha". Alice, a mais nova, tinha que lutar para não cair no choro toda vez que via uma das irmãs e vivia implorando para voltar para casa.

Mas logo Beatrice descobriu uma forma de sobreviver e consolar as irmãs. Convenceu-as, e a si própria, de que eram espiãs uapixanas. Um dia de manhã, depois das orações, explicou às duas, em uapixana, que estavam ali numa missão especial, que tinham sido mandadas para aprender os segredos do campo inimigo. A tarefa delas seria descobrir tudo sobre os litorâneos e fazer um relatório para o Rupununi. Precisavam ter muita coragem e muita cautela, porque estavam em território hostil.

"Voltem para suas classes, meninas, por favor", disse irmã Fidelia, enxotando as três com a mão.

De alguma forma, elas sentiram-se reconfortadas com a idéia. Beatrice falou que elas eram como guerreiras, cujo propósito era infiltrar-se e aprender a fingir que viviam como o inimigo. Tinham que se adaptar ao ambiente, copiar os litorâneos e, ao mesmo tempo, manter-se intactas. Ela lhes disse que qualquer criatura, fosse um pássaro, uma aranha, até mesmo uma pulga, podia estar trazendo uma mensagem do Rupununi. Sempre que possível, as meninas se encontravam, fora das vistas das professoras, e falavam uapixana, com um prazer todo especial no fato de ninguém mais poder entendê-las. As freiras olhavam espantadas quando as três irmãs saíam passear em fila indiana pelos jardins do convento, um hábito vindo de seguir as trilhas estreitas das savanas.

"A vida aqui será feito uma carapaça", dizia Beatrice, "que vai nos ocultar, mas que nós poderemos tirar quando formos embora." Deram o nome de as três tartarugas ao grupo — as guardadoras do segredo.

O convento atendia setenta meninas. Era bem equipado e tido como uma das melhores escolas que havia. O embaixador venezuelano mandara a filha para lá, assim como muitos outros da burguesia parda. Havia três salas de aula com carteiras de encosto para as alunas, um auditório, quatro dormitórios e uma enfermaria. Tanques de água forneciam a água de beber. As aulas incluíam inglês, português, italiano, francês, música e desenho. De vez em quando, as meninas davam um concerto e, nessas ocasiões, podia-se ouvir, pelas janelas abertas do auditório, o tilintar do piano, o martelar de passos e o cascatear dos aplausos paternos e maternos invadindo o ar morno do jardim do claustro, com seus hibiscos e açafroeiras.

Aos poucos, Beatrice foi apresentada ao complicado código de cores que afligia toda a sociedade de Georgetown. Por trás das amizades naturais que surgiam na escola, estava o conhecimento venenoso de quem era "mulato claro", "mulato escuro" ou "preto".

Beatrice provocou confusão. Não era negra e não era branca. As pessoas a rodeavam com cautela, sem muita certeza de onde colocá-la, oferecendo amizade para logo mais retirá-la, arbitrariamente. Uma das meninas mais diretas da classe aproveitou a oportunidade para consultar os pais sobre a questão. Voltou triunfante e subiu na mesa, dentro da classe, para fazer o pronunciamento: "As McKinnon são índias". Disse isso com toda a firmeza, como se encerrando o assunto. Depois disso ficou permitido atazaná-las. Mas, apesar das risadinhas ocasionais pelas costas, Beatrice era a mais popular das três irmãs.

Havia sempre novas emoções espantosas. Ela conheceu uma menina que esteve em Nova York, onde o nariz e a orelha das pessoas congelavam no inverno e até quebravam, de tão duros que ficavam. Aprendeu a desenhar. Uma menina do seu dormitório levou um caleidoscópio comprado na Inglaterra. Beatrice adorava ficar olhando para ver as transformações intermináveis, lindas, lá no fundo.

As freiras conversavam sobre as recém-chegadas na sala das professoras. Achavam Beatrice a mais inteligente e expansiva. Era também a mais bonita, todas concordavam, com seu rosto em forma de coração e os olhos pretos grandes, ainda que um deles fosse meio estrábico. Verdade, ela ria um pouco demais, em parte devido a ataques de timidez, mas não o suficiente, as freiras foram unânimes, para atrapalhar.

Nas aulas de canto, Beatrice ficava ao lado de Maria de Freitas, uma portuguesa sem o menor ouvido musical, de rosto emaciado coberto de espinhas. As duas dividiam o mesmo livro surrado de música, com "Boosey e Hawkes" impresso na capa. A freira tocou os primeiros acordes no piano.

Eram um amante e sua amada.

A classe cantava com vontade a primavera que jamais experimentariam. As venezianas estavam bem abertas e o salão cheio de brisas. A freira ao piano interrompeu a música quando ouviu os grunhidos desafinados de Maria de Freitas. Olhou em volta até identificá-la.

"Por favor, fique quieta e só mexa os lábios, minha menina. Apenas mexa os lábios. Você está fazendo o coral inteiro sair do tom."

A freira começou de novo mas não foi além do *Ei, ding a ding a ding. Os namorados tocando flautim*, com Maria de Freitas obedientemente acompanhando em silêncio, quando uma outra voz sonora e grave começou, lá da rua:

Macaco quer rapé, ô,
Macaco quer é rum, ô,
Macaco tá com sede, ô,
Macaco quer café, ô,
Macaco tá cansado, ô,
Deu cinco horas, macaco, ô!

A professora de música foi incapaz de evitar a debandada das alunas até a janela. Uma turma de operários, pondo os alicerces para uma extensão numa das casas coloniais em frente, era responsável pelo coro.

Micklemas Crane, o capataz, e um carpinteiro experiente, liderava o coral. A pele negra dos homens reluzia de suor e poeira sob o calorão intenso, enquanto martelavam as toras de bibiru no barro, enfiando o "macaco" de noventa centímetros quadrados nas estacas, para fixá-las. Após alguns minutos, os homens começaram a cantar outra vez e as meninas se debruçaram, rindo e acenando da janela. Um dos homens olhou para cima, tirou o lenço da cabeça e acenou de volta. Os outros não tomaram conhecimento das alunas.

Exasperada, a freira bateu a tampa do piano.

O brilho dos martelos de metal perfurou os olhos de Beatrice, que recuou.

"Ai. Sai de cima do meu pé, sua índia suja..."

Beatrice virou-se para olhar o rosto pardo e altivo e o cabelo crespo de Nella Hawkins, que, em troca, fechou a cara num sorriso hostil.

O coração de Beatrice saltava de medo. Ao mesmo tempo, sentia-se humilhada.

"O que está havendo?", perguntou a professora de música, quando o resto da classe voltou a seus lugares, deixando as duas meninas paradas, encarando-se mutuamente. Nella Hawkins foi logo contando sua história.

"Beatrice McKinnon pisou no meu pé com toda a força." Ela voltou mancando para seu lugar no coral.

"Bom. Eu tenho certeza de que foi um acidente, não foi, Beatrice?", disse a freira, com bondade.

Beatrice continuou calada e imóvel. Algumas outras meninas começaram a rir.

"Em geral nós pedimos desculpas quando fazemos alguma coisa assim, Beatrice. Peça desculpas."

Não saiu nem uma palavra. Beatrice não conseguia mover a língua em volta das palavras desconhecidas que se faziam necessárias. Ela se viu incapaz de falar e voltou, em silêncio, para seu lugar.

"Bom, você vai ter que ficar aqui depois da aula, para falar comigo, Beatrice." A professora virou-se para o piano e o coral retomou a música.

A boca de Beatrice já estava seca e o coração batia acelerado. Curvou a cabeça sobre o livro de canto. Quando ergueu a vista, viu que a metade esquerda do rosto da freira tinha desaparecido, engolida pela escuridão. As ursulinas vestiam um hábito preto com um peitilho branco, toucado preto e banda branca.

Beatrice piscou os olhos; podia estar confundindo aquelas faixas de preto e branco. Mas, para onde quer que olhasse, a metade esquerda de seu campo de visão estava apagada. Um suor frio tomou conta do corpo inteiro. Olhou de novo para o livro, na esperança de que tudo voltasse ao normal. Viu apenas metade do livro. Começou a tremer. Depois apareceu um risco brilhante, ziguezagueante, em forma de estrela, dançando dentro do olho esquerdo, com ele fechado ou aberto. A linha truncada era como o raio que corria pelo chão, do pico do Darukuban até a montanha Shiriri, anunciando tempestade. Achou que fosse ficar cega. Vieram ondas cada vez mais fortes de náusea e então Beatrice McKinnon desmaiou no assoalho do auditório.

* * *

A enfermaria fora pintada recentemente e cheirava a óleo de linhaça. Beatrice descansou três dias, até a forte dor de cabeça passar. Na terceira noite, quando se sentiu completamente boa de novo, sentou-se na cama e ficou ouvindo, enquanto irmã Fidelia, que nascera na Irlanda mas passara boa parte da vida na colônia, fazia sua ronda noturna nos dormitórios.

A irmã Fidelia assustava as meninas menores porque tinha um rosto tão comprido quanto o de um cavalo e uma enorme marca de nascença, feito uma rodela de bosta de vaca arroxeada, cobrindo a face direita. Ela sofria de melancolia e não era muito bem-vista entre as outras freiras, que deploravam a tendência que tinha de recair no dialeto crioulo. Nesse momento, ela passava pelo corredor batendo nas portas para que as alunas apagassem a luz e dizendo: "Apaguem as luzes agora, meninas, por favor. Apaguem as luzes". Depois começou a subir a larga escadaria de madeira até a enfermaria, no último andar.

Lá fora, na rua, havia um homem encharcado de rum sentado na calçada. Ele ouviu a voz da freira e imitou-a.

"É isso, apaguem as luzes. Apaguem as luzes. Mas quem é que vai apagar a lua?" E riu. De fato, o convento e as ruas vizinhas estavam inundadas pela luz da lua, uma luz que absorvia toda a cor dos guangos e das altas palmeiras-imperiais descarnadas da cidade. O homem se pôs de pé com dificuldade e saiu cambaleando rumo ao convento. Parou para urinar na valeta.

"Quem vai apagar a lua?", resmungou, antes de esboroar no meio da rua, onde ficou, entre as pedras brancas, até de manhã.

A lua olhava para baixo com seu rosto carnal, encardido.

A irmã Fidelia deu uma espiada em Beatrice, a quem adorava, e desceu de novo. Depois que ela se foi, Beatrice levantou-se e olhou pelo vidro fechado das janelas para o cenário enluarado lá embaixo. Um sapo imenso arquejava e bufava na calçada, embaixo da janela, com as marcas do dorso claramente visíveis. Beatrice achou que ele tinha ido até lá para alegrá-la. Depois de um tempo, virou-se e saiu pulando rumo à valeta.

O homem esfarrapado que jazia feito uma boneca estropiada na rua a fez pensar em Shibi-din depois de uma bebedeira.

Beatrice voltou para a cama e se perguntou o que estaria acontecendo em Waronawa. Quando elas partiram, o telhado estava sendo recoberto de palha. O que significava que os homens tinham de levantar antes do nascer do sol, enquanto ainda havia orvalho nas folhas. Depois que o sol secava as folhas, ficava impossível trançá-las. As folhas tinham que ser cortadas em noite sem lua, porque os insetos que desovam nas palmas só desovam com luar. Se a folha é cortada com lua, mais tarde os insetos saem do ovo e destroem o telhado.

Lembrou-se de que uma vez lhe contaram que Koko Lupi era capaz de voar longas distâncias, só para se informar do que as pessoas andavam fazendo e que, depois, voltava trazendo as novidades. Mas ela estava totalmente isolada de casa, ali naquele convento. Isso a fez sentir-se como se estivesse sufocando na areia.

Naquela noite, sonhou que estava no rio Rupununi, debruçada na lateral de uma canoa. Alguém atrás dela remava. As águas negras e vítreas ondulavam por debaixo do barco e ela rompia os nacos sólidos e curvos deixando correr os dedos pela superfície. Havia sementes boiando, meio devagar perto das margens, mais rápido no meio. Dava para sentir os redemoinhos lá no fundo, puxando e repuxando. A pessoa que estava remando, fosse quem fosse, debruçou-se para a frente e cochichou alguma coisa em seu ouvido, por trás de seu ombro esquerdo. A voz era familiar. Seu hálito aqueceu-lhe o pescoço.

As árvores se fecharam lá em cima e a cor da água mudou para siena queimada. Os reflexos nessa água de mogno eram marrons e alaranjados. Tudo, até mesmo o menor dos insetos, estava reproduzido com perfeição absoluta. As imagens permaneciam imóveis, ainda que o rio seguisse adiante, como o tempo.

Beatrice se perguntou como é que a água em movimento poderia refletir imagens tão nítidas. A folhagem estava espelhada de modo tão exato que parecia impossível saber qual era o mundo real.

De repente, ela estava deitada de costas, no fundo do rio, feliz da vida. Acima, enxergava a canoa, que agora parecia um papagaio voando no céu. Aí a marola do barco começou a sacudir o centro das imagens. Tudo desintegrou-se e ela acordou com a luz brilhante da manhã.

A escola vibrou com o escândalo. Irmã Fidelia estava sendo transferida para outro estabelecimento, no México. Uma montanha de garrafas vazias de rum fora encontrada debaixo da cama da freira lamurienta. Em segredo, ela andava consumindo quantidades gigantescas de álcool.

Na volta do auditório, toda uma classe presenciara o ocorrido, no dia em que a irmã Fidelia escorregou pelo corrimão da grande escada circular, desde lá de cima, com o hábito levantado até a cintura. Duas outras freiras correram para ajudar, quando ela esborrachou no chão.

Vendo Beatrice no meio do grupo de alunas espantadíssimas, ela balbuciou: "Ah. Aí está Beatrice McKinnon... agora ela sabe... agora entende a suntuosidade secreta da morte". Em seguida se pôs a cantar: *Ó Danny Boy, os apitos, os apitos estão chamando*, antes de desmaiar, enquanto uma das freiras levava as meninas embora.

Muito pouco perturbava a rotina suave da vida no convento, mas, cerca de um ano depois, chegaram mais notícias sobre irmã Fidelia.

A madre superiora, uma mulher franzina, murcha, na casa dos setenta anos, reuniu a escola toda no auditório e subiu no estrado, na frente das alunas.

"Bom dia, meninas. Hoje estamos precisando de suas orações. A maioria se lembra de irmã Fidelia, que nos deixou para servir a Deus no México. Hoje recebi uma carta dela, nos pedindo ajuda. Eu vou ler uma parte da carta para vocês:

Prezada Madre Superiora e todas vocês da escola São José,

O Senhor nos ajuda sempre, mas houve uma tragédia horrorosa aqui e nós precisamos de suas orações.

Um mês atrás, mencionei à minha classe que haveria um eclipse, visível de nosso lado do mundo, e que eu estava disposta a levar até o parque todos os que quisessem acompanhar o fenômeno. Avisei-

os de que não se pode olhar direto para o sol, porque isso não faz bem aos olhos.

Dois alunos se apresentaram. Miguel e a irmã queriam ver o eclipse. Eu os peguei em casa — uma daquelas casas bonitas, pintadas de branco, com primaveras na frente, que sempre me fazem ter vontade de saber pintar — e partimos rumo ao parque, nos arredores da Cidade do México.

Tendo sido avisadas para não olhar o eclipse diretamente, as crianças, muito obedientes — e eu devo dizer que nisso elas foram uns anjos —, ficaram observando os reflexos no lago onde em geral punham seus barcos de brinquedo para navegar. Eu fiquei lá esperando com eles. Conferimos a hora. O eclipse deveria começar em quatro minutos.

As águas do lago estavam calmas e escuras, lambendo as margens de pedra. Os reflexos estavam nítidos e eu achei que teríamos uma boa visão de tudo. Miguel tomou a mão da irmã, que Deus o abençoe, e ambos ficaram olhando a água.

Às 11:15 da manhã, bem como eu tinha dito a eles, a beirada da lua começou a morder o sol. As crianças ficaram fascinadas com o disco duplo boiando na lagoa. Naturalmente, no tempo que levou para o eclipse se completar, veio o entardecer e depois a escuridão completa. Estava tudo quieto. Uma outra criança, do outro lado do lago, pôs seu barquinho a vela na água, para aproveitar a brisa fresca que soprava. Isso provocou marolas. Miguel e a irmã continuavam encantados. Eu estive atenta o tempo todo, para que eles não olhassem para o sol. O fenômeno terminou. A manhã clareou e esquentou de novo. Eu levei as crianças para casa.

Uma hora depois, as duas estavam cegas.

Os pais ficaram endoidecidos. Eu me sinto tão responsável. De lá para cá, tem sido uma longa rodada de clínicas, especialistas, salas de espera em hospitais e, por fim, a transferência das crianças para uma escola de cegos.

Nesse ponto, a madre superiora parou e pediu que a escola rezasse pelos dois irmãos cegos e pela irmã Fidelia.

Maria de Freitas, de pé ao lado de Beatrice, fez a colega rir puxando os olhos numa careta horrenda. Beatrice cochichou-lhe no ouvido que tinha que haver um outro santo no cânon católico — são Risadas.

Na sala dos professores, mais tarde, as freiras se reuniram todas para ler a parte da carta que não fora transmitida às alunas.

Vocês podem imaginar como me senti. Os jornais fizeram um grande estardalhaço, provocando sensacionalismo. Fui atacada pela imprensa. Os historiadores desenterraram a história do último eclipse solar nesta região, em 16 de julho de 789, quando Quetzalcoatl, um dos deuses pagãos deles, rumou para o leste, numa jangada de serpentes, obrigado a deixar o México por ter feito amor com a irmã. Acredita-se que ele tenha subido aos céus e se tornado a estrela Vésper, ou alguma bobagem assim. Sinto-me envergonhada de ter sido a causa de tantas sujeiras desenterradas do passado.

E eu que estava me dando tão bem por aqui. Por favor, lembrem-se daquelas pobres crianças em suas orações, e de mim também.

Sua, em Cristo,
Irmã Fidelia.

Um pouco depois disso, as ursulinas de Georgetown tomaram conhecimento de um incidente ocorrido no convento irmão lá do México: os sinos tinham soado sem nenhuma razão, no meio da noite, com badaladas lentas e fúnebres, perturbando toda a vizinhança. Irmã Fidelia fora encontrada num porre fenomenal, puxando a corda do sino, e transferida para um convento no Peru.

O EVANGELIZADOR

Durante os anos em que os filhos mais velhos de McKinnon ficaram na escola, a sotaina negra do padre Napier tornou-se uma visão familiar nas savanas, feito um corvo preto na paisagem. Às vezes o padre viajava a cavalo, mas era mais freqüente ir a pé. Andar, dizia ele, ajudava a rezar.

Nos primeiros meses, Zariwa foi sua base, rebatizada com o nome cristão de Santo Inácio. Napier levou três garotos de aldeias próximas para morar com ele. Os meninos faziam as tarefas domésticas e o padre ensinava-lhes os caminhos de Deus. Eles também o ajudaram a erguer a primeira igreja católica do Rupununi, uma construção simples de adobe, taipa e cobertura de palha.

Padre Napier teve uma paixonite aguda por um desses rapazotes, a quem chamava de Inacinho. O menino era lerdo, sério e tímido. Quando recebia um elogio, baixava os olhos e corava, sem saber o que responder. O padre enxergava nisso um sinal encantador de humildade e via no garoto um símbolo do advento da verdadeira cristandade nas savanas, em lugar da heresia protestante que já se estabelecera em Yupokari.

Experimentava uma mistura de dor e prazer quando o garoto, zelosamente, cavoucava-lhe os bichos-de-pé com um alfinete. O jesuíta sentia que havia uma comunicação especial entre eles. Inacinho era inteligente e de confiança. Sempre que olhava para ele, o padre sentia-se inundado por uma alegria feroz, que atribuía a um transbordamento do amor de Cristo, dele para o menino. Havia uma emoção particular em levar Inacinho até Jesus.

E foi através de Inacinho que encontrou uma forma de destruir as crenças dos índios. O menino explicou-lhe que todos os animais tinham um pai ou um dono que os protegia tanto na terra quanto no céu. Esse pai podia ele próprio aparecer como animal. É também o pai da caça e o protetor das ervas mágicas, que dão sorte ao caçador e decidem quantos animais poderá matar, dependendo da abundância ou escassez. Dá para saber quando aparece porque exala um cheiro muito forte do sumo dessas ervas.

Com essa informação e grande sutileza, qual um câncer imitando o funcionamento da célula na qual se acha instalado, o padre Napier aos poucos foi apresentando aos índios a idéia de seu próprio pai todo-poderoso.

Em Santo Inácio, o padre vivia numa choça simples, de chão de terra batida. Os homens chegavam, sentavam no chão e não diziam palavra, muito à vontade. Às vezes comiam de sua comida. Uma vez, descobriu todos os seus pertences mexidos, se bem que nada tivesse sido levado. Ele os censurou, elevando a voz. Na mesma hora, houve uma debandada geral. Acabou compreendendo que os índios não gostavam de vozes ásperas. Se repreendia alguém, a pessoa simplesmente sumia.

"Eles não gostam de gente que grita e não têm memória das datas!", escreveu em seu diário.

Desde o início de seu ministério, empreendeu uma série de árduas jornadas, concentrando-se primeiro nos macuxis das savanas do norte, construindo igrejas, convertendo aldeias inteiras de uma só vez e fundando novas missões. Começava com as crianças, levando-as a brincar e cantar hinos. Depois progredia até os adultos. Num certo momento, calculou com prazer que, durante um mês, Inacinho construíra um novo altar todos os dias.

Muitas vezes tinha que dormir debaixo de uma lona, tremendo de frio à noite e torrando durante o dia. E, em mais de uma ocasião, todas as suas roupas e pertences ficaram encharcados, quando o chão de alguma igreja semipronta, onde passara a noite, virava lama de uma hora para outra. Nada era capaz de detê-lo. Tão logo uma missão fosse completada e os índios tivessem recebido as instruções básicas, capazes de cantar e rezar, ele partia para outra, esquadrinhando as savanas. Se os rios não podiam ser vadeados, arranjava homens para lhe fazer uma piroga. Se não houvesse árvores para fazer a piroga, ele os fazia construir uma jangada. Quando não encontrava os materiais certos, improvisava.

O povo macuxi o julgava tolerável ainda que meio atrapalhado, sobretudo quando insistiu em consagrar de novo a igreja, depois de um casal de jovens ter passado a noite ali. Ficavam confusos com sua energia, porque era costume nas savanas não fazer nada que parecesse desnecessário. O padre sempre inventava alguma outra coisa. Mas as pessoas se reuniam em volta, assim mesmo, associando toda sorte de vantagens materiais à adoção desse novo deus.

Um dos triunfos registrados em seu diário fora a realização de uma missa improvisada no domingo de Páscoa, em Nappi. Construíra a vela pascal com a ajuda de uma lata de tabaco. As velas foram feitas de cera preta de abelha. O tabernáculo era uma lata de querosene forrada com musselina. Todas as partes da missa que deviam ser cantadas foram cantadas por ele mesmo, em sua voz aguda de tenor.

Aí veio o desastre.

"Venha, Inácio", anunciou a seu jovem seguidor. "Vamos fazer uma celebração especial em nome de Cristo."

Ele decidira escalar o monte Roraima e celebrar missa no topo. Era uma caminhada de três semanas, debaixo de um calor infernal. Inacinho hesitou ao se aproximar das encostas negras da montanha sagrada de cume chato. Lá estava ela, empinada a sua frente. Toda vez que erguia a cabeça para ver o cume, o Roraima parecia se erguer ainda mais alto, para sobrepujá-lo, como se ameaçasse esmagá-lo se chegasse mais perto. A montanha parecia viva.

O padre Napier fez o menino dar duro. Obrigou-o a carregar nas costas todos os equipamentos da missa, bem como a máquina fotográfica, um saco de garimpo e utensílios de cozinha.

Nas encostas mais baixas, em volta da base, havia o esqueleto descorado de centenas de árvores. As escarpas da montanha eram nuas e negras, com diversas quedas-d'água se atirando do topo. Eles escalaram gretas e ravinas, pendurados em tufos de capim, segurando-se só com as pontas dos dedos em fendas escorregadias da rocha. Em alguns lugares, musgo e folhagens serpeantes cobriam o tronco úmido das árvores. No pé dessas árvores, havia samambaias com frondes de uma substância gelatinosa, em vez de folhas. Rãs pretas minúsculas saltavam para as poças, quando passavam.

"Vamos. Você consegue", dizia o padre, em quem ressurgira a antiga crueldade dos tempos de monitor de escola, quando já se aproximavam do cume achatado.

Celebraram a missa no silêncio fantasmagórico do imenso platô. Quando acabou, Inacinho guiou o padre de volta, pelas matas e barrancos do flanco sul, apesar de estar gelado e exausto. Três dias depois, o menino morreu.

Os dois homens estavam cara a cara, no escuro da choupana onde jazia o corpo. O pai, arrasado pela dor, tentava explicar que a montanha era um lugar especial e que o padre não devia jamais ter levado seu filho até lá. A mãe e as irmãs, todas desdentadas, apesar de serem jovens, permaneceram caladas, ao lado do corpo rígido da criança.

"A montanha já foi um dia uma grande árvore", o pai tentou explicar, entre lágrimas. "Nessa árvore, cresciam todos os tipos de fruta. A única criatura que conhecia seu paradeiro era o tapir."

Padre Napier disfarçou seu exaspero. Também ele estava angustiado com a perda de Inacinho, seu pupilo predileto. A última coisa que queria era ouvir esse homem tagarelando a respeito de uma árvore e um tapir. Lamentava amargamente não ter chegado a tempo de administrar os últimos sacramentos. O padre franzia o cenho e mostrava os dentes, no esforço de tentar entender a fala macuxi.

Atormentado, o homem andava de um lado para outro, na frente do padre. Três passos o levavam até o corpo do filho, outros três o traziam de volta.

"Dois irmãos, Macunaíma e Chico, encontraram um carrapato que tinha pegado uma carona num tapir. O carrapato chorava amargamente porque caíra e estava perdido. Contou aos irmãos que o tapir sabia onde estava a árvore e eles o seguiram. Quando viram todas aquelas frutas, cortaram a árvore. Um rio imenso jorrou do tronco e inundou as savanas. A montanha foi coberta por um mar cheio de botos..."

Nesse ponto, o pai do menino irrompeu em soluços descontrolados, enquanto o restante da família olhava, constrangida.

O padre Napier interrompeu o relato.

"Inacinho agora está a salvo nos braços de Cristo."

O homem o olhou com óbvia descrença.

O padre sentiu uma claustrofobia súbita no escuro da choça e saiu para dar uma volta. Havia uns poucos cajueiros e *coimbes* anões entre a casa e o córrego. Caminhou por entre as árvores, escolhendo o caminho pelo chão seco e moitas esparsas, espinhentas.

Quando olhou para trás, viu que a família tinha tirado seus poucos trastes da choça e posto fogo nela, com o corpo da criança dentro. A palha incendiou-se em segundos e, enquanto olhava, a família afastou-se por uma trilha que ia na direção das montanhas Pakariama, com tudo que possuíam dentro de aturás pendurados nas costas.

Graças a algumas poucas semanas de evangelização frenética, conseguiu empurrar a responsabilidade pelo ocorrido lá para o fundo da mente.

Ninguém nunca viu o padre Napier sem o hábito. Vestido com sua batina preta, levava consigo, aonde quer que fosse, o baú de lata que continha sua Bíblia, os registros de batismo dos recém-convertidos e seus próprios diários.

O povo uapixana das savanas do sul discutia as idéias do padre, ouvidas dos macuxis.

Uma mulher disse que tinha visto o padre tentando escalar o monte Garrafa, nos Kanaku, um pico alto, em forma de garrafa, que brilhava feito cristal. Era a montanha onde um dos heróis lendários supostamente aprisionara o próprio filho numa rocha. Ela disse que os ventos vieram e sopraram o padre de volta para baixo. A superfície era escorregadia por causa da ágata, do jaspe e de uma pedra verde. Disse também que tinha visto uma figura ofuscante por perto, num ponto onde muitas trilhas se cruzavam. Quando lhe perguntaram mais a fundo se poderia ter sido o novo

Cristo, ela sacudiu a cabeça enfaticamente e disse que a figura resplandecente era um índio. Mas algumas pessoas começaram a dizer, depois, que talvez fosse Cristo que estivesse preso na rocha.

Viagens às savanas do sul, do outro lado dos montes Kanaku, eram menos freqüentes. O padre Napier sentia, cada vez mais, que McKinnon era um obstáculo a seu progresso. Achava que McKinnon tentava, de propósito, obstruir sua comunicação com o povo uapixana.

Com certeza, McKinnon não gostava da influência do padre. Ele acreditava que os uapixanas não precisavam de um missionário. Uma vez chegou até a escrever ao bispo, em Georgetown, sugerindo que o padre Napier precisava de umas férias, estava trabalhando demais. Mas o padre regressava com a persistência de um mosquito. Logo já estava construindo igrejas nas savanas do sul. No fim, McKinnon acabou por aceitar a situação e sempre oferecia hospitalidade ao padre, quando estava na região.

"Os uaiuais estão pedindo para vê-lo já faz um bom tempo", McKinnon lembrou ao padre.

"Eu vou ter com eles assim que for possível." O padre Napier examinou seu diário e resolveu ir em janeiro. Teria que deixar tempo suficiente para chegar até lá e voltar, antes do começo das chuvas. Seria uma longa viagem para o sul, nas profundezas da mata, numa área que nunca visitara antes.

As pessoas reparavam que o olhar do padre Napier, ao falar com elas, parecia cada vez mais distante, fixo em alguma coisa longínqua, numa cidadela imaginária.

UM CASO

Um belo dia, chegou a hora de Beatrice, Alice e Wifreda deixarem o convento. Paradas em frente ao portão alto de ferro, com todas as malas feitas, esperaram a carroça puxada a cavalo que as levaria até onde pudessem tomar o barco rio acima. As meninas despediram-se da madre superiora, que deu a cada uma um rosário. Alice estava saindo antes do tempo porque não agüentaria continuar na escola sozinha, sem as irmãs. Fora combinado que Danny ficaria mais algumas semanas, para fazer um curso de mecânica básica. Voltaria sozinho, mais tarde.

Assim que chegou a Annai e viu a paisagem ampla e dourada das savanas, Beatrice sentiu o coração alegrar-se. Partiram para casa em carro de boi, enquanto o sol se erguia por sobre as montanhas Makarapang, a leste. Lá longe, ao sul, os raios do sol atingiam o topo dos montes Kanaku. Até as borboletas pareciam bêbadas de sol.

Estavam todas contentíssimas de estar de volta. Beatrice debruçou-se na lateral da carroça, sentindo a brisa no rosto.

Maba não parou de bater as roupas nas pedras chatas da margem do córrego ao ver Beatrice aproximar-se, correndo. Mas ergueu os olhos e suas feições redondas abriram-se num grande sorriso. Não era costume abraçarem-se. De cenho meio franzido, meio sorridente, examinou a filha. Beatrice experimentou um misto de timidez e constrangimento ao cumprimentar Maba e Zuna, como se ela é que tivesse mudado. Reparou, pela primeira vez, como eram castigados os rostos das duas mamais, quando comparados à carne serena, intocada, das freiras do convento.

Assim que tirou os sapatos e pôs um vestido de algodão, correu para ver a prima Gina.

Nada tinha mudado. Gina só parecia um pouco mais gorda. Estava no *benab* ralando mandioca e espremendo a polpa molenga no tipiti, junto com a mãe e as irmãs. O sol coado pela palha do telhado salpicava o rosto das mulheres. As sombras e as fisionomias se misturavam. A cena toda deu a Beatrice a sensação tranqüila de estar de novo em casa, fundindo-se com o cenário. A mãe de Gina, encostada nas vigas, chupando uma manga, sorriu para ela. A luz ocre morna, a madeira crua das vigas, o telhado de palha trançada, a risada macia, o odor familiar, suave e fermentado da mandioca — Beatrice absorveu tudo aquilo, deliciando-se no contraste que faziam com as linhas e quinas rígidas do prédio do convento do qual acabara de sair, com seu cheiro de desinfetante e o barulho ensurdecedor de implementos mecânicos, sinos, campainhas e piano. Sentou-se num banco e esfregou os dedos do pé na terra quente.

Gina sorriu para ela e continuou trabalhando no tipiti pendurado do telhado, os dedos grudentos da polpa. Um homem moço, que Beatrice conhecia da aldeia, curvou-se sob o telhado baixo, entrou e pegou uma cuia de chibé.

"Estou casada, agora", disse Gina, fazendo um gesto na direção do rapaz. "Ele mora com a gente. A rede dele fica ao lado da minha, lá em casa."

Rede, símbolo do casamento. Beatrice sentiu-se ao mesmo tempo ciumenta e deslocada, como se tivesse sido deixada para trás na marcha dos acontecimentos, como se a vida no convento a tivesse retardado de alguma maneira. Ninguém lhe perguntou como fora na escola. Ninguém estava interessado.

Em vez de ficar para ajudar no trabalho, Beatrice conversou um pouco mais sobre os acontecimentos em Waronawa, durante sua ausência, depois voltou para casa.

"Eu disse o que ia acontecer se ela fosse embora", disse Gina.

Beatrice tinha esquecido como trabalhar. De início, achou difícil acomodar-se de novo ao velho ritmo. Ela e Wifreda tinham de pegar água, regar as árvores frutíferas, verificar o dorso das folhas de tabaco em busca de lagartas, limpar a roça de mandioca, pelar e desmembrar veados, pacas, cutias, estripar os peixes que os homens traziam, lavar roupa, fiar algodão, ajudar a tecer redes, preparar farinha, cortar tiras de carne para fazer charque e cuidar das doenças das crianças mais novas.

Danny chegou e não disse nada. Limitou-se a um aceno de cabeça para as irmãs, mas seus olhos brilhavam com o prazer de estar em casa. Maba reparou que ele era mais alto que a maioria dos outros rapazes de sua idade. Devia ser seu lado europeu, pensou, com uma pontinha de crítica. O cabelo preto e brilhante não se arrepiava mais num tufo rebelde, crescera e caía-lhe nos olhos.

De alguma forma, Danny conseguira atravessar os anos de escola sem se deixar abalar muito com aquilo. Os professores o consideravam um menino agradável — ainda que um tanto calado. Ele nunca se apressava. Tinha os mesmos olhos escuros e a pele cor de cobre da mãe. Seu dom era para fazer e consertar, as mãos estavam sempre ocupadas com algo, sobretudo talhando pontas de flecha.

Beatrice ouviu sua voz, uma noite, pela divisória, e perguntou-se quando é que ficara tão grave. Era uma voz castanha, lenta, feito melado.

"Não me apoquentem", ele avisava os irmãos mais novos, que pulavam a sua volta, "ou eu jogo vocês da carroça de boi um dia em que estivermos dando uma volta."

Mas eles estavam rindo, satisfeitos.

"Faz de novo, Danny", disseram, para o que quer que fosse que ele fazia no escuro.

Beatrice queria saber se Danny também estaria se sentindo estranho por estar de volta. Mas se estava, não demonstrava. Parecia ter se acomodado de volta como se nunca tivesse saído. Pescava e caçava, cada vez mais confiante, lidando com as armas do pai tão bem quanto com o arco e as flechas.

McKinnon pedira a um grupo de litorâneos negros para ir ajudá-lo a cortar madeira. Eles fizeram uma diferença enorme na aldeia. Eles levaram o jazz.

À noite, depois do trabalho, ficavam brincando, dançando, cantando e bancando os bobos no andar de cima da casa dos McKinnon. Eles formavam uma banda. O mais alto deles, cujo nome era Raymond, fez um fagote de papel pardo, um contrabaixo de uma lata de querosene com um arco de borracha e um triângulo de um pedaço de metal retorcido. As pessoas da aldeia iam lá dançar e os lenhadores, muito alegres e risonhos, diziam que a forma como os índios dançavam era "o arrasta-pé do Rupununi". E, para mostrar o contraste, faziam demonstrações de seu próprio estilo de rebolado com imenso bom humor.

Na aldeia, muitos homens mais velhos se queixavam entre si, dizendo que os intrusos eram barulhentos demais, que eles espantavam os peixes. Não gostavam das vozes altas que tinham, nem da maneira como agitavam os braços para todo lado quando falavam. Mas não davam nenhum sinal externo de descontentamento e mostravam-se sempre amistosos quando encontravam com eles. A piaga Koko Lupi, entretanto, não fez segredo nenhum do ódio que sentia pelos recém-chegados. Quando aparecia pelos arredores de Waronawa, dizia a todo mundo que tinha venenos para fazê-los impotentes, caso necessário. Impotentes para sempre, enfatizava.

Raymond interessou-se por Beatrice. Convidava-a para dançar toda noite, sempre que não estava tocando um dos instrumentos, e a olhava desejoso, por debaixo dos olhos castanhos calorosos, com aqueles cílios curtos e crespos. Erguia as sobrancelhas e piscava para ela, enquanto tangia seu contrabaixo de lata de querosene.

Uma noite, Beatrice estava tentando imitar os passos gingados de Raymond. Danny observava os folguedos. Estava sentado numa velha banqueta rústica de pajé, com uma cabeça de onça pregada de um lado e uma cabeça de jacaré do outro. Os músicos tinham aberto uma garrafa de rum. Danny tomou uns goles numa xícara e atirou-a de lado. Ele já tinha tomado *parakari*. Agora alternava *parakari* e rum. Estava tentando entalhar uma bola perfeitamente redonda num pedaço de ualabá, como o tio lhe mostrara uma vez. Mas seus dedos estavam descoordenados, por causa da bebida. No fim, deixou a faca e a madeira caírem no chão.

Beatrice girava a sua frente, o cabelo esvoaçando nas costas. Sempre que errava o compasso, parava um instante, punha a mão na boca e ria.

Por algum motivo que não conseguia entender, ver Beatrice saracoteando com o rapaz negro o deixava triste, sentindo-se mal. Queria arrastá-la dali. Ficou zonzo. Tentou agarrar-lhe a saia quando ela rodopiou por ele, mas não conseguiu. Levantou-se e tentou dançar como os rapazes negros, mas seu corpo não se movia da mesma maneira. Constrangido, sentindo-se um bobo, sentou de novo. Bebeu mais *parakari* amargo da cabaça e a baba escorreu-lhe pelo queixo. Alguém lhe passou um pouco de licor de caju. Ele tomou.

Depois de um tempo, os olhos de Danny estreitaram-se em duas fendas azeviche no rosto dourado. Pareciam vidrados. Ele vomitou num canto escuro da sala e saiu cambaleando em busca de ar fresco, descendo os degraus aos trambolhões. Minutos depois, Beatrice foi até o topo da escada.

"Estou com vergonha de você", disse ele, em uapixana.

"Que pena, não é mesmo?", respondeu ela, em inglês, o que o deixou furioso. Ela viu o rosto de Danny erguido para ela, fechado e impenetrável, como já vira tantas outras vezes, quando ele era criança. Sentiu vontade de consolá-lo. Mas Raymond saiu a sua procura. Fez uma mesura cavalheiresca, pegou-a gentilmente pela mão e a levou para dentro de novo.

Danny capengou pela trilha, sob as estrelas, até a lagoa, queimando de inveja e de alguma tristeza inidentificável. Queria matar alguma coisa. Demolir ou destruir algo. Um gavião noturno passou voando e ele atirou uma pedra, errando completamente a mira. Quando atingiu a margem do lago, agachou-se, ouvindo a água bater calma no bambuzal e pensando que poderia cortar o cabelo bem curto para ficar parecido com os rapazes negros.

Raymond sentia-se desmanchando inteiro, toda vez que olhava para Beatrice. Por seu lado, encostada na parede, perto da porta, ela dava risada de tudo quanto ele dizia, bem mais do que as palavras mereciam. Uma mecha dos longos cabelos pretos se soltara e grudara, úmida, no pescoço. Ela estava flertando com o moço, com seus grandes olhos escuros. A dança a deixara sem fôlego.

Em seguida Maba chamou-a. Precisava de ajuda para lavar a louça. Wifreda e Alice estavam as duas passando o dia com amigos, do outro lado da aldeia, e ela estava sozinha. Beatrice virou-se com uma revoada de saia e disse um boa-noite maroto a Raymond. Depois foi ajudar a enxaguar os pratos de madeira, que estralavam ao serem guardados.

Quando terminaram o trabalho, antes de deitar, Maba e Beatrice foram até a latrina, a cinqüenta metros da casa, levando um lampião a querosene e andando com todo o cuidado pela trilha curta.

Revezaram-se para usar a latrina, uma esperando do lado de fora enquanto a outra levava o lampião para dentro. De onde estava deitado, em seu quarto, Raymond ouvia as vozes suaves na noite.

"Não tem lua", disse a mãe de Beatrice, enquanto voltavam. "Bom para pescar."

Beatrice subiu na rede. A noite estava quente. Sem luar, tudo estava preto retinto. Já era bem tarde e ela estava quase dormindo quando ouviu a porta ranger. Abriu os olhos, mas estava tão escuro que não fazia a menor diferença estar de olhos fechados ou abertos. Não enxergava nada. Alerta, esperou. Após alguns segundos de silêncio absoluto, ouviu passadas macias no quarto. Depois o mosquiteiro em volta de sua rede, que roçava no chão, foi erguido.

A mão morna de alguém começou a mover-se suavemente por seu seio esquerdo, segurando-o e apertando-o, enquanto o polegar afagava-lhe o bico. Depois de uns momentos, a mão foi até o outro seio e explorou-o da mesma forma, como se fizesse um mapa cuidadoso de seu corpo. Ela ouvia uma respiração lenta e regular.

Aí sentiu uma boca na sua, lábios pressionando com firmeza e método, como se tivessem uma tarefa a cumprir, imprimindo alguma coisa em seu rosto. A mão baixou pelo corpo, em busca da entrada subterrânea, e brincou ali com ela uns momentos. A rede oscilava um pouco.

A escuridão e o anonimato aliviavam-na de qualquer timidez. A trave à qual a rede estava presa rangia e a rede oscilou violentamente quando ele subiu em cima dela. Ela segurou-se firme nas laterais de algodão, ao senti-lo mover-se e perder o equilíbrio, quase atirando ambos para fora.

As costas que segurava entre os braços eram tão lisas quanto as pedras de Aishalton. Sentiu que ele se aninhava em seu pescoço. Alguma coisa na cabeça que roçou em seu ouvido a intrigou uns instantes, mas concentrou-se em torcer o corpo de lado, deixando uma perna pendurada para fora da rede, para que ele pudesse entrar mais facilmente nela. O peso de ambos retorcendo-se para ficar de atravessado balançava a rede, fazendo Beatrice sentir-se como se estivesse voando noite afora. Segurou-se bem; a metade superior do corpo arqueou-se para trás, de lado. Seu cabelo tocou o chão. Enquanto ele copulava com ela, sentiu uma dor escura misturada à sugestão longínqua daquele conhecido prazer, mas estava alerta demais, e curiosa demais, para se deixar levar e a sensação sumiu.

Gostava do fato de Raymond não ter dito uma palavra. Depois que ele gozou, ficou ali, respirando pesado sobre seu peito. A rede parou de balançar. Instantes depois, sentiu um beijo no pescoço. Depois a rede chacoalhou com violência e ele se foi, escorregando sob o mosquiteiro feito uma larva de seu casulo. Ela estava sozinha de novo.

Beatrice ajeitou-se de volta na rede e olhou na direção da porta, mas não enxergou nada. Pôs a mão na boca e ergueu as sobrancelhas, satisfeita e com vontade de rir. Pensou que talvez tivesse sonhado tudo, mas a rede ainda balançava. Sentiu-se contente. Era como se finalmente tivesse completado uma tarefa prometida havia muito. Agora era como Gina. Pensou em Raymond e imaginou-se sua mulher, morando em Georgetown. O que a satisfazia mais que tudo é que tinha acontecido sem o desajeitamento de palavras. Isso fez com que Raymond lhe parecesse mais índio. No dia seguinte, fingiria em público que não tinha acontecido nada. Seria o segredo deles.

De manhã, levantou-se cedo e esfregou a mancha da rede com sabão. Os lenhadores tinham saído para a mata nas primeiras horas do dia. Beatrice ajudou Maba e Zuna a espremer os frutos de *mapir*. À mesa, despejou o suco marrom-arroxeado, que tinha gosto de chocolate, sobre o mingau de tapioca e derramou um pouco no vestido, numa atitude vaga e sonhadora.

À tarde, os lenhadores voltaram de carro de boi, trazendo a madeira cortada.

Beatrice terminou de apanhar os limões e, com um certo nervosismo, foi até onde estava McKinnon, que ensinava a Raymond como partir a madeira de cedro para fazer sarrafos. McKinnon decidira fazer experiência com um telhado de sarrafos, em vez de folhas de buriti. O cheiro adocicado da madeira recém-cortada fez suas narinas franzirem. Os dois estavam sob a sombra da grande mangueira. McKinnon explicava o tamanho exato dos sarrafos e como cortá-los.

Ela caminhou até Raymond, tentando parecer confiante mas sem muita certeza de como cumprimentá-lo. Ele ergueu os olhos da bancada e sorriu timidamente, como se a implorar que ela se aproximasse e falasse com ele. Era o olhar de um rapaz que ainda espera. Sorriu e sua testa enrugou-se, indagadora. Ela olhou para o cabelo e sentiu um apertão no estômago, como se alguém tivesse dado um pontapé em sua barriga.

O cabelo estava errado.

A cabeça que roçara na sua, na noite anterior, tinha cabelos lisos e macios, como as penas de um pássaro, não eram aqueles cabelos crespos, apertados, ásperos, que assentavam no cocuruto de Raymond feito uma cobertura de musgo.

Tinha sido um outro. Sentindo-se de repente furiosa e enganada, e como se Raymond fosse de alguma forma o culpado, girou nos calcanhares e saiu furiosa, o coração aos pulos pelo ultraje. Raymond ficou ali, com ar abobalhado, imaturo. Ela voltou para casa.

PEDRA-ÍMÃ

"Danny falou que é para você ir ajudar no milho."

Wifreda parecia mal. Estava espiando da fresta da porta, os olhos lacrimejantes por causa da dor de garganta, a voz rouca. Fazia dias que Beatrice não saía da rede, num mau humor que só vendo. Ninguém sabia qual era o problema. As duas mamais acusavam-na de preguiça. Ela saltou da rede irritada e saiu, para ver o que o irmão queria.

Já tinham caído as primeiras pancadas de chuva da estação. Entre uma e outra, o sol ardia com ferocidade ainda maior. Nas savanas, estava todo mundo ocupado, plantando milho, mandioca, batata-doce e abóbora.

O local que Danny escolhera para o roçado de milho já fora um curral, agora em desuso, a uma certa distância do povoado. O esterco velho dos cavalos tinha deixado o solo mais fértil. Na semana anterior, trabalhara limpando a terra, arrancando o mato seco, espinhento, com um cutelo.

Os dois caminharam os cinco quilômetros até lá em silêncio.

Puseram-se a plantar o milho debaixo de uma tarde de céu claro. Danny ia na frente com a enxada, quebrando os torrões de terra sólida e tentando abrir um sulco no chão duro. Atrás dele, com manchas de suor começando a escurecer as mangas do vestido azul, ia Beatrice, arranhando os pés no solo pedregoso. Ela atirava as sementes e, com um giro do calcanhar, enterrava cada uma delas. Lá pela metade do trabalho, estava com o rosto todo estriado de poeira castanha, de tanto puxar o cabelo suado para trás da orelha.

No final da tarde, pararam, ambos já sem fôlego. Danny debruçou-se sobre a enxada. Um lagarto disparou em busca de refúgio seguro pelo chão sulcado. Ele estava ressequido. Beatrice viu os salpicos esbranquiçados de saliva seca grudados nos cantos da boca de Danny.

"Vamos nadar", disse ele.

Foram até o rio, longe do lugar onde a maioria se banhava. Ela seguindo atrás dele. O capim amarronzado, esparso, estava alto e seco. Umas poucas moitas de *sucubera*, que batiam pela cintura, marcavam a trilha indistinta. Beatrice ia pensando se Danny se incomodaria de violar a tradição de homens e mulheres se banharem separados, a menos que fossem casados. Vendo suas costas douradas e lisas, a sua frente, sentiu uma sensação curiosa de familiaridade. Aí, de repente, compreendeu. Parou na hora.

"Foi você, não foi?"

Danny continuou andando.

"E daí, se foi?", ele retrucou, sorrindo por sobre o ombro com um olhar meio de desafio, meio de orgulho.

Beatrice permaneceu em silêncio enquanto absorvia a notícia com uma mistura de raiva e prazer misterioso.

Sentaram-se bem longe um do outro, sem falar, debaixo de algumas árvores, perto de onde o rio roera um pedaço da margem. Cheia de ressentimento, Beatrice abraçou os joelhos e fitou as águas brilhantes, cor de âmbar. Estava ressentida porque, relutantemente, mesmo sem querer demonstrá-lo, sabia que já o havia perdoado.

Depois de uns tempos, os dois se levantaram. Beatrice olhou em volta e viu Danny chegando por entre as árvores, movendo-se com tamanha suavidade que parecia estar deslizando sobre rodinhas de rolimã. Ao se aproximar, aqueles olhos escuros, liquefeitos, exerceram uma atração de ímã sobre ela, provocando uma perda inesperada de toda vontade própria.

Ele a pegou pela mão e a levou para o rio. Penduraram as roupas num arbusto de sapucaia e entraram nus na água. Beatrice fez uma careta quando as pedras pontiagudas que havia no lodo do fundo cutucaram seus pés. Franzindo a vista para se proteger da luz, viu Danny no meio do rio, o sol batendo por trás, as ondinhas tremulando em volta de sua cintura acobreada. A água era de um castanho-escuro, com manchas alaranjadas. Ele esperou até que ela fosse ter com ele.

Primeiro nadaram de peito, rio abaixo, até onde a copa das árvores se fechava no meio e as raízes surgiam da água em grandes arcos retorcidos por cima deles. Martins-pescadores voavam e mergulhavam perto das margens, ao lado dos dois.

Depois fizeram meia-volta. Beatrice enganchou os braços nos ombros de Danny e deixou que ele a puxasse rio acima, contra a correnteza. Danny nadava com ritmo, deleitando-se com a sensação dos seios que faziam pressão em suas costas enquanto cortava as águas mornas e acetinadas.

Passaram o resto da tarde preguiçando no rio. Olhavam um para o outro sem parar, olho no olho. Mesmo quando o sol perdeu o calor intenso, continuaram no rio. As águas se tornaram cor de sangue. Uma pequena cobra-d'água, com suas marcas delicadas, azuis e prateadas, serpenteou por eles, rumo à margem. Os dois mergulhavam e subiam, jogando as cabeças morenas para trás, ajeitando os cabelos.

"Cachorro e paca", disse Danny, saltando sobre ela, segurando-lhe os braços e forçando-a para baixo. Ela explodiu na superfície de novo, rindo a mais não poder.

Em seguida, sem trocar palavra, acharam um lugar sob as árvores, afastado do emaranhado pantanoso das margens, onde havia um tapete macio feito de folhas alaranjadas e marrons. O cheiro pujante, viscoso, do mato enchia o ar.

Danny abriu-lhe as pernas magras, que repousaram na terra como um "ossinho da sorte" tirado de um peito de frango. Devagar, baixou todo seu peso sobre Beatrice, que se sentiu presa dentro de uma armadilha deliciosa. Danny chupou um seio de cada vez. Correntes minúsculas de eletricidade correram até um centro escuro, o mesmo centro escuro que o sol penetrara, fazia tantos anos, um centro que parecia estar tanto dentro quanto fora dela, indistinto da circunferência. Ele entrou mais um pouco e mexeu os quadris, num movimento lento, circular. Podia senti-lo, feito uma raiz perdida na escuridão, à procura de umidade, avançando e tentando sempre chegar mais fundo.

O prazer começou nas bordas do círculo gravado por essa sonda cega. Era como se fosse um pote de barro úmido girando no torno, igual ao que tinha visto no convento, ondulando sob os dedos do ceramista. A borda às vezes crescia, às vezes diminuía. Durante um bom tempo, esperou, até que se contraiu e o prazer surgiu, incontrolável, da borda para a base escura, explodindo dali para fora.

Danny sentiu-a contrair-se em torno dele. Sentiu como se estivesse sendo engolido. Como se ela o estivesse bebendo. E ejaculou no poço escuro.

Quando voltaram a Waronawa, encontraram todo mundo em polvorosa. A dor de garganta de Wifreda se transformara num imenso abscesso. Ela estava imóvel na rede, a cabeça virada para a parede, a garganta trespassada de dor, o dorso da língua coberto pelo que parecia ser um fungo branco, sarapintado. Começava a ter dificuldade para respirar. Maba olhou sua garganta e lembrou-se do estranho fungo branco que tinha visto na trilha, anos antes. Imediatamente, pensou que algum inimigo tinha se transformado no fungo, de propósito, para prejudicar Wifreda. Koko Lupi não estava nas redondezas, estava mais ao sul, em Aishalton. Zuna mandou um vaqueiro chamar o padre Napier, para o caso de ele ter algum remédio, mas achavam que ele estava longe demais para chegar a tempo. No fim, Danny pegou uma faca, lancetou o abscesso e, depois de cuspir sangue por uns dias, Wifreda se recuperou.

Há um tipo de pedra preta que costuma ser encontrada nas margens dos córregos das savanas. Essas pedras estão por toda parte. Se você pegar uma na mão esquerda e outra na direita e girar as mãos uma em volta da outra, as pedras se magnetizam e fica impossível separá-las.

Danny e Beatrice tornaram-se tão inseparáveis quanto as pedras pretas da savana.

Ninguém suspeitou de nada porque não há nada menos suspeito, nada mais inocente do que um irmão e uma irmã realizando certas tarefas juntos. Era um segredo perfeitamente camuflado pelo ambiente.

Assim como os desenhos em marrom e preto dos cestos, peneiras e tipitis de palha trançada, em que nem sempre se pode distinguir o primeiro do segundo plano e os símbolos animais permanecem disfarçados, incrustados num todo geométrico, Beatrice e Danny foram milagrosamente ocultos pela domesticidade.

Para Beatrice, o caso se transformou num vício. Eles faziam amor sempre que podiam, onde podiam. Não com a freqüência com que gostariam de fazê-lo. Danny tinha horror de ser descoberto. E, para irritação de Beatrice, a criançada estava sempre por perto e era sua obrigação levá-las consigo. Sempre que ela e Danny tentavam dar uma fugida até o rio, havia algum vaqueiro dando água ao cavalo, alguém tomando banho, ou um casal remando a canoa.

Chuvas esporádicas já tinham transformado as savanas num verdor refrescante. Vai ser pior ainda quando as chuvas chegarem para valer e a terra for toda inundada, pensou Beatrice. Aí não vai ter para onde ir.

Durante uma semana, conseguiram escapulir até um dos barracões de curtume, para fazer amor ali. Beatrice ficava com as costas na viga de apoio, perto da parede de tábuas, ao lado de uma cuba cheia de peles de molho. Era escuro lá dentro, o ar meio acre, por causa do cheiro de casca de marimari. Havia também o ruído constante dos pingos de água que escapavam da cuba para o balde. Mais alto que isso era o som da viga estalando e da respiração ofegante.

Beatrice olhava Danny com todo o cuidado, de viés, com o canto dos olhos, sempre que ele estava em casa. Gostava do jeito como encostava no batente da porta, um ombro acobreado mais alto que o outro, um dos quadris para a frente, o lábio inferior cobrindo o de cima, enquanto trabalhava para encordoar um arco ou fazer uma daquelas suas pontas rombudas de flecha, que usava para atordoar passarinho.

Sentia-se feliz de vê-lo fazer qualquer coisa. Para Beatrice, os outros rapazes de Waronawa pareciam imaturos e bobos, comparados com Danny.

"Você está me olhando demais", Danny rosnava, quando estavam sozinhos. E Beatrice sabia que era verdade. Chegava mesmo a alarmá-la o modo como parecia ter perdido toda a vontade própria. Às vezes parecia entorpecida, feito um daqueles mortos-vivos de que as meninas do convento falavam. Entorpecida mas nas nuvens. A atração era tanto inexplicável quanto irresistível. E aumentava cada vez mais.

Maba e Zuna pareciam satisfeitas por Beatrice estar se integrando de novo à vida da savana. McKinnon vivia sempre ocupado com o gado, as cercas, ou então com o conserto de algum barracão. Mal prestava atenção nos filhos. Ia muito ao Brasil. De vez em quando, saía para garimpar ouro na serra do Acaraí, mais pela aventura do que pelo ouro.

Beatrice e Danny estavam sobre as pedras planas do Orinduik, onde Danny fora tentar comerciar balata. As pedras rebrilhavam por causa do jaspe rosado. Tinham acabado de se banhar nas águas borbulhantes da cachoeira que forma uma parte do rio Ireng.

"Sem parentes para perturbar a gente", sorriu Danny, depois de fazerem amor no vão entre a cascata e a face rochosa. Beatrice estava tirando os pedacinhos de cascalho e pedra que grudaram em suas costas.

"Ai. Tem borrachudo *kaboura.*" Ela batia nos braços e pernas, sentada na pedra.

Foi então para a água. Quando fazia amor, suas entranhas pareciam mudar de forma, como um caleidoscópio, ou expandir-se e contrair-se como o desenho geométrico de uma pele de cobra. Ela estava prestes a lhe dizer isso. Mas depois olhou para onde ele estava, debaixo dos borrifos da cachoeira, e entendeu que não seria do menor interesse para Danny, de modo que guardou consigo o segredo.

"Pois é", repetiu Danny, quase que para si mesmo. "Sem parentes para perturbar a gente. Seríamos uns bobos de não aproveitar." Jogou uma pedra na água. Para ele, era muito conveniente poder ignorar Beatrice quando estavam em casa e tratá-la igual a qualquer outra pessoa da família.

Seis meses depois de chegar, o pessoal que tinha ido cortar madeira empacotou suas coisas e voltou para casa. Uns dois até chegaram a pensar em ficar, para extrair seiva de balata, mas mudaram de idéia. A excitação inicial por estar no interior sumira. A vida não era confortável. Às vezes tinham a impressão de que eram estranhos na comunidade, como se não pertencessem de fato ao lugar, e começaram a sentir saudades de Georgetown, das rodadas de rum dos sábados à tarde, do barulho e das corridas.

Raymond não estava mais interessado em Beatrice. De início ficara meio perplexo com o jeito como o flerte acabara. Ela o olhava com indiferença total agora, e ele se perguntava se teria sido imaginação sua a centelha que houvera entre os dois.

No dia em que os lenhadores partiram, a casa de McKinnon ficou especialmente quieta. Wifreda, acalorada e sem conseguir pegar no sono, levantou-se no meio da noite e, por algum motivo, foi dormir sobre um caixote debaixo da janela, no quartinho minúsculo pegado ao barracão que os lenhadores tinham usado como dormitório.

Do outro lado do tapume, vieram vozes.

"Venha por cima de mim."

"Espera um pouco. Deixa eu tirar essa coberta."

Wifreda agachou-se no caixote, depois ergueu-se para espiar por cima da divisória. Estava escuro demais para ver com clareza, mas conseguiu distinguir formas se mexendo e ouviu os rangidos do estrado de ferro e as vozes de Beatrice e Danny.

"Suas mãos estão cheirando a folha de goiabeira."

"Eu fui dar comida para a tartaruga."

"O que vai ser de nós?"

"Vai dar tudo certo."

"Quero ficar com você para sempre."

"Podemos arranjar as coisas. Podemos ir para os uaiuais. Conheço umas pessoas lá. Eu podia construir uma casa para nós."

"Sério?"

"Deixa eu brincar com você assim um pouquinho."

Quando tudo se aquietou, receosa de que, ao descer, o caixote estalasse, Wifreda adormeceu ali mesmo, no maior desconforto, e sonhou que tinha sido fecundada, misteriosamente, por uma bola de penas, enquanto varria a cozinha.

Dois dias mais tarde, Beatrice e Wifreda estavam nos fundos da casa, fazendo sabão. O céu estava fechado. Beatrice pegou uma lata de querosene, misturou soda cáustica com água quente de uma panela sobre as brasas e depois despejou a mistura sobre sebo de porco. Era preciso muita concentração, porque a temperatura das duas latas tinha que ser a mesma, para que o sabão solidificasse. O trabalho de Wifreda era testar a temperatura com os dedos, enquanto o conteúdo era despejado de uma lata à outra.

"Eu sei uma coisa de você", disse Wifreda.

"O quê?", perguntou Beatrice, examinando o líquido espumoso.

"Ouvi você e Danny juntos na cama."

Beatrice empalideceu. Apanhou a lata de líquido quente e atirou em Wifreda. Wifreda berrou.

"Você sabe que sua vista é fraca, não sabe? Se contar para alguém, vou fazer você ficar cega", gritou Beatrice. "Cega feito um cupim."

Quando Beatrice contou a ele, as palmas de Danny começaram a suar e alfinetes pontudos correram-lhe pelos braços. Viu quando Beatrice voltou para casa, olhando para o chão ao andar, a trança comprida serpenteando até a cintura.

Danny não entendia o que tinha acontecido com ele. Não era dizer que quisesse deixar Waronawa e pôr toda a sua vida de pernas para o ar. Mas sabia que o faria, quase contra sua própria vontade. Exasperava-o a sensação de algo que o impelia a agir de uma forma que o bom senso lhe dizia ser burrice. Decidiu parar com os encontros secretos com Beatrice. Mas mesmo enquanto decidia com uma parte do cérebro, sabia com a outra que o caso iria continuar.

Naquela noite, depois que todos comeram, Danny ouviu-se dizendo, com toda a calma, que iria para a região dos uaiuais, em busca de um bom cão de caça.

Na manhã seguinte, o sol ardia como sempre.

Não havia sinal de Danny, nem de Beatrice, e a velha piroga usada para transportar mercadorias de um lado a outro do rio tinha desaparecido.

O PAI DOS PEIXES

Durante o mês de maio, há uma certa constelação que dá um lento mergulho no céu, caminhando para oeste num arco constante, vergado para trás. É um sinal do advento das chuvas e, com elas, nas savanas rubras e ressequidas do Rupununi, na Guiana, começa também a corrida dos peixes.

A constelação é chamada de Tamukang, o Pai dos Peixes, porque é ela quem rege os batalhões prateados que chegam saltando pelos rios, nessa época do ano. Entre os europeus, essa mesma configuração de estrelas recebe os nomes de Plêiades, Híades e parte de Órion. No entanto, a constelação de Tamukang se parece, de fato, com o esqueleto de um peixe, cabeça e espinha rolando pelo negror sonoro, numa descida rumo ao esquecimento. Os ventos que gemem, diz-se, são Tamukang tocando flauta. Ele permanece invisível até sua ressurreição, a leste do horizonte, nos meses de agosto e setembro.

Segundo a crença, quem controla o tapir, tão abundante durante a estação das chuvas, é um grupo de estrelas dessa constelação, a que os europeus chamam de Híades.

A visita noturna à latrina era o único momento que Maba tinha para pensar sossegada. Uma noite, logo depois do sumiço de Danny e Beatrice, ela saiu da latrina e subiu um morrote próximo da casa. Parou no topo e olhou para o laço de estrelas infinitamente lento a rodopiar lá no alto.

Procurou a constelação de Tamukang. Mas a cabeça de Maba não estava nos peixes, quando vasculhou os céus. Era o pequeno aglomerado de estrelas que representavam o tapir que ela se esforçava por ver. Naquela manhã, ouvira um vaqueiro falando com outro, na cerca do curral. Achou que o homem falava alto de propósito, para que ela ouvisse.

"Pela boca ele chama ela de 'irmã', mas com a metade de baixo chama mesmo é de 'mulher'." Depois soltou uma risada desagradável, virando os olhos para ela. Maba estremeceu ao sopro de uma brisa leve. Tinha lá suas desconfianças a respeito de Beatrice e Danny. Não que fosse o primeiro caso de irmão e irmã vivendo "próximos", como se dizia. Só que teria preferido que não fossem seus filhos.

O que a deixava preocupada era que o aglomerado de estrelas do tapir parecia cada vez mais brilhante. Todo mundo sabia que aquele animal fuça-fuça, míope e noturno, o tapir, era preguiçoso demais para cruzar fora da própria família. As estrelas pareciam confirmar suas suspeitas.

Virou-se e voltou para casa, plantando os pés com firmeza no chão áspero, íngreme, evitando os tufos de capim barba-de-bode no caminho. Em casa, não falou de suas preocupações com ninguém, nem mesmo com Zuna. Outros homens na aldeia repararam no brilho das estrelas "tapir" e organizaram uma caçada às antas.

Quando McKinnon voltou de uma longa viagem e descobriu que Beatrice e Danny tinham ido para território uaiuai, não achou nada de mais. Havia uma outra distração.

Todo mundo em Waronawa recebera de braços abertos a chegada de um estranho que parecia se encaixar com facilidade. Seu nome era Sam Deershanks, mestiço de índios sioux, do Texas. Era alto, maçãs do rosto saltadas, e andava meio corcunda.

"O que o trouxe até aqui?", perguntou alguém.

"Ele veio por causa da ferrovia", foi a resposta.

"Mas aqui não tem trem."

"Essa é que é a parte engraçada da coisa."

McKinnon estava contente de ter alguém com quem falar inglês na fazenda. Verdade que Sam Deershanks falava muito pouco, mas tinha jeito para lidar com o gado. Ele se adaptou bem e logo tornou-se evidente que não tinha olhos para ninguém mais além de Wifreda.

Wifreda fechou a cara ainda mais do que de hábito e ignorou-o por completo. Quanto mais as pessoas a amolavam sobre o assunto, mais brava ela ficava.

Durante o longo período em que ficou no Brasil, McKinnon não via a hora de poder sentar-se e ler todos os jornais que o esperavam em casa. A cada seis meses, mais ou menos, chegava de Georgetown uma pilha de jornais cheios de notícias velhas e, às vezes, em condições ilegíveis. Ele expulsava as crianças do quarto no andar de cima e acomodava-se para fazer seu único elo com o mundo exterior.

Fazia mais de vinte anos que McKinnon estava na savana. Já começara a ficar grisalho. Maba ria dele e dizia que tinha entrado névoa em seu cabelo. Às vezes ela ou Zuna punham sua cabeça no colo e tentavam arrancar os fios brancos. Mas eles estavam se tornando muito numerosos.

McKinnon subiu, fechou as venezianas para expulsar o pior do sol coruscante e afundou-se em sua poltrona Berbice, com as pernas apoiadas sobre o longo braço da cadeira. Depois cortou o barbante que envolvia os jornais e conferiu as datas. O mais antigo era um exemplar amarelado do *Times*, de 12 de novembro de 1917. Começou por esse.

Antes de mais nada, devorou avidamente os relatos pormenorizados da Grande Guerra na Europa. Examinou todos os fatos sobre a invasão de Passchendaele; a bravura dos soldados canadenses; o número de baixas.

Enquanto folheava o jornal, em busca de mais notícias da guerra, um outro artigo atraiu sua atenção. Era uma longa reportagem do correspondente de ciências do *Times*, com o intrigante título de "O peso da luz".

McKinnon leu devagar, saboreando cada bocado de informação:

> Tive o grande prazer, na terça-feira passada, na qualidade de correspondente científico deste jornal, de assistir a uma reunião nos augustos e cultos salões da Royal Society.
>
> A reunião foi convocada por sir Frank Dyson, o Astrônomo Real, em nome do Comitê Conjunto Permanente de Eclipses. Ouviríamos

uma palestra do eminente matemático e físico sir Arthur Stanley Eddington.

Enquanto nós, na platéia, sentávamo-nos em nossas poltronas de couro, envoltos em fumaça de charuto, um famoso cientista comentou que estávamos justamente sob o olhar reprovador do retrato de sir Isaac Newton. E bem que ele podia desaprovar a reunião, uma vez que, segundo sir Frank Dyson, em seu discurso de abertura, parecia ter surgido, finalmente, uma oportunidade única de verificar uma certa previsão constante da Teoria da Relatividade de Einstein.

A previsão é a de que um raio de luz, vindo de uma estrela distante, será defletido quando estiver perto do campo gravitacional do sol. Entretanto é preciso uma prova final, com experiências físicas, para testar e comprovar de modo definitivo a teoria.

Sir Arthur Eddington deverá ser eximido de se juntar aos pacifistas quacres, seus companheiros, de descascar batatas nos campos do norte da Inglaterra, sob a seguinte condição. Caso a Grande Guerra esteja terminada até maio de 1919, ele assumirá a organização de uma expedição que terá por fim verificar as previsões de Einstein.

Sir Arthur Eddington em pessoa levantou-se para falar à platéia alvoroçada.

"Boa tarde, cavalheiros. Vamos direto ao assunto em questão.

"A curvatura da luz afeta as estrelas próximas ao sol e, por esse motivo, a única oportunidade de se fazer uma observação é durante um eclipse total do sol, quando a lua bloqueia boa parte de sua luz. Mesmo então, ainda resta um bocado de luz da coroa, estendendo-se muito além do disco. Portanto é preciso haver estrelas bem grandes perto do sol, que não se percam no brilho da coroa. Além disso, o deslocamento dessas estrelas só pode ser medido em relação a outras estrelas, preferivelmente mais distantes do sol e menos deslocadas. Assim sendo, precisaríamos de um número razoável de estrelas externas suficientemente brilhantes que servissem como pontos de referência.

"Qualquer astrônomo, hoje em dia, consultando as estrelas, dirá que o dia mais favorável para pesar a luz é o dia 29 de maio de 1919. Isso porque o sol, em sua viagem eclíptica anual, atravessa campos de estrelas de magnitudes variadas, mas, a 29 de maio, encontra-se em meio a um grupo de estrelas de brilho excepcional — que fazem parte das Híades — e que constitui, de longe, o melhor campo estelar encontrado.

"Muito bem, se este problema tivesse surgido em qualquer outro período da história, talvez fosse preciso aguardar alguns milhares de anos para que ocorresse um eclipse solar tão afortunado. Mas por uma estranha e feliz coincidência, tal eclipse está previsto para ocorrer a 29 de maio de 1919.

"Este eclipse não será visível na Europa. O eclipse total só poderá ser observado de uma estreita faixa de algumas centenas de quilômetros, uma proporção diminuta da superfície terrestre. A trajetória do eclipse passará pelas montanhas do sul da Guiana, região nordeste do Brasil, bem como pela ilha Príncipe, na costa africana.

"Esperamos poder mandar expedições ao Brasil e à África para fotografar o eclipse e, com isso, obter uma verificação final da teoria de Einstein."

McKinnon soltou um brado de alegria e largou o jornal. Foi até a gaveta onde tinha um calendário. O problema é que não fazia idéia da data. Mas que droga, pensou. O padre Napier já partira para fazer a conversão dos uaiuais. O padre era a única pessoa que poderia ter noção da data exata. McKinnon sabia que era 1919. Sabia também que o mês era maio, mas não sabia o dia.

Aquela era uma oportunidade que fotógrafo amador nenhum poderia perder. Mesmo que o eclipse total não fosse totalmente visível de Waronawa — para ter certeza absoluta de poder vê-lo, teria que estar um pouco mais ao sul — daria para tirar algumas belas fotos de um eclipse parcial.

Mandou uma das crianças procurar Maba e Zuna. Elas vieram, pararam na escada e ele contou-lhes, com comoção enorme, a respeito do esperado eclipse solar.

"Vocês têm que me avisar ao primeiro sinal, para eu poder tirar fotografias."

Maba caiu num silêncio tumular com a notícia. Ficou arrasada. Lembrou que também o eclipse era sinal de um irmão fugindo com a irmã para viverem juntos. Pelo visto, não havia como impedir o que estava acontecendo.

"Qual o problema?", perguntou McKinnon, surpreso com o silêncio das duas.

Zuna explicou que elas preferiam não ter o eclipse, como se McKinnon pudesse providenciar para que fosse cancelado. "Um eclipse traz desgraça. Traz caos. Monstros saem do mato e atacam as pessoas. As grandes sucuris que flutuam nos rios, quando chega um eclipse, erguem as cabeçorras para o céu. Até os mortos se levantam para ver o que está acontecendo. E tudo pode mudar e virar uma outra coisa. Bicho vira gente. Gente vira bicho. Mortos e vivos, tudo misturado."

Maba tinha descido correndo a escada.

McKinnon voltou para a sala, ansioso para ler mais sobre os preparativos da expedição.

Os cientistas partiriam abarrotados de relógios, celóstatos e objetos de vidro para os telescópios astrográficos. O carpinteiro que trabalhava para o Observatório ainda não fora liberado do serviço militar, de modo que um engenheiro civil do Real Colégio Naval tinha assumido a responsabilidade pela construção de estruturas cobertas de lona, fáceis de montar. Havia também um marceneiro, contratado para ajudar nos trabalhos em madeira dos instrumentos. Os pequenos espelhos tinham sido prateados no Observatório, mas era preciso enviar os maiores para serem prateados fora. Placas fotográficas seriam adequada e hermeticamente lacradas em invólucros de lata. Todos os instrumentos seriam encaixotados e postos em grandes cestos.

Ocorreu a McKinnon que ele não sabia se a Grande Guerra tinha terminado ou não. Se a guerra não tivesse acabado e a expedição não pudesse ser feita, talvez fosse a única pessoa em posição de fotografar o eclipse. Depois deu-se conta de que não tinha equipamento bom o bastante para tirar fotos capazes de provar a teoria de Einstein. No entanto, animou-se com a idéia de que não faria mal algum tentar. Desceu correndo para verificar se tinha estoque suficiente de filme e fluido revelador.

O eclipse. Uma perda. Uma deserção.

Maba teve uma dor de cabeça alucinante. Enfiou uma folha de junco no nariz, para fazê-lo sangrar, mas a dor continuou até a hora em que foi, sozinha, para sua rede. Zuna dormiu na rede pegada. McKinnon dormiu na cama, também sozinho. A noite estava muito quente e grudenta para se tolerar o abraço de alguém.

E assim foi que, ao mesmo tempo, e por motivos muito diferentes, as Híades, também conhecidas como um grupo de estrelas integrantes da constelação de Tamukang, viram-se sob o escrutínio simultâneo de um grupo de cientistas europeus e de uns poucos índios, habitantes das savanas e matos do sul da Guiana.

O que veio primeiro, a equação ou a história?

A história, claro.

A CARA SUJA DA LUA

De ótimo humor, padre Napier dava os últimos retoques nos preparativos para deixar Santo Inácio e ir converter os uaiuais. Embora já vários meses atrasado, em relação ao pretendido, achava-se finalmente pronto. Por sorte, a esfoladura no pescoço, provocada pela fricção do colarinho de padre, tinha sido curada bem a tempo por uma mulher que lhe dera uma pomada de aloés para passar na ferida.

Planejava atravessar território uapixana, seguir por território tarumá, embora restassem poucos tarumás agora, e, de lá, adentrar a selva, rumo ao sul, se necessário fosse até o Brasil, para levar as novas de Cristo aos uaiuais. Esperava estar de volta até o final de maio.

Na viagem, levava consigo Titus, um macuxi enfezado, com um senso de humor cortante, mais seus dois filhos, ambos com olhos castanhos oblíquos de jovens cutias. Levava também três tarumás calados, para traduzir-lhe a língua uaiuai, e um alegre uapixana muito cheio de energia, chamado Siriko, que queria fazer a viagem para adquirir alguns dos afamados raladores uaiuais.

O grupo se pôs a caminho. De Aishalton, atravessaram rapidamente o último trecho de savanas. Os dois meninos iam na frente, descobrindo as trilhas, mesmo sem nunca ter estado ali antes. Quando algum caminho se bifurcava, separavam-se, seguindo cada qual por um lado, até que um deles tivesse certeza de que estava no rumo certo e chamasse o irmão.

Os dois seguiam em fila indiana, conversadores e certeiros, sempre capazes de distinguir uma trilha de cavalo de uma trilha de gado ou veado, sabendo dizer até mesmo de quando eram. O mais velho estava contando ao mais novo por que o sol ficava tão pálido nessa época do ano.

"O sol sai numa longa viagem para comprar umas coisas. Vai até um lugar onde alguns rios se encontram. Está querendo comprar leite e sal. Mas fica bêbado, enfraquece, começa a vomitar e cuspir." Nesse ponto, o que contava a história e que liderava o caminho, pulou e cambaleou, imitando o sol embriagado, e o mais novo sorriu. "Aí ele é preso e colocado numa tigela emborcada. Seus filhos, Macunaíma e Chico, procuram por toda parte pelo sol, até que Chico vê uma luzinha saindo da beira do pote. Ele pega uma arma e arrebenta com o pote — 'pum' — para libertar o pai. O sol sobe de novo para o céu, mas ainda está meio pálido e leva um certo tempo até recuperar as forças."

Ao mergulharem na obscuridade da selva, o padre Napier reparou que os tarumás pareciam mais alegres. Depois soube que eles não confiavam de todo nos uapixanas, cujo território estavam cruzando.

Agora os homens iam na frente dos meninos, dizendo-lhes para ficarem em silêncio. Todos os riachos tinham secado e a única forma de encontrar água era cavando algum leito seco. Naquela noite, os tarumás, irritados por não conseguirem achar água para cozinhar, continuaram em frente, enquanto os demais acampavam ali mesmo. O padre não conseguia imaginar como é que os tarumás conseguiam encontrar o caminho por uma floresta tão densa, em escuridão completa.

Na manhã seguinte, o resto do grupo saiu da mata e entrou numa pequena região de savana. Avistar o céu, depois de ter atravessado a escuridão da floresta, deixou os meninos felizes feito passarinhos. Soprava um vento fresco e suave. Um deles achou um escorpião negro brilhante, de quinze centímetros de comprimento, e matou-o com uma pedrada.

O grupo encontrou os tarumás já agachados no chão, comendo. Eles chamaram a todos para dividir o alimento. Perto deles, no chão, havia um jacaré com um enorme naco quadrado cortado da barriga. O padre Napier deu graças e em seguida mastigou a comida, que tinha gosto de peixe, mas textura de couro.

Ao final da refeição, o padre insistiu para que agradecessem a Deus. Explicou o melhor que pôde, em seu macuxi capenga, o que era preciso. Titus, o macuxi, parecia confuso e falou em uapixana com Siriko, que por sua vez falou com os tarumás. Só então é que o padre se lembrou de que nenhuma das línguas tinha uma palavra para obrigado. No fim, depois que todos acabaram de comer, Titus, tentando fazer a vontade do padre, ergueu a palma da mão para o céu e disse, secamente: "Agora basta, deus".

Continuaram o caminho. O rio Kudiuwini tinha secado mais abaixo, de modo que tiveram que atravessar por terra, por um novo trecho de mata, até o rio Kassikaitiu. Quando acampavam à noite, os índios deitavam nas redes e tentavam aprender a língua uns dos outros. O padre Napier escutava, espantado com o talento que tinham para a mímica e a ventriloquia. Todos se revezavam, imitando animais selvagens e pássaros, depois diziam o nome do bicho em sua própria língua.

Deitado de cenho franzido em sua rede, Napier estava preocupado com as dificuldades de ensinar o evangelho naquelas línguas. Os jesuítas brasileiros já o haviam avisado do problema.

"Essa gente pensa inteiramente no concreto. Você vai ter dificuldade de pregar o evangelho cristão em línguas que não têm uma palavra para pecado, virtude, misericórdia, bondade, verdade, alegria, por favor, obrigado ou desculpe. Os uapixanas não têm nem mesmo uma palavra para amigo."

O padre tentara aprender um pouco de uapixana com Danny, quando estivera pela primeira vez em Waronawa, já fazia alguns anos.

"Qual é a palavra para desculpe, em uapixana?", perguntara.

Danny não deu sinais de ter entendido. O padre reformulou a pergunta.

"O que você me diria se pisasse sem querer no meu pé?"

"Eu diria que lugar mais cretino de largar um pé", respondeu Danny.

Chegaram ao Kassikaitiu e, para alívio do padre, Titus encontrou uma velha piroga, o que significava que poderiam remar rio abaixo, até a aldeia tarumá de Barakako.

Pouco antes de atingirem a aldeia, Siriko, o uapixana, deu um grito para que o barco fosse levado até a margem. Tinha visto algumas trilhas. Desembarcaram e subiram a barranca. No topo, havia duas choupanas mambembes, cobertas com umas poucas folhas de palmeira.

"Conhece Danny McKinnon, de Waronawa?", perguntou Siriko, depois de inspecionar o chão próximo às cabanas.

"Claro que sim", respondeu o padre. "Eu conheço a família toda muito bem."

"Ele pousou aqui com a irmã, até poucos dias atrás." Siriko apontou para as pegadas.

"O que eles estão fazendo aqui tão longe?", perguntou o padre. Tinham passado ao largo de Waronawa e ele não sabia de nada sobre o desaparecimento dos dois.

Siriko sacudiu os ombros.

"Eles estão morando próximos", disse, sem deixar transparecer mais nada.

"Ah, sei, você quer dizer que eles estão vivendo em algum lugar por aqui?" Os olhos azuis do padre cintilaram de prazer. Os McKinnon seriam boa companhia, se estivessem viajando na mesma direção.

"Não. Eles estão vivendo próximos", Siriko repetiu, deixando o padre perplexo com o possível significado daquelas palavras. Havia uma fileira dupla de prateleiras numa das cabanas. "Eles esperaram aqui até que as prateleiras se enchessem de cestos de farinha, antes de continuar a viagem. Estão um pouco adiante de nós."

O padre Napier tinha esperança de alcançá-los.

Próximo aos barracos, havia os restos calcinados de uma outra casa indígena. Os ocupantes obviamente tinham posto fogo nela e partido.

Eles remaram o que faltava para chegar à aldeia de Barakako. O povoado ficava fora do caminho do grupo, mas era o único lugar onde poderiam se abastecer. O padre usou o tempo que foram obrigados a esperar pela mandioca e farinha para rezar missa e instruir a população na cabana à beira d'água.

Passaram-se oito dias até que se aproximaram da primeira aldeia uaiuai, às margens de um tributário do Essequibo. Kabaikidiu, destino final da missão, ainda estava a uma boa distância, atrás de várias montanhas, algumas das quais tomariam três horas para subir e mais três para descer do outro lado.

O bom tempo acabara. Uma garoa fininha cobria as águas, enquanto remavam contra a corrente. As árvores quase se encontravam no meio do rio, formando um majestoso arabesco de céu cinzento no alto. Dos dois lados, barrancos densamente cobertos de folhagem, pingando água, desciam até o rio. Imensas vitórias-régias, as bordas reviradas para cima como bandejas de pudim, quase afundavam sob o peso da água. O padre estava se sentindo úmido e friorento. Os bancos do barco estavam molhados, desconfortáveis. Sentia câimbras no traseiro. Alguma coisa agitou-se na superfície do rio. O padre não conseguiu sequer identificar a que espécie de criatura pertencia. Podia ser algum tipo de marreco, um pássaro, uma rã ou uma imensa borboleta.

Foi então que viu, pela primeira vez na vida, um grupo de uaiuais. A canoa surgiu inesperadamente, na entrada oculta de um córrego. De pé, na proa, havia um menino cujo aspecto provocou no padre um suspiro de admiração.

O cabelo do rapaz era longo, solto e preto azeviche. Aos olhos do padre, parecia tão belo que, na mesma hora, imaginou-o servindo de modelo para um retrato de Cristo. Naquela noite, escreveu em seu diário: "Nunca em minha vida vi um menino ou menina tão belo".

A canoa ficou perto deles alguns momentos, enquanto os ocupantes dos dois barcos se estudavam mutuamente, depois os uaiuais deram meia-volta e desapareceram no igarapé. A maioria usava enfeites de penas.

"Feito aparições de um livro de histórias", o padre Napier escreveu no diário.

Choveu a mais não poder. O mato estava encharcado e gotejando água quando conseguiram por fim chegar à parte da mata onde ficava Kabaikidiu. Tinham caminhado entre as árvores durante horas. Ao se aproximarem da aldeia, a chuva parou e a araponga se pôs a anunciar o sol com seu chamado metálico, ardido, feito uma cítara. Das profundezas da mata, o padre ouviu um som que lhe pareceu o de um flautim. Através de seu intérprete, perguntou às crianças que tinham corrido para recebê-lo se havia alguém tocando flauta.

"Kuparuko." Informaram-lhe, então, que isso vinha a ser um pássaro. Mas depois lhe explicaram que os homens uaiuais também tocam flauta quando estão entrando ou saindo da aldeia.

Depois do temporal, ficou tudo úmido e pegajoso. E como sempre, em tempo de chuva, a barra da batina do padre já estava ensopada e pesando um bocado, quando entraram na clareira onde a aldeia fora construída.

Os moradores aguardavam a chegada do grupo. Todos os homens da aldeia tinham cabelo comprido, solto se fossem jovens, trançado se fossem mais velhos. As tranças terminavam num tubo de trinta centímetros, enfeitado de penas. Alguns usavam chumaços pequenos de penas azuis e amarelas de arara e beija-flor como brincos. Havia os que exibiam penas de arara vermelha enfiadas no lábio superior. Outros vinham com longas penas duras e pretas de *powis* penduradas nos braços. Uns poucos traziam a penugem branca do uiruuetê, presa no cabelo, sobre a testa.

Ninguém prestou muita atenção nas visitas, exceto as crianças. O tarumá imediatamente encetou conversa com o tuxaua da aldeia, salientando cada detalhe do que ocorrera na viagem.

Naquela tarde, o padre não perdeu tempo e começou a doutrinar as crianças pelos métodos habituais. Reuniu todas elas e ensinou-lhes músicas de "ação". Logo todas participavam, batendo palmas e gritando "bangue-bangue", enquanto ele lhes mostrava o que fazer. Depois sentou todas num círculo e ensinou-as a cantar a música de "Como é doce o som do nome de Jesus", entre muitas risadas e gritinhos.

Ao entardecer, o padre não teve alternativa senão pendurar sua rede na enorme construção cônica, de cerca de vinte e cinco metros de altura e vinte e cinco metros de diâmetro, que abrigava uns quarenta homens e mulheres. Ao se preparar para dormir, quase sufocou com o cheiro pungente de mofo que vinha da palha úmida, misturado ao odor da fumaça de lenha. A proximidade de tantas pessoas era desconfortável.

As redes estavam penduradas perto da parede e próximas umas das outras. Oito ou dez fogueiras queimavam no chão, iluminando as redes por baixo e lançando sombras semoventes nas paredes.

Os cães de caça, pelos quais os uaiuais eram famosos, dormiam em prateleiras, construídas nas paredes circulares. De vez em quando, alguém que era responsável pelo treinamento de um cão saía correndo para a mata, para que o animal fizesse suas necessidades. Um dos uaiuais explicava a Titus, através do intérprete tarumá, as circunstâncias exatas de cada um dos bichos que seu cachorro rastreara.

Por seu intérprete, o padre perguntou se Danny e Beatrice estavam por lá e ficou desapontado ao saber que já tinham partido para mais longe, para onde viviam os demais uaiuais, no Brasil. Eles tinham trocado quantidades enormes de pão de mandioca por um cão de caça.

As pessoas vagavam de um lado a outro, terminando as tarefas que tinham, antes de entrar nas redes para conversar.

A pergunta do padre sobre o paradeiro de Danny e Beatrice teve um inesperado resultado. O jovem cuja beleza ele achara tão estonteante saltou da rede e deu a impressão de estar pedindo permissão a um dos mais velhos, que consentiu com um gesto de cabeça. O rapaz era o mesmo menino que Danny levara para caçar e pescar, quando os uaiuais passaram por Waronawa.

Wario pegou um pau e cutucou as brasas da fogueira central, até que as chamas lambessem de novo, feito línguas de cobra, as achas semiconsumidas e as brasas esbranquiçadas. Homens e mulheres balançavam-se na rede, olhando para ele.

O rapaz dispensara seus enfeites de pena e não usava mais nada além de uma tanga feita de um material espesso, com uma borla de penas pendurada na ponta. Napier olhava para ele enfeitiçado. Wario cutucou as brasas de novo e começou a sussurrar numa voz rouca, mas audível, numa língua que o padre não compreendia.

Napier não desgrudou os olhos daquela criatura andrógina. O rapaz iniciou então algo que era mais que uma narrativa, interpretando as personagens.

"Muito tempo atrás, Nuni fez amor com a irmã. Sim, ele fez amor com a própria irmã."

Wario abraçou o peito, como se a pequena fogueira não fosse capaz de aquecê-lo o bastante, depois produziu um ruído baixo, chupado, ao aspirar o ar pela boca.

A escuridão da noite solidificada parecia quase palpável ao padre, que continuava de olhos fixos nos belos braços e pernas e no peito liso do rapaz. Havia aquele tipo de silêncio pela casa inteira que dizia que todos estavam escutando.

"Ele foi para os braços da irmã depois de tocar a flauta. O espírito continuou tocando flauta, mas o corpo foi e deitou-se ao lado dela.

"'Olá, meu bem, eu quero me deitar em seus braços.'

"'Verdade? Então pule na minha rede.'

"'Certo.'

"'Quem é você?'

"'Venho de uma outra aldeia muito distante. Vim me deitar com você.'

"'Certo. Suba na rede, então.'

"E ele subiu na rede e fez amor com ela.

"'Vou-me embora agora.'

"'Está bem. Por que veio?'

"'Vim e pronto. Só isso.'

"A flauta continuava tocando, seu som espalhando-se na brisa.

"Na noite seguinte ele apareceu outra vez. Deixou o espírito tocando flauta e o corpo foi se encontrar com ela de novo."

Wario parou de falar e agachou-se para atirar um pouco de resina aromática de hiava no fogo. A resina estalou e logo o ar se encheu de um cheiro forte, parecido com o de eucalipto. O rapaz continuou, interpretando a parte da moça, com uma expressão de medo no rosto.

"'Por que ele vem toda hora?', ela se pergunta.

"'Você deve morar próximo. Se sua casa fosse tão longe, como é que daria para vir assim tanto?'

"'Para lhe dizer a verdade, eu era muito preguiçoso. Tive que superar minha preguiça para poder visitá-la com tanta freqüência. Estou lhe dizendo, eu venho de longe.'

"'Talvez seja meu próprio irmão que está vindo', ela pensou."

Wario colocou as mãos no coração e recuou, com uma expressão preocupada.

"Aquela noite, para pegá-lo, ela pintou a cara de Nuni com jenipapo. O rosto dele ficou bem preto.

"'Ei! O que ela pôs em mim?'"

Havia um olhar de nojo no rosto de Wario, enquanto limpava o rosto e examinava a palma da mão.

"A pintura não queria sair. Nuni voltou para a aldeia só depois do anoitecer. Tinha apanhado apenas uma paca, porque passara o tempo todo tentando tirar as marcas negras do rosto. Mas elas não queriam sair. Iam ficar ali para sempre."

As chamas da fogueira próxima a Wario aumentaram, bem no momento em que as outras começaram a morrer. O padre Napier continuava a olhar com intensa admiração o cabelo negro do rapaz e o trejeito atraente da boca larga.

Um lagarto, consumido pelo calor, caiu da palha do teto no chão. A maioria das pessoas continuava acordada, ouvindo a história; outras começavam a pegar no sono. O padre, enfeitiçado com os movimentos e gestos do jovem, não entendia uma palavra do que estava sendo dito.

Wario deu alguns passos para lá e para cá, sacudindo-se e tremendo.

"O irmão partiu e ficou fora um bom tempo. Estava com muita vergonha e não conseguia encarar a irmã. Mas, quando voltou, ela pegou em seu braço e o virou de frente."

Interpretando de novo a parte da moça, surgiu no rosto de Wario aquela mesma expressão de desconfiança anterior.

"'Foi você que fez amor comigo.'

"Ela o viu à luz do dia. Nuni estava muito cansado para partir no escuro, como em geral fazia. Tinha coberto o rosto com as mãos.

"'Ai, meus olhos doem. Ai, meus olhos estão me matando.'

"'O que há com você?'

"'Meus olhos estão ardendo.'

"Ela puxou as mãos dele e viu as marcas pretas no rosto.

"'Você mente. Você me fodeu como se eu fosse de uma outra família.'"

Wario olhou em volta para sua platéia, espalhada na semiescuridão, prestes a terminar sua história.

"O irmão mudou depois disso. Ficou triste porque sabia que não poderia ter a irmã por mulher aqui na Terra, por isso saiu correndo de sua cabana, com o arco e as flechas. Chegou até uma clareira e disparou uma flecha para o céu. Ela ficou fincada lá em cima. Disparou uma outra sobre a haste da primeira e assim por diante, até fazer uma escada de flechas do chão até o céu. Subiu aos poucos, até chegar lá. A irmã tirou a saia e foi atrás dele, nua."

Wario imitou a subida ao céu, um braço, depois outro.

"Naquele tempo, não havia lua. Por isso, depois que ele chegou ao céu, virou a lua. Daí o motivo de a lua ter a cara suja. A irmã transformou-se na estrela da tarde. E eles puderam viver juntos no céu."

O padre tentou baixar sua ereção com vontade férrea, enquanto admirava o contador de histórias. Tentou amansá-la. Rezou. Imaginou seu corpo todo enclausurado em metal. Pensou na imagem de Cristo ardendo nos céus e, quando virou a cabeça, ejaculou descontroladamente, de olhos postos na palha molhada do teto, cheio de tristeza, vergonha e prazer.

Nessa altura, um homem troncudo, baixote, de nariz chato e cabelo brilhante, que gingava ao andar, pulou da rede e, às vistas de todos, começou a imitar o andar do tapir. Até o padre Napier, quando olhou de novo, reconheceu o animal, tão perfeita e cômica era a imitação. Seu traseiro balançava de um jeito obsceno. Parou, farejando o ar, o olhar míope investigando o escuro. Assobiou feito um tapir e levantou o pano da tanga, para examinar seus genitais e soprar neles. As pessoas começaram a rir.

"Nós temos uma versão diferente", disse um dos tarumás, lá da rede pendurada nas trevas.

"Dizemos que o irmão se transformou no sol e ela, na lua. Ele ainda a persegue pelo céu. Sempre que consegue alcançá-la e fazer amor com a irmã, acontece um eclipse. Os demônios saem da floresta e dos rios para atacar as pessoas. As sucuris imensas tiram a cabeça dos rios, para ver por que o céu escureceu."

"Dizem que a lua é o sol noturno", palpitou alguém mais.

Seguiu-se então uma discussão sonolenta sobre como era possível, às vezes, ver-se sol e lua juntos no céu.

Pouco a pouco, a conversa cessou e as pessoas dormiram. O padre Napier tentou concentrar-se em seus planos para o dia seguinte, ignorando a sensação melada que tinha entre as pernas.

De vez em quando, durante a noite, vinha uma tosse ou um gemido. Em uma ou duas ocasiões, alguém sentindo frio levantou-se para avivar uma das fogueiras e prosear baixinho ao pé do fogo por uns tempos.

O RIO DOS MORTOS

Fazia um calor inclemente, uma verdadeira sauna. Beatrice e Danny desciam remando as águas verde-oliva do rio Kassikaitiu.

Danny usava apenas um calção branco. Beatrice prendera a saia azul na cintura e pusera uma camiseta do irmão. Na traseira do barco, dormia o cão de caça marrom e branco que Danny recebera dos uaiuais. Raízes e cipós mortos, formando uma maçaroca rígida, despontavam nas barrancas arenosas das duas margens.

Com a passagem da canoa, as araras que descansavam, pousadas em ângulos diversos sobre os galhos das beiradas, voaram em debandada. Com enorme estardalhaço, manobraram o corpo troncudo, com as penas azulíssimas das caudas compridas cintilando sob o sol, e foram todas pousar, quase escondidas, no topo das árvores mais altas.

"Os tarumás chamam isto aqui de rio dos Mortos", disse Danny.

Os tarumás deram esse nome ao Kassikaitiu porque em épocas de seca braba, quando as águas baixam demais, vêem-se antigas inscrições rupestres nas rochas do fundo. É muito raro essas inscrições ficarem visíveis. Eles acreditam que sejam mais antigas que a grande enchente, que um dia cobriu a região inteira. Segundo os tarumás, era por intermédio dessas marcas, a meio caminho entre escrita e desenho, que os mortos se comunicavam com os vivos.

Beatrice, ignorando a existência dos antiqüíssimos sinais lá no fundo, achava que aquela era a paisagem mais viva que já vira na vida. O rio tinha uns nove metros de largura. Em ambas as margens, as árvores reluziam, zumbiam e explodiam em ruídos exuberantes de pássaros. A água fervilhava de marrecos e lontras. Na margem mais distante, um jacaré preguiçava ao sol, os olhões esbugalhados apenas visíveis acima da água.

"Olha lá ele", riu Beatrice. "Mamai Zuna costumava dizer que ele se escondia porque tinha roubado os peixes do sol."

O próprio Danny parecia mais vivo na mata. Ficava mais alerta, vigilante e criativo do que em casa. Descobrira como extrair óleo do pacu, para poderem cozinhar. Inventara um jeito de fazer cartuchos para a espingarda, se bem que nem sempre fossem confiáveis. E, em vez de farinha, ralavam castanha-do-pará no ralador e assavam.

Depois de várias semanas caçando e pescando, nenhum dos dois sentia mais falta de alimentos cultivados. Os suprimentos que tinham conseguido em Barakako, trocaram quando encontraram os uaiuais, e foi assim que Danny conseguiu seu cão de caça. Para ele, encontrar de novo com o amigo Wario deveria ter sido um grande prazer, mas a presença de Beatrice impediu-o de senti-lo. Ficou constrangido e acabaram passando só um ou dois dias na aldeia, depois partiram outra vez.

A comida era abundante. Viviam muito bem de peixe, castanhas, frutas e caça. Uma vez, Danny matou um macaco. Beatrice chamuscou os pêlos no fogo que fizera nas pedras, raspou-os, depois tirou fora os intestinos e fez lingüiças com a gordura dos rins. O resto, eles cortaram e jogaram na panela. Depois de comerem, deitaram-se nas pedras cinzentas, sob o calor sufocante. Logo estavam sendo mordidos pelos insetos.

Beatrice adorava ter Danny só para si.

"Por que você não pára de olhar para mim?", ele queixou-se.

Beatrice coçou as picadas dos braços e pernas. Também ela não entendia por que ainda sentia tanto desejo por Danny, mesmo agora que o tinha o tempo todo a seu lado. Virou a cabeça e olhou deliberadamente para o outro lado, onde a água formava uma cachoeirinha pequena, no fundo das pedras. Tem alguma coisa a ver com o correr do tempo, pensou. Quem me dera poder parar o tempo.

Danny tirou o calção, que estava salpicado de gordura de macaco. Equilibrou-se em cima do barco e Beatrice empurrou-o. Depois ficou ali, olhando enquanto ele deslizava pela correnteza, uma estátua de bronze, arco em punho, sob a sombra das árvores que de vez em quando o listravam todo, feito um peixe-onça. De repente, o dorso do pirarucu que avistara um pouco antes apareceu embaixo da água. Disparou a flecha bem abaixo do peixe, levando em conta a refração da luz, depois se retorceu, cheio de braços e pernas, para agarrar a haste que se sacudia com os estremeções do peixe.

Em seguida voltou com a canoa e o peixe e Beatrice embarcou. Ela ia arrastando os dedos na água, enquanto ele remava. Foi aí que Danny debruçou-se para lhe cochichar alguma coisa no ouvido e, ao fazê-lo, Beatrice experimentou uma sensação muito forte de reconhecimento. Tudo isso já tinha acontecido. Tudo em volta dela parecia surpreendentemente familiar, como se já tivesse feito tudo aquilo antes, como se pudesse antecipar tudo que estava prestes a ocorrer. Viu cada folha, graveto e galho da margem, cada inseto na superfície acastanhada da água, tudo delineado com uma clareza espantosa. Uma eternidade durava alguns segundos e passava. Ela reconheceu o aviso.

"Vou ter um ataque de enxaqueca."

Depois que o ataque passou e ela se recuperou por completo, penduraram uma rede nas árvores próximas da margem. Danny afagou e brincou com ela, como uma preliminar aos lentos atos vegetais de amor. Mais tarde, ambos todos mordidos por pernilongos, maruins e borrachudos, fizeram amor com mais violência, como se, esfregando-se um no outro, freneticamente, pudessem aliviar a coceira. Salpicados com o sangue um do outro das picadas, pegaram enfim no sono, braços e pernas enroscados feito raízes.

Cozinhando de calor dentro da batina, o padre Napier se preparava para deixar os uaiuais. Levou seu baú de lata até o rio e supervisionou o carregamento do barco no atracadouro. Sua primeira missão fora um estrondoso sucesso.

Vários uaiuais se reuniram para dizer adeus. O padre deu uma olhada furtiva em volta, para ver se Wario também estava. A paixonite que tivera pelo rapaz imprimira um zelo ainda maior e mais vibrante a seus ensinamentos. A última semana testemunhara uma onda de batismos, todos eles devidamente registrados em seu livro batismal. Ficou um tanto decepcionado ao saber, quando perguntou, que Wario tinha ido pescar. Não havia nem sinal do retorno de Danny e Beatrice, desde a passagem dos dois pela aldeia.

Siriko sorria enquanto carregava uma pilha de raladores para levar para casa. Titus e os meninos subiram a bordo. Antes que o barco se afastasse do ancoradouro, Napier prometeu, através de seu intérprete, que voltaria dentro de mais ou menos um ano, para fazer as crismas. Depois acenou um adeus. Por uns tempos, apostaram corrida com um dos barcos uaiuais, mas logo os uaiuais desapareceram de vista, sumidos num dos igarapés.

Seis semanas mais tarde, chegou a Santo Inácio, nas savanas do norte, exausto porém feliz. Assim que desfez suas coisas e banhou os pés, mandou dois meninos prepararem café. Depois, bebeu-o refestelando-se no luxo do leite condensado, que não provava havia meses.

Danny e Beatrice rumaram ainda mais para o sul. Embrenharam-se a pé, acompanhados pelo cachorro, pela serra Acaraí. Nos morros, os ventos eram mais frescos e eles caminharam por trilhas que contornavam grandes rochas negras e antigas cavernas de enterramento. Acamparam durante duas noites numa furna, debaixo de uma saliência de rocha, até Danny descobrir bosta de onça, já esbranquiçada, num canto. Decidiram, então, que talvez não fosse seguro ali. Logo mais estavam atravessando mais um trecho de selva.

O cachorro facilitava a caça. Danny ficava escutando os latidos. Se o som se movesse, sabia que o cachorro estava perseguindo a presa. Se ficasse imóvel, significava que ou o cachorro tinha pegado alguma coisa, ou a caça se enterrara, ou, então, que era uma tartaruga. Ele limpava regularmente as narinas do cão com pimenta, para aguçar o olfato. Matava periquitos e assava, para recompensar o animal.

No quarto dia, depois de deixarem a caverna, estavam andando pela selva quando o cachorro se pôs a rosnar. Beatrice olhou para o chão, para ver o que o incomodava. Danny riu.

"Olha para cima."

Pendurado quase que na sua cara, estava o rabo de uma onça. Ela acompanhou a linha do corpo esparramado sobre o galho largo e ficou aturdida com os dois olhos fosforescentes que havia ali no alto, a um metro acima dela, num desenho móbil de pintas, sombras de folhas e luz cor de âmbar. Sempre que o desenho se mexia, parecia que o animal estava fazendo malabarismos com o próprio olhar. Ela parou, hipnotizada, tão perto que enxergou aqueles olhos meio amarelados, meio esverdeados, em segmentos, como se fosse a metade de uma toranja.

"Tudo bem", disse Danny. "Ela acabou de comer. Você não viu a carcaça de porco, lá atrás?"

Continuaram, em fila indiana, pela trilha.

A proximidade da onça deixou Danny alvoroçado, e ele ficou mais tagarela.

"Nunca subestime uma onça. Elas têm uma imaginação fantástica. O tio Shibi-din viu uma entrar num barco, uma vez, e descer o rio. Numa outra, viu uma onça ajeitando uma vaca que ela tinha matado, para parecer que estava dormindo. Assim, podia enganar os urubus e voltar para comer um pouco mais, no dia seguinte. E uma vez ele foi atraído até o mato pelo som de alguém cortando lenha. Quando chegou perto, descobriu que era uma onça batendo no tronco de uma árvore com o rabo. Elas são rápidas, sabem nadar e sobem em árvores. O tio Shibi-din disse que no passado elas eram o sol da terra. Também são ventríloquas. Conseguem fazer com que a voz pareça saída de um outro lugar."

"É", Beatrice concordou. "E o pai uma vez viu uma tentando arrastar uma vaca barranca acima, mas os chifres ficaram presos. A onça quebrou os chifres da vaca numa pedra, até conseguir puxar com facilidade."

Beatrice podia ter mordido a língua. A menção do pai foi um balde de água fria na conversa. Danny calou-se. Beatrice seguiu atrás dele.

Quando chegaram finalmente perto da outra aldeia uaiuai, já no Brasil, Danny de repente perdeu a coragem e recusou-se a ir adiante. Sentia como se houvesse uma barreira invisível em volta do povoado, um campo magnético que o mantinha afastado.

Começaram a discutir. A voz de Beatrice tornou-se ardida e briguenta, ao passo que ele se negava terminantemente a chegar mais perto da aldeia. Ela pediu e implorou mas ele insistiu em construir uma cabana a uns dois quilômetros de distância do lugar.

"Os borrachudos *kaboura* estão acabando comigo", ela disse, de mau humor. "Nós podíamos pendurar nossas redes na maloca deles. Seria muito melhor."

"Eu não vou", disse Danny, com ferocidade. "As pessoas andam dizendo coisas de nós." Seu rosto corou como quando era criança, Beatrice lembrava-se bem disso, toda vez que ficava contrariado.

Ela não tinha o menor prurido de visitar outras tabas porque, no fundo, não acreditava que estivessem fazendo nada de errado. Qualquer parceria que fosse assim tão natural quanto a deles não podia, a seu ver, ser má. Sabia que estavam fazendo algo que, por algum motivo, não era de todo aceitável, mas, consigo mesma, tinha a consciência limpa. E acreditava que as pessoas, bem lá no fundo, concordariam com ela em segredo.

Mais tarde, Danny animou-se um pouco. Descobriram uma canoa abandonada no rio e Danny saiu sozinho, remando, até achar um córrego bom. Sentia-se aliviado de passar alguns momentos sem Beatrice. Ela não parecia se consumir de vergonha, como ele, quando estavam com mais gente. Ele se perguntava se seria um covarde.

Pôs-se então a construir uma arapuca para peixe. Concentrar-se na mecânica da construção diminuía o desconforto. Até terminar de trançar o junco numa armadilha cônica, armá-la e fazer uma barragem rio abaixo, já voltara ao normal. Andando de um lado para outro na margem, armou mais algumas.

Depois, em vez de voltar direto para Beatrice, sentou-se na areia, à beira do igarapé, e ficou olhando a água.

O sol escaldava. As águas tinham manchas marrom-avermelhadas, por causa da vegetação morta. Uma onda na forma de uma pálpebra levantada rolou na direção de Danny. O cheiro adocicado e enjoativo de capim, inhame silvestre e arbustos de mangue permeava o ar úmido. Uma película de suor cobria-lhe o corpo e empapava seu cabelo.

Quando os mosquitos se tornaram insuportáveis demais, decidiu voltar para procurar Beatrice. Podia conferir as armadilhas na manhã seguinte. Remando pelo igarapé, ia encurvado para evitar os galhos mais baixos, até que chegou ao rio principal. Cerca de cinqüenta metros mais adiante, as águas negras começaram a bater na lateral do barco com um baque agourento e a agitar-se de modo inesperado em volta.

Naquele ponto, o rio tinha uns doze metros de largura. As árvores debruçavam-se das duas margens, com as raízes retorcidas expostas agarradas precariamente ao solo arenoso. Danny espiou para ver o que estava causando a turbulência.

Porcos-do-mato pequenos andam em grupos de cinco ou seis. Os adultos costumam sair em bandos de trinta a quarenta animais. Os porcos selvagens são ferozes. Conseguem matar até onça. Danny viu-se rodeado por um desses bandos enormes, tentando atravessar o rio a nado. O barco começou a dar pinotes e girar em volta, sob os solavancos dos animais.

De repente, como se obedecendo a um sinal, atacaram em massa. Danny ergueu-se na canoa, sem muita estabilidade, e tentou espantá-los com o remo. O barco balançava furiosamente. Ele estava cercado por um monte fervilhante de dorsos cobertos de cerdas marrons e cinzentas. Os porcos investiram contra o barco com ferocidade, tentando arrebentá-lo com as presas amareladas

O pé de Danny escorregou quando se abaixou para procurar o machado e a canoa quase virou. Conseguiu recuperar o equilíbrio e partiu para cima deles, desfechando golpes desesperados de machado contra os lombos inquietos, beiços negros e mandíbulas poderosas. A água fervilhou de sangue e espuma. Ele ficou todo ensangüentado. Matou três porcos, antes que os outros prestassem atenção a ele.

Tão súbito quanto começara, o ataque acabou. O bando saiu nadando calmamente até a outra margem.

O peito de Danny arfava, sem fôlego. Viu as carcaças descendo o rio e nem sequer tentou guardar uma para comer. Conseguiu levar o barco até a barranca e segurou-se em uns galhos, tendo acessos de ânsia de vômito, até que a náusea passasse.

Achou que o bando tinha agido como se por feitiço. O episódio todo parecia um mau agouro.

* * *

Assim que Beatrice viu Danny caminhando em sua direção, percebeu que havia alguma coisa errada. Seu calção estava manchado de sangue. Seu andar era rígido e lento. Seguia em linha reta, sem olhar para ver onde punha os pés, e não trazia peixe nenhum.

Ele contou o que tinha acontecido, depois pendurou sua rede entre duas moiratingas gigantes, enroscou-se lá dentro e ali ficou, pendurado entre as árvores, feito uma folha. Ela levou seu calção até o rio, para lavar o sangue, usando o sumo de planta-sabão. Quando voltou, Danny tremia e não quis comer, embora a panela já estivesse no fogo. Ela tentou imprimir um arremedo de normalidade, tagarelando feito uma esposa.

"Nós devíamos arranjar duas redes uaiuais. Elas são menores e mais fáceis de carregar. Eles fazem as redes com fibra. As nossas são de algodão. Secam bem na savana, mas aqui na mata ficam sempre meio úmidas."

Danny não respondeu.

Ela subiu na rede e pôs a perna sobre a coxa de Danny, tentando confortá-lo. Depois de um tempo, ele começou a fazer amor com ela, sem grande entusiasmo.

Nem Beatrice nem Danny perceberam que o eclipse havia começado.

A mata não deixava entrar muito sol e nenhum dos dois se deu conta de que, aos poucos, estava anoitecendo e que o canto e os chamados ardidos dos pássaros cessaram por completo. A escuridão foi total. Durante o eclipse, a mata ficou num silêncio de morte. Aí os morcegos começaram a guinchar. Um bacurau, que em geral permanece imóvel num galho o dia todo, alçou vôo e passou por cima deles. Em algum lugar, à distância, ouviram o esturro perturbado de uma onça.

Danny torceu-se na rede para ficar de frente a Beatrice.

"Estou com frio."

Ela achou que fosse apenas o frio da água que ele jogara no corpo, para tirar o sangue. Mas depois aconteceu uma coisa com Danny. Ele foi tomado por uma sensação terrível de gelo nas entranhas, uma friagem igual à tristeza. Deu um estremeção que balançou a rede toda. Ela o abraçou, mas ele não conseguia controlar os tremores. Beatrice esfregou suas costas com força. Os tremores o sacudiram quatro ou cinco vezes mais, deixando-o indefeso. Ela tentou aquecê-lo e sossegá-lo esfregando e afagando, abraçada bem apertada nele.

"Estou com tanto frio", ele continuava se queixando. Tentou segurar-se nela, em meio àquele ataque de náusea gelada e tremores friorentos, mas seus braços pareciam chumbo e não conseguia absorver seu calor. A sensação era a de que nunca mais conseguiria se aquecer. Ficaram ali deitados, embrulhados nos braços um do outro, sem se mexer, esquecidos de verificar o barco e de cobrir a panela, que o cachorro rodeava, esperando que esfriasse.

As convulsões deixaram Danny sentindo-se como se todos os ossos do corpo tivessem sido tirados para fora e arrumados de novo.

"Vou pintar você com jenipapo", disse Beatrice, nervosa, chocada com o estado de Danny. Achou que ele talvez fosse se sentir protegido com a pintura.

Uma luz funesta, verde-acinzentada, começou a filtrar-se pelas árvores mais uma vez. Durante as horas seguintes, com a maior concentração, Beatrice pintou desenhos por todo o corpo e rosto de Danny, com a tintura negra que tinha conseguido com os uaiuais; pintou-o com quadrados concêntricos, como os que vira girando, no dia em que desmaiara; marcou-o com listras compridas e formas geométricas nas costas douradas, até que ele ficou parecendo um lindo inseto.

Danny não se interessou pelo processo, mas ficou quieto enquanto ela trabalhava, sentindo-se doente e exausto demais para se mexer. Ela cobriu cada centímetro de seu corpo e rosto com precisão matemática, como se a construção daqueles desenhos austeros, simétricos, pudesse de algum modo protegê-lo e mantê-lo são.

ECLIPSE NA SAVANA

Nas savanas, o eclipse fez tudo escurecer muito rápido, como uma tristeza profunda desabando sobre alguém. Os pássaros pararam de cantar. O gado começou a tomar o caminho de volta para casa. O tamarindo, na saída de Waronawa, que naquela época do ano em geral era uma explosão gigantesca de flores zumbindo, calou-se; as abelhas partiram em enxames negros pelo céu escuro, de volta a suas colméias. Os primeiros morcegos riscaram o céu.

Logo que a lua começou a invadir os limites do sol, em plena manhã, todo mundo em Waronawa saiu de sua palhoça e se pôs a bater panelas e potes, gritando para espantar e separar os dois corpos celestes. O marido de tia Bobo disparou dois tiros para o ar com a espingarda. Alguns homens atiraram flechas na direção do eclipse.

Mamai Maba parou na porta de casa, exclamando em voz alta, como se profundamente ofendida por alguma coisa: "Não. Não. Não!". Aterrorizada demais para olhar para o céu, manteve a cabeça baixa e continuou a bater duas panelas de metal uma na outra, com seus braços fortes. Zuna, com os olhos negros fundos cheios de ansiedade, fazia um escarcéu danado, batendo uma concha num balde de metal.

Assim que percebeu o que estava acontecendo, McKinnon saiu correndo até o morrinho atrás da casa e montou o tripé. Enquanto o sol sumia aos poucos e a savana escurecia em volta, tirou fotos a intervalos regulares, numa tentativa de registrar cada fase do fenômeno. Ao longe, as pessoas gritavam.

Quando o eclipse acabou, rebobinou o filme e foi para o quartinho revelá-lo o mais rápido possível.

Mas, ao entrar, viu sua preciosa câmara escura em rebuliço total. Maba emborcara todas as vasilhas. A porta estava aberta de par em par, deixando entrar a luz do dia, o que arruinou alguns filmes já tirados. A caçamba com o líquido usado para revelar os filmes fora entornada e o fluido derramado no chão. Bravo, vistoriou a casa e descobriu que tudo quanto era vasilha, tigela, prato, caçamba, panela, cabaça e balde tinha sido esvaziado e virado de borco.

"O que está acontecendo por aqui?", ele perguntou, furioso. Maba e Zuna lutavam para virar um barril de água da chuva no pátio.

"É o limo do eclipse", disse mamai Maba, ofegando. "Senão entra em tudo e envenena a gente."

McKinnon abanou a cabeça, exasperado. Maba exibia uma expressão que até então ele nunca vira, um olhar de desprezo e desafio malicioso. Subiu, sentou-se na rede e ficou ali balançando-se de um lado para outro, se acalmando. Decepcionado e perplexo, olhou para a única fotografia que conseguira salvar. Era do padre Napier e saíra bem nítida. Mostrava uns trinta ou quarenta jacarés, esparramados nas pedras, num dia nublado, nas margens do rio Ireng.

Lá pelo meio-dia, quando já estava óbvio que o episódio monstruoso acabara e o sol se recuperara por inteiro, a comunidade de Waronawa foi entrando nos eixos, meio sem graça, como se tivessem acabado de sair todos de uma grande bebedeira. Os moradores preparavam-se para um *manorin* em Achimeriwau. Todo mundo pegou uma enxada ou um cutelo. Iam ajudar um jovem casal a limpar e fazer uma roça, antes que as chuvas chegassem de fato. O casal estava perigosamente atrasado. Por sorte, as chuvas demoraram aquele ano. Tinha havido um falso começo, com algumas pancadas, mas depois o sol voltou a crestar a terra, com a mesma ferocidade de sempre.

Maba não foi. O eclipse tinha conseguido ao mesmo tempo perturbá-la e tranqüilizar alguma coisa em sua cabeça. Fizera com que se sentisse um pouco melhor em relação a Danny e Beatrice. O que os dois estavam fazendo ficava mais compreensível diante de um eclipse. Ela tirou uma lasca de um rolo de fumo negro do Rupununi, pendurado na parede, e enrolou um cigarro bem comprido. Fumava, soltando a fumaça em golfadas lentas, pensativas, enquanto espiava da janela.

Estava tudo seco. Era como se as chuvas não fossem chegar nunca mais. A estrada ao lado da casa estava toda rachada, feito o casco de uma tartaruga. O sol continuava ardendo, castigando os cajueiros e sambaíbas. As folhas secas faziam um ruído arranhado quando o vento soprava.

Maba decidiu então, naquele momento, consultar o pai a respeito do assunto. McKinnon parecia completamente alheio ao que estava acontecendo.

O pai morrera dois anos antes. Seus ossos estavam dentro de um cesto enfeitado de penas e contas pendurado numa das vigas. Ela os tirou de lá. O espírito, segundo seus cálculos, já devia ter partido quase todo àquela altura. Mesmo assim, tirou os ossos com o maior cuidado e atirou-os no chão de terra batida para estudar o desenho.

Várias coisas aconteceram quase simultaneamente. Uma nuvem atravessou na frente do sol, mergulhando a sala na escuridão e tornando os ossos invisíveis. A casa foi invadida pelo cheiro oleoso, agridoce, das árvores cítricas e mamai Maba ouviu uma espécie de gemido atravessar o aposento. Ela agarrou uma vassoura e tentou varrê-lo. Mas o barulho aumentou e invadiu seus ouvidos. Ela chacoalhou a cabeça e decidiu que chegara a hora de discutir o assunto com McKinnon.

De início, ele não entendeu o que estava sendo dito. Mamai Maba contou-lhe de um jeito tão casual e tão prosaico que ele achou que estava apenas preocupada por Danny e Beatrice estarem se demorando demais no mato.

Os dois achavam-se no andar de cima. O sol entrava pelas janelas, amanteigando as tábuas da sala com listras sombreadas. Maba parecia triste e serena. Tinha uma atitude fatalista diante do caso e não se sentia mais perturbada. Agora era uma questão para a providência.

"Parece que o sol e a lua repetiram o crime", ela disse, sacudindo os ombros enquanto falava, as sobrancelhas erguidas fazendo rugas que corriam pelos dois lados da testa.

Espantado demais para responder, McKinnon olhava fixo para a mulher com quem, juntamente com a irmã, partilhara tantos anos de sua vida. Seu cabelo continuava preto, amarrado atrás, como sempre estivera, desde o primeiro dia em que a viu, só que ela parecia mais arredondada, mais suave, feito uma rocha que um rio vai gastando.

McKinnon foi tomado por uma onda de náusea ao ouvir a notícia. Em parte porque se achava um tolo de não ter adivinhado. Mas parte do choque era perceber que não conhecia seus próprios limites. Achava-se um homem de mente aberta, um livre-pensador, sem as restrições da moral convencional, mas a notícia o chocou. E o deixou revoltado.

Ficou ali parado, sem mover um músculo. Uma das venezianas rangeu ao ser soprada para a frente e para trás. Mamai Maba, tendo dado a notícia, recolheu algumas roupas para lavar e desceu.

Assim que ela saiu, McKinnon sentiu como se estivesse sufocando. Levado por uma necessidade de sair e andar pelas savanas, deixou a casa.

A lagoa nos fundos refletia a luz do sol. O ar queimava à volta toda. Tomou uma das trilhas que levavam na direção dos montes Kanaku. De vez em quando, apareciam árvores mortas, despidas da casca. Tudo ali em volta era puro deserto, pontilhado por cupins. Andando, McKinnon não via uma coisa viva sequer, nem mesmo uma folha de capim, apenas os restos de árvores sem vida e galhos murchos. A cada cem metros, nem isso, era obrigado a parar porque um negror parecia estar se formando dentro da cabeça, podia inclusive ouvir os baques explosivos do coração. Parou imóvel na savana.

Depois de algum tempo, virou-se para olhar Waronawa. Sua casa e as outras em volta estavam banhadas de luz. O rio Rupununi cintilava por trás delas. Um dos cães estancou no meio da trilha, sem saber se devia segui-lo ou não. Logo continuou o caminho sozinho.

E aí, sem qualquer aviso, McKinnon soube que deixaria as savanas, que ali não era seu lugar, mesmo depois de tanto tempo. Não sabia ao certo quando partiria. Não havia pressa, mas, no fim, partiria. Espantou-se ao pensar no tanto que ficara ali. Os últimos vinte e cinco anos lhe pareceram um sonho.

Após mais ou menos uma hora, as palpitações e a tontura amainaram e ele tomou o caminho de volta, devagar. Assim que entrou em casa, escreveu um bilhete para o padre Napier, em Santo Inácio, pedindo-lhe que fosse a Waronawa com a maior urgência.

Embora estivesse ficando tarde, mandou um dos vaqueiros levá-lo. O homem partiu. Maba e Zuna viram quando saiu galopando rumo aos montes Kanaku. A lua, no horizonte, estava inchada e cor de sangue.

A GRANDE QUEDA

Era junho de 1919. Padre Napier atendeu de pronto ao chamado. As chuvas tinham resolvido chegar finalmente e a viagem até Waronawa fora úmida e desconfortável. As botas, encharcadas e pesadas, chapinhavam na água do fundo do barco. O padre estava irritado. Sob a garoa constante, desembarcou no atracadouro de Waronawa e arrastou seu baú para fora da canoa. A silhueta magra de McKinnon surgiu no meio daquela lama toda para recebê-lo.

"Tenho novidades", disse McKinnon. "A guerra está terminando."

Apesar da umidade, McKinnon parecia seco, desidratado, como se tivessem espremido fora toda a sua seiva. O padre reparou que envelhecera de repente.

As notícias sobre o término do Primeira Guerra Mundial acabaram chegando à savana do Rupununi, mais de seis meses após o armistício de novembro de 1918. Só quando chegou ao fim de sua pilha de jornais atrasados é que McKinnon topou com o anúncio.

Napier ergueu o baú escorregadio até o quadril e os dois foram subindo a rampa.

"Mas não foi por esse motivo que me pediu para vir até aqui, com certeza." O padre olhava para ele de lado, com a curiosidade maliciosa de um pássaro. "Para isso podia ter mandado um bilhete."

"O senhor não me parece muito satisfeito com a notícia", revidou McKinnon, rodeando o assunto, relutante em divulgar de imediato o motivo da convocação.

"Depende das condições em que for feita a paz."

Um bando de cegonhas passou voando. McKinnon mal podia concentrar os pensamentos no que dizia. Agora que o padre chegara, não tinha vontade de lhe contar sobre Danny e Beatrice.

"Aparentemente os alemães se renderam sem condição nenhuma. O armistício foi declarado. E está havendo uma conferência de paz em Versalhes."

"Nesse caso, fico muito satisfeito", retrucou o padre Napier, exalando patriotismo debaixo do céu cinzento. "Devíamos ter entrado em Berlim com as bandeiras hasteadas, ao som das bandas militares. Detesto meias medidas. Os alemães vão é rir nas nossas costas."

Os dois entraram na penumbra fresca da casa. McKinnon mandou um dos filhos pegar um copo de limonada para a visita.

Lá em cima, parou diante da janela, olhando para o vau que quatro dos seus vaqueiros atravessavam, levando algumas cabeças de gado para o outro lado, em meio à névoa cinzenta.

"Sobre o que é mesmo que queria me falar?", perguntou o padre.

"Preciso ver meu filho Danny."

Onde o gado atravessou, a água fez um redemoinho.

"Sei. Vi sinais deles durante minha visita aos uaiuais. Mas não consegui me encontrar com os dois. Eles já estão fora faz algum tempo. O que estão fazendo por lá?"

O rosto de McKinnon estava semi-oculto pela veneziana de madeira, mas alguma coisa na rigidez do perfil empinado fez o padre Napier parar de falar.

McKinnon orgulhava-se de sua racionalidade. Via-se como um homem do mundo. Achava que poderia discutir qualquer assunto com imparcialidade. Mas agora hesitava. Para ele, a idéia de ter de pedir ajuda a um padre era humilhante. Parecia meio esverdeado e doente quando falou.

"Será que poderia ir procurá-lo para mim?" O tom de voz era quase de súplica. "Estou pensando em vender uma parte do gado. Preciso de Danny aqui."

O padre Napier ficou imóvel feito uma pedra, atônito.

"O quê? Eu levei seis semanas para voltar de lá. Além do mais, eles podem estar em qualquer lugar. Impossível. Seria como tentar achar uma agulha num palheiro."

McKinnon não disse nada. Passou a língua nos lábios secos com os movimentos lentos de um lagarto. De lá de fora, vinham gritos de criança e o som das bordoadas da corda; era a meninada praticando laçar um poste molhado.

"Escute", protestou o padre, "eu acabei de voltar. A viagem toda me tomou quatro meses. Fora o fato de eu estar muito cansado, tenho muita coisa que fazer aqui nas savanas, relacionada com meu trabalho missionário. Não tenho planos de voltar àquela região por mais um ano, quando for época da crisma. Sinto muito, mas está fora de cogitação."

O padre exerceu com prazer inusitado aquele poder insignificante, justificado pelo direito que tinha de recusar um pedido.

"Acredito que eles já deixaram o território uaiuai agora", continuou McKinnon, como se o padre tivesse acabado de concordar em ir procurá-los. "Há sinais e relatos de que foram vistos rumando para a Grande Queda-d'Água, no Essequibo."

Napier tentou, sem sucesso, controlar a irritação.

"Faça-me um favor. Eu não sou menino de recados", explodiu ele, contrariado. "Mande um dos vaqueiros ou alguém do povoado. Eu tenho a obra do Senhor para cuidar."

McKinnon virou-se para olhar o padre, que se levantara de maneira abrupta, exasperado, e estava de pé, uma mão no quadril, a outra mexendo na barba rala. Alguma coisa naqueles modos o deixou raivoso. A arrogância presunçosa, talvez. McKinnon quis dar uma estocada no pretensioso. Falou sem tirar os olhos do padre.

"Acho que como ministro de Deus é seu dever ir. Eles fugiram e estão vivendo juntos." Falava devagar, com deliberação, enfatizando cada palavra.

Ainda assim, o padre Napier não entendeu todo o significado do que ouvira.

"Bom, eles já têm idade suficiente para saber o que querem. Não se pode ficar agarrado nos filhos a vida inteira. Eles voltam uma hora dessas, com certeza."

McKinnon se fez mais explícito.

"Padre Napier. Eles são irmãos de sangue. Em seus termos, creio que estejam cometendo o que o senhor chamaria de pecado mortal."

Sua própria perturbação diminuiu um pouco, diante do prazer que obteve com o choque do padre.

"Tem certeza disso?"

"Tenho."

"Então irei imediatamente. Pode arrumar homens e provisões para mim?"

"Posso."

O padre percebeu o alívio no rosto de McKinnon.

"Espero que, em troca, o senhor me dê permissão para construir uma igreja aqui, para o povo de Waronawa."

"Mas claro", respondeu McKinnon, disfarçando sua repulsa. Sabia que a igreja jamais seria construída. Já tinha decidido vender o gado e ir embora de Waronawa.

À noitinha, depois que McKinnon contou que o padre iria procurá-los, Maba, sensatamente, comentou com Zuna: "É porque eles são meio brancos que ele vai. Se tivessem só sangue índio, ele jamais teria feito todo esse escarcéu. E nós também nunca iríamos pedir para ele. Nós é que temos que cuidar das nossas coisas. Além do mais, eu sei que não é bom o que Danny e Beatrice estão fazendo, mas não é a pior coisa do mundo. Já aconteceu antes. É o destino. Ele não devia se meter".

McKinnon forneceu ao padre tudo que podia para a viagem. Mandou quatro vaqueiros com ele. Havia escassez de mandioca, de modo que só pôde oferecer arroz e Bovril. O padre e os homens teriam que subsistir com o que apanhassem.

O grupo partiu no dia 21 de junho de 1919. A estação das chuvas começara para valer.

Onde antes o sol brilhava sobre contornos nítidos de trilhas e tabas, agora só havia um mar de água; as savanas pareciam estar se dissolvendo na chuva. Essa dissolução de contornos, o sumiço das diferenças, a diluição das arestas levou Napier a achar que a distinção entre todas as coisas estava ficando borrada. Mas empinou o queixo para a frente, em desafio à chuva, e o grupo seguiu lento para o rio Kudiuwini, em carro de boi. A água escorria-lhe pelo rosto. A todo momento, tinham que parar e empurrar a carroça, encalhada em alguma valeta cheia de água. Às vezes a trilha desaparecia por completo numa parte alagada do terreno.

O padre continuava olhando o firmamento, na tentativa de saber onde estava, mas as chuvas apagavam a borda do mundo e misturavam terra com céu. Não fazia a mínima idéia de qual era sua localização e dependia por completo da escolta indígena. As estradas tinham se transformado em rios e as planícies em lagos. Os índios lhe disseram que as chuvas traziam invisibilidade e mudança.

Levaram quinze dias para chegar ao Kudiuwini, cujas águas cheias permitiram que o padre viajasse direto para Barakako, sem ter de pegar o desvio pelo Kassikaitiu, como da outra vez. Quando chegaram a Barakako, o tempo melhorou e um sol pálido brilhou entre as nuvens. O chão tinha secado e o povo estava sentado em círculo, em frente à palhoça do tuxaua.

Napier puxava a barba, num gesto impaciente. Fora a mesma coisa em todas as aldeias por onde tinham passado. Um dos acompanhantes levava bem umas duas horas recitando ao chefe cada um dos acontecimentos havidos na viagem, por mais trivial que fosse.

Ele olhou em volta. As mulheres estavam em pé, enfileiradas diante da casa. Todas elas vestidas com tangas de semente e enfeites de conta, exceto uma, parada orgulhosamente na frente das outras. Ela usava o que o padre reconheceu na hora como sendo a saia azul de Beatrice McKinnon. Vários homens também estavam trajando o que deviam ser peças de roupa de Danny. Um usava uma camiseta, outro um paletó de algodão e alguém mais um chapéu de feltro cinza, já bem batido.

Napier perguntou se alguém tinha visto Danny e Beatrice recentemente.

“Sim. Eles estão dormindo numa das palhoças dos fundos”, respondeu um velho sorridente, tentando ser útil.

Começara a chover de novo e todos se levantaram do chão encharcado. Napier pediu para ser levado até eles imediatamente.

“Eles logo acordam. Espere um pouco”, disse o homem.

Depois de algumas horas, o padre percebeu que Beatrice e Danny não estavam lá coisa nenhuma. O velho retomara o velho hábito indígena de tentar agradar, dizendo aquilo que a pessoa gostaria de ouvir. Muitas outras vezes já caíra no engodo e, em todos os seus anos de trabalho missionário, nunca conseguira se acostumar com aquilo.

Mas pelo menos descobrira que Beatrice e Danny tinham passado por lá fazia pouco. A prova estava na troca que fora feita de roupas por uma canoa. Por causa do atraso, foram obrigados a passar a noite em Barakako. No dia seguinte, partiram de novo pelo Essequibo, navegando por pequenas corredeiras, na direção da grande queda-d'água.

Danny mexia os dedos dentro da corrente morna, tentando dar aos peixes a impressão de que havia outros comendo ali. Umas poucas moitas raquíticas debruçavam-se na água, que era translúcida, da cor de chá sem leite.

Um mal-estar, que ficava entre o tédio e a depressão, tomara conta de Danny desde o incidente com os porcos-do-mato. Beatrice tentava reanimá-lo, dizendo que ele devia ter trocado de espírito com um bicho-preguiça e deixado o dele pendurado numa árvore qualquer. Quando eram pequenos e tinham uma diarréia braba, Koko Lupi costumava soprar neles e chamar o preguiça, para fazer o cocô dos dois ficar tão duro quanto o do bicho. Danny sorriu com langor.

"Isso tudo é bobagem."

Parte da melancolia era devida à morte de seu cachorro. O animal ia correndo na frente, seguindo a trilha de uma cutia, quando uma cobra-coral saltou uns três metros e deu o bote. Danny viu, sem poder fazer nada, a cobra atacando uma e outra vez, até esgotar todo o veneno. O cachorro ganiu, rosnou, teve convulsões e morreu em poucos minutos. Para Danny, parecia ser mais um dos intermináveis sinais de que as coisas estavam indo mal.

Deitado de bruços, mexia os dedos na água com delicadeza, perto do igarapé que desaguava numa enseada do Essequibo, onde tinham deixado o barco. As marcas pintadas com jenipapo, meio sumidas, ainda eram visíveis pelo rosto e corpo. Suas pernas estavam todas salpicadas de pontos pretos, por causa das picadas de borrachudo *kaboura*.

* * *

A uns cem metros dali, dentro da mata, Beatrice seguia uma antiga trilha deserta entre moiratingas e bibirus gigantes. Estava à procura de alguma árvore frutífera, sobretudo das frutinhas amarelas de *ishura*, de que Danny tanto gostava, ou daquelas roxinhas minúsculas, que eram só casca e semente, mas que dariam à dieta deles uma cara nova.

Como sempre, quando estava na selva, Beatrice tinha a sensação de estar sendo vigiada. Quando ouviu um longo gemido baixo, em coro, presumiu por instantes que fosse um bando de guaribas, fazendo macaquices pela mata. Mas, quase que na mesma hora, o ruído foi seguido por um farfalho e percebeu, então, que se tratava do vento gemendo nos galhos mais altos das árvores.

Era uma tempestade. Os relâmpagos iluminaram o arco das copas e um estrondo tremendo de trovões reboou lá por cima. Um estrépito distante na ramagem, dezenas de metros acima, dizia que estava chovendo. Depois de alguns minutos, folhas e galhos mortos começaram a cair no chão da floresta. Beatrice ficou imóvel, à espreita de um movimento qualquer em alguma moita vizinha. Movimentos em geral significavam a presença de um animal. Mas, de repente, tudo começou a se mexer. Os arbustos balançavam. As folhas viravam e tremiam, mostrando seu dorso pálido. Tudo se sacudia. Pequenos regatos e arroios começaram a escorrer dos troncos. Logo, as poças ocupavam todos os vazios.

Amedrontada com os trovões, Beatrice refugiou-se entre as raízes gigantes de uma sumaúma. O vasto contraforte triangular formado pelas raízes era grande o suficiente para abrigar uma palhoça. Ela usava apenas uma tanga, tendo deixado o que restara das roupas em Barakako. Depois de uns tempos, a chuva cinzenta começou a penetrar lá embaixo. Algumas florzinhas brancas mimosas soltavam um fedor nauseabundo a seus pés. Foi aí que decidiu correr de volta, com o cesto de frutas, cheio até a metade, sacolejando no ombro.

Danny segurava o barco. Bagos pesados de chuva laceravam a superfície da água. Beatrice ajudou-o a enfiar a canoa no mato e amarrá-la a um arbusto, depois correram para o abrigo que Danny construíra às margens da enseada, onde tinham passado os últimos dias.

Em poucos minutos, o pé-d'água deixou a ribanceira lisa feito sabão. Com muita dificuldade, subiram pelo barranco, escorregando a todo momento para trás. Cordas de água enroscavam-se em volta deles, laços transparentes agarravam-lhes braços, pernas e pescoços, empurrando-os de volta para o rio.

Conseguiram chegar ao topo. Beatrice parou no abrigo, ofegante, limpando a água dos cílios e espremendo o cabelo. Danny tirou o calção e torceu-o. Ainda sem fôlego, ela apontou para uma das escoras do telhado da choça. Havia um tucano enorme empoleirado ali, a cabeça vivamente colorida, pesadíssima, cintilando de gotas de chuva. Ele os olhou de lado, com aqueles seus olhos pintados, de bordas azul-claras que, segundo se diz, se devem a muito chorar. Beatrice e Danny riram ao mesmo tempo.

"Esses pássaros são muito bobos", disse Danny. "Você persegue eles na savana e eles caem no chão antes de chegar na outra árvore. A cabeça pesa demais para voar muito tempo."

Ele agachou-se no chão mas era impossível acender o fogo. A madeira úmida não pegava de jeito nenhum. Não havia mais nada a fazer, a não ser deitarem encolhidos na rede encharcada e ouvir o rio trovejando ali perto, até a tempestade passar.

O padre Napier recostou-se no barco, cansado e frustrado. O tempo estava fechado e a visão do vasto rio Essequibo, com sua soturna indiferença pelos assuntos humanos, de certa forma o deprimia. Milhares de enseadas, tributários minúsculos e igarapés recortavam as margens do rio. Era uma tarefa vã, procurar alguém naquela natureza gigante.

Tinham chegado à grande queda do Essequibo e não havia nem sinal dos dois. De início, teve a sensação de estar em mais uma missão heróica — a salvação de duas almas. Agora, parecia que sua missão fracassaria. Ninguém com quem tinha falado nos últimos dias sabia de Danny e Beatrice.

Uma pancada de chuva fez todos se abrigarem debaixo das lonas, na traseira do barco. Puxaram a embarcação para um pântano de raízes entrelaçadas, na beira do rio, e agacharam-se debaixo da cobertura, enquanto a chuva tamborilava sobre suas cabeças. Uma chuva fria escorria pelo pescoço do padre. Dois homens agarraram-se aos galhos vizinhos para segurar o barco.

Os vaqueiros já estavam descontentes e discutiam como poderiam voltar. Alguém sugeriu uma rota pelo Kubanawau, a partir da embocadura do Sadawau, até o Rupununi. As chuvas fortes significavam que as cataratas e corredeiras estariam em plena atividade. Até o momento, tinham conseguido atravessar as corredeiras dentro do barco ou, então, amarrando uma corda e guiando a embarcação pela popa, entre as pedras e as margens. Estavam todos exaustos.

Assim que viram a grande queda, perceberam que Danny e Beatrice não poderiam ter passado sozinhos com a canoa. A catarata rugia e trovejava a todo o vapor. Decidiram voltar. O capitão achou que conseguiriam se abrigar acima das quedas seguintes, onde tinham deixado dois cestos de pão de mandioca.

O padre Napier fez um gesto sisudo de cabeça, para dizer que aprovava. Quando a tempestade amainou, deram meia-volta. Avançar contra a correnteza era trabalho lento. Embora a chuva não passasse de uma garoa forte, a neblina diminuía bastante a visibilidade. O dia estava no fim. Continuar seria arriscado demais. Decidiram acampar e dormir sem comer nada aquela noite. Logo ao amanhecer, iriam até o abrigo onde tinham deixado a comida.

"Vamos por ali." O padre apontou para um dos vários igarapés que desembocavam no rio, uma pequena abertura entre as árvores. Dois tripulantes desceram e foram na frente.

"Uma canoa", gritou um deles.

"A canoa de Danny", gritou o outro, ao ver os arcos, as flechas e a arma.

Eu achei a agulha no palheiro, pensou o padre Napier. Deus seja louvado.

Os gritos penetraram a escuridão. Beatrice abriu os olhos. Era a voz de um homem chamando.

"Danny. Danny. Danny."

A voz soava como um pássaro de mau agouro, batendo as asas e guinchando em seus ouvidos. Meio dormindo ainda, saíram da rede. Não estava escuro de todo. Ambos reconheceram a voz. Danny, tomado de pânico, tateou em volta, em busca do calção molhado. Virou-se para Beatrice, horrorizado.

"É o padre Napier", ele disse, tremendo. "Deus o mandou aqui."

Em poucos minutos, o padre encontrou-os. Antes mesmo de poder vê-lo com clareza, Beatrice sentiu seu cheiro. O pano encharcado da batina preta exalava uma aura úmida, gasosa, feito o cheiro de mandioca podre, ou uma pilha de esterco. Para ela, o fedor era sufocante.

Durante horas, ficou no escuro, ouvindo os dois falarem bem na frente do abrigo. Alerta e retesando-se inteira para ouvir o que diziam, por cima do barulho do rio, percebeu, pelo tom de voz de Danny, que ele estava concordando em voltar a Waronawa. Ouviu-os dando risada de uma piada em comum, depois escutou a voz do padre Napier ficar séria. Escorregou para fora da rede para poder ouvir melhor. O chão estava molhado e frio. A chuva parara. O padre Napier e Danny estavam a poucos metros dali, sem rosto na noite negra.

Danny estava prometendo construir uma igreja para o padre, em Wanawanatuk. Isso não vai funcionar nunca, pensou Beatrice, desdenhosa, lembrando-se da quantidade de mosquitos que havia no lugar. A voz de Danny parecia fraca e insincera. Beatrice ouviu por mais algum tempo, até a neblina noturna deixá-la tiritando de frio. Aí voltou para dentro da rede úmida, roída de tristeza.

Danny não voltou para ela naquela noite. Ficou com os outros homens, no abrigo vizinho que eles haviam construído. Beatrice passou a noite inteira acordada. A chuva tinha recomeçado. A palha do telhado pingava. Salpicos de chuva fria caíam sobre ela e escorriam por seu pescoço; a água descia pela corda da rede. Ela não fez qualquer tentativa de evitar nem uma coisa nem outra. Queria que chovesse muito, sem parar, até as águas subirem e afogarem todos num cemitério de lama. Deitada no escuro, temia o amanhecer.

Na manhã seguinte, sob a luz cinza-opala de um céu fechado, o padre Napier tentou acender o fogo. Estava tudo encharcado e ele desistiu. Além de um bom-dia que mal disfarçava sua desaprovação, pouco falara com Beatrice.

"Era de se imaginar que tivesse aprendido alguma coisa no convento", comentou uma hora, com mordacidade.

Beatrice sentiu que queimava. Não sabia dizer se de vergonha ou de raiva. Com Danny, entretanto, o padre comportava-se de um jeito diferente, todo cheio de bonomia e conciliação, quase bajulador.

Ficou decidido que o grupo do padre partiria imediatamente. Danny ainda precisava fazer alguns consertos e calafetar a canoa com resina, para protegê-la melhor das águas revoltas. Ele e Beatrice seguiriam depois.

Beatrice e Danny assistiram ao embarque da figura envolta em panos pretos de onde estavam, na margem. Uma nuvem de neblina e garoa cobria a superfície da água. Contentíssimo com seu sucesso, o padre começou a cantar. Virou-se para acenar e gritou alguma coisa, mas o rugido do rio afogou suas palavras.

Na viagem de volta, o padre Napier não cabia em si de satisfação. Achava que só podia ter sido a mão de Deus que o guiara para dentro daquela enseada, em meio a milhares de outros igarapés interligados ao Essequibo.

Assim que chegaram a Wanawanatuk, ele marcou mais ou menos o local onde Danny construiria a igreja. A clareira, em sua opinião, era o mais adequado. Decidiram dormir ali mesmo.

Aquela noite, um batalhão monstruoso de mosquitos atacou o padre por sobre a rede, por cima do pijama e através do cobertor. Napier tentou embrulhar-se numa lona, mas a mosquitada se enfiava até ali. Wanawanatuk ficava a menos de dois graus do Equador. O calor era infernal. Ele saiu da rede e abriu caminho pelo que lhe pareceu ser uma parede de mosquitos. Chegou a respirar alguns. Não ousou abrir a boca. Por fim, levou a rede para a selva e dormiu debaixo de uma árvore.

De manhã, foi acordado por assobios agudos. Vestiu-se depressa, apanhou a arma e foi ver o que estava acontecendo.

"Vaca-do-mato. Tapir." Um dos homens gesticulou para que o padre parasse e ficasse quieto.

Do outro lado do rio ouviu-se um assobio. Um dos homens imitou-o. O tapir assobiou de novo em resposta. Toda vez que o homem assobiava, o tapir se agitava. O padre percebeu algum movimento atrás das moitas, do outro lado do curso d'água. Impossibilitado de chegar mais perto, mirou para onde supunha que estivesse o lombo do tapir e atirou. Os vaqueiros atravessaram o córrego e perseguiram o bicho, mas, apesar do rastro de sangue, não conseguiram pegá-lo.

Três semanas mais tarde, o padre Napier chegou triunfante às savanas.

SILÊNCIO

Danny trabalhou silencioso e metódico na canoa sem que os dois dissessem palavra. O coração de Beatrice parecia bater num corpo de pedra. Sabia, só pelo jeito com que evitava cruzar seu olhar com o dela, que seria inútil tentar convencê-lo a ficar. Para não arriscar uma ruptura real, ficou calada.

Na manhã seguinte, fizeram várias viagens entre o barco e o abrigo, levando arcos, flechas, aturás, o machado, a arma e as redes. A tensão de Danny se manifestava nas arrancadas abruptas com que mexia o corpo. Chegou até a cortar o ombro, num galho dentado, quando escorregou pela barranca levando a panela e o cutelo.

Um dia depois do regresso do padre Napier, a canoa de Beatrice e Danny encostou um pouco mais acima do ancoradouro de Waronawa.

A terra em volta de Waronawa tinha se transformado num imenso lago, fundo o bastante para que as crianças nadassem no quintal de casa. Beatrice e Danny foram absorvidos de volta na vida doméstica. Ninguém disse nada sobre a longa ausência dos dois. O silêncio era como a água da cheia. Permeava tudo, a aldeia inteira. Cobria a paisagem. Às vezes, Beatrice sentia-se afundando num mar de silêncio. Mas, apesar de tudo, estava convicta de que seu relacionamento com Danny era indestrutível.

McKinnon passava o maior tempo possível longe de Waronawa. Assim que voltava de uma viagem de pesca ou de uma visita ao Brasil, inventava outra desculpa para partir. Maba e Zuna continuavam com seus afazeres, cuidando das crianças e da casa. Uma vez, quando foram se banhar, conversaram sobre os dois irmãos.

"Eu não sei por que ele foi procurar na própria família, e não fora da aldeia, como todo mundo", disse mamai Maba, de pé na beira da lagoa, enxugando o cabelo com esfregadas bruscas, espasmódicas. Zuna saiu da água.

"Essas coisas acontecem. Ninguém poderia evitar." A voz de Zuna era compassiva. Mesmo assim, sentiu os músculos da boca do estômago se contraindo, com o obscuro prazer de saber que ambos eram filhos de Maba, e não seus.

Danny foi incapaz, durante um bom tempo, de agüentar os comentários zombeteiros dos outros rapazes do povoado.

"Como vai, cara oleosa?", falou um deles. "Sabe como foi que a lua arranjou aquela cara suja? Eu lhe conto um dia desses."

Às vezes, saíam para pescar sem avisá-lo.

"Eles já foram?", Danny perguntava para algum garotinho, que o olhava sem piscar.

"Já. Eles foram mais espertos", respondia o menino, com um sorriso malicioso.

Por fim, Danny empacotou seus trastes e partiu. Foi para o Brasil, trabalhar como agente de balata. Os patrões, dois comerciantes brasileiros, acharam uma sorte enorme ter encontrado alguém que falasse uapixana e macuxi e que soubesse se virar tão bem no mato.

Sam Deershanks apaixonou-se por Wifreda e lhe fez a corte, apesar da vista ruim e dos modos sempre rabugentos dela. De sua parte, Wifreda continuava absolutamente indiferente a ele, como quando de sua chegada. Ele dava duro, participava das pescarias e provou ser um ótimo caçador de veados, sempre capaz de encontrar os melhores tesos onde houvesse veados isolados pela enchente.

Wifreda ainda sofria de culpa por ter descoberto o segredo de Beatrice e Danny. Quando o casal voltou, ela ficou atrapalhada e não soube o que dizer à irmã, embora Beatrice houvesse retomado suas tarefas diárias como se nada tivesse acontecido. Aí um dia, pouco antes de Danny ir embora, Wifreda, sem jamais ter demonstrado o menor sinal de interesse por Sam Deershanks, resolveu ir morar com ele, nas savanas do norte. Montaram casa num lugar chamado Pirara. McKinnon deu-lhes algumas cabeças de gado para começarem. Ninguém entendia por que ela fora com ele, já que de início não parecia gostar nem um pouco do moço. E os dois formavam um casal bem estranho, ele tão alto, ela tão baixinha, sempre forçando aquela sua vista fraca.

Durante os primeiros meses de vida em comum, Wifreda rasgou regularmente a pouca correspondência que chegava dos Estados Unidos, antes que ele tivesse a chance de ler. Muitas vezes ficava dias sem falar com o marido. Mas Sam Deershanks perseverou e, de repente, ela cedeu, apaixonou-se e dali em diante foram muito afeiçoados um ao outro.

Waronawa acomodou-se de volta à velha rotina, ditada pelas estações e estrelas.

Numa tarde tórrida, cinco meses depois de começado o estio, Beatrice deu à luz um menino. O parto não foi difícil e Beatrice sentiu-se como uma sucuri, cujas mandíbulas elásticas se deslocam para engolir a presa — com a diferença de que esse processo estava acontecendo ao contrário e ela expeliu alguma coisa. Maba ajudou-a, tirou a placenta e enterrou-a num cupinzeiro. A única coisa errada com a criança foi que o cordão umbilical não quis secar. Continuava empapado. Por fim, mamai Maba mostrou a Beatrice como queimar um pouco de carvão, aquecer o polegar e o indicador nele e beliscar o lugar. Uma hora depois, o cordão estava seco.

A criança tinha o mesmo rosto em forma de coração e os olhos de corça dos pais. Ninguém lhe deu um nome. Todos o chamavam de Son ou Sonny. Beatrice ficou encantada com ele. Balançava-se na rede, dando de mamar e sorrindo.

Não ficou nem muito preocupada quando, alguns meses depois, Danny voltou com uma brasileira jovem, bonita, de rosto quadrado, chamada Silvana, que fumava cachimbo e fazia renda. Ele construiu uma casa em Wichabai e ela foi morar com ele.

Beatrice estava tão absorvida com o bebê que, quando Danny apareceu com a moça para vê-los, ela nem se incomodou. Não perguntou sequer se tinha contado a Silvana que a criança era seu filho. Isso não parecia importar. Já lhe ocorrera, muito vagamente, que tanto ela quanto Danny talvez tivessem que se casar com outra pessoa, em nome das aparências; mas, na verdade, continuariam casados um com o outro para sempre. Silvana não era obstáculo.

Mamai Maba vigiava Beatrice o tempo todo, mas ela parecia perfeitamente satisfeita. Então, três semanas após o retorno de Danny, Beatrice caiu numa súbita depressão. A casa acordou um dia de manhã com o cantar do galo e descobriu que Beatrice e o bebê tinham sumido.

Beatrice saiu no meio da noite, carregando o bebê a tiracolo. Um casal, num carro de bois, deu carona até Annai. Sentindo-se de repente agitada e inquieta, decidira ir a Georgetown. Esperou em Annai até poder arranjar um barco descendo o rio.

Em geral, quando algum McKinnon tinha motivos para visitar Georgetown, descia do barco nos trechos perigosos da viagem e andava ao longo da margem, passando a corredeira ou a queda-d'água, até o barco poder ser manobrado e encostado num ponto conveniente de embarque.

Dessa vez, Beatrice decidiu não sair do barco. O remador de proa olhou com olhos interrogativos para a moça atraente que embarcara com um bebê. A viagem era perigosa. Ela sorriu e lhe disse que, se virassem, ele deveria salvar o bebê, sem se preocupar com ela.

O grande rio de chumbo estendia-se largo. Lá em cima, havia um vasto caos de nuvens, com manchas prateadas de céu coagulado. Beatrice sentiu o banco de madeira do barco enterrar-se em sua espinha. Respirou fundo. O rio decidiria se devia viver ou morrer. Dava-lhe uma sensação imensa de liberdade, essa decisão de não decidir. Sentia-se completamente calma. Ela jogaria tudo no colo do rio.

Enquanto avançavam, foi ficando cada vez mais alegre. Toda vez que se aproximavam de uma cachoeira trovejante ou corredeira espumosa, inclinava a cabeça para evitar os respingos e protegia a do bebê com a mão. Sentia-se empoleirada no topo de sua vida, como se estivesse com as rédeas. O barco corcoveava, mergulhava e chocava-se nas ondas. Corria entre e sobre pedras e águas revoltas. O bebê dormia em seu colo, totalmente relaxado. Viajaram assim durante dias, num estado de indiferença benigna.

O barco chegou a Bartica sem incidentes. Foi como um anticlímax. Beatrice vagou pela cidade minúscula, com seus poucos bares, hotéis e choupanas arruinadas. E decidiu, então, que não continuaria até Georgetown. Voltou para o Rupununi.

Foi depois de voltar que Beatrice notou que o bebê às vezes dormia de olhos abertos. Fora isso, ia crescendo bem. Era muito quieto, raramente fazia algum ruído. Quando começou a engatinhar, tiveram que impedi-lo de lamber a caiação da parede e de comer areia.

O CASAMENTO

Danny e Silvana iam se casar. Padre Napier providenciara tudo. Aliás, ele mesmo celebraria o casamento, na casa de Waronawa. Depois pretendia continuar viagem até território uaiuai, onde faria a crisma dos que haviam sido batizados três anos antes.

Durante vários dias, fez-se a preparação das comidas. Assaram-se pilhas de pão de mandioca. Os homens saíram para caçar e trouxeram veados, pacas, *powis* e porcos-do-mato. A carne foi moqueada. Foram abatidas três angolas domésticas, mais quatro leitões.

Um dia antes do casamento, Beatrice, acalorada, empoeirada e suando, arrastou quatro sacos de arroz cheios de azeda escada acima. Seu cabelo negro fora cortado na altura do ombro e ela o deixava solto, embora com isso a toda hora fosse obrigada a puxá-lo para trás da orelha. Estava gorducha. Sua silhueta se enchera e ficara mais pesada, de modo que a blusa branca lisa e a saia cor-de-rosa estavam justas. Seus olhos grandes reluziram quando riu de alguma coisa que um dos vaqueiros disse.

O sol por trás dela abrira caminho pelo aposento e espalhava-se pelo assoalho. A sala inteira fora invadida pelo cheiro de geléia de goiaba, que fervia no fogão para depois ser passada para os jarros e levada para cima.

"Quanto mais de azeda vamos precisar?", ela perguntou a Wifreda, que tinha chegado de Pirara, com Sam, para o casamento, deixando dois filhos pequenos para trás.

"Mais dois sacos", respondeu Wifreda, examinando o rosto da irmã para ver se detectava qualquer coisa naquela fisionomia. Não havia o menor sinal de perturbação.

Os pés descalços de Beatrice ressoaram pelo assoalho quando foi pegar mais azeda nas prateleiras externas, onde secavam ao sol.

Mesmo diante do casamento de Danny com Silvana, Beatrice conseguia se comportar de modo franco e alegre, porque acreditava que ela e Danny eram um casal indivisível. Sabia, lá dentro, secretamente, que nada poderia romper aquele relacionamento. Nem a ausência. Nem mesmo o fato de que talvez ambos se casassem com outra pessoa. Eram irmão e irmã. Um relacionamento indissolúvel por natureza.

Enfiando no saco punhados de folha de azeda, que faziam pensar em pétalas descoloridas de rosa, estava convencida de que, se chegasse para Danny e dissesse: "Largue tudo e venha comigo agora", ele o faria. Também ele estava mantendo as aparências para o mundo exterior. Aquele casamento era uma simulação. Uma imitação do mundo real. Um disfarce.

O casamento não era empecilho. Mesmo que nunca mais o visse de novo, ainda assim permaneceriam juntos. Contanto que ela e Danny continuassem com sua união particular, cada um deles poderia ir aonde bem entendesse e fazer o que lhe desse na telha — casar, ter filhos —, porque tudo o mais seria sempre uma espécie de farsa, uma piada com o resto do mundo. Seria a maneira de enganarem o inimigo. O comportamento público dos dois era apenas um ato. A verdadeira união que havia entre eles era mágica e indestrutível. Tinham um filho.

Assim, Beatrice se manteve calma com o casamento iminente de Danny. Chegou mesmo a participar de bom grado dos preparativos. Mas decidiu falar com ele de toda forma. Achava que deveriam fazer um pacto. Decidiu que era preciso haver uma outra cerimônia, na qual se casariam, antes que o padre Napier realizasse o rito católico. Deviam ter seu próprio casamento, no qual fariam seus votos em uapixana. O verdadeiro casamento.

O casal de noivos chegou de Wichabai na parte da manhã. O calor reverberava nas trilhas de terra vermelha. Sambaíbas troncudas, retorcidas, unhavam a aridez do céu. Era preciso pôr a mão nos olhos para proteger a vista dos reflexos do lago, já com as beiradas secas. O bambuzal rangia e estralava no silêncio matinal, quando eles passaram pela lagoa, em direção à casa.

Silvana usava um vestido vermelho-cereja, feito por ela mesma com um molde que ganhara de uma costureira em Boa Vista. Sentou-se na varanda, tomando refresco de azeda, a cadeira de balanço chiando no assoalho de tábuas. Para a ocasião, trançara o cabelo crespo com fitas coloridas. Todo mundo reparou, satisfeito, como ela parecia feliz. Tinha o aspecto de uma moça sensata, forte, franca e prática. Um bom par para Danny, pensavam, enquanto ela se balançava, os tornozelos cruzados, sorrindo para todo mundo.

Beatrice estava animada. De pé na varanda, com uma blusa amarela limpinha, de mangas curtas, bufantes, e uma saia preta lisa, falava sem parar com Silvana, em português. Sentia que estava falando demais. Era impossível dizer, pelo comportamento de Silvana, se ela sabia o que tinha havido entre os dois. Silvana parecia muito à vontade. Sorrindo, apontou para uma arara vermelha, empoleirada na goiabeira.

"Não olhe muito tempo para uma arara vermelha, senão você fica careca ou louca", falou Beatrice, com uma risadinha, sentindo na hora que tinha dito a coisa errada.

Silvana, que descendia em linha direta de comerciantes portugueses, pareceu espantada.

"É só uma superstição dos índios", disse Beatrice, querendo consertar o erro. "Quer mais refresco de azeda?"

Silvana recusou, com um meneio de cabeça. E foi então que Beatrice não resistiu em dar uma mostra de quanto conhecia Danny.

"Espero que Danny tenha largado o hábito de sair para beber *parakari*", falou, com aquele ar de irmã que sempre há de saber melhor das coisas do irmão do que qualquer outra pessoa.

À distância, o sol iluminava o topo da serra Kanaku, alteando-se na savana.

Estavam todos à espera da chegada do padre Napier. Mamai Maba e mamai Zuna, ambas usando colares de contas e penas por cima dos vestidos de algodão, saíram e se juntaram a McKinnon, na varanda. As crianças, de cabelo penteado com óleo de pequiá, corriam em volta, vestidas com roupas européias, em vez de estarem nuas. Cinco músicos tinham chegado do Brasil, rígidos e exaustos da cavalgada de oito horas, e perambulavam em volta do povoado, de colete e botina, preparando-se para uma nova bebedeira.

Beatrice insistiu para que Silvana tomasse mais um refresco.

"Temos que baste. Temos que baste." Fez um gesto alegre para dentro da cozinha. Silvana cedeu, rindo, e disse que aceitava. Beatrice saiu para buscar mais refresco.

Danny entrou na cozinha. Estava escuro lá dentro e sua camisa branca nova cintilava, embora mal desse para lhe ver o rosto. Beatrice só enxergava a marca de nascença em sua têmpora, que sempre avermelhava quando ele bebia muito *parakari*.

"Fico feliz que não sou eu que vou casar com você", ela brincou, em uapixana.

"Por quê?"

"Porque você é muito de um jeito só, e só de vez em quando." Ela soltou uma risadinha e foi dar-lhe um beijo. Abraçou-o apertado. Ele se afastou.

"Olha minha camisa limpa", ele disse.

"Aquela moça deixou você bobo ou o quê?" Ela continuou a lhe segurar as mãos, inquieta com o jeito como estava olhando para ela, com os olhos franzidos, como se estivesse tentando vê-la à distância. "Você é que vai sofrer com isso."

"Sofrer com o quê?"

"Nós é que devíamos casar. Devíamos casar em segredo, neste minuto, aqui e agora. Uma promessa para toda a vida. Em uapixana. O verdadeiro casamento. Só leva um minuto. Vamos fazer agora."

Danny soltou aquele riso evasivo que ela conhecia desde a infância, uma risada aguda, quase feminina, que significava constrangimento de sua parte.

Bem nessa hora, Alice entrou correndo na cozinha, atrás de Freddie, o irmão caçula deles. Ela ralhava com ele em uapixana.

"Freddie fez lá no quarto", explicou, sem fôlego, tentando agarrar o menino. "E nem se limpou."

"Eu não vi sabugo nenhum por lá", choramingou o garotinho, desafiando a irmã. Saiu correndo, e Alice atrás.

"Estive conversando com o padre Napier", disse Danny. "Esse negócio entre a gente tem que acabar agora." E depois acrescentou, com aquela crueldade antiqüíssima que existe entre irmão e irmã: "Foi só uma criancice, isso que aconteceu. Uma coisinha à-toa. Não podemos continuar nos comportando feito crianças".

Beatrice ficou chocada.

"Você podia ter duas mulheres, como o pai", ela insistiu. "Eu seria sua primeira mulher. Silvana, a segunda."

"Um homem. Uma mulher. Você foi à escola. Você sabe disso. Temos que nos comportar feito gente grande agora", zombou ele, enquanto empurrava Beatrice para longe e saía da cozinha.

Parada ali, sozinha, Beatrice sentiu a boca secar e um zumbido agudo invadiu-lhe os ouvidos. O silêncio da cozinha vazia a protegeu por alguns momentos dos ruídos de alegria e comoção que vinham de fora.

As crianças gritavam suas boas-vindas, correndo para acompanhar o padre Napier pela rampa que ia do rio até a casa. Viu a silhueta negra reluzindo sob o calor, enquanto a criançada brigava para ver quem o ajudaria a carregar o conhecido baú de lata, que sempre refletia os raios do sol.

Ela esgueirou-se pelo batente de madeira escura para dentro dos odores familiares de casa. Enquanto assistia à aproximação do padre, foi como se uma árvore de gelo tivesse nascido dentro dela, uma árvore que começava nos pés, atravessava o tronco, esgalhava-se pelos braços e ia até a cabeça. A árvore cresceu, espalhou-se e instalou-se. McKinnon saiu para cumprimentar o padre e ela viu quando os dois desapareceram na escada, depois ouviu-os entrando na varanda de cima e em seguida na casa.

Lá fora, o vento empurrava umas poucas nuvens pela vastidão de azul. O sol se enfiou no meio do céu, como se tivesse manobrado para ocupar o melhor lugar de onde espiar o casamento.

"Cadê ela?", cochichou mamai Maba para Zuna, enquanto esperavam o início da cerimônia, lá em cima.

"Vai ver foi se esconder", respondeu Zuna.

E, de fato, Beatrice descobriu-se inesperadamente recuando de volta para a cozinha. Lembrava-se de que devia ter pegado mais refresco para Silvana. Olhou para o refresco vermelho ali imóvel, dentro de várias panelas e cabaças sobre a mesa. Nada a preparara para isso. Pela primeira vez, experimentou uma dor gelada, uma sensação de desolação. Um canto choroso, em uapixana, não lhe saía da cabeça. Costumava ouvi-lo em criança quando alguém morria, antes que o frenesi zeloso do padre Napier convertesse a maioria do povoado ao catolicismo.

A brisa que soprava pela porta aberta refrescou os pontos úmidos da frente da blusa. O range-range da veneziana do andar de cima lhe deu nos nervos. Tudo silenciara. A cerimônia devia ter começado.

Ela perdera o casamento. Estava terminado. Alguém deu corda no fonógrafo. A música escapava pelas janelas de cima. Podia escutar o tum-tum de uma dança rastejando pela sala. Houve um brado quando os músicos tomaram o lugar do fonógrafo. Ouviu as risadas das pessoas que se serviam de rum, *parakari*, guaraná e licor de caju. A festa começou a ficar animada. Um jovem magro, com dentes ruins, entrou apressado na cozinha, em busca de refresco de azeda. Estava rindo e sorrindo para Beatrice, presumindo que estivesse no mesmo espírito que ele. O rapaz saiu, derrubando um pouco do refresco das cabaças que levava na mão.

Beatrice tirou os sapatos e afastou-se da casa.

KANAIMA

Deixar o povoado para trás e afastar-se ao máximo dos sons da festa de casamento deu um certo alívio a Beatrice. Gotas de suor brotavam em seu rosto e uma mancha escura, no meio das costas, marcou-lhe a blusa.

Seguia para o norte, por uma trilha debruada de moitas atarracadas e espinhentas. O vento tórrido começou a soprar, assobiando e cantando pelas savanas. Depois de um tempo, amainou um pouco. Um tuiuiú de pernas compridas ciscou no leito seco de um rio a seu lado.

Um guizo prolongado, feito um chac-chac ardido, a fez parar, instintivamente, imóvel. Esperou, sem se mexer, durante uns dez minutos, até ver o ziguezague do corpo comprido de uma cascavel arrastando-se para a sombra de um cupinzeiro.

Beatrice ia o tempo todo puxando e enrolando no dedo uma mecha do cabelo preto. Achara que não se incomodaria com a cerimônia. Não era verdade. Imaginara que sobreviveria a ela sem nenhum problema.

Andar entorpecia a dor. Já a uma certa distância do rancho, subiu por instantes numa grande pedra chata que havia no meio da trilha. Ali em pé no sol, em plena luz do dia, Beatrice McKinnon teve uma espécie de ataque. A cabeça tombou para trás. Olhava fixo para cima, os olhos revirados. Os braços, parados no ar, mantiveram-se rígidos por vários segundos, numa espécie de acesso ou espasmo.

Durante aqueles poucos segundos, toda a sua dor transformou-se em fúria violenta. Os cabelos arrepiaram de raiva. O rosto escureceu, a boca começou a se mover, a fisionomia se contorceu. O vento soprava mechas de cabelo para dentro da boca. Ao mesmo tempo, um ruído irrompia-lhe da garganta, um estertor sufocante que parecia ter sua origem na base da espinha, sacudindo todo o seu corpo.

Quando voltou a si, estava vomitando ao lado da trilha e os olhos ardiam das lágrimas que vêm com o vômito. Numa espécie de estupor, escolheu uma das muitas trilhas que se entrecruzavam e foi até a casa de Koko Lupi, na extremidade mais distante do povoado.

A casa de Koko Lupi era uma choupana miserável, acanhada, fedendo a fumaça do forno de barro. Galinhas e patos ciscavam por toda parte e, na porta, havia um tronco escavado e um pilão. Alguns peixes frescos descansavam sobre uma mesa de bambu, cobertos com folhas de palmeira. Beatrice não enxergou nada ao entrar, mas ouviu um alvoroço leve, feito uma ave que se levanta do ninho.

"*Kaimen?*" Koko Lupi cumprimentou-a em uapixana. Quando os olhos de Beatrice se acostumaram com a escuridão, divisou o rosto desdentado de Koko Lupi, atento feito o de um gavião. Dois dos netos, de cara encardida, fitaram-na apáticos das esteiras de dormir. Restos de espigas semicomidas, carapaças de tartaruga e ossos variados salpicavam o chão de terra batida. Uma colônia de formigas vermelhas atacava os vestígios de polpa de um caroço chupado de manga.

"Quero alguma coisa que faça o padre morrer." Beatrice cuspiu fora seu pedido, sem rodeios. A voz saiu direto da barriga, bem mais grave que de hábito.

Koko Lupi mexeu-se pelo cômodo, apalpando várias pilhas de sementes, feijões, plantas secas, ovos de passarinho, folhas secas de mandioca, vários pós em cabaças e dois montes de pequenas pedras da sabedoria. Tudo arrumado sobre toras próximas a uma panela de cozido de peixe e mandioca.

Por fim, apanhou alguns feijões marrons e embrulhou-os numa folha.

"Rale isso e ponha na comida. Seria preciso um piaga bem forte para se recuperar disto aqui. Não funciona na hora. Funciona durante um período muito, muito longo. Eu também não gosto desse homem. Ele tenta expulsar o sol do céu. Ele e aquele seu deus morto num pau. Ele acha que pode ficar entre o sol e a lua. Dê-lhe isto e deixe o resto por conta do sol. O sol vai acabar com ele."

Beatrice pegou os feijões.

"Não use perto daqui. De jeito nenhum." Ela sacudiu os braços na frente do rosto, como se expulsasse uma vespa.

Depois perguntou, com um risinho desagradável: "Como vai seu irmão?".

"Ele está bem", disse Beatrice, com toda a calma.

Koko Lupi apanhou umas folhas e espremeu-as na mão.

"Leve um pouco dessas folhas. Voar você não vai, mas vai ficar bem rápida. Suas pernas vão parecer só osso, e você poderá correr feito o vento. Esfregue as folhas no corpo todo, assim." Ela esfregou o braço de Beatrice, com força, com algumas folhas. O braço pinicou uns instantes e adormeceu.

Quando Beatrice chegou a Waronawa, depois do anoitecer, havia redes penduradas por todo lado, com uma orquestra de roncos embriagados saindo de dentro delas. Cerca de vinte corpos estavam estirados na sala de cima. Em silêncio, pegou charque, farinha e uma rede para a viagem. Um dos músicos dormia esparramado sobre a mesa da cozinha.

O plano era chegar à aldeia de Baidanau, por onde o padre teria de passar a caminho da região dos uaiuais. Precisava chegar lá antes dele. Era lá que Aro, mulher de Shibi-din, vivia, como segunda mulher do tuxaua. Beatrice sabia que, se contasse que o padre fazia questão de que os homens tivessem uma mulher só, Aro ficaria preocupada com sua posição. Com quase toda a certeza concordaria em misturar os feijões ralados na comida dele.

Antes de partir, Beatrice foi dar uma espiada em Sonny. Ele se balançava na rede pequena e, sob a luz da lua, viu que seus olhos estavam abertos, fixos num canto escuro do cômodo. Era impossível dizer se estava acordado ou dormindo. Ela saiu pé ante pé de novo. Tinha muita gente para cuidar dele, enquanto estivesse fora.

Era a mesma viagem que fizera com Danny. Pegou um barco e remou pelos primeiros quilômetros, depois atravessou as savanas, até chegar na beira da mata. Era mais fácil viajar pela savana antes do nascer do sol.

Quando estava prestes a entrar na selva, lembrou-se do que lhe ensinara o tio Shibi-din, que era preciso explicar ao *maigok*, o espírito da floresta, a natureza e o propósito da viagem que se queria empreender. Feito isso, continuou caminho, nervosa, mas decidida.

As árvores subiam em fantasmagóricas colunas cinzentas, sem uma folha até o topo. Quando olhava para cima, via arabescos filigranados de céu pálido entre as ramagens.

Mas não olhava para cima com muita freqüência. Os perigos estavam no chão. Árvores mortas caídas no meio das trilhas, a floresta coalhada de grandes pedras. Em alguns lugares, fendas cobertas de folhas e galhos davam a impressão traiçoeira de uma travessia segura. Raízes expostas, nos locais onde a terra fora lavada, formavam uma rede sinistra, estendendo-se por abismos, alguns com dez, quinze metros de altura, no fundo dos quais via água correndo. Às vezes, tinha que se equilibrar numa *tacouba*, usando a ponte improvisada para atravessar algum rio seis metros abaixo. Apesar de ter esfregado as folhas no corpo, parecia avançar a passo de lesma. As rochas ficaram maiores. Movia-se em meio à umidade cinzenta. Marcava a trilha por onde avançava. Uma ou duas vezes, perdeu-a, mas logo encontrou-a de novo.

Depois de dois dias, a natureza da paisagem mudou. A mata foi ficando mais rala. A trilha pouco usada tornou-se mal definida. Não havia água à vista. Pior de tudo eram as moitas pálidas de espinhos gigantes, de um a dois metros de altura. Os uapixanas já tinham tentado levar gado e mercadorias por essa rota, mas no fim a viagem virava tamanho suplício que a trilha caíra em desuso.

Beatrice sentia-se quase sem peso. Movida pela raiva fria, continuou avançando por aquela aridez imensa.

* * *

Foi nos arredores da aldeia de Baidanau que ela viu Aro, a caminho do banho. Aro ficou espantada ao saber que Beatrice tinha feito aquela viagem sozinha. Depois de conversarem um pouco, Aro fez que sim com a cabeça, muito séria, e pegou o pacote de feijões sem hesitar.

Mais à tarde, depois que Beatrice se foi, Aro escutou um ruído do lado de fora da casa, como se tivesse gente resmungando ou falando baixinho. Nervosa, espiou pela janela, mas eram apenas as galinhas rodeando uma cascavel, andando em círculos e dizendo: "Có. Có. Có".

Em sua segunda viagem até os uaiuais, o padre ia sentado na traseira da canoa, pesando seus sucessos. Estava feliz. Infernizado pelo calor e pelos insetos, mas feliz. Os homens remavam sem parar. Titus, o macuxi de bochechas achatadas e largas, e seu filho pequeno, Linus, o acompanhavam como da outra vez. Napier repassava seus feitos como um general revivendo uma campanha vitoriosa.

Sozinho, convertera boa parte dos macuxis do norte. Após uma demora irritante, pela qual culpava sobretudo a resistência de McKinnon, conseguira alguma coisa com os uapixanas do sul. A testa franziu-se ao lembrar de McKinnon; como é que um homem tão hospitaleiro poderia nutrir opiniões tão desprezíveis? Padre Napier achou que McKinnon retornaria ao seio da Igreja depois do ocorrido entre Beatrice e Danny, mas na verdade ele estava ficando ainda mais arredio, distraído e distante. De todo modo, o padre sentia-se satisfeito com a maneira como lidara com o assunto. E especialmente gratificado com o casamento de Danny e Silvana.

Assim que chegaram a Baidanau, o grupo do padre Napier foi servido com um cozido apimentado. Sem carne. O padre queimou a língua com o pão mergulhado no molho. Uma mulher forte, simpática, uma das esposas do tuxaua, levou-lhe alguns pedaços de inhame, muito secos e com um colorido amarronzado. Linus, o filho de Titus, devorou metade deles, que o padre achou meio secos demais.

Na manhã seguinte, Linus queixou-se de uma dor na boca. O padre esperou mais dois dias, mas Linus piorou e o padre decidiu que não podia deixar as pessoas da aldeia seguinte aguardando mais tempo. Ficara sabendo que alguns índios, inclusive vários uaiuais, tinham se reunido ali e não queria desapontá-los. Partiu, deixando Titus cuidando do filho e dizendo-lhe para o alcançarem assim que Linus sarasse.

Pouco depois de sair de Baidanau, o padre Napier sentiu-se mal. Estava com uma dor muito forte debaixo da língua. Eles montaram acampamento para passar a noite. Depois de um dia de caminhada, tanto a língua quanto as gengivas começaram a inchar. A garganta estava em pandarecos. Sentia dor de ouvido, dor de cabeça e tinha febre alta. Foram em frente, mas ficava cada vez mais difícil para o padre abrir a boca. Enunciar uma frase inteira era impossível. O padre embrulhou-se na rede, protegendo-se do ar frio da noite, e esperou pelo conforto da luz do dia. No anoitecer seguinte, chegaram a um povoado onde havia água, mas sua língua e gengivas estavam cobertas com uma camada branca de pus malcheiroso. Ele não conseguia nem cuspir nem engolir. Seria inútil tentar prosseguir viagem. Fizeram meia-volta e tomaram a direção de Baidanau.

De volta a Baidanau, o padre Napier descobriu uma lata de leite condensado que alguém pusera entre seus pertences depois do casamento em Waronawa. Linus estava estirado na rede, a boca inchada e coberta por uma substância branca. O padre conseguiu lhe dar a extrema-unção. Mal podendo falar ele próprio, fez sinal para que trouxessem o leite para ele e o menino. Levaram o leite, mas se recusaram a dar ao menino.

"Ele já está morto", disseram.

Durante quatro dias, o padre Napier engordou o leite de vaca com o leite condensado. Febres altas o mantinham num suor constante. A batina estava toda tisnada de muco amarelado e pus. Ele só queria saber de leite, leite e mais nada. Água não era capaz de aliviá-lo ou satisfazê-lo. Desde que a doença começara, não conseguia dormir. Mal se deu conta quando Linus morreu. Titus o enterrou e foi dizer ao padre que ia embora.

Depois de uma semana, o padre convenceu-se de que a única esperança de sobreviver seria implorar um cavalo e voltar para a casa de Danny McKinnon, em Wichabai.

O povoado concordou em lhe emprestar um cavalo. O guia teve de ir sentado na garupa, porque o padre não tinha força suficiente para parar sentado sozinho.

Foi a pior viagem que se possa imaginar. Assim que saíram da mata, o calor invadiu as savanas. O cavalo precisou abrir caminho por entre imensos torrões de terra seca, alguns com sessenta centímetros de diâmetro e cinqüenta de altura, antes de achar a trilha.

O padre estava louco para ver Danny. Achava que Danny seria bom com ele. Devia-lhe um favor. Ele salvara sua alma.

Mas, quando finalmente chegaram, Danny e Silvana não estavam. Tinham ido a Ruruwau, onde Danny ajudava a construir a casa de uma família indígena. Foi enviado um recado. Algumas horas depois, Danny chegou a cavalo. Impossibilitado de falar, o padre contou por escrito o que ocorrera. Sem perder tempo, Danny mandou chamar as irmãs em Waronawa para ajudar.

Nem duas horas depois de Danny ter ajudado o padre a subir na rede, o som de cavalos anunciou a chegada de Beatrice, Alice e Wifreda, que ainda não tinha voltado para Pirara depois do casamento. As três estavam enfeitadas de sorrisos e começaram de pronto a lhe dar conforto.

Lavaram seu rosto e mãos, esfregaram o cômodo com limões, para refrescar o ar, e deram-lhe colheradas de pudim de tapioca na boca. Ele reparou em Wifreda salpicando noz-moscada por cima, para torná-lo ainda mais gostoso, mas cada vez que a colher lhe tocava nos lábios estremecia e retirava a cabeça.

Todos os dias, as irmãs McKinnon iam até lá. Depois de duas semanas, o padre começou a se sentir melhor. Sentou-se numa cadeira. As McKinnon rodearam-no, sorrindo, sem dizer nada. Ele achou a presença de Beatrice um tanto constrangedora, mas ela parecia muito à vontade e indiferente à situação.

Danny balançava-se na rede.

"Imagine só", disse ele ao padre, "mesmo depois de todos os seus ensinamentos, esses índios ainda são supersticiosos."

Quando lhe convinha, Danny falava como se não fosse um.

Continuou, como quem não quer nada: "Me disseram que o senhor foi envenenado".

O padre Napier riu. Wifreda parecia pouco à vontade. Alice contribuiu com as últimas novidades.

"Alguém me falou que tinha um macuxi com duas mulheres e que o senhor o ensinou a se comportar como um cristão e largar uma delas. A mulher macuxi ficou tão enfezada que seguiu o senhor e pôs veneno no inhame. Me mostraram o veneno que ela usou — um feijão marrom-escuro. Os efeitos duram meses. Vai ter que tomar cuidado."

Beatrice ouvia, serena e pensativa, a cabeça inclinada para o lado. Wifreda entrou na conversa.

"Os macuxis são assim mesmo. Não dá para confiar. Nós, os uapixanas, não faríamos uma coisa dessas. O senhor encontrou a lata de leite que eu pus nas suas coisas?", perguntou ela, depressa.

"Ah, quer dizer então que foi você? Eu juro que foi aquele leite que me salvou."

O silêncio tomou conta do cômodo. A goiabeira pegada à casa estava carregada. De vez em quando, uma goiaba caía sobre o telhado. Danny endireitou-se na rede e enterrou na cabeça seu chapéu de vaqueiro.

"Tenho que estar em Ruruwau antes do anoitecer."

Certificando-se de que o padre estava confortável, as McKinnon despediram-se e partiram. Wifreda retornaria a Pirara. As outras não sentiram necessidade de voltar, agora que o padre estava bem melhor. Seus ajudantes lhe forneceriam o que precisasse.

Danny virou seu cavalo para a esquerda e tomou a direção de Ruruwau. As mulheres foram direto para Waronawa.

Foi preciso mais uma semana inteira até que o padre Napier se sentisse bem o bastante para viajar até sua base, em Santo Inácio. Ainda um pouco fraco, reuniu seus pertences, inclusive o baú de lata, e partiu.

FOGO COM FOGO

Em Santo Inácio, o padre reassumiu apenas os deveres mais leves, até recuperar as forças. Depois, concluiu que estava na hora de percorrer de novo sua rota evangélica por toda a região das savanas e inspecionar os progressos de cada missão.

Partiu a cavalo, mas, por algum motivo, não conseguiu se concentrar nas trilhas. A todo instante a mente se perdia em divagações. O brilho azul-prateado das folhas mortas da sambaíba lhe trazia à lembrança os lagos escoceses da meninice e lhe dava saudade do frio das Terras Altas.

O sol o atormentava mais que de hábito. Depois de viajar uma semana por território uapixana nas savanas do sul, começou a sentir horror do sol do meio-dia.

Não muito longe de Aishalton, havia uma pequena choupana que servia de escritório para o comissário distrital em suas raríssimas visitas oficiais. Numa das viagens, o padre decidiu se abrigar ali.

Tudo que queria era um lugar mais fresco para descansar antes de prosseguir caminho. Abriu à força a porta de madeira. Havia meses que o lugar estava fechado. O ar aprisionado lá dentro saltou para cumprimentá-lo numa explosão de quentura. Suas narinas coçaram com a poeira adocicada e seca da palha do telhado. Teve vontade de espirrar. Estava muito mais quente dentro do que fora. Percebeu que era quase impossível respirar. Reprimiu um soluço. Não havia mobília alguma, exceto uma mesinha e uma cadeira. Afundou-se na cadeira e lá ficou, choroso feito criança, ao perceber que não havia como escapar do calor esbraseado.

Num momento de petulância, soube exatamente o que fazer. Combata o fogo com fogo. Não perdeu tempo. Puxou um chumaço de talos cinzentos e folhas amarronzadas da parede, colocou debaixo da mesa, ateou fogo e saiu sem nem sequer olhar para trás para observar as chamas tremelicando no alto da choça, ainda quase invisíveis, fazendo o ar ondear de calor.

Quatro semanas depois, o padre Napier apareceu em Pirara, nas savanas do norte, a pé. Wifreda e Sam Deershanks tinham agora um rancho de bom tamanho, rodeado como de hábito por várias palhoças macuxis. No início, Wifreda achava esquisito viver em território macuxi, mas depois que seus dois filhos nasceram ali começou a se sentir mais tranqüila.

O padre Napier parecia bastante deprimido quando chegou, perguntando se podia ficar por lá uns tempos. Sam e Wifreda acolheram-no muito bem e disseram-lhe para ficar o quanto quisesse.

Na primeira noite, Wifreda sentiu-se tímida demais para tentar dizer graças à mesa, com o padre presente. Pediu-lhe que tomasse seu lugar. O padre começou a dizer as palavras conhecidas, mas descobriu-se cantando "O rei dos Elfos", de Schubert.

Sentindo-se confuso e deslocado, foi para seu quarto.

Nos dias seguintes, parecia mais contente e passava o tempo ouvindo a coleção de discos que Sam Deershanks comprara para tocar no seu gramofone de manivela. Durante as refeições, o padre contou que passara as últimas semanas visitando suas missões no sul e que estava muito satisfeito com os progressos havidos. Disse, com um certo orgulho, que sozinho convertera boa parte das savanas do norte, um trecho das savanas do sul e que já fizera progressos entre os uaiuais, em nome do Senhor.

Mas os vaqueiros e outros índios que passavam por lá tinham uma história diferente.

Pelo visto, o padre Napier andava pondo fogo em todas as igrejas de missão por onde passava. Em Shea, os moradores assistiram, espantadíssimos, quando o padre pegou uma marreta e arrebentou a cabeça de três cachorrinhos em cima do altar, antes de pôr fogo nas paredes com um porrete encharcado de querosene. Em Sand Creek, dizia-se que a palha do telhado da igreja começara a queimar por conta própria, à aproximação do padre. Outros contavam ter visto o padre jogando querosene na porta e usando fósforos de cera para acender o combustível.

Seu progresso pelas savanas fora marcado por fogueiras, brasas, madeiras em chamas, labaredas e fornalhas. Das vinte e duas missões que fundara em seus catorze anos de ministério, tinha queimado dezesseis delas, inteirinhas.

Uma noite, sentada à mesa junto com Sam, tentando com a mão esquerda impedir que o caçula saltasse do banco, Wifreda franzia o rosto, esforçando-se para compreender. Havia vários vaqueiros descalços, de pé, tomando café. As notícias chegavam voando, feito um enxame de *marabuntas*. Confirmações. Contradições. Variações. Negativas.

Ninguém tinha visto o padre Napier o dia todo. Por fim, decidiram que Sam devia investigar com muito tato e perguntar o que estava havendo. Era bem tarde da noite quando Sam Deershanks entrou no quarto do padre, que estava trancado desde de manhã. O quarto estava vazio. O padre já tinha ido embora.

Ainda estava escuro quando o padre Napier escorregou pela janela até a varanda do térreo. Conseguiu passar pelas vigas sem acordar os ocupantes das duas redes e, no maior silêncio possível, tomou a trilha que levava até a estrada. Estava indo para Santo Inácio. O luar inundava toda a savana. Sombras atarracadas de sambaíbas ameaçavam-no de quando em vez.

Nos últimos tempos, tinha dificuldade em manter uma mesma linha de pensamento e, desde a menção ao veneno, perdera um pouco da confiança que depositava nos McKinnon, à exceção de Danny.

Caminhando noite adentro, as idéias escapuliam para um lado, depois para outro, de um jeito inesperado, emocionante. Pareciam dirigidas para reinos de revelação e glória. O chiado da respiração e o rangido dos passos eram os únicos sons audíveis. Sentia-se inspirado. Ocorreu-lhe que deveria construir uma estrada de ferro para os fiéis, de Georgetown até o Roraima. O papa acompanharia a procissão no primeiro trem. Podia até ver o pontífice debruçado para fora, em seu compartimento de primeira classe, acenando e abençoando a multidão.

A meio caminho de Santo Inácio, o padre Napier executou uma dança curta, selvagem e extasiada em plena escuridão das savanas. Dois macuxis, que estavam por ali caçando veado, ficaram imobilizados alguns momentos, achando que um cupinzeiro começara a dançar. Depois, percebendo quem era, esperaram num vão até que o padre tivesse passado.

O padre Napier continuou andando até a lua se mudar para nordeste. Aí, suado mas refrescado, sentou-se na terra e ficou olhando as estrelas brilharem. Depois de alguns minutos, o êxtase se apossou de novo dele e o encheu de energia para retomar o trajeto duas vezes mais rápido.

Até chegar a Santo Inácio, já estava voando.

"Acordem, rapazes. Acordem. Depressa. Nós vamos a Georgetown."

Os dois meninos, Salvador e Paul, remexeram-se sonolentos no escuro e foram correndo até o córrego banhar-se. O padre apressou-se em empacotar o baú de lata, uma rede e alguns mantimentos. Decidiu que iriam primeiro até Annai. Uma vez ali, mandaria um recado para Danny, para ir pegá-lo e levá-lo a Georgetown. Às vezes esquecia o porquê de tanta urgência, mas depois se lembrava — claro, para construir a ferrovia do papa.

Partiram antes do amanhecer. No caminho, passaram por uma pequena propriedade de um colono vindo de Trinidad, um sujeito carrancudo que por duas vezes falhara no plantio de fumo e que estava, na época, envolvido num plano desastroso de exportar ovos de tartaruga para Port of Spain.

O padre invadiu a casa e acordou o homem aos trancos. Em poucos minutos, surgiu uma discussão em torno de alguns discos que o sujeito acusava o padre de ter roubado. O padre saiu furioso e logo mais o trio estava de novo a caminho de Annai. As estrelas começaram a empalidecer e sumir sob a luz da madrugada. Os objetos tornaram-se mais nítidos. As três silhuetas sobressaíam na linha negra do horizonte, o padre bamboleando atrás de Salvador e Paul, que andavam em fila indiana na frente.

No meio da manhã, pararam em Mora, uma aldeia macuxi. A taba estava vazia. Quase todos tinham ido para Annai bem cedo, para trocar ovos, farinha e peixe por outros mantimentos. Apenas uma mulher ficara para trás, sentada no chão, fiando algodão letargicamente. O padre não parou e continuou avançando. Uma hora mais tarde, alcançaram dois telheiros onde o povo de Mora costumava se abrigar, indo ou voltando de Annai. Uma vez mais o padre se recusou a parar e descansar.

Dez quilômetros adiante, largou o baú de lata e despencou, exausto, no chão. Salvador e Paul esperaram em silêncio, a uns vinte metros de distância. O sol fustigava em cheio o padre. Um pânico crescente o fez mudar de idéia a respeito do destino.

"Acho que seria melhor voltarmos para Pirara", ele gritou para os dois meninos, tentando lutar contra ondas vertiginosas de tontura. Todos fizeram meia-volta.

Chegaram de novo aos mesmos abrigos, que agora pareciam desolados e abandonados a seus olhos. O padre queria muito encontrar Danny McKinnon. Dividindo os meninos, enviou Salvador a Pirara com um recado para Danny, que passava sempre por lá. Instruiu Paul para voltar até Mora e regressar com mandioca, para poderem cozinhar.

Depois que os meninos se foram, sentou-se no chão, debaixo do abrigo de folhas de palmeira. Abriu o baú de lata e tirou os papéis que continham o registro de batismo dos índios tarumás. Uma brisa leve arrebatou e espalhou os papéis, obrigando-o a se inclinar para apanhá-los de volta.

Tomado por um cansaço enorme nos ossos, e mal podendo se levantar, conseguiu acender um fogo para que, quando a mandioca chegasse, pudesse cozinhá-la. Tremia. O hábito negro estava empapado de suor. Tirou-o, mais a camisa, e pendurou numa viga. Saiu do telheiro, mas os joelhos cederam e o puseram no chão. E lá ficou ele, com o rosto na terra arenosa e quente.

Depois de um tempo, não conseguiu resistir à tentação de puxar para o fogo uma folhona grande de inajá caída ali perto. Durante alguns segundos, ficou hipnotizado com a beleza das labaredas, parecidas a folhas sagradas, pontudas.

Quase no mesmo instante, as paredes do abrigo pegaram fogo, depois o telhado, forrado com papel oleado. Em poucos minutos, estava tudo pegando fogo. Napier correu para dentro, para resgatar suas coisas. Arrancou a batina da viga, enfiou alguns livros e diários no baú e arrastou-o para fora. Nem a uma distância de três metros do fogo conseguia suportar o calor. Largou o baú e correu mais para longe. Aos poucos, o fogo morreu, mas sua rede, a camisa e a máquina fotográfica tinham ido embora. Assim como os dois telheiros.

Veio a noite. Nem sinal de Paul e da mandioca. Deitado no chão, exausto, não conseguia dormir. Rezou, mas havia inúmeras brechas em suas orações, não conseguia se lembrar das palavras.

Com a luz do dia, partiu em direção a Mora, para encontrar Paul. Achava que sabia o caminho, mas as inúmeras bifurcações o deixaram confuso e, logo adiante, viu-se no meio de uma vastidão de chão vermelho, pedregoso, sem árvores, tendo perdido de vista toda e qualquer trilha.

Desabotoou a batina, sob a qual não vestia mais nada além da calça com suspensórios. Andava cinqüenta metros numa direção, mudava de idéia e avançava mais cinqüenta metros na outra. Então, para imenso alívio seu, reconheceu uma grande pedra e algumas moitas, o que significava que estava a poucos metros da aldeia, situada numa ligeira depressão de terreno.

Caminhou na direção das casas. Algumas galinhas ciscavam por perto. O lugar ainda parecia deserto. Viu então, pela janela de uma das casas, o jovem Paul dormindo numa rede. A mesma mulher que fiava algodão no dia anterior estava lá de novo, ainda trabalhando. Ele pediu-lhe que assasse um pouco de mandioca. Ela recusou. Irritado, pôs-se a assá-la ele mesmo, num dos puxados. Achou uma tartaruga e disse a Paul para cozinhá-la. Paul cumpriu a ordem, mas pôs tanto sal feito de cinzas vegetais que a carne ficou intragável. Desculpou-se, dizendo que o sol gostava de leite e de sal. O padre Napier abanou a cabeça, exasperado, e jogou a carne longe.

Os moradores da taba ignoraram o padre, desviando a vista daqueles olhos azuis de alta voltagem. Ninguém lhe deu nada de beber. Pediu *cassiri*. Disseram que não tinha mais. Implorou alguma coisa de comer. Um a um, desapareceram todos dentro das casas. Em contrapartida ao êxtase experimentado durante a caminhada noturna, agora sentia um desconforto crescente.

Naquela noite, dormiu ao relento, nos arredores do povoado. Quando abriu os olhos de manhã, a primeira coisa que viu foi a figura pequena de Paul, partindo com a rede no ombro, pela trilha que rodeava as montanhas. O menino andava sem parar, debaixo do céu azul, e não virou a cabeça uma vez sequer.

Havia um homem seguindo todos os passos do padre. Era um dos moradores de Mora, um homem manco, com seus quarenta anos, que vigiava cada movimento seu. Por fim, falou com o padre em macuxi.

"Eu gostaria que fosse embora. Nós não o queremos aqui."

Napier estava faminto. Apaziguou o homem fazendo os preparativos para a partida. A tarefa de empacotar as coisas dentro do baú deveria ter sido fácil, mas não parava de enfiar papéis e tirar outros tantos de lá de dentro. No fim, depois de muito esforço, conseguiu repor todas as suas coisas no baú.

O homem insistiu ainda mais para que fosse embora. O padre teve medo de que o homem pegasse seu arco e se pusesse a disparar flechas. Ergueu o baú e cambaleou um pouco. Quando se pôs em movimento, percebeu que tinha deixado a batina do outro lado da aldeia, mas não parecia muito prudente ir buscá-la.

Pela primeira vez na vida, andou pelas savanas sem seu hábito negro. Desceu o morro, caminhando entre as pedras. Viajando de estômago vazio, sentia a boca ressequida, mas era sustentado por ondas extraordinárias de felicidade.

Não se lembrava de um dia mais quente que aquele. Em pouco tempo, a sensação de alegria se foi. A garganta parecia uma tábua áspera de madeira, com pedrinhas minúsculas incrustadas dentro. Suava. Sentia-se fraco. Estava doido por um pouco de leite, mesmo que doesse engolir. Zonzo, sem raciocinar direito, entrou num trecho de savana onde não havia uma única árvore sob a qual se abrigar.

A região toda secara. Alguns fazendeiros tinham posto fogo na terra. Havia chumaços esturricados de capim na terra enegrecida e touceiras formando o que parecia uma teia de cabelos grisalhos. Procurou algum gado, raciocinando que os animais estariam perto da água, se houvesse alguma. Vendo um grupo pequeno de vacas, um pouco à esquerda, contornou o chão pedregoso mas, quando chegou até elas, percebeu que mal levantavam a cabeça. O couro estava todo coberto de feridas. E não havia nem sinal de água. Voltou de novo para a trilha ziguezagueante e continuou andando, com o baú de lata apoiado num quadril, depois no outro.

Atinha-se à idéia de que Danny McKinnon era o homem que poderia ajudá-lo e seguia para Pirara na esperança de vê-lo. Só que não havia mapa nem havia trilhas que pudesse enxergar. Possuía uma bússola, ainda intacta dentro do baú. Consultou-a, mas a toda hora mudava de curso. Ainda conseguia levar o baú, se bem que tivesse que parar para descansar cada vez com mais freqüência. A essa altura, a pele já despegara do corpo, caindo em tiras, feito fitas, que esvoaçavam na brisa quando andava.

Estava numa fornalha. Se ao menos pudesse escapar daquele sol de torrar por alguns minutos, ficaria bom de novo. De quando em quando, um tremendo esturro o engolfava por todos os lados, como se o sol tivesse se transformado numa onça no ataque. Toda vez que isso acontecia, erguia a mão involuntariamente, como se para se proteger de alguma coisa. Por mais que tentasse rezar e manter a imagem de Cristo diante de si, as histórias contadas pelos meninos acabavam vindo à tona e apagando o resto: o sol vestindo a onça de amarelo para representá-lo na Terra; o sol disfarçado de arara vermelha; o sol escolhendo uma esposa cor de bronze entre as que o espírito da água lhe oferecera, porque a branca e a preta tinham ambas derretido. Aí o sol onça rugiu e castigou sua pele outra vez.

Do nada, veio uma voz.

"Vem feito o sol, tentando incendiar o mundo."

Espantado, o padre Napier ergueu os olhos e viu um homem e um menino de uns doze anos, olhando para ele. Fora o homem quem falara. Estava sorrindo de maneira amistosa. Levaram-no até seu acampamento. Só tinha farinha para comer. Parecia pedregulho em sua garganta. Naquela noite, deitou-se ao pé do fogo, virando de um lado para outro.

Quando acordou, eles já tinham partido. Sob umas árvores, viu uma pequena poça de água parada. Enxaguou a boca e lavou-se, mas não ousou bebê-la. Não conseguiu vestir a calça de novo, por causa da pele toda esfolada, de modo que continuou sem ela.

O sol martelava sem descanso a figura nua em pêlo do padre, abrindo caminho pelas savanas.

Um fazendeiro macuxi levou o bilhete para o senhor Herbert, um homem já grisalho, que viera do litoral e se instalara por lá. O bilhete estava assinado por um fazendeiro brasileiro de Bom Sucesso. Dizia:

> *Acabo de cruzar com o padre Napier vagando pelas savanas, completamente louco. Ele está indo para seu rancho. Prenda-o e mantenha-o aí, até a polícia de Annai aparecer.*

Quando chegou, o padre foi convidado a deitar no sofá e descansar. De repente, sentiu como se estivesse sendo estrangulado. Abriu os olhos e viu um macuxi enrolando uma toalha em volta de seu pescoço o mais apertado que podia, enquanto o senhor Herbert vigiava a outra ponta do sofá, com cordas na mão. O padre desmaiou. Quando voltou a si, estava de pés e mãos amarrados. Os dois homens levaram-no para Annai.

Esperando no povoado, estava Danny McKinnon.

Eles seguiam pelo rio Essequibo, a caminho de Bartica, dentro de uma canoa. O padre continuava amarrado, deitado feito uma galinha no fundo do barco, a cabeça encostada num saco de mandiocas cheirando a madeira. Estava usando a batina de novo, que Danny conseguira de alguma forma recuperar de Mora.

"Vai permitir que eles me prendam dessa forma?", queixou-se, enquanto Danny manobrava o barco para pegar a correnteza do meio do rio.

"Farei o que puder", foi a resposta.

De onde estava, deitado no fundo do barco, o padre Napier podia ver o rosto de bronze de Danny, os olhos semicerrados para se proteger da luz vibrante. Seu rosto estava rodeado por um halo de sóis e, pela primeira vez, o padre reconheceu o índio em Danny. Contorceu-se, como se estivesse querendo escapar do brilho.

Mais tarde, mordeu Danny na perna.

Danny fora encarregado de levar o padre até Georgetown. Permaneceram acampados durante três dias na embocadura de Potaro. Danny disse ao padre que estava aguardando algumas coisas pelo correio e que deviam esperar ali. Na verdade, apenas sucumbira ao desejo de caçar em volta de Tumatumari. Levou dois homens consigo e desapareceu dois dias no mato.

Quando encostou por fim a canoa em Bartica, a cidade estava cheia de gente que fora até lá para a festa anual. Poucos presenciaram a brava luta do padre Napier, que saiu arrastado para a terra firme.

Estavam todos com as atenções voltadas para a Grande Corrida das Senhoras.

Sob o sol escaldante, quatro mulheres negras bem vestidas caminhavam calmamente pela pista de pouco mais de um quilômetro. Avançavam em fila indiana, muito distintas, sorrindo satisfeitas por estarem sendo o centro de tantas atenções. Não havia a menor preocupação em competir; eram quatro os prêmios para o final da corrida. Sem necessidade de se apressar, a procissão serpenteava vagarosa, com as mulheres respondendo com acenos e sorrisos graciosos aos aplausos esporádicos e cumprimentos de espectadores e amigos.

Quinhentos metros adiante, o padre Napier estava sendo conduzido ao vapor ribeirinho que o levaria para Georgetown.

Assim que Danny McKinnon o viu embarcar, seguro nas mãos das autoridades, virou a canoa e voltou para o Rupununi, parando nas vizinhanças de Tumatumari outra vez para caçar cutia, tão abundante na região.

ASILO

O padre Napier foi levado em carro aberto até o presbitério de Brickdam, em Georgetown, entre dois policiais. Um transeunte parou para espiar o que estava acontecendo e viu um padre magro, de batina preta, resistindo com movimentos agitados aos braços constrangedores de sua escolta.

Sob o sol do meio-dia, o cabelo do padre brilhava com os mesmos reflexos dourados da borda das páginas de uma Bíblia. Seus olhos azuis pálidos cintilavam de indignação diante da afronta de se ver manietado pela polícia. Fuzilava um de cada vez com o olhar. A barba e o bigode curtos, irregulares, estavam malcuidados.

Houve um arranca-rabo quando a polícia tentou convencê-lo a descer. Assim que conseguiram manobrá-lo para dentro do presbitério, um outro padre o levou pelas escadas de madeira e deu-lhe uma xícara de chá, antes de conduzi-lo ao hospital.

Puseram-no na ala dos marujos. Durante a noite, implorou comida, mas ninguém lhe deu nada. Também não conseguia dormir, embora tivesse sido carregado lá para cima e colocado numa cama. Assim que o deixaram, sentou-se de novo e começou o berreiro, dizendo que fora envenenado. Levaram-no para baixo outra vez e o amarraram com tiras de pano.

No dia seguinte, apesar de lhe terem dito que iria para a Guiana Holandesa e, de lá, para a Inglaterra, foi levado por uma balsa a vapor até o asilo, em Berbice.

O asilo de Canje fora construído no local de um antigo quartel holandês. Ficava a uma boa distância da estrada, perto de umas juçaras altas, num trecho isolado perto do córrego Canje. Os moradores locais evitavam passar muito perto, por causa de um miasma de infelicidade que parecia pairar por lá.

Assim mesmo, naqueles tempos, o asilo possuía algumas características notáveis. Por exemplo, além de duas hortas e um canhão antigo, havia uma sala de concerto onde músicos de fora se apresentavam de vez em quando para entreter os pacientes e que também servia de teatro onde os internos montavam seus espetáculos. Aqueles que estavam bem o bastante tinham formado uma banda com uquelele, banjo e tambor. Às vezes os barqueiros que passavam pelo Canje ouviam um arremedo de melodias que o vento levava até eles.

Fazia mais um dia calorento quando o padre Napier aproximou-se do asilo. O veículo que o conduzia teve de desviar, para não atropelar um negro estatelado, nu em pêlo, no meio da rua. Todo o seu corpo estava coberto com uma poeira cinzenta, que parecia feita das lavas de um vulcão. Rígido feito uma estátua, apontava um dedo, como se em censura, na direção de onde o rio Berbice se abria para o Atlântico. Nem se deu conta do carro e seus ocupantes quando passaram.

Perto da entrada, uma enfermeira enfastiada, de seios fartos, batia palmas e chamava: "Jacka... Jacka", dirigindo-se a um outro homem que não queria saber de entrar e que continuava bem em frente da porta, açoitando uma parelha de cavalos invisíveis, virando-os para a esquerda e a direita, os obstáculos, terrores e perigos em seu caminho claramente visíveis nas expressões cambiantes do rosto.

Assim que entraram no prédio principal de madeira, um dos pacientes aproximou-se, quase deslizando; era um indiano gracioso, que passava o tempo todo fazendo discursos políticos ininterruptos e intermináveis. Todo dia, o homem saía de sua ala, falando sem parar com sua platéia invisível, de modo calmo e convincente.

Quando viu o padre Napier e sua escolta, incluiu-os imediatamente em seu palavrório, enfeitando o discurso com gestos encantadores, cada movimento e expressão facial da mais absoluta sinceridade. Parecia não fazer a menor diferença haver ou não uma platéia real. Às vezes ele subia ao palco do pequeno teatro e, sempre que as pessoas se cansavam daquela discurseira fluente, os guardas o tiravam delicadamente de lá e o levavam de volta ao dormitório, mas o homem continuava falando, como se nada tivesse acontecido.

Só que o padre Napier estragou tudo isso tornando-se violento.

Todos os pacientes usavam a mesma roupa, calça e blusa brancas, de tecido grosseiro. Uma tira de pano colorido no braço direito mostrava a que ala cada qual pertencia. Assim que lhe tiraram os trajes de padre e o vestiram com aquilo, o padre arrebentou as venezianas da janela e saltou sobre o capim ressequido lá de baixo. Depois disso, foi colocado no que as pessoas chamavam de Buraco da Cobra.

A jaula era um quadrado de três e meio por três e meio, com outros três metros e meio de altura. Numa das paredes havia fortes grades, nas outras três, venezianas. A mais baixa das venezianas ficava a vinte e cinco centímetros do chão. Uma brisa fria, vinda do mar, soprava a noite inteira. Durante o dia, ele era um espetáculo a ser visto pelos que passavam. O padre andava louco para falar com alguém, mas quem ia espiá-lo sempre se afastava quando ele tentava entabular conversa.

Decidiu que escaparia. Uma vez, em Waronawa, lera num dos livros de McKinnon um relato de uma fuga da Bastilha. Ele faria o mesmo. O colchão na gaiola tinha um furo. À noite, o padre cutucava e tirava as fibras de coco que havia lá dentro, até que o vigia o pegou.

Às seis e meia da manhã, era levado ao banheiro comum, onde os pacientes se lavavam sob as bombas de água. Ali, era forçado a tirar a roupa e marchar com os demais. Depois de se lavar, descia alguns degraus e era enfiado na gaiola de novo. Naquela manhã, levaram embora o colchão e o cobertor. A mesma operação era realizada todos os dias.

Um dos efeitos do veneno era a ausência de saliva na boca. Precisava desesperadamente de líquidos. O sagu, a banana-da-terra, a batata-doce e o arroz grudento, ele achava impossível engolir. Implorava para que lhe dessem leite. Ardia de calor e ardia de frio. Ardeu até acreditar que era o sol percorrendo seu trajeto rumo ao nordeste, em busca de leite e sal, e cedendo por fim diante das forças das trevas. Sentia que fora capturado, feito o sol, e estava sendo mantido num pote escuro, esperando para ouvir o estalido da arma de Chico, que arrebentaria o barro e o libertaria do cárcere, todo pálido, para regressar ao céu.

Uma noite, durante uma tempestade violenta, de fato os trovões estalaram ferozes sobre o córrego Canje e o padre Napier rodopiou, feliz da vida, pela cela, à espera da libertação iminente.

Depois que o sol se punha, quando o vento frio do rio o infernizava, açoitando-lhe as pernas e tornozelos, ele não se permitia dormir. Imitando a jornada do sol até Iken, andava em volta da gaiola a noite toda. A chuva caía, molhando o chão e fazendo com que escorregasse em seu trajeto. Uma noite, escorregou oito vezes e bateu a cabeça na parede de grades.

A cada noite passada na cela, ficava um pouco pior.

Uma noite, exausto, caiu. Olhando para cima, teve a impressão de ver os penhascos gigantes, perpendiculares, do monte Roraima erguendo-se nas savanas. Viu-se fora das grades, envolto por nuvens que mudavam de posição, evaporavam e criavam formas curiosas, sob seu olhar vigilante. Descobriu-se subindo sem esforço nenhum pelas beiradas e florestas íngremes da montanha de topo chato.

Tudo ficou claro. Lembrou-se de que estava destinado a construir uma estrada de ferro de Georgetown ao Roraima. No topo do monte, faria construir uma grande cidade e o papa iria morar lá, com toda a sua corte. O papa o abraçaria, por sua visão e inspiração. Atirando-se exultante na chapada do Roraima, alisou a superfície rochosa, áspera, da montanha. Ergueu a cabeça e reparou num deserto amarelo, cheio de pedras.

De repente, deu-se conta de que fora enganado. Não estava numa montanha coisa nenhuma. Estava parado, em pé, sobre o toco liso do que já fora uma árvore enorme. Ela fora cortada. Olhou para cima. Estava completamente exposto ao inimigo. O sol decidira acabar com ele. A esfera pálida e metálica no céu era um escudo por trás do qual... o padre Napier começou a berrar. Sentiu que a pele se transformava em cristais afiados. Gritou ao sol, pedindo misericórdia.

O vigia da noite aproximou-se, parou em frente à gaiola e alisou o queixo, enquanto falava.

"Ó, senhor. Como o homem se pune", disse ele, com bondade, sacudindo a cabeça, enquanto o padre nu em pêlo rastejava, chorando e implorando, escorregando de um lado a outro da gaiola molhada, tentando desesperado escapar do tremendo dilúvio que, a qualquer momento, irromperia do tronco cortado da árvore.

Em julho do mesmo ano, o padre Napier foi enviado de volta para a Inglaterra, no vapor *Orinoco*, que viajava via Madeira e Le Havre até Plymouth.

Em algum momento da longa viagem, o padre tomou a si a penosa tarefa de pôr fogo nas próprias memórias, deixando para trás apenas estruturas em arco, ruínas tisnadas, cofres fumegantes e espaços vazios na cabeça. Familiares que foram ao porto recebê-lo ficaram chocados com as mudanças sofridas. Estava vago, distraído e mal conseguia se lembrar de alguma coisa dos muitos anos passados no Rupununi.

Passou seus últimos anos no quartel-general, austero, mas seguro, dos jesuítas, em Edimburgo. De vez em quando, fazia palestras aos noviços, contando de suas experiências entre os índios da Guiana. Tinha uma foto, que sempre despertava interesse, mostrando uns trinta jacarés descansando nas pedras do rio Ireng. Havia muita neblina em volta e eles estavam de boca aberta, como se em êxtase. O padre Napier não gostava das perguntas que se seguiam às palestras. Empacotava suas coisas e voltava rápido para o quarto.

Um último receio permanecia com ele. Não suportava o som do órgão. Era como se aqueles acordes vibrantes, cheios, abrissem a terra sob seus pés, revelando um abismo. O que significava, para grande decepção sua, que não podia assistir a muitas das missas na igreja, aquele ansiado oásis de paz e de calma. Recebeu dispensa especial e assistia à missa só quando se sentia apto.

Alguns meses depois de ter chegado, um noviço bateu na porta de seu quarto e disse que um certo senhor Alexander McKinnon estava ali para vê-lo. Não houve resposta do outro lado, embora o noviço soubesse que o padre Napier estava no quarto. Bateu de novo, mas houve apenas silêncio e o visitante foi informado de que o padre Napier não poderia recebê-lo.

CAMPO DE ESTRELAS

Beatrice nadava no lago atrás da casa. A água parecia um cetim. Já era quase noite e o céu estava pálido e encoberto. No dia seguinte, partiria do Rupununi para sempre.

Acabara aceitando o fato de que seria preciso partir. Mesmo sem aprovar de todo, as pessoas tinham tolerado o relacionamento dela com Danny, mas quando começaram a desconfiar que era uma *kanaima*, ficaram atônitos e as atitudes mudaram por completo. Não era uma coisa inusitada um irmão viver com a irmã, em geral nos arredores da taba. Ninguém aprovava, porém ninguém tentava impedir. Mas Kanaima era o espírito da vingança, fosse sob a forma de um assassino, com métodos próprios, fosse sob a forma de qualquer animal ou objeto pelo qual o assassino enviava sua força vital. Ataques de vingança eram mais aterradores que incesto.

Quando os boatos começaram a se espalhar, Beatrice conformou-se com uma paciência surpreendente a seu destino. Todos sabiam que visitara Baidanau. Tinha sido vista atravessando as savanas a caminho de lá. Depois Aro, a mulher a quem dera os feijões, começou a ficar com medo de levar a culpa e reforçou os rumores, insistindo em dizer que Beatrice era uma *kanaima*, que tinha virado uma cascavel e envenenado tanto o padre quanto o garoto, Linus.

Depois que os rumores se alastraram, tornou-se impossível ficar. Até mesmo as pessoas do povoado de Waronawa a olhavam meio torto.

Tudo em Waronawa estava mudando. McKinnon já tinha partido.

Em tese, fora ver a Grande Exposição em Wembley, na Inglaterra, onde ficaria um mês. Levou inclusive quatro uapixanas consigo, para mostrar o artesanato da tribo. Os uapixanas voltaram sem ele. Contaram que tinha ido viver permanentemente na Escócia. Um pouco depois, souberam que estava "oficialmente" casado.

Maba e Zuna, quando alguém perguntava como se sentiam diante do fato, riam e sacudiam o ombro.

"Nós o tivemos quando era jovem. Ficamos com a melhor parte dele. Deixa que alguém fique com o que sobrou."

Antes de partir, arranjara para que Beatrice passasse uns tempos com conhecidos seus, em Montreal. As autoridades em Georgetown andavam fazendo perguntas a respeito de certas irregularidades nas savanas. Alguns anos antes, McKinnon fora nomeado magistrado itinerante do distrito — posto do qual mal tomava conhecimento, uma vez que sempre o impressionara a capacidade que tinham os índios de manter a ordem sem um governo. A idéia de que teria de investigar as ações da própria filha o perturbaram. Não estava preocupado com envenenamentos. Estava mais preocupado com a revelação do incesto.

Numa de suas raras visitas a Georgetown, um homem dera a entender que compraria suas posses. McKinnon não perdeu tempo. Não podia vender a terra porque não era sua, mas vendeu ao homem quase todo o gado. Para a família, deixou a casa que construíra e umas cem cabeças. Depois partiu para a Inglaterra.

Beatrice boiava na água. Estava pensando em Sonny. Ficara decidido que o menino seria criado por Wifreda, junto com os seus filhos. Ele tinha a pele clara de Beatrice e o mesmo rosto em forma de coração. Os olhos negros eram como os do boto. Embora já tivesse completado cinco anos, ainda mal falava. Beatrice o amava, mas sentia que ele nunca deveria ter nascido — que ela expelira do corpo um lindo segredo que devia ter permanecido lá dentro. Ele era um segredo feito carne. Sonny resistia a qualquer abraço, mesmo da mãe, e não parecia especialmente ligado a ninguém. Não demonstrou nenhum sentimento quando ela lhe disse que ia partir.

Beatrice ergueu-se na água, que lhe batia nos seios, e começou a andar até a beira do lago, onde cresciam juncos e bambus. Depois virou-se de novo, boiando de costas e mexendo as pernas, esperando muito vagamente que a arara vermelha gigante que, segundo se dizia, morava debaixo da água aparecesse para puxá-la, mas nada aconteceu. Era difícil acreditar que iria deixar tudo aquilo. Maba falou que com o tempo as coisas se acalmariam e que as pessoas esqueceriam. Beatrice não tinha tanta certeza. Até tia Bobo, a quem conhecera a vida toda, se afastava e fugia dela quando a via chegando.

Não que Beatrice achasse ter feito algo errado. O que acontecera entre Danny e ela continuava lhe parecendo tão natural que não conseguia acreditar que houvesse algum mal naquilo. Talvez no mundo aquático de que Maba lhe falava quando criança voltasse a viver com Danny. Mergulhou na água até ficar sem fôlego e foi forçada a subir de novo. Não conseguia encontrar a entrada daquele mundo. Ela e Danny tinham sido banidos de volta à vida cotidiana. Danny aceitara mais facilmente que ela. Nada do que aprendera no convento jamais fizera tanto sentido quanto as coisas aprendidas em Waronawa.

Veio a noite e ela continuou boiando nas águas mornas. Morcegos faziam acrobacias em volta. Seus pensamentos dirigiram-se para o padre Napier. Sobre ele não sentia a menor culpa. Quando Danny voltou de Bartica e contou a viagem que fizera com o padre louco, Beatrice sentiu-se calma, em paz consigo mesma, como se uma espécie de justiça natural tivesse sido executada, tendo a ela como seu instrumento.

Já estava quase escuro. No momento em que se preparava para sair pelo bambuzal, uma súbita pancada de chuva a obrigou a entrar de novo na água e esperar até que passasse. A chuva estava mais fria que a água do lago, de modo que mergulhou o corpo até onde deu.

Por fim veio a noite e a chuva parou. As nuvens se dispersaram e as estrelas apareceram outra vez. Danny saiu da casa e gritou para ela. Tinha deixado Silvana e os dois filhos em Wichabai e fora até lá para levá-la, mais sua bagagem, a Annai, no dia seguinte.

"Já está com tudo pronto? Eu quero sair antes do amanhecer."

Wifreda também estava lá, para dizer adeus e pegar Sonny. Estava na casa, junto com o resto da família, o rosto tenso e ansioso. Não gostava de despedidas. Só a idéia de ter que deixar as savanas a enchia de terror. Achava impossível entender como Beatrice podia ficar tão calma. Além do mais, sentia uma certa culpa na história toda, tendo sido a causa da fuga de Beatrice e Danny, para começo de conversa. E havia ainda uma espécie de dor adiantada, pela saudade que ela sabia que sentiria da irmã.

Wifreda tinha agora três filhos. Não conseguia se imaginar deixando nenhum deles. Na verdade, já decidira que não iriam estudar em Georgetown. Mandaria buscar um professor de fora para todas as crianças de Pirara. Mas Beatrice apenas franzira de leve o cenho, enquanto recolhia as coisas de Sonny e entregava a Wifreda, como se estivesse saindo só por um fim de semana.

"Estou indo", Beatrice gritou de volta para Danny. "Cadê você?"

"Aqui", ele disse. "Venha até aqui ver."

Ela saiu da água e tateou no escuro, à procura da toalha. Embrulhando-se nela, andou até o lugar de onde vinha a voz. Aí entendeu o que ele queria dizer.

Um bando de pirilampos, pegos pela pancada súbita, tinha pousado no chão. Piscavam em meio ao negrume, tão brilhantes no mato escuro quanto as estrelas no céu. Era como se o vasto céu noturno tivesse se desdobrado a seus pés, assim como se desdobrava sobre suas cabeças; era como se eles estivessem suspensos no espaço. Durante um tempo enorme, ficou ali parada, sentindo que estava onde deveria estar, de pé no céu, ao lado de Danny.

Aí Danny virou-se e ela escutou seus passos voltando para a casa. Depois de um ou dois minutos, ela o seguiu.

O CAIXÃO DE GELO

Foi somente em seu segundo inverno no Canadá que Beatrice compreendeu que o diabo tinha a ver com o frio e não, como a maioria das pessoas pensava, com o calor e o fogo. Estava parada no topo do monte Royal, de casaco e chapéu de pele, perto de onde as charretes ficavam aguardando, para descer a montanha com os turistas.

As poucas pessoas em volta mantinham a cabeça baixa, protegendo-se do vento gelado e das lufadas de neve fina, mal reparando na moça de chapéu cinzento de cossaco que, enfrentando o mau tempo, foi até a beirada do passeio para olhar a cidade. Se bem que alguém talvez tivesse notado aqueles olhos extraordinários, negros e afastados, com um ligeiro estrabismo no olho direito, que a fazia parecer involuntariamente namoradeira.

Beatrice estava pensando se devia ou não casar com Horatio Sands.

Segurando-se na amurada, olhou para a cidade esbranquiçada e o rio congelado. Abaixo dela ficavam os imensos elevadores de cereais e o contorno retangular, escalonado, do prédio branco da Sun Life. Centelhas do bonde elétrico moviam-se pelas ruas feito pirilampos.

Foi então que lhe ocorreu que tudo que aprendera no convento estava errado. As freiras diziam que o inferno é um lugar quente, cheio de fogueiras e conflagrações. Mordeu os lábios e franziu o cenho, enquanto examinava a cidade esparramada a seus pés. Não é não, pensou. O inferno é um frio profundo e escuro, de onde não há salvação. Parecia não haver como escapar da manta ártica que cobria o Canadá, fosse em que direção fosse. A idéia a assustava e, ao mesmo tempo, a consolava. Aninhou-se dentro da gola de pele do casaco e esperou as amigas.

Tudo parecia tê-la impelido a tomar uma decisão que sempre esperara poder evitar. Sentia-se flutuando rumo ao casamento. E o curioso é que sentia que se casaria para zombar do mundo, de alguma forma. Como se estivesse dizendo ao mundo: Pronto. Aí está. Veja o que me fez fazer. Da mesma forma como o suicídio de certas pessoas é um ato de agressão triunfante. Embora ninguém a forçasse a fazê-lo nem se importasse de fato com seu casamento.

Algumas crianças gritaram, apostando corrida em sua direção pela pista de tobogã.

Quando chegou ao Canadá, Beatrice foi ficar com conhecidos do pai. Por uns tempos, apesar da timidez inicial, vendera meias de seda na loja que possuíam. Depois arrumou um emprego de escriturária na Canadian Pacific Railway e mudou-se para a ACM. Era bastante agradável ali. Toda noite, a vigia, uma mulher delicada, de olhos sonhadores, lá pela casa dos cinqüenta, passava pelos quartos, dando uma pancadinha na porta e dizendo: "Já são mais de onze horas, senhoras. Podem, por favor, falar mais baixo?".

Durante os primeiros seis meses, Beatrice sentiu-se amortecida. Uma vez, diante de uma vitrine, viu uma vendedora mexendo com uma boneca mecânica que andava. Depois a moça pegou a boneca, pôs num canto qualquer e ela continuou andando. É assim que me sinto, pensou Beatrice, como se alguém tivesse acabado de me apanhar e me deixado num outro lugar, e eu continuei andando.

Piscando para limpar a neve que grudava nos cílios e pinicava o rosto, ouviu a risada das outras moças do pensionato subindo o morro.

Muitas vezes, aos sábados, encontravam-se no café que havia na montanha e depois iam ao museu ali perto, para ver as cabeças índias encolhidas, conservadas em álcool. Beatrice achava tão fascinante quanto elas aquelas pequenas cabeças murchas.

As quatro moças acenaram e gritaram um olá, enquanto se aproximavam, ofegantes e risonhas, fazendo caretas, segurando-se umas nas outras como um animal de muitas pernas, esmagando a neve que cobria o passeio, o hálito de dragão rodopiando atrás delas.

Ao se dirigirem para a entrada do museu, Olive Ransome, uma moça baixa, meio gorda, com um rosto quadrado coberto por uma galáxia de espinhas, começou a fazer perguntas sobre Horatio Sands.

"O que foi que ele falou no chá?" As moças do pensionato podiam receber visitas para o chá aos domingos.

"Ele disse só: 'Eu gostaria de vê-la mais vezes'", respondeu Beatrice, sacudindo os ombros, indiferente.

Todas soltaram gritinhos e caíram na risada. Durante as semanas seguintes, "Eu gostaria de vê-la mais vezes" ficou sendo a grande blague do momento, capaz de fazer qualquer uma delas rolar de tanto rir.

Olive Ransome era a mais invejosa de todas, porque Beatrice encontrara, misteriosamente, a escada mágica que levava ao casamento. Olhando aquele rosto ansioso, ressentido, Beatrice quase se decidiu a ir em frente com a coisa, só para amolar Olive.

Entraram depressa no calor do museu e pararam no lugar de costume, diante da caixa de vidro. Beatrice examinou a cabeça mirrada. O colorido daquela cabeça de sete centímetros e meio continuava vívido, quase uma maquiagem teatral, parecia até que estava viva. A pele mantinha o tom marrom-avermelhado. As maçãs do rosto pronunciadas e fortes davam a impressão de terem sido pintadas com urucum. O cabelo preto brilhava. Os lábios familiares permaneciam abertos, num sorriso conspirador. Parecia o rosto de sua avó.

Como ficariam espantadas essas moças, se soubessem que eu tenho um filho, pensou Beatrice.

"De onde ela vem?", perguntou uma das moças.

"Eu não sei. Lá do sul", respondeu uma outra.

Beatrice acabou gostando de Horatio Sands. Ele trabalhava no mesmo prédio que ela, no terceiro andar. Beatrice ficava no primeiro, no departamento de contabilidade da Canadian Pacific

Railway, botando números num livro-razão. Um dia, Horatio falou com ela no saguão do edifício, na praça Dominion.

"Estou sempre atrás de você no elevador", disse ele, apresentando-se. Tinha um rosto longo, ossudo, ligeiramente torto. As bochechas pareciam desviar-se para um lado e o maxilar para o outro, como se estivesse fazendo uma eterna pergunta.

Horatio ofereceu-se para lhe pagar um café no Blue Counter, uma doceira que ficava numa das grandes lojas da rua St. Catherine. A primeira vez que Beatrice visitou o luxuoso banheiro feminino achou que estava num palácio. A atendente falou com ela num patoá francês incompreensível. Ficou ali uns instantes, inalando o aroma de essência de violetas e admirando os espelhos e os adornos em tons foscos de rosa-prateado. Quando voltou, Horatio já tinha pedido torta de pecã e sorvete para ela. Sentiu um certo calor por ele. Horatio repetia as mesmas piadas muitas vezes. As pessoas o amolavam por causa do nome e ele cobria um olho com a mão e fingia-se de Nelson.

Ir ao Blue Counter tornou-se um acontecimento regular.

Às vezes, ela e Horatio visitavam outros pontos da cidade. Uma vez, quando entraram na catedral de Notre Dame, Beatrice achou que ia desmaiar e teve de sentar num dos bancos dos fundos. O leque abobadado do teto altíssimo a fez lembrar-se da grande catedral arqueada de moiratingas, bibirus e sumaúmas das florestas de sua terra. Vendo sobre sua cabeça aquela floresta gélida solidificada em pedra, teve a impressão de estar também ela morta e fossilizada. Pediu a Horatio, sem explicar o porquê, para saírem.

Às vezes, uma companhia teatral itinerante chegava à cidade. Os funcionários do teatro ali perto escovavam as poltronas empoeiradas e abriam o lugar por uma semana. As moças do pensionato corriam para assistir à peça, em geral um melodrama, com alguém morrendo no cadafalso. Depois o teatro fechava as portas de novo, durante meses. Outras vezes, iam ao cinema.

Uma vez, já quase chegando a primavera, o gelo do rio São Lourenço se despedaçando e começando a derreter, chegou um circo na cidade, junto com uma feira de diversões.

Todas compraram entradas.

Assim que puseram os pés lá dentro, Beatrice sentiu-se perturbada com os rugidos, com aquele cheiro úmido e animal do circo. O empurra-empurra da multidão também a deixou inquieta. As moças pararam diante de uma jaula acanhada. Lá dentro havia um tigre doentio, coberto de sarna, acuado num canto. Beatrice sentiu o leve aviso de uma enxaqueca chegando.

"Acho que eu não vou entrar para ver o circo. Estou sentindo o começo de uma dor de cabeça. Vou ficar aqui fora no parque de diversões e encontro com vocês depois." Horatio perguntou se gostaria que ele ficasse com ela, mas Beatrice disse não e ele foi com os outros para a fila da bilheteria.

Para ter um pouco de sossego, comprou uma entrada e enfiou-se numa tenda vizinha, listrada de azul e branco, onde poderia ficar a salvo das luzes elétricas e da música ensurdecedora.

Dentro da tenda estava tudo calmo. Havia um cheiro de pó de serra e uma friagem no ar. Beatrice era a única pessoa na platéia. Foi sentar-se num dos bancos e então percebeu o que provocava o ar frio.

Dois cavaletes tinham sido colocados no chão, com três tábuas por cima. Sobre as tábuas havia um bloco de gelo oco, na forma de um caixão, grande o bastante para acomodar um corpo humano. O topo e a lateral tinham cerca de quinze centímetros de espessura e a abertura ficava num dos lados. Exceto por algumas manchas esbranquiçadas, o gelo era quase transparente, ao menos para se ver que estava vazio.

Beatrice sentou-se no banco da frente, bem diante do caixão. Passou-se um tempo considerável, até que a abertura se erguesse de novo e uma outra mulher entrasse na tenda. O banco rangeu quando ela ocupou a outra ponta. Foram precisos mais vinte minutos até que os organizadores decidissem que havia gente o bastante para o início do espetáculo.

Houve um momento de agitação por trás da abertura da tenda, que foi então puxada de lado de modo desajeitado, revelando dois homens de fraque que acompanhavam uma índia norte-americana, baixa, gorda mas musculosa, de cabelos pretos soltos até os ombros, com uma faixa de contas na cabeça e um maiô amarelo no corpo. A mulher adiantou-se muito séria, ergueu os braços ao modo circense e fez uma mesura para o punhado de espectadores. A platéia olhava com a concentração de fazendeiros num leilão de gado.

Nesse momento, o mestre-de-cerimônias convidou a todos para que tocassem o caixão de gelo, inspecionassem tudo, para terem certeza de que não havia ali nenhuma engabelação. Beatrice foi até a frente e tocou o gelo. Os dedos avermelharam. Sem dúvida, era gelo mesmo. Abaixou-se e olhou pela extremidade aberta. Em certos lugares, havia uma opacidade maior. O caixão exalou seu hálito gélido e ela recuou. A platéia voltou para os bancos.

A mulher deu uma cuspida nas mãos, esfregou uma na outra e depois exibiu os braços, para que todos vissem que não estavam cobertos, que era apenas carne nua. O traje de banho amarelo cortava as coxas gordas, cor de bronze. Chutou fora os sapatos de salto alto e deixou que seus dois acompanhantes a erguessem e a enfiassem, pés primeiro, dentro do caixão de gelo. Os espectadores acompanharam atentos os dois homens fecharem o lado aberto com outro bloco quadrado de gelo e vedarem as fendas enfiando punhados de neve tirada de um balde.

Todos os olhos estavam grudados no caixão. A mulher permaneceu imóvel. Depois de alguns momentos, Beatrice começou a se preocupar porque o ar lá dentro devia ser pouco. Mais um minuto ou dois e ela não teria o que respirar. Beatrice quase podia sentir a queimação agoniada da carne no gelo. Tentou ver se ainda respirava. Atônita e horrorizada, olhava para a mulher na tumba de gelo. A artista tinha de ser liberada, caso contrário morreria, pensou, caindo então num estado que parecia a eternidade, sem a passagem do tempo.

Os minutos se escoaram sem que Beatrice se desse conta, até que os dois homens começaram a retirar a neve e o gelo do lugar onde haviam lacrado as fendas. Em seguida removeram o bloco quadrado de gelo da ponta do caixão. Beatrice soltou uma exclamação involuntária e muda ao ver a mulher escorregar para fora e cumprimentar a platéia. Sentiu como se ela própria tivesse sido libertada.

Ao sair da tenda, viu a índia parada perto da entrada, rindo e tomando um copo de cerveja.

Olhou para ela, que ergueu o copo e sorriu, as bochechas gordas fechando os olhos em duas fendas ovais estreitas que, ainda assim, irradiavam calor. O sorriso deixou Beatrice subitamente feliz.

Saiu à procura dos amigos. Horatio estava atrás dela, com duas tortas de carne na mão. Pegou a sua e bateu com os pés no chão, para esquentar. A dor de cabeça sumira. Tudo parecia perfeito. Era possível sobreviver ao caixão de gelo e emergir intacta. Pela primeira vez, em meses, sentiu-se viva outra vez. O sentimento derramou-se num afeto renovado por Horatio.

Beatrice casou-se com Horatio Sands na igreja da Imaculada Conceição, na rua Waverly. Para desgosto da família, ele se converteu ao catolicismo para casar com ela.

Horatio sabia pouca coisa além do que ela lhe contara, que vinha de uma família do distrito do Rupununi, nas Guianas, na América do Sul. Mas Horatio não conseguia nunca se lembrar de qual Guiana se tratava, mesmo depois de ela ter mostrado no mapa. E Beatrice nunca falava muito de casa. Ele descobriu que jamais poderia guardar a geografia do lugar na cabeça. Por algum motivo, ela lhe escapulia.

Durante dois anos, trabalharam muito para mobiliar a casa. Tinham se mudado para um apartamento da rua Hutchinson. Com três cômodos e uma varanda de madeira da qual ela gostava muito.

Ajudada pelas amigas do pensionato, escolhera tons de rosa e lavanda para a decoração. Mantinha o assoalho de madeira encerado e protegido por tapetes diversos, mas amava sobretudo a lâmpada elétrica de cabeceira, comprada na Eaton's, com dinheiro que ela própria economizara. Havia muita coisa em sua nova vida de que gostava. Parecia fácil e confortável, ainda que meio irreal.

Aí, uma noite, quando ela e Horatio voltavam de braços dados de um cinema, Beatrice viu a índia do circo de novo. Estava esparramada, bêbada, na frente iluminada de uma loja, com hematomas e manchas roxas no rosto todo. Fazia muito frio, mas o álcool, com seu fogo interior, impedia a mulher de senti-lo. Sentada de pernas abertas, usava um casaco feito de alguma pele animal, desabotoado, com um vestido de algodão fino por baixo. E parecia tê-la reconhecido.

"Ei", chamou ela, quando Beatrice se aproximou. "Ei. Você é iroquesa? De que povo você é?" Deu um gole numa garrafa e engrolou uma música, gotas de bebida derramada brilhando em seu queixo: "*Um dinheirinho, um dólar, hoje é a noite do pachola. Por que veio tão cedo?* Querida, me dê uma ajuda, querida. Por favor, me ajuda".

Horatio pegou firme no braço de Beatrice e afastou-a rapidamente daquela cena desagradável.

A mulher ficou olhando para Beatrice.

"Certo. Certo. Eu entendo", resmungou, a cabeça afundando no peito.

Naquela noite, depois que Horatio fez amor com ela daquele seu jeito habitual, feito um garotinho segurando firme na chupeta, Beatrice viu-se incapaz de dormir. Aquelas sessões superficiais de amor não exigiam qualquer envolvimento real de sua parte. Normalmente, gostava de continuar acordada mais um pouco, envolvida em lençóis limpos, satisfeita com sua casa, planejando uma nova compra, depois que ele pegava no sono. Mas estava estarrecida com o fato de ter ignorado aquela índia na rua. Era uma traição. Sentou-se na cama. Horatio dormia. Sombras e luzes vindas do trânsito lá fora moviam-se pelas persianas da janela. Queria levantar, mas tinha medo de acordá-lo. O néon do restaurante em frente jogava um arco de vermelho-pálido sobre a parede ao lado da cama. Deitou-se de novo, completamente desperta.

Por fim, dormiu um sono inquieto. Um trem distante apitou devagar, três vezes, ao partir das pradarias e, no sonho, o ruído se transformou no gemido das ariranhas gigantes, cujos chamados costumava ouvir no rio Rupununi.

O sonho transformou-se num terror noturno. Estava acordada, mas paralisada, uma giganta, incapaz de se mexer ou falar. As coxas ficaram pesadas, impossível movimentá-las, e viraram as margens do rio Potaro, cobertas de vegetação na qual manadas de caititus corriam de um lado a outro. Ela se transformou em sua própria paisagem sexual. A silenciosa corrente prateada do rio entre suas pernas carregava em si os reflexos das nuvens e um bando de araras. O rio transbordou pelas barrancas íngremes. Sentiu as correntezas puxando abaixo da superfície. O fluxo prateado e liso continuava a ganhar velocidade, precipitando-se em grandes cachoeiras que caíam, trovejantes, no desfiladeiro lá embaixo.

O arco-íris estava sempre presente na névoa, no topo das quedas-d'água. Lembrava-se da mãe contando que o arco-íris era o espírito de um menino doente. De vez em quando, o rio era apanhado enquanto fluía para longe da vista, apanhado uma, duas vezes, depois com menos freqüência, apanhado pelas margens cobertas de mato, brilhante feito uma agulha à medida que sumia na distância.

De repente lá estava sua mãe, parada na margem, balançando a cabeça e franzindo os olhos para se proteger do sol, enquanto falava.

"O barco caiu na queda. Caan voltou."

Aos poucos, Beatrice voltou a si. Estava empapada de suor. Pernas e braços pareciam de chumbo. Ainda não tinha muita certeza se conseguiria se mexer. A geladeira soltou um suspiro e um estralo na cozinha. Por fim, balançou os dedos do pé. Aliviada ao ver que funcionavam, tentou com toda a cautela mover a perna esquerda. Ela obedeceu. Depois ousou virar-se de lado e olhar o contorno da cabeça de Horatio. Que estranho, pensou, estar deitada aqui, a cinco centímetros dele, mas com a cabeça povoada de floresta e savana, enquanto a dele provavelmente está cheia com a Montreal de sua juventude, seus bondes elétricos e pistas de tobogã. Que estranho que dois mundos tão diferentes estejam deitados lado a lado, a poucos centímetros um do outro.

Tentou olhar para ele enquanto dormia, mas estava escuro demais. Docemente, escorregou para fora da cama. Foi pé ante pé até a porta, vestiu um roupão e saiu para a sala. As molas do sofá cederam quando se sentou e encostou na sobrecoberta do espaldar. Não conseguia parar de pensar na mulher. Talvez, no fim das contas, a mulher estivesse mais segura dentro do caixão de gelo da feira do que fora dele. Ficou pensando se seria melhor para seu povo preservar-se dentro de suas próprias tradições ou permitir mudanças. Durante um tempão, fitou a escuridão. A vida era fácil, do jeito como vivia agora. Tinha até mesmo aprendido a jogar tênis.

Ai, Montreal, Montreal. O que havia de fazer ali?

Enquanto resvalava para um cochilo, com a cabeça no encosto do sofá, ouviu a voz de mamai Maba outra vez.

"Quente e azedo, frio e doce. Tudo no mundo é dividido assim."

SINGULARIDADE

Sonny foi para Pirara e nunca deu o menor sinal de sentir saudade da mãe, ou de qualquer outra pessoa. Sob certos aspectos, Wifreda sentia-se mais próxima dele do que dos próprios filhos — o menino era menos sociável ainda que ela. De vez em quando, pegava-se meio admirada com ele. Parecia marcado por alguma terrível inocência. Uma pureza fascinante.

Se, por um lado, os filhos eram travessos, curiosos, a caminho de se tornarem rapazes impetuosos, Sonny continuava absoluto em sua quietude e auto-suficiência. Ocorreu-lhe que talvez fosse como uma semente de inajá que se recusa a crescer, como se o crescimento fosse uma fraqueza, uma perda de integridade, como se tivesse tudo empacotado dentro de si e não quisesse se abrir, para não perder a perfeição. Havia sempre a sensação de que Sonny caminhava à luz de seu próprio luar. Wifreda tinha consciência da responsabilidade especial de ser sua guardiã.

Castigava os outros quando o amolavam. De início, tentou fazer com que participasse das brincadeiras, mas ele ficava perturbado e recolhia-se ainda mais em si mesmo, de modo que ela o deixou sossegado. Sonny passava semanas fazendo flechas, preparando o arco, depois levava os apetrechos para o mato, sozinho. Em vez de matar peixes com as flechas, praticava meses a fio, com uma paciência infindável, obsessiva, sempre usando o mesmo buriti como alvo.

Como convinha a alguém concebido por volta da época de um eclipse, Sonny era um horizonte de eventos ambulante. Uma singularidade. Ninguém sabia o que se passava ali dentro.

* * *

A fazenda em Pirara cresceu e prosperou, sob a administração de Sam Deershanks. As duas mamais viviam com Wifreda e Sam e passavam a maior parte dos dias, e algumas noites, pescando. O caçula de McKinnon, Freddie, tinha acabado de atingir seu maior sonho e começara a trabalhar como vaqueiro, perseguindo o gado sob o olhar vigilante de Sam.

Com o correr dos anos, Danny começou a passar mais tempo em Pirara do que em sua própria casa, em Wichabai. Estava bebendo demais e a mulher muitas vezes se refugiava com os filhos na casa dos pais, no Brasil. Danny não era mais o moço magro de antes. Fisicamente, tinha se transformado num homem bem mais pesado do que o jovem esbelto que tanto obcecara a irmã. Os olhos praticamente sumiram, afundados nas bochechas carnudas. *Parakiri* e rum lhe encheram as carnes e seu peso acentuava uma crueldade cada vez mais grosseira. Uma vez, enquanto abria uma nova latrina com um dos vaqueiros, houve uma briga entre os dois. O buraco era fundo. O homem não conseguia sair.

"Fique aí e batize a fossa com sua própria merda", gritou Danny, afastando-se.

Ele viajava por todo o país, comerciando balata. Às vezes levava Sonny junto. Sonny nunca dizia nada nessas viagens, nem demonstrava qualquer interesse pelo lugar para onde ia.

Quando não foi mais possível confiar nos préstimos de Danny, seus patrões brasileiros ameaçaram despedi-lo. Às vezes ele desaparecia durante meses a fio. Havia rumores de que tinha outras famílias, em diferentes povoados. Mas era taciturno demais para que as pessoas pudessem questioná-lo.

Quando sumia, se embrenhava na floresta e levantava uma choça. Ali, relaxava e sentia-se mais vivo. Conseguia ver e cheirar melhor as coisas. Não havia ninguém para amolá-lo com roupas para as crianças, colheitas fracas de mandioca ou remédios para a esposa.

Depois de instalado, não pensava mais na família. Nem em Beatrice ou no passado. Tudo que fazia era perseguir uma paca pelo mato, ficar horas deitado no chão úmido, tentando tirar alguma cutia da toca com fumaça, ou esperar no calor sufocante da beira de um regato até um peixe morder a isca.

Num certo ano, isso depois que Sonny já estava mais alto que ela, Wifreda foi fazer sua visita anual a Georgetown, para comprar provisões.

Durante sua estada na cidade, contratou uma moça para voltar com ela ao Rupununi e dar alguma instrução às crianças. A nova tutora chamava-se Nancy Freeman, uma mulata clara de dezoito anos de idade, ágil, de nariz arrebitado, duas tranças crespas e muita energia.

As aulas começavam às oito e meia da manhã, na própria casa, para todas as crianças do povoado de Pirara. Nancy Freeman muitas vezes pensou em desistir. Lutava para controlar os meninos de Wifreda. Certas manhãs, na hora de começar a aula, um cavalo passava em frente à janela da sala, com três meninos montados em cima, e a professora não voltava a ver nenhum deles até o fim do dia. Quando a garotada passava dos limites, chamava Sam Deershanks, que fora parteiro de todos eles. Apesar das ameaças, tinha um coração mole e só usava a tira de couro para bater na perna da cadeira onde o culpado estivesse sentado.

Sonny ocupava uma carteira separada dos outros. Quando ela pedia à classe que escrevesse o nome completo no cabeçalho da página, ele punha apenas: "Sonny". Nancy Freeman o questionava.

"Todo mundo tem que ter um sobrenome", dizia ela, sorrindo.

Mas ele não tinha. Chamavam-no de Sonny. Fora isso, não tinha outro nome. Não sabia quem era nem de onde viera. Sentado ali na carteira, era uma figurinha pequena que, ao contrário dos outros, não lhe causava problemas. No entanto era também um rebelde, num sentido inusitado e delicado. Era um rebelde pela ausência. Conseguia estar e não estar ao mesmo tempo. Às vezes dormia, os olhos bem abertos.

Falava muito pouco e, quando o fazia, não era mais que um sussurro. Mas respondia às perguntas, era obediente e em certos momentos, quando algo o divertia, reagia com um ligeiro sorriso.

Aos poucos, Nancy Freeman descobriu que o que Sonny queria, mais que qualquer outra coisa, era manter-se em segredo. Numa era de descoberta, revelação e exame de tudo quanto é aspecto da vida, numa era em que todos os cantos do mundo estavam sendo fotografados, filmados, redescobertos, analisados, discutidos e apresentados a um público voraz; em que as comunicações e as interligações estavam avançando a passos rápidos, em que todas as tribos previamente inacessíveis estavam sendo reveladas, investigadas e exibidas, tudo que Sonny queria era sigilo e silêncio.

Parecia estar num constante estado interno de excesso lunar. Não adiantava forçá-lo. Ele tentava, sobretudo, evitar gente. Nas raras ocasiões em que falava, fazia observações curiosas, desinteressadas e inteligentes. Sempre que um adulto conversava enfaticamente com ele, parecia impressionado e ouvia atento. O jeito como ouvia era perturbador. Parecia ficar à espreita mais das ênfases do que do significado das palavras, como se tentasse detectar um ritmo subterrâneo, uma batida antiga e recorrente que lhe daria a chave daquilo que a pessoa queria de fato dizer. Às vezes respondia com verdadeiro deleite, como se tivesse descoberto o sentido real daquilo que lhe fora dito. Isso confundia as pessoas, que talvez estivessem falando alguma coisa sem importância, ou até mesmo lhe passando um pito. Era desconcertante. As pessoas tinham a impressão de que não controlavam o que diziam.

A maior parte achava que Sonny não era muito certo da cabeça.

De início, a nova professora tentou se aproximar. Mais tarde, acabou compreendendo que Sonny era solitário por opção. Amor, amizade, intimidade de qualquer espécie produziam nele uma sensação de sufoco. Ele fugia dessas coisas. Todo e qualquer contato parecia uma violação. A solidão o fascinava. Ele empreendia alguma viagem íntima, receosa, e seguia seu curso com a alegria e delicadeza de um rastreador. As pessoas faziam tentativas bem-intencionadas de trazer Sonny para o mundo. Mas, para ele, nada se equiparava à emoção de afastar-se do mundo.

Um dia de manhã, com o sol jorrando janela adentro, Nancy Freeman tentava ensinar a tabuada e um pouco da gramática inglesa entre lágrimas, caras feias e o barulho de cadeiras arrastadas no chão. De repente a porta abriu-se e Wifreda entrou na sala, com tamanha carranca que a linha do cabelo chegava ainda mais perto das sobrancelhas. Ela parecia meio atrapalhada.

"Nancy, chegou um tal de Evelyn Waugh, ou algo parecido. Ele quer cortar o cabelo. Larga um pouco a aula. Ele deve se hospedar aqui conosco um ou dois dias. Depois, pica a mula de novo e volta para o lugar de onde veio."

Wifreda costumava ficar nervosa na presença de estranhos, se bem que sempre fosse tão hospitaleira quanto exigiam as savanas.

Nancy Freeman virou-se para a classe e disse, sem muita esperança de ser obedecida: "Chegou um homem branco e ele vai ficar muito vexado se vocês não continuarem sentados aqui quietinhos, aprendendo a tabuada".

Pela janela, as crianças espiaram o homem que desmontara do suado baio no pátio. Um dos vaqueiros, um macuxi atarracado, manquitola, apareceu e levou o cavalo para tomar água. O visitante, com uma cara franzida e um olhar contundente, esperava, apoiado numa bengala de muirapiranga. Era óbvio que estava com os pés doendo. Olhava com absoluto horror para tudo em volta.

Nancy, no seu jeito amistoso e jovial, levou uma cadeira para fora e cortou-lhe o cabelo ali mesmo, no terreno que separava a casa das águas esverdeadas do rio Pirara.

À noite, terminado o jantar, toda a família saiu para passear ao luar, recitando os Mistérios Dolorosos conforme lhes ensinara o novo padre. Evelyn Waugh perguntou se podia lhes fazer companhia, explicando que se convertera fazia pouco tempo.

Wifreda pendurou uma rede para o hóspede e torceu para que Danny, que estava em Pirara nessa época, não bebesse demais e se tornasse inconveniente. Mas Danny, imprevisível como sempre, tratou a visita com inusitada cortesia. Reclinados nas redes penduradas na varanda da frente, conversaram com uma garrafa de rum posta no chão entre eles.

Lá no céu as estrelas brilhavam de tal forma que até pareciam ter chegado mais perto de propósito, só para vigiar os dois. O escritor olhou para os olhos puxados de Danny, que reluziam ao luar. As bochechas eram inchadas de tanto beber. Evelyn Waugh lembrou-se, de forma desconcertante, de Stalin.

"O que o trouxe assim tão longe?", Danny perguntou.

Evelyn Waugh franziu o cenho, meio abespinhado.

"Assuntos domésticos", respondeu por fim. Depois acrescentou, com uma certa impaciência: "Meu casamento acabou. Prefiro não falar sobre isso".

"A mesma coisa aconteceu comigo", disse Danny.

E, durante algum tempo, o desejo confluente de não falar aproximou-os, o estóico silêncio dos índios de mãos dadas com a reticência natural da alta burguesia inglesa.

Como se já tivesse falado demais, o escritor acrescentou: "No entanto, agora mal posso esperar para voltar à Inglaterra. Acho tudo tremendamente monótono por aqui. Parece que não acontece nada nesta parte do mundo. O que você acha para fazer?".

"Não muita coisa."

Sentada a poucos metros dali, a figura anciã de Koko Lupi espiava a dupla, sem participar da conversa. Wifreda a fizera vir das savanas do sul porque Sonny estava tendo ataques. Sonny sempre fora fascinado pela lua. Gostava de dormir, olhos bem abertos, banhado em luar. Mas, desde a puberdade, passara a sofrer ataques com a lua cheia.

"A lua vem buscar ele", Koko Lupi falou, recomendando que Wifreda queimasse penas de galinha sob o nariz do menino e depois o fizesse tomar água contendo as cinzas das penas.

Quando ele perguntou, Koko Lupi informou ao senhor Waugh que chegara até lá voando.

"Finge que voa", escreveria Waugh em seu diário, depois.

Mais tarde, Evelyn Waugh perguntou a Danny se gostaria de ouvi-lo lendo um pouco de Dickens. Levara um exemplar de *Dombey and son* com ele. Embora Danny pudesse ser cruel, havia alguma coisa naquele estranho que o atraía. De modo que pegou uma lamparina — um pavio boiando em sebo de boi —, uma nova garrafa de rum, dois copos, que colocou sobre a mesinha, e ouviu, pacientemente, pelo tempo que Waugh se dispôs a ler. Evelyn

Waugh sentou-se com uma perna sobre o braço de madeira de sua cadeira Berbice, segurando o livro de lado, para pegar a luz débil da lamparina. Depois de um tempo, a atenção de Danny desviou-se para a infância, para o dia, muito tempo atrás, em que um outro branco aparecera e tocara sonatas de Mozart ao violino.

"Quer que eu pare agora?", perguntou o escritor, reparando na perda de concentração.

"Não. Por favor, continue", disse Danny, educadamente. "Por favor, não pare."

Aos primeiros raios da aurora, veio um rangido da rede, quando Evelyn Waugh, de pijama, virou-se pesadamente lá dentro, desconfortável e friorento. Imaginou ter de passar o resto da vida num lugar daqueles. Quase despencou ao esticar a mão até o chão para apanhar seu bloco e caneta. "Os apuros do homem civilizado, entalado entre selvagens", escreveu ele, acrescentando em seguida vários pontos de interrogação, para lembrá-lo dos selvagens que deixara em sua terra natal.

Ao se preparar para partir, parou uns instantes e escreveu no diário: "Escrevi um artigo ruim, ontem, mas pensei num enredo para um conto. Podia chamá-lo de 'O homem que gostava de Dickens'".

Lá fora, Danny girava a manivela do caminhão com trancos violentos. Prometera dar uma carona ao senhor Waugh até Santo Inácio, para que conhecesse o novo padre. Depois da partida do padre Napier, o Rupununi ficara sem um padre católico por vários anos. O novo, recém-nomeado, cursara Stonyhurst, na Inglaterra, e conhecia vários colegas de Waugh.

O escritor se sentia menos desolado. Até então, a viagem toda lhe parecera uma penitência voluntária e insuportável. Aqueles momentos de silêncio, partilhados com Danny McKinnon, tinham ajudado. De algum modo, sentia que virara a esquina. O fato de ter concebido uma idéia para um conto era bom sinal.

Na manhã em que Evelyn Waugh partiu, todas as crianças foram lhe dar adeus e ninguém voltou à sala de aula. Nancy Freeman esperou um pouco, depois abandonou com relutância qualquer idéia de escola naquele dia e foi até o rio, passando pelas mangueiras gigantes. Ali, por entre um arvoredo fechado, viu a silhueta de Sonny. Aproximou-se em silêncio, a poucos metros dele, e espiou enquanto o menino executava um feito espantoso com seu arco e flecha.

Ele estava de costas e não sabia de sua presença. Atirou uma flecha lá para o alto de um buriti, quase impossível de se ver. Depois desfechou uma outra sobre a haste da primeira, depois mais outra na haste da segunda e assim por diante, até formar um belo arco de flechas do tronco da árvore ao chão. Ao terminar, virou-se, viu Nancy e sorriu.

Foi um sorriso radiante, enigmático, deslumbrante, inesquecível o que ele lhe deu ali de pé, com sua camisa branca e calção marrom. Depois desceu a ladeira, rumo ao córrego.

Ela avançou para examinar o arco de flechas, mas, quando chegou perto, a estrutura inteira ruiu por terra e as flechas caíram todas.

Ninguém sabia o que, exatamente, acontecera com Sonny. Ele desapareceu mais ou menos um ano depois desse incidente. Os boatos sobre seu sumiço foram muitos, mas ninguém parecia capaz de precisar quando ele desaparecera, nem de onde. Houve quem relatasse tê-lo visto aqui e lá, às vezes num determinado povoado, ou então arrancando mandioca nas montanhas. Ele foi deixando de existir aos poucos, à medida que os relatos diminuíam.

Por causa dos rumores de que sua mãe era uma *kanaima*, ninguém procurou muito por ele. Alguns diziam que fora para as montanhas, treinar para ser, ele também, um *kanaima*. Mais de uma pessoa suspeitava que fosse um "vira-onça", capaz de se transformar num jaguar. Em segredo, Wifreda não acreditava nisso, mas, entendendo sua preferência pela solidão, achava possível que tivesse ido morar numa caverna deserta de onça, embaixo dos grandes blocos rochosos dos montes Kanaku.

A apoteose de Sonny ocorreu depois de várias pessoas jurarem tê-lo visto perto do monte Garrafa, parado no cruzamento de várias trilhas, com o sol nascente surgindo entre dois picos e um prisma de luz em cima dele. Ali, parado, Sonny ofuscava tudo e todos.

A visão surpreendeu de tal forma um macuxi que estava nas redondezas caçando que o homem voltou e tentou seguir as pegadas da figura que tinha visto. O caçador era um homem meticuloso e prático, que se irritava diante de questões sem explicação.

Ao examinar mais de perto, viu pegadas de onça sobrepostas ao rastro, que pareciam ir em sentido contrário. Presumiu que alguém estivesse tentando pregar uma peça com um pé avulso de onça, para despistar seus perseguidores. Seguiu a miscelânea de pegadas até o sopé dos montes, perdendo o rastro momentaneamente no local onde pedras cinzentas serviam de ponte sobre um córrego de águas velozes. Atravessou para o outro lado.

Foi ali que parou de tentar seguir as pegadas sumidas e começou a seguir uma risada cativante.

Seguindo o som daquela alegria solitária, escalou a trilha estreita e íngreme que levava até a cachoeira, extasiado com o cheiro da vegetação densa e molhada. O sol brilhava por entre as folhas entrelaçadas, mas o homem olhava para baixo, pisando com cuidado nas pedras, moitas e galhos caídos que pontilhavam a subida, de modo que não viu uma rede pendurada lá em cima, entre as árvores.

Nunca na vida ouvira tanta alegria. Logo, seus ouvidos foram invadidos por sons diferentes, cada um deles parecendo vir do mesmo lugar que a risada — o tucano, com seu ganido parecido ao de um filhote de cachorro; a gritaria das pererecas; depois o chiado de rato dos morcegos, em plena luz do dia, dissolvendo-se misteriosamente em risadas. A única constante era a cachoeira trovejando ao fundo. Entre um ruído e outro, vinha uma gargalhada tão contagiante que o homem não podia fazer outra coisa, senão ficar ali parado, com um enorme sorriso na cara, escutando. Começou ele próprio a dar risada e a sacudir a cabeça. Ou é um papagaio ou algum tipo de ventríloquo, pensou.

Quando chegou à cachoeira, de onde pareciam vir todos os sons, não havia nada exceto uma pilha de roupas abandonadas ao acaso nas rochas chatas diante da queda-d'água. Não havia nem sinal do dono, que ele presumiu estivesse nadando em algum lugar ali perto. Examinou as roupas; um terno cor de creme muito elegante, a calça sustentada por um cinto sólido de couro entalhado; um par de óculos escuros caros, de armação de ouro, e chaves de um carro, o metal pelando por causa do sol.

Esperou algumas horas, até que a aproximação da noite o fez descer de novo, desapontadíssimo por não ter encontrado a origem daquela risada luminosa.

Wifreda esperou algum tempo, ansiosamente, depois escreveu a Beatrice, no Canadá, a respeito do mistério, dizendo que Sonny simplesmente se fora para algum lugar. Quem sabe para a cidade, escreveu ela, ou então foi morto por algum animal, talvez tenha atravessado para o Brasil. Ninguém sabe. Encontraram um corpo sentado na beira do rio, de cara para a água, como se estivesse à procura de alguma coisa, o cabelo espalhado, dedos e uma perna parcialmente comidos. Mas ninguém sabia ao certo quem era.

Beatrice recebeu a carta, escondeu do marido e, mais tarde, rasgou.

Escreveu para Wifreda, dizendo que talvez tivesse sido melhor assim e agradecendo por tudo que ela fizera. Agora tinha quatro filhos com Horatio. Mudaram-se para uma casa em Ville St. Laurent, nos arredores de Montreal. As crianças cursavam uma escola local. E, com toda a rotina de cuidar das crianças e de Horatio, mal tinha tempo de se lembrar daquele outro amor que sempre fluíra por sob a faina do dia-a-dia; um doce rio subterrâneo que às vezes chegava à superfície e produzia sua própria música, mas que permanecia a maior parte do tempo escondido, de modo que ela trazia consigo apenas os ecos de sua melodia.

De vez em quando, pensava no menino que deixara para trás, estranho, belo e isolado. Aí, por uns tempos, a vida com Horatio e seus outros filhos lhe parecia totalmente irreal.

TERCEIRA PARTE

UM TAPIR POR ESPOSA

Tia Wifreda achava que poderia suportar a cegueira, desde que o rosto de Beatrice parasse de flutuar dentro daquela escuridão. Tentava imaginar o que faria, quando voltasse ao Rupununi. Marietta e Bla-Bla teriam de ajudá-la. Talvez desse para usar Bla-Bla como uma espécie de bengala para cegos. Quem sabe um dos cachorros pudesse ser treinado como cão de cego. Não havia nada a fazer, era o destino. Pelo menos pudera ver durante boa parte da vida.

Quando Chofy descobriu que a tia não estava mais enxergando, levou-a de volta ao hospital. O cirurgião ficou espantado.

"Até onde eu consigo ver", o médico disse para Chofy, em particular, depois de examinar os dois olhos de tia Wifreda, "a operação no olho direito foi um sucesso. Não consegui encontrar nenhuma razão orgânica para uma perda de visão como essa. Talvez seja o nervoso. A cegueira histérica existe, sabia? Deixe que ela descanse uma semana, depois voltem de novo para a gente ver o que se pode fazer."

Chofy acompanhou-a pelos degraus até seu quarto, na rua Thomas. Tia Wifreda tateou em volta, até achar a cadeira, e sentou-se.

"A senhora parece tão calma", comentou Chofy.

Olhando fixo para a frente, sem enxergar nada, Wifreda lhe contou, pela primeira vez, o caso de seu tio Danny com Beatrice; a loucura do padre Napier; a existência e sumiço de Sonny; o eclipse e a ameaça que Beatrice fizera de deixá-la cega.

"Feito um cupim", repetiu ela, enquanto Chofy passava água em sua testa e escovava seus cabelos brancos. Depois de terminar, Chofy pôs a escova de cabelo na banqueta perto da cama. "Agora já sabe por que eu não quero mais falar sobre eclipses, nem sobre Sonny, ou Evelyn Waugh, nem coisa nenhuma."

Chofy esquentou um pouco de comida para ela, no fogão do puxado.

"Vá", ela disse, depois que ele lhe deu um prato de arroz cozido. "Não há nada que possa fazer. Mas me enrole um cigarro antes de ir."

"Como vai sua tia Wifreda?", perguntou Rosa, quando ele voltou.

"Do mesmo jeito. Você acredita em superstições?"

"Em hipótese alguma." Rosa sentou-se na cama, fingindo-se ultrajada. "Nem em religião. Sou uma racionalista convicta."

Chofy guardou para si o que lhe haviam contado.

Nas noites seguintes, depois que Chofy e Rosa terminavam de fazer amor, com o calor pesando tanto que até mesmo um lençol era demasiado, ficavam deitados, virados um para o outro, apoiados nos cotovelos, pernas e pés enroscados.

"Mas por que você morava com sua tia Wifreda? Onde estavam seus pais?"

A oportunidade de falar de si mesmo era um luxo tão delicioso que Chofy tagarelou madrugada adentro, enquanto ela ouvia com grande atenção, tentando espantar o sono. Ele torceu-se na cama.

"Meu pai, Freddie, morreu no Rupununi quando eu tinha sete anos. Isso para mim foi um desastre. Nada foi a mesma coisa depois disso. Quando o enterraram, em Sand Creek, chovia muito. O caixão estava sobre água e lama. Todo o povoado compareceu. Aparentemente, foi só quando eu vi a terra sendo jogada sobre o caixão que percebi o que estava acontecendo. Não me lembro de muita coisa, mas dizem que eu pulei na sepultura e eles tiveram que me tirar dali, chorando e esperneando."

"Do que foi que ele morreu?", perguntou Rosa, franzindo o cenho em solidariedade.

"Um outro índio o acusou de roubar um cavalo. Meu pai se irritou e gritou para ele dar o fora. As pessoas dizem que o homem voltou, roubou uma das pegadas de meu pai e botou no córrego. As pessoas acreditam em coisas assim", acrescentou Chofy, mais que depressa. "Pouco depois, meu pai perdeu o fôlego e o pé inchou feito uma bola de futebol. Ele urinava nas calças e aquilo caía em poças no chão, feito água de córrego. A perna inchou também, depois o corpo. Começou a sangrar por trás, como se fosse menstruação. Esse é um dos sinais de *kanaima.* Na noite em que ele morreu, disse que queria pendurar a rede lá fora, para pegar mais ar. As pessoas dizem que viram um estranho, um índio rondando por lá. Aí ele morreu. Minha mãe era uma uapixana, de Sand Creek. Depois disso ela foi embora, para o Brasil, e tia Wifreda me criou, junto com meu primo Tenga, cuja mãe também morrera."

"Mas você disse que foi criado em parte por um padre", ela disse.

"Ah, sim. Bom, isso depois que meu tio Danny me atacou. Ele morava conosco e bebia muito. Ele quase me matou. Nunca vou esquecer. Eu estava com uns doze anos e tinha acabado de aprender uma história com um dos vaqueiros. Estávamos todos sentados em volta da mesa. Todo animado, contei a história para tia Wifreda, pulando para cima e para baixo, gesticulando, fazendo o diabo. O tio Danny estava esparramado na mesa, enfezado como sempre, virando uma tigela de *parakari* atrás da outra, com a marca de nascença na cabeça muito vermelha — sempre um sinal de perigo. A história que eu estava contando era sobre um casal com um filho. Quer que eu conte para você?"

Rosa fez-lhe um afago solidário de incentivo. Chofy estava totalmente desperto.

"Lembro-me de cada uma das palavras. Havia um casal, que tinha um filho. A mulher era muito cruel. O menino chorava e ela batia nele. Um dia, a mulher largou o filho numa roça de abacaxis. Uma vaca-do-mato, quer dizer, um tapir fêmea, ouviu o menino e aproximou-se para ver o que era. Comovida com o choro, ela o levou para casa. A criança cresceu na mata, amada pela tapira. Quando o menino ficou adulto, a tapira e ele passaram a viver juntos, como homem e mulher. Foram felizes durante muitos anos, até que um dia ela engravidou.

"O homem saiu para caçar. Uma noite, perseguindo um veado, ele topou por acaso com o povoado onde nascera. As pessoas lhe contaram tudo, inclusive que fora abandonado pela mãe cruel. Ele se sentiu muito bem na aldeia e foi ficando por lá, para ajudar os homens na roça. Um dia, os caçadores começaram a falar de uma certa tapira que tinham visto rondando o lugar. Decidiram sair para caçá-la no dia seguinte.

"O homem ficou triste porque sua mulher seria morta, mas não podia salvá-la. Não queria que os homens soubessem que era sua esposa. Por isso, para não levantar suspeitas, foi com os outros caçar. Até pediu para ficar de vigia na beira do rio, onde seria o primeiro a atirar nela. Quando os caçadores encontraram a tapira, saíram atrás. Ela sentiu o cheiro do marido e correu para ele. Ele disparou uma flecha que furou seu pescoço, ela caiu e morreu, com a criança ainda no útero.

"O marido avançou correndo e tirou um bebê humano perfeito da barriga dela. Levou a criança para casa, para cuidar dela, mas, quatro dias depois, o bebê virou uma planta venenosa. Ele usou a planta para pescar. E foi assim que aprendemos a envenenar os peixes.

"Essa era a história, exatamente assim. Alguma coisa nela deve ter aborrecido meu tio Danny, porque, quando dei por mim, ele estava me esganando e me arrastando para a janela. Estava me empurrando de costas por cima do parapeito, me sufocando, me acusando de mentir, roubar, uma porção de coisas. Tia Wifreda atirou café quente nele, para ele parar. Bom, o tio Danny era um homenzarrão. Ficou ali, o peito sacudido por soluços secos. Ficamos todos muito constrangidos. Eu também estava chorando. No fim, saiu cambaleante, ainda muito bêbado, pegou uma pá encostada na parede e arrebentou um dos barracões inteirinho.

"Depois disso, tia Wifreda me levou para a casa do padre e eu fiquei lá uns tempos. Ele era muito bom para mim, até me mandou estudar em Georgetown, por um ano."

"Pensei que você tivesse dito que não conhecia mitologia nenhuma."

"Ah, eu sei um bocado dessas histórias."

Os olhos de Rosa estavam fechando. Chofy cutucou-a nas costelas:

"Acho que estou falando sozinho", disse, fingindo-se de ofendido e apertando-a, até que ela reagisse com um acesso de riso sonolento. Também seus olhos estavam fechando, mas manteve-os abertos, sem querer perder um minuto da mulher deitada a seu lado. Sentia que aninhava algo precioso, que nunca mais teria a chance de ter. Deslizou os dedos pela curva de seu quadril.

"Que tipo de história esse Evelyn Waugh escrevia?", perguntou de repente.

"Histórias diferentes dessa", resmungou Rosa, virando-se em seus braços. "Mas tem espaço para tudo quanto é tipo de história. Como foi que arranjou esse seu nome — Chofoye? É um nome muito bonito."

Em respeito ao racionalismo lúcido de Rosa, Chofy reprimiu seu próprio temor supersticioso. Fora criado para não revelar o nome ou, então, para não contar seu significado. Sentira um certo desconforto mesmo quando lhe dissera pela primeira vez como se chamava.

"Eu já disse. É um nome uaiuai, que significa corredeiras, ou água que corre rápido. Quando você diz em voz alta, dá para ouvir que faz o mesmo som da água explodindo nas pedras. Foi o tio Danny quem sugeriu, quando eu nasci, e meu pai gostou."

Durante essas noites, Chofy contou-lhe tudo que conseguiu lembrar de sua vida. Às vezes falava deitado de costas, com um braço em volta dela. Às vezes apoiava-se no cotovelo e falava, sentindo o hálito suave de Rosa fazer cócegas em seu rosto, feito uma pena de pato.

A única coisa que não lhe contou foi que era casado e tinha um filho. Baniu Marietta e Bla-Bla da história, na esperança vã de que acontecesse algo para resolver o impossível. Não pensava no futuro e não sentia nenhuma culpa, apenas um terror de que Rosa descobrisse e de que tudo acabasse entre eles.

Correu os dedos pelo perfil dela. O contorno o fez lembrar de uma coisa.

"Sabe como se corta uma chave?" Ele a olhava de lado. "Eles passam a chave por uma máquina que corta do lado oposto — de trás para a frente."

* * *

Rosa consultou o mapa para achar a rua da residência particular do alto comissariado canadense. Havia agora dois motivos para sua determinação crescente em visitar o Rupununi. Apesar dos resmungos desestimulantes de tia Wifreda, estava convicta de que uma visita ao Rupununi ajudaria sua pesquisa; além do mais, o envolvimento cada vez maior com Chofy despertara sua curiosidade e estava louca para ver de onde ele vinha. Rosa não conseguia entender sua relutância em ajudá-la. Tinha sempre uma desculpa na ponta da língua para impedir que fossem juntos, o que a deixava ainda mais empenhada em descobrir uma maneira de chegar até lá, de alguma forma.

"Eu não posso largar o emprego", ele dizia.

"Quero ver de onde você vem", ela pedia, em vão.

Foi perseguindo esse alvo que Rosa saltou do táxi e percorreu a alameda de entrada do alto comissariado canadense em Georgetown. William Bevan, o alto comissário canadense, ia com freqüência ao Rupununi, em avião particular, para fins de semana esportivos para caçar patos ou veados. Rosa conhecera a mulher do alto comissário num evento cultural e tinham ficado amigas. As chances eram pequenas, mas esperava poder acompanhar o marido de Monica Bevan numa dessas viagens.

Monica Bevan convidou Rosa a entrar na sala da frente da residência oficial, desagradavelmente gelada devido aos aparelhos de ar condicionado. Era uma mulherzinha nervosa, com cabelos grisalhos muito bem-arrumados, assediada pelo medo de doenças.

"Eu sempre fervo toda e qualquer água durante vinte minutos e jamais bebo leite. Estou prestes a ter um esgotamento nervoso. Viver neste lugar acaba com qualquer um. A tensão. Isto aqui é considerado um posto difícil, sabia?" Ela mexeu em um entalhe inuit em pedra-sabão que tinha levado consigo do Canadá e continuou se lamentando, cheia de autocomiseração. Rosa ouvia com paciência a litania de queixas.

"Não se consegue fazer nada. Nada funciona. O fax e o telefone não funcionam. Existe telefonia por satélite, mas o governo não pagou as taxas. Pobre Bill, hoje de manhã saiu logo cedo, para cuidar de uma tramóia de vistos falsificados."

Na soleira da porta, o novo empregado indiano esperava, sem saber quando interromper e servir o café, com a bandeja equilibrada de modo precário no antebraço. A senhora Bevan não reparou no moço dançando para a frente e para trás, na entrada da sala.

"São cento e cinqüenta pessoas fazendo fila todo dia, na porta do alto comissariado, nos pedindo para lhes dar abrigo. Eles vão para o Canadá. Não têm nenhuma especialização. Vivem da previdência social em condições melhores do que jamais tiveram na vida. Têm educação gratuita — as escolas daqui nem lápis têm, não há equipamento nenhum. Venha aqui fora ver a piscina", ela disse — percebendo, de repente, que podia estar deixando sua visita deprimida.

Cruzaram as portas automáticas que levavam ao jardim e à piscina azul, de contornos arredondados. O empregado recuou para a cozinha, sem servir o café.

"Estava pensando se eu poderia voar junto com seu marido até o Rupununi, da próxima vez em que ele for", aventou Rosa, hesitante.

"Mas é claro, minha cara. Venha jantar conosco na sexta-feira e assim poderemos combinar tudo. Vamos receber o embaixador norte-americano, sua esposa e algumas outras pessoas."

"Obrigada. Posso trazer companhia?", Rosa perguntou, timidamente.

"Certamente." Ela olhou em volta, exasperada. "Está vendo só — peço aos empregados que sirvam um café e eles me ignoram completamente." Depois acompanhou Rosa até a porta, abanando a cabeça, incrédula.

TEMPESTADE

Dois dias depois, o céu pretejou e desabou um dilúvio sobre a cidade. Rosa sentou-se na beira da cama. Só recentemente percebera estar ficando apaixonada; lembrava-se, de modo muito vago, dessa velha sensação. Foi se dando conta dela com um prazer gradativo. Suco de Oberon, era como ela chamava, sorrindo para si mesma. Fui salpicada com suco de Oberon. Estava dobrando as roupas em duas pilhas, uma de roupas sujas, outra de roupas limpas, em meio a um estupor pensativo. Será que a filha se incomodaria? Provavelmente não. O ex-marido morava agora em Amsterdã. Estava casado de novo. Que tipo de futuro poderia ter com Chofy? Impossível de imaginar. Mas começou a planejá-lo, assim mesmo, perguntando-se se conseguiria um emprego na Universidade da Guiana.

Quando se levantou para ir até a escrivaninha, trabalhar na pesquisa, uma chuva pontiaguda e oblíqua começou a fustigar as frestas da veneziana, molhando e fazendo brilhar as tábuas avermelhadas do assoalho. Deu uma espiada lá fora e fechou as janelas. Ao acender a luz, bátegas de água começaram a gorgolejar pelas calhas do telhado de zinco que protegia a varanda. Indira, a ajudante da cozinheira, subiu levando uma salada de abacate e um pouco de arroz com ervilhas, que deixou sobre a penteadeira.

"A chuva não quer que a senhora vá à universidade hoje", anunciou ela, sombria, antes de desaparecer escada abaixo outra vez.

Rosa e Chofy haviam combinado de ir à universidade, assistir à palestra de Wormoal sobre mitologia ameríndia. Tinham discutido um pouco. Chofy não queria ir. Suspeitava dos motivos de

Rosa para querer comparecer. Estava bancando o ciumento. Ela explicou que nem sequer gostava do antropólogo, mas que prometera ir para lhe dar uma força. Além do mais, sua tese era intrigante e tinha material sobre os índios uapixanas, mesmo que, sob certos aspectos, ele fosse meio fascista.

"Você devia estar interessado." Chofy estava enfezado, mas acabou cedendo, só para não correr o risco de haver um encontro a sós entre Wormoal e ela.

De tarde, depois que a chuva parou, Rosa foi a pé de Brickdam até a biblioteca. Colares cintilantes de água rodeavam os cafés e bares de esquina e ela caminhava desviando das poças brilhantes que enchiam os buracos da rua.

Até Chofy sair apressado do prédio, a cortina de chuva já baixara de novo. Ele tentou proteger a cabeça com as mãos. Rosa estava ensopada, as roupas grudadas no corpo. Correram atrás do microônibus.

Quando chegaram à universidade, a chuva estava reduzida a um chuvisco constante e havia névoa no ar. A universidade, muito mal construída, tinha um ar deserto. Uma vaca solitária pastava o capim do campus. Em vez das pichações que em geral enfeitam um campus universitário, os grafites nas paredes pediam: "TEXTOS JÁ", "HIGIENE JÁ", "ONDE ESTÃO AS INSTALAÇÕES???".

Dentro da faculdade, havia água pingando do teto direto no saguão. Subiram as escadas. Rosa escorregou e quase caiu no chão molhado de tábuas. A sala de seminários, onde seria feita a palestra, estava vazia. A chuva caía sobre as carteiras. Essa era a primeira visita de Chofy à universidade. Ficou deprimido. Sentia-se desconfortável e deslocado ali.

"Olá. Vocês enfrentaram a tempestade." Carmella de Pereira, a chefe de Chofy, que organizara a palestra, junto com o bibliotecário da universidade, entrou de repente. Reparando na maneira como os dois estavam parados, muito juntos, lançou-lhes um olhar meio curioso de desaprovação.

"Vejo que o senhor Wormoal ainda não chegou", disse ela, saindo rápido outra vez. Dois estudantes negros e uma moça indiana apareceram, enxugaram as carteiras e sentaram. Aos poucos, outros foram surgindo.

Por fim, Wormoal chegou, sacudindo um guarda-chuva, com água pingando dos óculos. Tirou-os para enxugar e os olhos então se mostraram vulneráveis, como criaturas de sobre as quais se remove de repente uma pedra.

Ao ver Rosa e Chofy, aproximou-se. Rosa apresentou Chofy.

"Ah. Estava querendo conhecê-lo." Wormoal piscou. "O uapixana com um nome uaiuai. Significa explosão das águas, não é mesmo?" Ele tocou de leve o braço de Chofy. Um toque que fez Chofy pensar de imediato nos dedos ligeiros dos gatunos no mercado Stabroek. Ele fez que sim com um aceno desconfiado de cabeça. Wormoal pôs os óculos de volta e olhou para ele.

"Muito prazer em conhecê-lo. Sabe que passei uns tempos com os índios das savanas do sul? Os McKinnon são uma família muito conhecida. Conheci vários deles. De que ramo é você?"

Chofy ficou tenso, apavorado que Wormoal pudesse saber de Marietta. Desejou ter obedecido ao presságio agourento que o avisara para não ir à palestra.

"Filho de Freddie. Sand Creek", resmungou.

Wormoal espiou o relógio.

"Quem sabe pudéssemos conversar depois. Agora, se me dá licença, preciso arrumar minhas coisas para a palestra."

Afastou-se, para pôr uma ordem nas anotações e escrever algumas coisas na lousa. Rosa e Chofy encontraram duas carteiras mais ou menos secas e sentaram-se. O pedaço de giz que Wormoal segurava escorregou pela superfície molhada do quadro-negro, quando tentou escrever as palavras "Eclipse — uma análise racional do mito". A água escorria do teto diretamente para sua cabeça. Chofy viu as palavras se desintegrando. Wormoal sacudiu a cabeça, irritado. Tentou outra vez e o giz derrapou no quadro. Àquela altura, a chuva penetrava por outros pontos do teto. Um estudante, acostumado à situação, deu uma saída e voltou com dois baldes. Assim que pôs os baldes no chão, o estuque lá de cima arrebentou e uma cascata despencou sobre a sala.

Nesse momento, Carmella de Pereira apareceu de novo na porta.

"Sinto muito, pessoal." Ela riu, valentemente. "Vamos ter que cancelar. O departamento inteiro está inundado. Aconselho todos vocês a tirarem os sapatos e sair. Tem um rio aí fora. Venha comigo, senhor Wormoal. Vou levá-lo para tomar um chá com o senhor Smiley, o bibliotecário, num lugar SECO." Sua risada tilintante ecoou pelo prédio todo e ela o levou através dos corredores inundados.

"Eu disse que seria perda de tempo", falou Chofy, macambúzio mas aliviado porque não seria obrigado a conversar com Wormoal.

"Bom, a palestra dele era sobre os índios uapixanas e sua mitologia. Pensei que isso o interessasse."

"Nós podíamos estar na cama."

Depois de sair da universidade, Chofy foi visitar tia Wifreda e não encontrou qualquer mudança em seu estado. Voltou a pé para o hotel. O dilúvio passara. Fazia um lindo entardecer. O ar estava limpo e o céu rajado de verdes e tons rosa. Ainda restavam alguns fiapos de nuvens cinzentas pairando baixinhas sobre os telhados vermelhos de Georgetown.

Subiu em silêncio, para surpreender Rosa. Ao passar pela varanda do andar abaixo do sótão, viu os executivos americanos da Hawk Oil sentados em espreguiçadeiras, tomando cerveja e olhando a cidade como se ela lhes pertencesse. Para surpresa sua, Chofy ouviu seu nome ser mencionado.

Wormoal estava dizendo no tom confiante de um especialista: "Chofoye é um nome uaiuai, entendem, que significa 'explosão das águas'".

Um dos americanos retrucou: "Bom, nós estamos partindo amanhã de manhã e com certeza ajuda um pouco saber qual a palavra ameríndia para explosão". Os outros riram. "Como foi mesmo que disse... Chofoye?" O americano explicou então as pesquisas sísmicas que estava realizando no Rupununi.

"Nós explodimos dinamite a cada duzentos, trezentos metros perto ou na superfície do solo. As ondas sonoras são registradas em geofones e nos mostram o potencial petrolífero ou das reservas de gás das estruturas subterrâneas." O americano baixou a meia para coçar uma picada de mosquito.

Chofy sentiu-se perturbado ao ouvir seu nome sendo discutido por estranhos. Esgueirou-se pela passagem, certificando-se de que Wormoal não o veria.

Rosa estava enroscada no sofá, descalça, com um vestido de crepe rosa-pálido que expunha seu pescoço e seios. Estava ocupada, escrevendo mensagens em cartões-postais.

"Esqueci de lhe contar." Esticou as pernas e sorriu quando Chofy entrou. "Fomos convidados para um jantar no alto comissariado canadense."

Chofy parou onde estava.

"Bom, eu é que não vou. Detesto esse tipo de coisa. Eu não queria nem ir à universidade. Não tenho roupa. E me sinto deslocado. Não sei o que dizer àquela gente."

Mas Rosa insistiu. "Eu também não aprecio muito aquela gente, mas o jantar pode me ajudar a chegar ao Rupununi."

"Por que você faz tanta questão de ir até lá?" Chofy afundou-se numa cadeira, carrancudo, consciente de que, se ela visitasse o Rupununi, com certeza descobriria a existência de Marietta e Bla-Bla. Rosa arregalou os olhos e olhou para ele, preocupada.

"Não. Eu não suportaria. Eu não gosto daquela gente toda cheia de empáfia." Chofy estava sendo teimoso.

"Por favor." Ela mordeu o lábio e olhou-o ansiosa.

Chofy derreteu-se todo com o pedido. Achava difícil recusar-lhe qualquer coisa. Além do mais, lembrou-se de repente do tio Danny lhe dizendo: "Recusar um convite para uma festa é declarar guerra". Hesitou.

"Está bem. Por que será que faço tudo que você quer? E sempre acabo cedendo? Porque você me deixa com uma ereção permanente, por isso." Foi até o sofá, pôs os braços em volta dela e pousou a cabeça em seu ombro, aspirando o cheiro que sempre o deixava excitado.

"Penso em você o tempo todo. Quero construir uma casa. Quero construir uma casa para você, trabalhar a terra e erguer uma cerca. Quero passar o resto da vida com você. Quero pintar a casa que eu construir... Não quero viver sem você", suspirou.

Quase a chamou de Marietta. Tinha dito essas mesmas palavras para Marietta, vinte anos antes.

"Sou louco por você", ele disse, descansando a cabeça em seu ombro e enterrando o rosto em seu pescoço.

MACACOS FAZENDO CAFÉ

Naquele ano, o rodeio do Rupununi, sempre realizado nos domingos e segundas-feiras de Páscoa, foi um pouco mais tarde do que de hábito, porque a própria Páscoa caiu mais tarde.

Marietta iniciou a longa caminhada de Mucu-mucu até Lethem de madrugada, quando o ar ainda estava fresco. Levava cerca de vinte cestos vazios para vender, alguns cilíndricos, outros com forma de pescoço de guariba. Presos um no outro, pesavam pouco e iam sacudindo dos lados, como bóias de braço. Bla-Bla fora na frente, na noite anterior, e pendurara sua rede nas árvores em volta da arena. Ia competir num dos eventos infantis e queria estar lá já ao amanhecer, para dar um banho de rio no cavalo.

A manhã estava adiantada quando chegou. Os sons do reggae retumbavam desde a entrada. Passando por baixo da barreira, para não pagar, Marietta foi até uma das barraquinhas. Uma grande tenda, a vinte metros dali, abrigava o bar, onde já havia gente em pé ou sentada, bebendo. Uma leva de brasileiros e alguns litorâneos esparramavam-se pelas mesas.

As competições já tinham começado. Marietta perdera a ordenha das vacas selvagens e a corrida das crianças em lombo de porco untado com sebo. O lugar onde eram realizadas as provas não passava de um cercado enorme de terra árida, poeirenta e castanha. Vaias e aplausos irrompiam da arquibancada, enquanto os vaqueiros montavam em touros selvagens ou cavalos xucros, feito marinheiros tentando se manter eretos num mar revolto. Os espectadores debruçavam-se na cerca, piscando para limpar a poeira e o suor dos olhos.

Era a primeira vez que ia a um rodeio desacompanhada e estava sentindo falta do marido. Sob certos aspectos, achava mais fácil levar a vida no Rupununi sem a presença de Chofy. Depois dos longos períodos de silêncio pontuados por discussões, que caracterizaram os últimos tempos do casamento, fora um alívio ficar longe dele, a princípio. Mas agora bem que gostaria de um pouco de companhia. O pai e o avô tinham ficado em casa, para ajudar no roçado de mandioca.

Um macuxi, a quem reconheceu vagamente como sendo de Shulinab, cambaleou até ela, bêbado feito uma cobra, o cabelo negro brilhante, o hálito quente e azedo, e pôs a mão fervente em seu braço. Ele deve saber que Chofy não veio, pensou. Por isso está se comportando desse jeito. Ela o repeliu e deixou os cestos para serem vendidos numa das barracas. Marietta não reconhecia nem a metade das pessoas presentes ao rodeio.

Um alto-falante anunciou a corrida de cavalo dos menores de onze anos. Marietta abriu caminho até o terreno encaroçado, nos fundos da arena, onde aconteceria a corrida de Bla-Bla. Ele participava com o cavalo de um vizinho. Os jovens cavaleiros estavam fora do alcance da vista, a um quilômetro e meio dali, na faixa de terra que servia de pista. Um dos organizadores afastou os espectadores, para que não fossem pisoteados. Marietta sentiu uma onda de emoção. O primeiro sinal dos pequenos cavaleiros foi uma nuvem de poeira branca à distância. Depois de alguns momentos, o chão sob seus pés começou a vibrar e ela tentou chegar mais à frente. Três minutos depois, deu para enxergar os cavalos, trovejando em sua direção. Esticando o pescoço em meio àquela poeirada toda, conseguiu ver por alguns instantes o rostinho furiosamente ansioso de Bla-Bla, os olhos semicerrados para se proteger do pó, os pés descalços batendo nas laterais do cavalo. Estava mordendo o lábio inferior e fustigando sem parar o animal com um galho de rabo-de-cobra. Eles passaram muito rápido, não dava para saber quem vencera.

"Fiquei em terceiro", anunciou Bla-Bla, ofegante, todo orgulhoso, de cabelo espetado e rosto corado.

"Por que não tirou primeiro? Você está muito gordo, é por isso. O cavalo não agüenta com o peso. Você come demais. Eu não quero saber de terceiro lugar", disse Marietta. Bla-Bla afastou-se para refrescar o cavalo no rio, satisfeito com sua façanha, assim mesmo.

O céu estava sem cor. O batuque constante da música reggae irritou Marietta. O rodeio parecia sem propósito e vazio, sem Chofy ali do lado, para conversar sobre os eventos. Pegou o dinheiro da venda dos cestos e esperou que Bla-Bla voltasse. Depois foram mais para perto da cerca ver o cabo-de-guerra, a última prova do dia. Uma das equipes era formada por vinte e quatro homens, vindos do litoral e alguns do Brasil. A outra por vinte e quatro vaqueiros uapixanas das savanas do sul. Os índios tinham a metade do tamanho e do peso dos litorâneos. Não pareciam ter a menor chance.

Assim que começaram a puxar, Marietta viu-se berrando pela equipe da savana, mesmo que a vitória parecesse impossível. Primeiro um grupo foi puxado para além da marca central, depois o outro. Uns cinco minutos depois, os litorâneos começaram a brigar e a gritar ordens conflitantes entre si, às vezes soltando a corda de uma das mãos, para gesticular. Os índios, na outra ponta, não diziam palavra, e, toda vez que os litorâneos cediam um centímetro ou soltavam a corda um segundo, enterravam o calcanhar na terra e puxavam todos juntos. Dez minutos mais tarde, aconteceu o impossível e os vaqueiros das savanas do sul, acostumados a lidar com o gado, venceram a outra equipe, que desmoronou inteira numa pilha de gente.

Marietta e Bla-Bla ficaram parados bem ao lado da arena, junto com três outras mulheres uapixanas, todas sorridentes. Marietta estava com uma ligeira dor de cabeça. Embora alegre com a vitória, sentia-se meio desanimada e queria se ver livre da música, da multidão, dos alto-falantes trovejantes e do prim-prim dos apitos dos juízes. O pequeno grupo conversou animado por uns momentos, satisfeito de poder falar uapixana tranqüilamente, sem que ninguém entendesse. O vento estava aumentando. Marietta olhou para o céu.

"Quando começar para valer, vai ser chuva durante meses e meses", ela disse. As outras concordaram com um aceno de cabeça. Depois despediram-se e partiram. Quanto mais distante Marietta ia ficando do rodeio, mais paz sentia. Deixaram Lethem para trás e começaram a longa caminhada através das savanas. Havia um bode comendo as folhas de um arbusto na beira da trilha. Já quase em casa, Marietta e Bla-Bla pararam para esperar um jacaré, que atravessava a estrada rumo ao córrego. Depois continuaram, até chegar na cerca, e desceram a rampa até a casa.

No dia seguinte, pouco antes do amanhecer, Marietta acordou Bla-Bla e começou a fazer os bolinhos. Era o início de um novo período letivo. Para sua surpresa, Bla-Bla estava mais dócil e freqüentava a escola regularmente, desde a partida do pai. A ausência de Chofy parecia tê-lo feito mais responsável. Uma de suas tarefas era debulhar o milho e alimentar as galinhas antes de ir para a escola. Enquanto ainda estava escuro, foram buscar água no córrego. Bla-Bla ia na frente, bocejando, um balde em cada mão. A luz do dia fortaleceu-se e, na volta, tentando não derramar água, Marietta apontou para a névoa que envolvia o topo dos montes Kanaku.

"Olha." Marietta fez um gesto de cabeça na direção das montanhas e riu. "Macacos fazendo café."

Bla-Bla sorriu. Ela olhou para o céu e apertou o passo.

"Venha. Rápido que vai chover."

No mesmo instante, a atmosfera entrou em ebulição e tudo ficou cinza. Gotas pesadas de chuva começaram a cair com força e os dois correram para casa, o mais rápido possível, mas sem derramar a água. Bla-Bla saiu correndo de novo, em direção à latrina. Entrou, baixou a calça e sentou-se nu, tremendo, na tábua morna com um buraco no meio que formava o assento. Um lagarto deslizou pela parede de taipa da casinha. Um raio riscou o céu. A chuva fustigava o telhado. Os trovões roncavam ao longe, reverberavam e estouravam ali em cima. Bla-Bla encolheu-se com o estrondo. Assustado com a violência da tempestade, juntou as mãos e decidiu rezar. Só conseguiu se lembrar de algo que aprendera no semestre anterior, na escola, e que lhe parecia uma prece. Enquanto a atmosfera escurecia ainda mais, adquirindo um tom machucado, meio esverdeado, ele desfiou o que aprendera em voz alta:

Sempre fale em voz baixa, em tom educado,
Uma voz baixa é sinal de refinamento.
Se tiver que interromper alguém falando,
Sempre diga com licença, por favor.
Cubra a boca com a mão, quando bocejar.
Cubra a boca com a mão
E vire a cabeça de lado ao tossir.

"Amém", acrescentou. Findo esse seu hino às boas maneiras, Bla-Bla limpou-se com um graveto e esperou a tempestade amainar. Uma chuva torrencial se despejava sobre a cobertura de folhas da latrina. Quando não conseguiu mais suportar o medo do temporal, Bla-Bla escapuliu a toda, com o coração aos saltos, debaixo do aguaceiro e foi para casa. Lá dentro, tirou o calção, torceu-o e sentou-se no chão.

"Estou tremendo. Quando é que o pai volta?"

A escola que Bla-Bla freqüentava ficava a quase dois quilômetros dali. Era uma sala comprida, construída sobre estacas, debaixo de um telhado de folhas de palmeira. A sala era dividida em três seções por dois quadros-negros postos sobre cavaletes — de modo que sempre se escutava um zumbido vindo das outras classes.

Bla-Bla partiu levando uma peteca feita de espiga de milho com penas grudadas numa extremidade. No bolso, guardava um coco de inajá, com aquele buraco perfeitamente redondo no meio, indicando que havia uma pequena larva branca lá dentro. No caminho, arrancou um galho de *sucubera* para espremer a pasta branca, igual a cola, e grudar algumas sementes para enfeitar a peteca.

Bla-Bla descobrira que era possível gostar da escola. Todos os dias, depois do primeiro recreio, havia uma aula de leitura, em que todos se revezavam para ler em voz alta. Era sua vez. Tinha acabado de se levantar, pronto para dar o melhor de si, quando o ruído de pés descalços martelando os degraus de madeira que levavam à sala de aula distraiu todo mundo. A classe inteira olhava para a porta. Para espanto de Bla-Bla, Marietta entrou. Viu o filho de pé, no meio da sala. Porque estivesse meio constrangida, ignorou o professor e falou direto com Bla-Bla em uapixana. Era proibido falar uapixana ou macuxi na escola.

"Bla-Bla, sabe onde está o papagaio?"

Estava de cenho franzido, suando por causa da caminhada. O papagaio era o seu predileto. Tinha desaparecido e ela já procurara pela casa, pelas fruteiras mais próximas e até no córrego, antes de andar até a escola.

Todo mundo deu risada, exceto o garboso professor negro, oriundo do litoral, que não entendia a língua e que, de toda maneira, estava roído de raiva porque a mulher o deixara. Incapaz de agüentar as dificuldades da vida nas savanas, voltara para Georgetown, onde ficava gastando seu salário, enquanto ele tinha de terminar de cumprir os termos do contrato.

Bla-Bla sorriu para a mãe. Sentia-se ao mesmo tempo orgulhoso e tímido de vê-la na escola. Algumas crianças não tinham pais, mas todos agora saberiam que ele pertencia a alguém. Respondeu-lhe em uapixana.

"Não vi o papagaio, mamai. Às vezes ele pousa naquela mangueira pequena dos fundos."

Marietta soltou um resmungo e desceu pesadamente as escadas.

O golpe tomou Bla-Bla completamente de surpresa. Deixou-o aturdido. A correia o pegou na lateral da cabeça, mas o golpe parecia ter-se enroscado na raiz da língua. O professor estava lhe perguntando alguma coisa com muita raiva e dizendo que devia falar inglês. Mas seu inglês sumiu e foi incapaz de responder: a correia assobiou e pousou no outro lado da cabeça e no topo do ombro esquerdo. Instintivamente, segurou-se na carteira, mas quase perdeu o equilíbrio.

Choques elétricos minúsculos corriam do rosto para as pontas dos dedos da mão esquerda. Olhou fixo para a carteira de madeira, sem fala, tristíssimo. Desde que o pai fora embora, tinha querido se sair bem. Fizera todo o possível para agradar ao professor. A maldade dos golpes o deixou chocado. O professor lhe disse para sentar e ele obedeceu. A menina a seu lado o olhou com preocupação.

Durante o segundo recreio, Bla-Bla manteve-se longe de todo mundo e não quis falar, como se os golpes o tivessem levado de volta a um período anterior à fala, tão antigo quanto o silêncio. Foi só quando estava andando de volta para casa, no final da tarde, que se permitiu chorar.

A meio caminho de casa, no topo de um morro, passou por uma velha macuxi, sentada na frente de uma choça toda aberta num lado, como um telheiro. Estava de costas para o sol, para poupar a vista, trançando cestos de buriti-do-brejo. O marido subia cansado o morro, com uma cabaça de água no ombro. Apesar de ser uapixana, Bla-Bla sentia-se curiosamente ligado a eles, como se partilhassem das mesmas dificuldades, como se o mesmo destino os aguardasse a todos. Ninguém disse nada. Havia uma sensação de derrota no ar, à medida que o sol marchava para oeste.

Bla-Bla continuou andando de volta. Desde muito pequeno, matutava meios de fazer as coisas melhorarem para seu povo. Pressentia a injustiça com que eram tratados e isso o perturbava. Às vezes, deitado na rede, à noite, imaginava-se construindo defesas em volta dos povoados, para manter os intrusos longe. Planejava batalhas e ataques.

De repente, Bla-Bla sentiu uma falta enorme do pai e também da presença reconfortante da tia Wifreda. À noite, costumava acompanhar tia Wifreda até a latrina, carregando a vara comprida que usavam para derrubar manga. Ele ia na frente, com a vara e uma lamparina na mão, e ela seguia atrás, às vezes cantando um hino, às vezes uma canção uapixana, com sua voz ondeada.

Chegou ao córrego. Ali, saltou e ficou agachado na beirada da água. Havia um uri no fundo, mas a água estava limpa demais e o peixe muito alerta para que pudesse "pegá-lo" como o pai lhe ensinara. Subiu um pouco mais o rio e enlameou a água para que, à medida que os sedimentos descessem, enevoassem o trecho por cima do peixe, do mesmo jeito que, à noite, as nuvens apagam o luar. Em seguida voltou em silêncio até onde estava o uri. Com toda a delicadeza, à medida que a água enlameada passava por cima dele, juntou as mãos e segurou o peixe, muito dócil agora que não enxergava mais, agarrando-o com mãos firmes, mas delicadas, e tirando-o da água.

Quando chegou em casa, deu o peixe para Marietta cozinhar e não mencionou o que tinha acontecido na escola.

Assim que entrou em casa, Marietta pegou o peixe e mandou Bla-Bla sair de novo, dessa vez até o correio, a vinte quilômetros dali, para ver se tinha chegado algum dinheiro de Georgetown. Ele partiu, arrebanhando dois amigos no caminho.

Já tinham andado uns oito quilômetros quando apareceu um caminhão, andando a toda a velocidade pela estrada de terra ainda molhada, depois do aguaceiro da manhã. O caminhão estava indo para o povoado deles, as rodas cuspindo pedregulhos e barro vermelho. Um indiano com um cigarro na boca dirigia. Levava os americanos da Hawk Oil para começar suas pesquisas petrolíferas. Só havia aquela estrada. Os meninos estavam com calor, cansados e sedentos. Acharam que, se conseguissem uma carona — mesmo que isso significasse voltar ao povoado —, poderiam sair com o caminhão outra vez e ir de carona até o posto do correio.

Tentaram fazer o caminhão parar. O motorista riu.

"Índio vai a pé", ele berrou, enquanto passava rugindo, com os americanos sorrindo na traseira do caminhão. Os meninos ficaram todos salpicados de barro.

O sol ardia no silêncio deixado pela passagem do caminhão. Foi idéia de Bla-Bla fazer uma armadilha para eles.

Menos de dois quilômetros adiante, a estrada tornava-se estreita, ladeada por moitas dos dois lados. Os meninos procuraram pedras chatas e afiadas o bastante para cavar. Trabalharam feito demônios até o cabelo brilhar de suor. Lá no alto, um *washi* minúsculo, mas insistente, atacava um gavião bem maior que ele, na tentativa de arrumar umas penas para seu ninho. Cerca de duas horas depois, e cobertos de poeira, tinham aberto dois buracos bem fundos nos sulcos paralelos da trilha.

Uma pancada de chuva fez a garotada sair correndo de volta para o mato, em busca de abrigo. Pararam embaixo de uma moita gotejante. Poças de um alaranjado leitoso se formaram nas valetas, buracos e regos da estrada. Bla-Bla inspecionou o trabalho. As covas tinham uns sessenta centímetros de fundura. Cobriram tudo muito bem com galhos e ramos e por cima puseram folhas largas. Depois espalharam terra arenosa.

Tomando uma certa distância para examinar o serviço, Bla-Bla deu-se conta de que o caminhão era um veículo de quatro rodas e que conseguiria se safar usando as rodas traseiras. De modo que abriram um terceiro buraco. Até a cintura. Cobriram-no da mesma maneira, com folhas, galhos, ramos e pedregulhos.

Depois de terminado o trabalho, andaram o resto do caminho até o correio, compraram balas para a viagem de volta, ficaram um tempo espiando os homens na frente do matadouro, buliram aqui e ali e esqueceram completamente os homens no caminhão.

Quando chegaram da escola, no dia seguinte, ficaram sabendo que a armadilha funcionara. O caminhão caíra nos buracos. Os homens, furiosos, tiveram de voltar a pé até o povoado, para pedir ajuda, e pernoitaram ali mesmo. O motorista indiano tinha passado pela casa de Marietta; Bla-Bla ainda estava na escola.

"Bla-Bla, eles vão te matar." Marietta estava assustada. "Eles disseram que, se encontrarem você, eles te matam."

Mas Bla-Bla negou qualquer envolvimento no assunto. Todos os meninos contaram a mesma história, quando questionados em grupo ou separados. Os homens nunca mais apareceram.

JANTAR NO ALTO COMISSARIADO

Faltava uma hora para o início do jantar no alto comissariado e Monica Bevan olhava preocupada para o gramado dos fundos, através das portas de vidro. O último aguaceiro deixara várias poças na grama encharcada. Não poderia servir o conhaque lá fora, após o jantar, como planejara.

Conferiu a mesa. Para cada convidado havia uma pequena lavanda de cristal, a água perfumada com uma ou duas pétalas de orquídea de cheiro adocicado. Depois correu a vista pelos condimentos, uma variedade de molhos apimentados e pequenas vasilhas com amendoins salgados, nativos da região. Uma floreira de prata, cheia de hibiscos e jasmins, enfeitava o centro da mesa.

Parecia-lhe que nenhum dos empregados, inclusive Anita e Indira, emprestadas do Mynheer Nicklaus Lodge para aquela noite, estava consciente da urgência da situação. Mal tinham se dado ao trabalho de descascar as batatas-doces, antes de atirá-las na panela com um jeito meio ranzinza e apático. Uma das três ajudantes contratadas, depois de distribuir novos rolos de papel higiênico nos banheiros, teve que ir se deitar, no quarto de hóspedes, com dor de cabeça.

Monica Bevan conferiu de novo os lugares. Os convidados eram o embaixador norte-americano, Richard Evergreen, e sua elegante mulher, June; Olly Sampson, ministro das Finanças, e sua mulher Suzette; Eric Chang, dono de restaurantes, um chinês meio esquisito, que talvez até usasse ruge na cara, mas muito engraçado e em quem sempre se podia confiar para produzir umas gracinhas, caso a conversa esmorecesse; três executivos da Hawk Oil, recém-chegados ao país, um dos quais acompanhado pela esposa — os demais, emparelhara com amigas do bridge; dois outros funcionários da Hawk Oil tiveram de cancelar porque já haviam partido para o Rupununi; Rosa Mendelson e seu acompanhante e, por fim, é claro, seu próprio marido, Bill.

Meia hora depois, todos os convidados estavam sentados.

Para grande alarme seu, Chofy se viu separado de Rosa e colocado ao lado de uma mulher enorme, dona de uma cadeira cativa nos círculos de bridge. Estava vestida com uma roupa de tafetá rígido que farfalhava feito o mato seco das savanas com o bater do vento. Chofy descobriu-se incapaz de controlar os olhares furtivos que lançava na direção de Rosa. Nunca ela lhe parecera tão bonita. O vestido preto decotado, de mangas curtas, exibia os seios cremosos e braços redondos. Os olhos cintilavam de prazer. Parecia completamente à vontade, com uma radiância e animação que vinham da sensação de não precisar impressionar. Sentia-se sem fôlego só de pensar que estava envolvido com ela, que a tinha visto nua, que tinha feito amor com ela. Com alguma trepidação, olhou para o outro lado da mesa, para a figura robusta do alto comissário canadense, Bill Bevan. O homem costumava ir ao Rupununi. Podia saber alguma coisa dos McKinnon. Chofy estava, como sempre, preocupado que seu casamento fosse revelado.

Por seu lado, Rosa ouvia educadamente o vizinho, Eric Chang, e lhe passava um cesto com pãezinhos. Vendo que Chofy a olhava, sorriu. Ele lhe parecia sem dúvida o homem mais bonito da mesa. Decidiu então lhe dizer, na primeira oportunidade, que estava completa e perdidamente apaixonada por ele.

Chofy continuava alerta e aflito, observando e imitando os outros convidados. Nada lhe escapava. Observava com o maior cuidado que facas, garfos ou colheres eram usados para qual prato e na hora, quase simultaneamente, fazia igual. Reparou que os outros convidados colocaram o guardanapo sobre os joelhos e, esperto, fez o mesmo. Antecipava com muita habilidade as necessidades das pessoas em volta e passava o sal, a molheira ou a jarra de água para quem estivesse precisando. Entabulou uma conversa ligeira com a vizinha, como viu os outros fazendo. Mas, o tempo todo, sentia-se como um criado misterioso que, por um motivo ou outro, tivesse recebido permissão para sentar entre os convivas. Estava atônito de se ver ali. De repente, lembrou-se de como costumava passar os dias com água pela cintura, raspando peles de veado no córrego. Mesmo que ele e Rosa fossem partilhar de um futuro comum, seus nervos não seriam capazes de tolerar esse tipo de ocasião com muita freqüência. Era uma tortura, tão incômoda quanto fora sua primeira caçada, a ser suportada o menor número possível de vezes e superada.

No que dizia respeito ao equilíbrio nervoso da anfitriã, o jantar começou mal. O mesmo criado indiano, que saltitara com tanta agilidade para a frente e para trás na soleira da porta, durante a primeira visita de Rosa, apareceu de novo, em sua manifestação noturna. Abriu a porta com o ombro, com um prato de sopa de caranguejo em cada mão, os braços dobrados e erguidos, a metade superior do corpo ondulando de um lado para outro, em contradição total com a cabeça, como se executasse uma exótica dança hindu tradicional.

Monica Bevan segurou a respiração. Só depois que todos os convidados foram servidos com a sopa cor-de-rosa é que voltou suas atenções para a conversa. Eric Chang papagueava sobre o tema eleitoral.

"Na última eleição, vi o nome de meu falecido pai na lista de eleitores e olhem que duas pessoas já tinham votado por ele." Enxugou a boca com o guardanapo e soltou uma risada ardida.

O embaixador norte-americano, um homem moreno, meio corcunda, cheio de ressentimento profissional por estar encerrando sua carreira diplomática numa missão de tamanha insignificância política, virou-se para Olly Sampson, o ministro das Finanças.

"Eu acredito que o FMI vai recusar a concessão de qualquer empréstimo, a menos que as eleições sejam supervisionadas e que sejam dadas garantias de um certo nível de produtividade."

A seu modo, o pacato Olly Sampson amava seu país. Todos os dias ia para seu gabinete, no Ministério das Finanças, e se desesperava. Os números da dívida externa o deixavam doente. Era como tentar sair de um poço de areia movediça. Sempre comparecia a esses jantares cheio de mágoa sorridente, esperando, apesar dos pesares, que alguém lhe dissesse: "Escute, *old chap*, ou *buddy*, ou até *mein Freund*, estamos pensando em simplesmente cancelar a dívida".

"Como foi que os colonizadores conseguiram construir estradas, tribunais, igrejas e até mesmo ferrovias?", certa vez gemeu para um colega.

"Com a escravidão", o colega respondera, mordaz.

"É verdade." Não adiantava pensar em reintroduzir isso. Certa feita, embora nunca tivesse mencionado a ninguém, Olly tivera a idéia de transformar o país inteiro num enorme parque temático para turistas. Eles recriariam sua história sob a forma de espetáculo. As pessoas poderiam interpretar o papel de escravos. Navios carregados de colonos atracariam nas docas. Os visitantes passariam por povoados indígenas, onde a população seria obrigada a retroceder aos trajes e costumes tradicionais. Hollywood faria filmes, seriam criados dramas sob encomenda para as indústrias educativas dos Estados Unidos e da Europa.

Mais recentemente, contudo, vinha sendo vítima de uma outra fantasia irreprimível. Ocorrera-lhe pela primeira vez uma noite, já bem tarde, em que se revirava na cama, pensando no déficit orçamentário. Imaginou-se então de pé diante da assembléia das Nações Unidas, em Nova York ou Genebra, fazendo um anúncio solene que era mais ou menos assim:

> Senhoras e senhores, gostaria de informar a todos, em nome do Estado da Guiana, que vamos renunciar à condição de país. Não conseguimos fazê-lo funcionar. Nós tentamos. Fizemos o possível. Não deu. Os problemas são insolúveis. A partir da meia-noite de hoje, vamos parar de comerciar. O país será dispersado. Nós entraremos, voluntariamente, em liquidação. A nação será desfeita calmamente, um tanto envergonhada mas, fazer o quê? Nós bem que tentamos.
>
> Pessoas diferentes sugeriram soluções variadas. Façam isso. Experimentem aquilo. Deixa ver se eu consigo. Nada funciona. Estamos à mercê dos países ricos. Uma equipe de consultores dos Estados Unidos não conseguiu encontrar a resposta e, por não ter encontrado a resposta, tivemos de pagar-lhes uma quantia que aumentou substancialmente nossa dívida nacional. Nós entregamos os pontos, com dignidade, mas entregamos os pontos.

Depois imaginava-se, em silêncio e com brio, enfiando os papéis na pasta, curvando-se para a assembléia silenciosa, voltando para esvaziar seu gabinete e indo dar uma volta com a mulher pela calçada da praia.

Foi nesse momento que Olly Sampson sentiu que sua mulher o cutucava. Voltou a si com um ligeiro susto, percebeu que toda a conversa cessara e que o embaixador norte-americano esperava uma resposta.

"O FMI foi projetado para manter os ricos ricos e tornar os pobres ainda mais pobres. Da última vez, insistiram para que reduzíssemos os salários dos trabalhadores da cana. Houve greves generalizadas. A economia toda deteriorou. Que fazer?"

"Estou trabalhando num refeitório popular desde que cheguei", disse a esposa de um dos executivos da empresa petrolífera, recém-convertida à fé cristã. Ela tinha um rosto redondo como uma antena parabólica e olhos azuis desesperançados.

"Ah. Os pobres são um outro país", riu Eric Chang. Virando-se para Rosa, perguntou: "Está hospedada no Pegasus?".

"Não. No Mynheer Nicklaus."

"Ainda bem. Nós chamamos o Pegasus de *Pigasus*. E é mesmo uma pocilga aquilo ali. Os quartos são um mofo só, de tanta umidade. E há um inseto diferente ocupando cada quarto. Quando os empresários abrem a janela, para ventilar um pouco, entram mosquitos do tamanho de um helicóptero."

Nesse momento, Anita, a cozinheira, marchou porta adentro como se estivesse participando de um treinamento militar, levando uma bandeja de linguados com creme branco. Indira apareceu atrás, com bolos de mandioca, e o rapaz indiano, Rodney Singh, fechava a fila com o calalu cozido no vapor.

Bill Bevan, o anfitrião, deu-se conta do mais calado dos convidados. Virou-se para Chofy.

"Devo admitir que gosto muito de sua terra. Gosto de ir ao Rupununi para caçar um pouco, nos fins de semana. Tem caçado ultimamente?"

Fez-se um ligeiro silêncio à mesa. Estavam todos apreensivos, Chofy talvez não conseguisse dar conta do recado. Chofy retesou os músculos da barriga, limpou a garganta e, apesar da rigidez da camisa emprestada e da umidade nas palmas das mãos, conseguiu falar.

"Já faz um tempo que não. A última coisa que eu não consegui pegar foi um preguiça. Não fomos rápidos o bastante. Meu primo viu um, no alto de um inajá. Escalou correndo a árvore, mas, enquanto ele subia, o preguiça foi se movendo, muito devagar, até a ponta de um galho. Quando meu primo ia chegando, o galho com o preguiça se curvou aos poucos com o peso do bicho, e ele, muito, muito lentamente, estendeu o braço e se transferiu para outro galho, na árvore vizinha. Meu primo desceu e começou a trepar na outra árvore. A mesma coisa aconteceu. O preguiça mal parecia se mexer. No entanto, sem se apressar, ele sempre dava um jeito de escapar do meu primo, que ralava as canelas trepando nas árvores. O preguiça é uma criatura com um senso de oportunidade extraordinário."

Todos tinham parado de comer e estavam virados para ele, sorrindo. A história caíra muito bem. Todos riram e, assim que ele terminou de contá-la, as conversas ressurgiram animadas à volta toda. Fora gerado um calor entre os convidados. Rosa sorriu afetuosamente para ele. Chofy alisou o cabelo negro e percebeu que sua história fora uma espécie de triunfo social. Relaxou e riu com os outros.

O trio de empregados entrou de novo, dessa vez trazendo pratos de salada de abacate, pepino, tomate e chalotas, com rodelas de fruta-pão.

"Esses rapazes da Hawk Oil estão lhe dando algum problema?", perguntou o alto comissário, de forma jovial. A Hawk Oil, tendo obtido uma concessão para fazer prospecção de petróleo em mais de oitocentos hectares de terra no Rupununi, tinha começado havia pouco a explorar a região.

"Não, pelo que eu sei..."

Um grito atordoado interrompeu a fala de Chofy.

Ninguém viu Eric Chang enfiar a mão pelo lado de dentro da coxa esquerda de Rodney Singh. Todos viram a salada de abacate voar pelos ares e deslizar pela frente do vestido da mulher do embaixador norte-americano.

O rosto de Monica Bevan ficou da cor de beterraba. O marido levantou-se desajeitadamente, para ver se podia ajudar.

"Não é preciso, está tudo certo. Não tem problema." June Evergreen enxugava a frente do vestido com o guardanapo e inspecionava o colo, em busca dos estragos. O sorriso permaneceu inalterado. Por dentro, estava dando nós de raiva.

Monica Bevan deixou a sala, aparentemente para lidar com o problema entre os criados. Na verdade, foi até o quarto, abriu a boca e berrou, um grito largo e silencioso, por dois bons minutos. Quando recuperou as forças para voltar à cozinha, descobriu que Rodney Singh tinha ido para casa e que os outros a olhavam com ar de censura, falando de antenomes. Ou será que estavam dizendo anti-homens? Não saberia dizer.

Depressa, providenciou para que o fricassê de frango e o arroz com feijão-fradinho fossem servidos e voltou à sala de jantar com um pano úmido.

Eric Chang continuava imperturbável. Sorria para todo mundo.

"Foi apenas um pequeno desastre. Neste país, uma mudança de desastre é sempre bem-vinda. Na Guiana, é sempre o desastre que se sai bem. O que aconteceu com o jovem? Talvez eu devesse ir vê-lo."

"Ele foi para casa", disse Monica Bevan. Notícia que deixou Eric Chang amuado pelo resto da noite.

Anita entrou muito soturna, dessa vez como se estivesse participando de uma caçada ao assassino. Apresentou a tábua de queijos, os chocolatinhos e as pastilhas de hortelã. Indira serviu o café com uma expressão de Cassandra logo depois de ver mais um de seus presságios desacreditados.

Os olhares de Rosa e Chofy se cruzaram e os dois tiveram que desviar rápido a vista. Ambos mal podiam conter o riso.

No final da noite, Monica Bevan estava dizendo muito enfática para eles: "Vocês têm que vir outras vezes", ignorando por completo Eric Chang.

Quando já estavam instalados num táxi, Rosa e Chofy penduraram-se um no outro, às gargalhadas.

"E o que me diz de você?", disse Rosa, explodindo de contentamento animado. "Se não tomar cuidado, vai ter de passar o resto da vida contando histórias do mato em jantares de cerimônia."

O AMOR SAIU PESCAR

Pela porta entreaberta do banheiro, Chofy espiava Rosa se ensaboando.

Gostava de contemplá-la, sem que ela se desse conta. Às vezes ficava espreitando em segredo, enquanto ela escovava o cabelo na frente do espelho oval da penteadeira de jacarandá. Outras vezes topava por acaso com Rosa ao telefone, as pernas compridas estendidas no sofá. Ficava ali parado, olhando, até que ela o via e sorria. Tinha a mesma sensação de excitação alerta de quando perseguia uma paca ou um veado no mato e o bicho não percebia nada, continuando à cata de comida. Isso lhe dava alguns pontos de vantagem na caçada.

Rosa abriu o chuveiro e nada aconteceu.

"Merda. Acabou a água de novo. Deve ter acabado neste minuto."

Encheu uma cabaça com água do balde e jogou sobre o corpo. Chofy observava as curvas cor de amêndoa dos seios, cintura e quadris. Depois sentou-se no tampo de madeira da privada, o rosto apoiado nas mãos, pensativa. De onde estava, no escuro, Chofy ouvia o som indo e vindo, como se ela estivesse vertendo de modo lento, obstinado e hesitante um mel dourado.

Ela enxugou-se e foi nua até a janela.

"Sai daí. Vem para cá." Sentia um ciúme estranho, não queria que ninguém mais a visse nua daquele jeito.

"Está escuro. Não dá para ninguém me ver", ela disse, ainda parada ali. "O que vamos fazer quando eu tiver que voltar para a Inglaterra? Não vai demorar muito."

"Temos que conversar sobre isso. Sai da janela."

Aproximou-se por trás, mas ela empurrou suas mãos. Chofy foi até a cama, despiu-se e deitou.

"Vem deitar comigo."

Rosa meio que tentava escutar o que os americanos diziam na varanda de baixo. Eles estavam tomando um último drinque e, aparentemente, ainda riam da história de Chofy a respeito do preguiça. Depois começaram a falar sobre o Rupununi e de quando iriam se juntar aos colegas. Foi aí que Rosa percebeu que não tinha nem mencionado o assunto com Bill Bevan, sobre acompanhá-lo numa das viagens ao Rupununi. Aquilo lhe parecia de algum modo típico do que acontecia no país — uma demonstração da segunda lei da termodinâmica. Tudo tendendo para a inércia. Procurou lembrar-se das leis. Alguma coisa que ver com entropia e desordem aumentando com o tempo. De lá de baixo veio o som de gelo tilintando nos copos e ela apurou os ouvidos de novo, para escutar a conversa.

"Espera um pouco. Estou tentando ouvir uma coisa."

Os morcegos voavam em volta do sapotizeiro e uma mariposa lustrosa mergulhava de vez em quando no círculo de luz dos faróis de um carro estacionado no pátio.

"Vem deitar comigo."

Ela apoiou os cotovelos preguiçosamente no parapeito da janela.

"Psiu. Está dando para ouvir o que eles estão falando", cochichou.

Antes que Rosa pudesse perceber o que estava acontecendo, Chofy já estava de pé, tropeçando na semi-escuridão para enfiar a cueca verde e a calça.

"O que foi?"

"Você não me quer. Eu vou embora. Vou deixá-la em paz e parar de aborrecê-la. Estou indo." Largando a camisa elegante que tomara emprestada sobre a cadeira, começou a abotoar sua velha camisa estampada. Sob a luz fraca do quarto, Rosa via um rosto feito de pedra.

"Pára de bobagem."

"Não é bobagem. Estou vendo que você não me quer fisicamente. E eu não quero impor minha vontade", falou Chofy, com toda a formalidade. Rosa sentiu então a inteireza de sua raiva, enquanto ele amarrava o sapato.

"Eu quero você sim. Claro que quero." Foi até a cama, atirou-se nela e chutou as pernas para o alto, numa espécie de protesto.

Num de seus ataques controlados de raiva, Chofy atravessou todo o sótão comprido, passando pelo banco rígido de madeira e pela mesa sobre a qual havia um vaso com plantas secas. Rosa ouviu suas botas martelando os degraus de madeira da escada.

Depois de alguns minutos, quando ficou óbvio que ele não voltaria, arrumou o mosquiteiro, puxou o lençol e tentou dormir. Tinha perdido a oportunidade de lhe dizer o que sentia. Até um preguiça tinha um senso melhor de oportunidade, pensou ela, pesarosa, enquanto adormecia.

Duas horas depois, Rosa acordou com febre alta. A gripe veio rápida. Sentou-se na cama e lembrou-se de que ficara encharcada no dia da palestra. Agora, olhos e nariz escorriam sem parar. Logo mais, camisola e lençóis estavam empapados de suor. Por alguns instantes, ali debaixo do luar, foi tomada por uma espécie de delírio e os desenhos no lençol pareciam insetos se mexendo, borboletas, libélulas e baratas.

Saiu de sob o casulo fantasmagórico do mosquiteiro e foi procurar alguma coisa que aliviasse a febre. Tateando pelo sótão, acendeu a lâmpada amarelada que pendia do teto, quase engolfada pela vastidão da noite tropical. O nariz pingava. No escorredor havia uma xícara de café. Enxaguou-a e serviu-se com um pouco de rum. Havia algo de excitante na febre, apesar do desconforto dos olhos e nariz escorrendo. Estava tomada por uma inquietude poderosa.

Lá fora, ventava. A janela aberta emoldurava um retrato da noite escura, caótica. Via, do outro lado da rua, os contornos dos galhos de uma *awara*, balançando lentos como as plumas de um cavalo de circo. A casa estava cheia de ar. Brisas entrando pelas venezianas Demerara em arrancos e investidas, como compassos de jazz.

"Voltei para dizer que sinto muito." Chofy estava parado, contrito, na extremidade do sótão. As botas rangeram quando se aproximou e lhe deu um abraço.

Durante todo o tempo em que ela dormiu, ele estivera lá embaixo, andando em volta dos aposentos amplos, com o luar brilhando no assoalho de bibiru encerado. Achou um arco e flechas pendurados como enfeite numa parede e disparou uma flecha pela sala, acertando a lateral de uma poltrona gigante. Depois, por uns tempos, permaneceu deitado no sofá do salão, que em outros tempos vira muitos bailes, olhando para as colunas delgadas e a cúpula pintada do teto, encarando as sombras em volta do aparador de carvalho, cheio de bandejas empoeiradas de prata, perguntando-se o que fazer.

Ele recuou do abraço. "Sou casado", falou numa voz infeliz. "E tenho um filho."

A surpresa tomou conta de Rosa só por uns instantes.

"De fato, eu não achava que alguém bom como você fosse sozinho."

Para manter ao largo a sensação de que elementos fora de seu controle haviam sido sutilmente mudados, algo a ver com um julgamento equivocado das oportunidades, e de que se desencadeara todo um processo de desenlace, brincou com ele, enquanto absorvia as implicações do que fora dito.

"Viu o quanto você me deixou perturbada, saindo daquele jeito daqui? Fiquei com febre por sua causa."

"Claro que eu tinha que sair daquele jeito. Você não teria feito o mesmo? O amor saiu pescar, eu pensei. Vem, deixa eu pôr você na cama."

Ele a levou para a cama, afrouxou o mosquiteiro e ajudou-a a deitar-se. Depois sentou na beirada, debaixo da rede, junto dela.

"Quando estava lá embaixo, quase chorei ao pensar que tinha perdido você."

"E de quem seria a culpa, posso saber? Quem saiu feito uma fúria daqui?"

Ainda com Rosa nos braços, ajeitou o travesseiro atrás dela.

"Tenho tanto medo de perder você. Uma vez, quando eu tinha uns catorze anos, eu estava jogando futebol. Era um daqueles jogos em que eu estava indo muito bem. Recebi um passe curto. O gol estava mais ou menos na minha frente. O goleiro estava de lado. Devia ter sido a maior moleza, mas eu perdi. Eu queria tanto agradar todo mundo. E sabia que era importante.

"Parece que minha vida toda tem sido assim. Bem quando está tudo me esperando, bem ali na frente, eu falho. Parece que eu não tenho o instinto certeiro. Ou perco a confiança ou, de nervoso, tento ir além da conta. Acho que é isso. Tento ir além da conta."

Ele a beijou na boca.

"Vai pegar minha gripe."

"Quero tudo que você tem. Quero fazer amor com você agora."

"Mas eu estou com febre."

"Você não fica com tesão, quando está com febre? Eu fico."

Ele tirou a roupa e entrou na cama quente.

A febre desencadeou uma energia extravagante no corpo de Rosa. Era como se houvesse um outro amante fazendo amor com ela, além de Chofy. A doença era estimulante. Toda vez que Chofy a beijava por um tempo excessivo, ficava impossível respirar e era preciso afastar a cabeça, em busca de ar. O corpo dele esquentou tanto quanto o seu, até que ambos caíram exaustos, escorregadios, ensopados de suor.

Chofy levantou-se. Esquentou um pouco de água e lhe preparou uma bebida quente, com rum, limão e açúcar demerara. Voltou com ela até a cama. A tela enevoada do mosquiteiro suavizava os contornos das curvas do corpo de Rosa. Para ele, era como se olhasse através de uma cachoeira.

"Você está rosada. Parece uma sereia", ele cochichou.

Ergueu o mosquiteiro e lhe deu a bebida. Ela fungou e estendeu a mão para pegar um lenço.

"Eu ainda quero estar com você, sabia?", ele disse. "Aconteça o que acontecer. Você abriu minha vida. Nada me fará voltar para onde eu estava antes."

Afagou a cabeça que ardia em febre, enquanto ela tomava a bebida.

"Olha. Achei um pouco de óleo de sândalo numa prateleira. Deixa eu esfregar em você." Ele começou a passar o óleo em seu pescoço, ombros e seios.

"Como é sua mulher?", ela perguntou, largando a xícara.

"Acho que o casamento acabou. Já estava morto fazia um tempo. É mais nova que eu. Isso não é comum entre nós. Em geral casamos com mulheres mais velhas."

"Por quê?" Rosa pôs a cabeça em sua virilha, apoiando a mão em seu joelho dobrado, enquanto ele lhe esfregava o óleo no corpo.

"Não sei. Dizem que as moças mais novas estão mais interessadas na situação social do que em sexo. Elas usam o sexo para melhorar de vida, para fisgar um parceiro, não tanto porque gostem da idéia. São as mulheres mais velhas que realmente curtem o sexo. Nós não temos muitos espelhos, nem revistas, ou imagens, retratos. Nós gostamos da coisa real. Não sei por quê. É o nosso costume.

"O tempo de amor acabou, eu acho", ele concluiu, com tristeza, enquanto terminava de passar o óleo e tampava o vidro.

Ela gemeu, depois ergueu a cabeça.

"Quem falou?"

No fim, os dois caíram num sono exausto.

O ALBERGUE AMERÍNDIO

O portão do albergue ameríndio, na rua Princess, ficava trancado à noite. Os índios que fossem à capital, por esse ou aquele motivo, podiam pernoitar ali alguns dias, mediante uma pequena taxa.

O hospital ligara para o diretor, um pouco antes, avisando que chegariam três novos hóspedes. O diretor era um aruaque *lokono* de baixa estatura, nervoso, novo no emprego e decidido a fazer o melhor possível. Esperou até tarde a chegada deles. O escritório era pequeno e abafado. Tirou um Bristol do maço, guardado no bolso da camisa, pensou um pouco, depois resolveu acendê-lo. Cigarros eram uma preciosidade. Ele se permitia um cigarro por dia. Havia quatro sobrando. Não poderia comprar mais até o final da semana.

Bem depois da meia-noite, quando Rosa e Chofy já estavam ferrados no sono do outro lado da cidade, o diretor ouviu o ruído de vozes e o rangido do portão da frente. Atravessou o corredor mal iluminado e foi lá para fora.

A negra que trabalhava de vigia abriu o portão alto de metal. Duas ou três mulheres hospedadas ali, com os bebês no colo, saíram na varanda para ver quem era, àquela hora tardia.

Uma mulher de uns trinta anos e dois homens entraram no pátio. Havia uma expressão inconfundível de gravidade naqueles semblantes.

O mais velho do grupo era um fiapo de gente, vestido com calções de um rosa desbotado, seguros por um cinto amarrado com um pedaço de barbante. Estava descalço. Na cabeça, usava um chapéu de palha esfiapado, com a aba larga virada para cima. Por baixo da aba, o diretor reparou num par de olhos brilhantes, num rosto murcho de pele saudável, sem manchas. A seu lado, motivo para um certo receio, havia uma espingarda cujo cano chegava-lhe até o ombro.

O diretor os convidou a entrar no escritório, onde o velho encostou a arma na parede. Todos se sentaram, cansados, diante da escrivaninha.

"Desculpe não podermos oferecer nada para vocês. A cozinha já fechou. Mas temos um tanque de água no pátio, caso estejam com sede."

Todos abanaram a cabeça, dizendo que não.

"Como está o menino?", perguntou o diretor, franzindo a cara e debruçando-se para a frente, por sobre a mesa, como se fosse um surdo tentando ouvir a resposta.

"Como vai seu filho? Me conte o que aconteceu", ele pediu à mulher.

"Mal." A voz saiu trêmula. "Os médicos não sabem se ele vai viver. Ele teve ferimentos graves e a espinha arrebentou em dois lugares. Eles me disseram que, se sobreviver, vai ficar paralítico."

"Minha nossa. Minha nossa. Eu sinto muito. Sinto muito." O diretor abanou a cabeça, condoído. Parou uns segundos, depois ofereceu um cigarro para cada um, aceito de bom grado. "Mas o que foi que aconteceu, exatamente?"

A mulher, sentada com as mãos no colo, continuou a falar sem acender o cigarro.

"O pessoal da Hawk Oil está fazendo prospecção em nossa região. Eles dividiram a área toda em quadrados. A cada cem metros, mais ou menos, eles cavam e explodem dinamite a vinte metros da superfície. A explosão não deveria atingir a superfície. Mas às vezes atinge. Além do mais, alguns usam dinamite para explodir os peixes nos rios.

"Eu não sei direito o que houve, mas meu filho tinha armado um alçapão de *maswali* para peixe num córrego e construído um dique pequeno, mais embaixo. De manhã, ele foi dar uma olhada para ver se tinha apanhado alguma coisa. Nós ouvimos a explosão. De repente, um dos vizinhos veio correndo, debaixo do sol quente, gritando, gritando, gritando para a gente. Nós encontramos Bla-Bla na beira do rio. Havia dois peixes na armadilha. Sangue por tudo quanto é lado. Os ossos da perna estavam expostos. Enxames de borrachudos *kaboura*, mosquitos-pólvora e pernilongos em cima dele."

O diretor deu uma olhada no velho, preocupado. Uma lágrima transparente serpenteava do canto externo do olho para a bochecha e o maxilar inferior trabalhava num movimento feroz de trituração, mantendo o controle das emoções. Depois virou-se para o outro homem, que não deixava transparecer nenhum sentimento. A mulher afastou o cabelo escuro do rosto e continuou a história.

"Nós conseguimos embarcar num avião da Hawk Oil que estava vindo para cá. Eles deixaram a gente vir. Este é meu avô. Meu pai ficou em casa, para cuidar da plantação. E este é o primo do meu marido, que veio nos encontrar no hospital, quando soube da notícia. Meu marido não estava na pensão e não conseguimos encontrá-lo, de modo que ainda não sabe de nada."

O velho enxugou o rosto com o dorso da mão.

Tenga admitiu calmamente o sofrimento do avô.

"Ele é muito chegado no menino. Está ficando velho. É por isso que acha difícil se controlar. Ele sabe inglês, mas prefere falar uapixana ou português."

O diretor tirou o livro de registros da gaveta.

"Tenho que anotar os dados de vocês, depois lhes mostro onde poderão ficar. Querem descansar um pouco agora? O que vão fazer? Voltar ao hospital pela manhã?"

A mulher parecia incerta.

"Sim", ela disse, duvidosa.

O diretor anotou a data de entrada numa coluna e a hora numa outra.

"Como se chama?"

"Marietta McKinnon. Meu avô se chama Joseph Correia."

"Povoado?"

"Mucu-mucu."

"Região?"

"Eles chamam de Região Nove. Nós chamamos de Rupununi."

"Tribo?"

"Uapixana. Mas moramos num povoado macuxi."

"Meu nome é Tenga McKinnon", disse o mais jovem. "Moro em Pakuri, mas também sou uapixana e acho melhor ficar aqui esta noite, para cuidar deles."

"Vocês têm permissão para ficar só três dias, mas tenho certeza de que podemos esticar isso se houver necessidade." Virou-se então para o velho. "Por que trouxe a arma junto, vovô?"

O velho não respondeu.

"Ele estava caçando porco-do-mato", respondeu Marietta. "Uma manada inteira de porcos selvagens entrou no povoado. Ainda estava tudo coberto de neblina quando uma das crianças olhou pela janela e viu a bicharada. Achou que eram espíritos e acordou todo mundo. Os porcos desceram dos montes Kanaku. Meu filho queria ir caçar com os homens, mas primeiro foi ver como estava a armadilha de peixe. O avô ainda estava com a arma quando levamos Bla-Bla para o avião."

"Bom. Eles não vão deixá-lo andar pelas ruas de Georgetown com isso. Deixa no quarto quando sair. Não tem perigo. Não há muitos roubos por aqui."

"Você é aruaque?", perguntou Tenga, cautelosamente.

"Sou. Do noroeste, originalmente. Não falo macuxi nem uapixana. Nem sequer falo muita coisa em aruaque."

"Aquela vigia no portão", perguntou Tenga, "está ali para nos proteger dos litorâneos ou para proteger os litorâneos de nós?"

O diretor riu.

"As duas coisas, acho. Eu arrumei este emprego faz pouco tempo. Quero dar uma melhorada no lugar. Tornar isto aqui uma coisa especial, onde as pessoas possam ficar. Andei fazendo faxina nos banheiros e latrinas. Um sujeito que está pousando aqui me ajudou. Devia ter visto como era antes. Nojento. Nós ficamos de gatinhas no chão durante três semanas, esfregando os banheiros. Venha. Vou mostrar o quarto de vocês. Cuidado. Não tem luz lá fora. Como já é tão tarde, e vocês são todos da mesma família, vou colocá-los no mesmo quarto esta noite, depois amanhã você pode se mudar para a ala das mulheres", ele disse a Marietta. "Trouxeram redes?"

"Trouxemos", respondeu Marietta, quase vencida pela exaustão.

Um menino de cerca de onze anos, com o braço engessado, estava perambulando timidamente pelo corredor, as costas grudadas na parede.

"Como vai, Harold? O braço está sarando? Devia estar na cama."

O menino continuou em silêncio. Passaram por ele e subiram uma escada. O diretor abriu a porta de uma cela quente, de concreto, com o estuque todo esfarelado. Passou a lanterna pelo quarto, para mostrar-lhes o que havia. O facho de luz fez com que algumas baratas saíssem correndo em busca do escuro e iluminou duas camas de ferro, com toda uma geografia de manchas nos colchões velhos. Debaixo da janela havia uma mesa, com um jarro desbotado de plástico vermelho em cima. Fora isso, não havia mais nada no quarto. Ele dirigiu o facho de luz para os ganchos das redes, na parede.

"É isso aí. Boa noite a todos. Eu vou torcer e rezar para o menino ficar bom."

"Onde será que Chofy está?", Marietta perguntou a Tenga. Tinham ido do hospital para a pensão. Lá, as pessoas disseram que Chofy só aparecia de vez em quando. Tenga abanou a cabeça. Depois, disse a Marietta que Chofy talvez estivesse num certo casarão da cidade.

"Tem que me levar até lá", ela pediu.

"Vamos amanhã de manhã, antes de ir ao hospital."

"Não. Vamos agora", insistiu ela.

Tenga olhou para seu rosto angustiado e concordou em levá-la.

"Por que acha que ele está lá?"

"Não tenho certeza se está ou não", mentiu Tenga. "Ele fez amizade com alguém que mora lá."

Marietta estava perturbada demais, além de cansada, para compreender o que ele dizia. O avô já tinha pendurado a rede e adormecera.

A vigia abriu o portão para eles. Tenga e Marietta puseram-se a caminho. A noite estava quente e silenciosa, exceto por um coral contínuo e abafado de sapos. Quando chegaram à casa, perguntaram ao vigia se Chofy McKinnon estava, explicando que o filho dele sofrera ferimentos muito graves. Tenga esperou do lado de fora. O porteiro mostrou a Marietta a escada que levava ao sótão, com uma expressão de satisfação maliciosa na cara.

Ela subiu os dois lances de escada, tateando o caminho pelo escuro, e, hesitante, abriu a porta do sótão. Um pouco da luz da lua entrava pelas janelas no assoalho encerado de bibiru. Parou onde estava e chamou seu nome. A voz saiu nervosa e meio rouca.

"Chofy. Chofy." Tentou superar o constrangimento e chamou um pouco mais alto. "Chofy." Talvez fosse acordar outras pessoas. Esperou alguns minutos. A casa lhe parecia enorme, estranha. Começou a suar de nervoso.

"Sou eu. Marietta. Onde você está?"

Avançou um pouco mais pelo sótão.

"Chofy?"

Ouviu um baque e alguma coisa arranhando o assoalho bem a sua frente. Chofy apareceu das sombras, nu, vindo da outra ponta do sótão.

"O que aconteceu? O que está fazendo aqui?" Estava com a calça na mão.

Marietta não se moveu. Ele acendeu a luz e piscou. A visão daquela silhueta quadrada, parada ali no meio do sótão, fez o coração de Chofy disparar. Olhou para os braços sólidos, cor de bronze, caídos do lado, para o cabelo negro brilhante e para o triângulo vermelho que o sol marcara no decote em V da camiseta marrom. Ela lhe pareceu uma figura toda moldada com o barro vermelho do Rupununi, completamente fora de lugar ali.

"O que está havendo? O que está fazendo aqui? Aconteceu um acidente horrível. Bla-Bla está no hospital. Dizem que talvez ele morra." Lágrimas começaram a rolar de seus olhos.

Olhando adiante dele, viu um movimento atrás de Chofy.

"Quem é? O que está acontecendo?"

Chofy estava chocado demais para responder. Marietta passou por ele e foi até onde havia a divisória do quarto. Viu Rosa sentada na cama, o lençol puxado até o pescoço.

"Desculpe", disse Marietta, confusa. Recuou até onde Chofy estava, vestindo a calça.

"Bom, já vi o que anda fazendo. Você não liga mais nem para Bla-Bla nem para mim." Virou-se para ir embora.

Chofy continuava parado, sacudindo a cabeça.

"Conte o que aconteceu com Bla-Bla", ele implorou.

"O pessoal da Hawk Oil explodiu com ele. Ele ficou ferido na cabeça. Não está consciente. A espinha..."

Marietta sentou-se numa cadeira e chorou em silêncio, enxugando as lágrimas com o dorso da mão.

Chofy ajoelhou-se a seu lado.

"Vamos embora. Você está hospedada no albergue? Vamos voltar para lá. Ou será que devemos ir direto para o hospital?"

"Eles não vão nos deixar entrar agora. É muito tarde. Disseram que ligariam para o albergue se ele piorasse, mas eu tive que sair para vir procurar você."

"Bom, então vamos voltar depressa." Chofy procurou as chaves do cadeado da bicicleta. "Como foi que me achou?"

"Tenga me trouxe."

Chofy voltou rapidamente ao quarto e trocou algumas poucas palavras com Rosa. Depois foi com Marietta para a escada.

A visão de Bla-Bla todo intubado, o cabelo ainda espetado feito uma folha de açaí, embora a cabeça tivesse sido partida ao meio e raspada por trás da orelha direita, deixou Chofy gelado, entorpecido. Marietta e o avô ficaram no hospital enquanto Chofy e Tenga saíam para comprar comida.

Fora do hospital, sobre a grama ressequida na beirada de uma vala fedorenta, ele e Tenga tiveram uma briga furiosa, sob a ardência do sol do meio-dia.

Tenga culpava Chofy por ter desertado seu próprio povo.

"Mas não teria feito a menor diferença, eu estar no Rupununi ou em Georgetown. Foi um acidente. Teria acontecido de toda forma", disse Chofy.

"Você não compreende. Sabe o que estão dizendo? Um dos americanos viu um garotinho na área, apontou para o lugar de perigo e gritou: 'Chofoye. Chofoye'. Ele falou que estava tentando avisá-lo. Achou que fosse o termo ameríndio para explosão. Bla-Bla entendeu que o pai tinha voltado para casa. O cretino do americano não sabia nem que Bla-Bla falava inglês — isso sem contar que falamos línguas diferentes, cada povo tem a sua. E você vem para a cidade e se mistura com essa gente. Encontra uma dondoca qualquer, vai dormir com ela e em casa fica todo mundo dando duro para levar as coisas adiante. Você me dá nojo."

Chofy calou-se. Sentia muita culpa.

Compraram alguma comida e voltaram ao hospital. Marietta e o avô saíram do prédio para comer, enquanto Chofy e Tenga ficavam ao lado de Bla-Bla.

O menino perdia e recobrava a consciência. Não reconheceu nem o pai nem a mãe. Quando estava consciente, balbuciava em uapixana e português, pedia água e conversava com um homem que estava vendo no canto do quarto, que tinha um papagaio empoleirado no ombro.

No dia seguinte, Chofy e Marietta subiram a escada externa de ferro batido do hospital público até a unidade de terapia intensiva.

Uma brisa doentia pareceu engolfá-los quando uma enfermeira, alguns passos adiante, atravessou as portas de plástico de vaivém. Nenhum dos dois tinha mencionado o nome de Rosa, desde a noite em que Marietta aparecera na casa. Um silêncio de ferro esmagava o assunto. Pai e mãe estavam totalmente concentrados em Bla-Bla.

O médico cubano parou no topo da escada. Parecia cansado. O jaleco branco estava encardido e amassado. Respirou fundo, ergueu os ombros e tentou encontrar uma forma de dizer o que era preciso. O casal parou três degraus abaixo.

"Senhor e senhora McKinnon. Eu sinto muito. Não havia muito mais que pudéssemos fazer por seu filho."

A enfermeira indiana, que acompanhava o médico, os olhos grandes e líquidos nadando em compaixão, pegou cada um por um braço e levou-os até um espaçoso armário de almoxarifado, cheio de bacias e comadres de alumínio brilhante.

"Por favor, esperem aqui uns instantes. Ficarão menos expostos. Estamos acabando de aprontá-lo."

"Aprontá-lo?", Marietta perguntou.

"Ainda temos que fazer algumas coisas, desligar os tubos e equipamento, depois vocês poderão entrar para vê-lo."

A enfermeira deixou Chofy e Marietta ali parados, em silêncio, no meio do almoxarifado. Chofy pôs um braço desajeitado nos ombros largos de Marietta. Sentiu que todo o seu corpo sacudia.

Quando entraram no quarto, Bla-Bla parecia minúsculo na cama. A enfermeira tentara alisar o cabelo negro retinto, mas ainda assim ele continuava espetado, feito dois dedos cruzados. O lábio de cima estava semicrispado, numa espécie de careta de censura.

"Não é certo, ele assim tão quieto", sussurrou Marietta. "Ele corria o tempo todo."

Olhando para o rostinho severo e exausto, Chofy sentiu uma dor esmagadora no peito e os braços como que perderam toda a vida. A expressão no rosto de Bla-Bla era de escárnio e censura. Parecia acusá-lo de muitas coisas: de abandonar a família, de largar o filho, de não ter conseguido manter a terra segura para as crianças. Com um grande choque, percebeu que não tinha perdido apenas um filho, mas um continente inteiro.

No canto do quarto, perto da janela, estavam o pequeno arco e as quatro flechas que o acompanhavam desde o momento do acidente. Marietta foi apanhá-los. As flechas tinham sido feitas pelo próprio Bla-Bla. As penas escuras pertenciam a um *powis*. Grudada no atilho de algodão, numa das pontas do arco, havia uma pena de cinco centímetros de uma arara vermelha. Marietta puxou a pena e ajustou no cabelo de Bla-Bla, bem atrás da orelha. Depois procurou embaixo do lençol por sua mão.

"Ele está tão frio. Se ao menos eu pudesse aquecê-lo."

A enfermeira esperava na soleira da porta. Por fim, perguntou se precisavam de ajuda para providenciar o enterro.

Marietta virou-se e ergueu o corpo para encarar a enfermeira.

"Não podemos deixar que seja enterrado aqui. Esta cidade não tem nada a ver conosco. Nós não somos daqui. Ele vem para casa conosco."

A enfermeira lançou um olhar interrogativo para Chofy.

"Mas você sabe que temos que fazer as coisas depressa, por causa do calor."

"Vá até aquela casa onde mora sua amiga." Marietta virou-se para Chofy e falou com determinação. "E veja se ela pode ajudar a convencer o pessoal da Hawk Oil a nos levar de avião."

Chofy atravessou a cidade em carreira desabalada, escutando a própria respiração ofegante. Alguma força vingativa parecia ter contratado todo mundo, de propósito, para interpretar cenas de felicidade e contentamento cotidiano a sua volta. Lojistas conversavam na porta. Ambulantes sorriam. Um ciclista passou assobiando. Crianças de uniforme marrom saltavam pelas calçadas debruadas de capim seco. A cidade toda parecia de férias.

Chofy galgou as escadas de dois em dois degraus. Quando encontrou Rosa, no topo, não conseguiu dizer de pronto que o filho morrera.

"Temos que pedir aos americanos para nos levarem de volta ao Rupununi", ele disse, sem fôlego. "Você tem que ajudar."

A língua parecia um pedregulho dentro da boca, enquanto ele torcia em volta as palavras desconhecidas.

"Meu filho morreu."

Engasgou com o esforço de dizê-las. Rosa tentou abraçá-lo, mas ele estava rígido, sem reação, a fisionomia impassível. Ela tentou beijá-lo. O rosto estava tão duro quanto couro. Naquele momento, percebeu que era tarde demais para revelar seu amor da maneira como planejara fazê-lo, quando a época era propícia. Nada dura nos trópicos, alguém a avisara. Falta de senso de oportunidade. Os eventos estragaram a possibilidade. As portas se fecharam em sua cara. O amor foi vencido pelo desastre.

"Eu amo você", ela disse assim mesmo, um tanto tímida, enquanto desciam correndo a escada. A frase caiu em ouvidos moucos. Depois de alguns telefonemas, um Land Rover parou no pátio da casa. O avião partiria às quatro horas. Se conseguissem liquidar com as minúcias jurídicas, poderiam pegar tia Wifreda. A família toda iria no mesmo avião.

Rosa deu-lhe um beijo de adeus no portão. Chofy parecia constrangido.

"Eu dou notícias. Amo você", falou Chofy, de maneira superficial. "Preciso ver como está Marietta."

"Mas eu vou embora para a Inglaterra daqui a três semanas. Você nem tem meu endereço."

"Escreva para mim, aos cuidados do albergue ameríndio", disse ele, sem inflexão na voz. "O diretor de lá é de confiança."

Subiu no veículo. Um americano, de cara lisa rosada e sobrancelhas grossas, dirigia. Ele ajeitou o boné de beisebol, enquanto esperavam os portões de ferro se abrirem.

"Puxa. Eu sinto muito pelo que aconteceu com seu filho. Puxa, foi uma tragédia. Já combinamos com o pessoal do outro lado para esperar o avião com um Range Rover e levar vocês até onde for preciso. O rapazinho tinha seguro? Se ele tinha, pode apostar que a Hawk Oil vai lhe oferecer os tubos de indenização. Eles são uma boa empresa nessas coisas."

Chofy não respondeu.

Marietta e Tenga tinham ido buscar tia Wifreda, que estava parada com o rosto voltado para o sol, para apanhar o calor. Estavam todos aguardando do lado de fora do hospital. O americano os ajudou a pegar o corpo de Bla-Bla, pequeno o bastante para caber no corredor do avião de catorze lugares.

Durante a viagem, tia Wifreda começou a perceber que uma luzinha indistinta substituía aos poucos a escuridão. Até chegarem ao Rupununi, apesar da dificuldade em focalizar os objetos, estava enxergando. Mas não disse nada, não queria manifestar nenhum prazer numa situação daquelas. A primeira coisa que viu foram as maçãs do rosto largas e chatas e o rosto sem expressão de Marietta, que olhava fixo pela janela do avião para o rio Rupununi, serpenteando lá embaixo. Quando o avião aterrissou, havia um outro veículo americano novo em folha esperando, para transportar a família até Mucu-mucu.

Bla-Bla foi enterrado nos fundos da casa. O padre estava nas savanas do sul, longe demais para chegar a tempo, de modo que embrulharam Bla-Bla em sua rede, junto com o arco e as flechas, e o puseram na terra.

Depois disso, o lugar todo pareceu amaldiçoado, como se um veneno pingasse da palha do telhado. Até os papagaios se calaram. Os cães choramingavam pela casa. Tia Wifreda descansou na rede durante os primeiros dias, depois levantou-se e foi pescar como de hábito. O olho que fora operado estava completamente limpo e funcionava normalmente. O outro ainda tinha a catarata, mas ela estava conseguindo se virar melhor do que antes.

Marietta fazia as tarefas todas, cuidava da roça de mandioca, mas Chofy sabia que a vida se esvaíra de dentro dela.

Mesmo durante o pouco tempo em que estivera fora, os pais não tinham sido capazes de cuidar da roça, e o mato estava por toda parte.

Quando Chofy e Marietta estavam limpando o mato, um dia de manhã, Marietta virou-se para ele e disse: "Se quiser, podemos nos separar". A voz saiu sem a menor inflexão, desinteressada.

"Eu não acho que quero", respondeu Chofy, pensativo.

Assim que se viu de novo no mato, sentiu-se um pouco mais calmo diante das vastas planícies, do mato debruçado sob o vento, vendo os contornos familiares dos montes Kanaku. Os grandes espaços abertos imutáveis lhe davam o tempo e a moldura para pensar. Apesar da dor e da culpa, ali nas savanas a morte do filho parecia contida dentro de uma determinada ordem de coisas, não era mais apenas um elemento extra numa confusão aleatória, como tudo na cidade. À distância, o caso com Rosa começou a parecer uma espécie de feitiçaria, algo irreal.

Havia muito trabalho a fazer na casa e Chofy atirou-se com vontade. O telhado precisava de palha nova. Duas vigas de araribá estavam quebradas e parte da estrutura precisava de conserto. Decidiu usar madeira de *parakaran* para as traves. Era a madeira mais dura que havia.

Tia Wifreda dava a impressão de que suas forças vinham de ter os pés novamente na terra avermelhada das savanas. Executava suas tarefas com um vigor surpreendente para alguém de sua idade. Três semanas depois do enterro, pegou o baú de lata que lhe servia de penteadeira e abriu-o. Lá dentro, estavam os diários do padre Napier, mofados mas protegidos dos cupins pelo metal. O baú continha também um exemplar de *Dombey and son*, que Evelyn Waugh deixara com ela em Pirara.

Sem abrir os diários, carregou os seis volumes para fora, fez uma fogueira e jogou tudo dentro. A pilha cada vez maior de cinzas a fez se lembrar do tempo em que costumava queimar penas de galinha para Sonny, durante seus ataques lunares. Depois apanhou o volume de Dickens e estava prestes a atirá-lo no fogo quando mudou de idéia. Talvez a escola pudesse usar o livro.

"O que está fazendo?", queixou-se Marietta, ao ver os diários queimando. "Podíamos ter usado esses papéis para embrulhar coisas."

"Devíamos ter feito isso há muito tempo", respondeu tia Wifreda, enfezada.

Era época de plantio. No frescor da madrugada, Marietta abria um novo canteiro para as mudas de pepino. À volta toda, surgiam brotos tenros e verdes, renovos desenrolando seus minúsculos punhos cerrados. De tarde, ela e Chofy tomaram dois cavalos emprestados e foram até a casa dos pais de Marietta, conversar sobre uma nova tentativa com umas poucas cabeças de gado. As chuvas tinham começado. As savanas estavam verdes de novo. O ar doce, a brisa fresca.

No caminho, pararam num córrego de águas rápidas. No meio, havia duas pedras lisas, arredondadas como tartarugas.

"Tartarugas. Guardiãs do segredo", disse Marietta, por hábito.

Depois os cavalos entraram num córrego mais largo, que batia acima da barriga dos animais. A água era cinza-perolada. As folhas das árvores não chegavam a se encontrar no meio, deixando visível um rendilhado de céu esbranquiçado lá em cima. De repente, a cabeça de Chofy virou, os ouvidos se encheram de água e ele ficou de cabeça para baixo, debatendo-se na água. O cavalo subiu o barranco e disparou para casa.

Marietta se dobrou ao meio, dando risada.

"Você ficou fora muito tempo. Esqueceu das manias desse cavalo? Você tem que apertar muito bem a barrigueira. Ele estufa a barriga quando a gente vai pôr o arreio e, na hora de atravessar um riacho, ele murcha, atira você longe e vai para casa mais cedo."

Chofy, ensopado, subiu no barranco e enxugou o sangue da cabeça com uma folha, enquanto Marietta, sentada no chão, chorava de rir.

A asa do avião de Rosa mergulhou de lado quase que imediatamente após a decolagem, bem na hora em que o sol se erguia sobre os condados de Berbice, Essequibo e Demerara. Rosa olhava pela janela. A floresta lá embaixo parecia um canteiro de salsinha. Uma ou duas nuvens paradas abaixo do avião faziam com que as águas marrom-rosadas do rio Demerara parecessem correr pelo céu.

Uma luz ofuscante reverberava da lateral da asa prateada, transformando-a, por alguns instantes, na espada chamejante do querubim que guarda o Éden.

Wormoal estava no mesmo avião. Debruçou-se para ela, do outro lado do corredor.

"Fiz uma viagem muito proveitosa", ele disse, sorrindo por trás dos óculos. "Consegui quase toda a informação que precisava. Acho que agora sei tanto quanto é possível saber sobre a mitologia do eclipse nesta parte do mundo." Deu um tapinha na pasta, triunfante, e voltou a ler seus papéis.

Rosa virou-se de novo para a janela, meio que esperando poder ver Chofy roçando ou plantando lá embaixo. Ficara desolada com sua partida. Só depois que ele deixou Georgetown é que percebeu o que tinha perdido. Deixou o nome e o endereço no albergue ameríndio, como Chofy sugerira, mas não tinha muita esperança de ter notícias dele. No resto do tempo em que ainda ficou no Mynheer Nicklaus Lodge, sentiu-se inquieta e infeliz.

Quando chegasse à Inglaterra, teria que tentar se manter ocupada. Haveria uma infinidade de distrações por lá: filmes, amigos, concertos, palestras, trabalho, cem maneiras de passar o tempo. O estômago contraiu-se ao pensar em possibilidades perdidas. Num esforço para recuperar a compostura, voltou para a existência hermeticamente lacrada do avião e tirou uma pasta de trabalho da bolsa.

"Evelyn Waugh — uma perspectiva pós-colonialista", escreveu na primeira página do bloco, enquanto o avião voava rumo a Trinidad.

No mesmo momento em que o avião se afastava da costa da Guiana, Marietta banhava-se vigorosamente no córrego, manchando a água com espuma branca ao lavar o cabelo. Saltou para o chão de cascalho vermelho, esfregou-se com a toalha, vestiu-se e foi alimentar as galinhas, antes de entrar e ir ter com tia Wifreda na rede. Aí contou-lhe seus sonhos, como sempre.

"Dessa vez eu sonhei com ovos. Ovos por toda parte. Galinhas pondo ovos no mato. Nas árvores. No chão."

"Isso é a vida voltando, depois de todos os seus problemas", disse tia Wifreda. "Fertilidade e crescimento. Comida também. Significa esperança e regresso à vida."

"É", concordou Marietta e, depois, prática como sempre, acrescentou: "Ou vai ver eu estava pensando em ovos".

EPÍLOGO

Estou deitado na rede, ocupado em esquentar meu traseiro nas brasas do siruabale — cuja fumaça, dizem, deixa as pessoas briguentas, mas que, a mim, me deixa fogoso —, esperando que alguma cunhantã embalada, alguma senhoritazinha tesuda passe por aqui e veja minha coxa grossa, cor de bronze, pendurada para o lado de fora, convidativa. Se bem que não adianta mulher vir se rebolar para mim, a menos que preencha três requisitos: ter um bom emprego, possuir um Porsche e saber fazer amor nas árvores, balançando-se num cipó.

A moral da história? Olha aqui, antes mesmo de começar, eu já tinha guardado a consciência debaixo de uma moita, para ela não me atrapalhar em hipótese alguma.

Mas uma coisa eu lhe digo. São três as vertentes da insanidade neste mundo: amor, religião e política, todas tão perigosas que é preciso mantê-las em instituições: a religião numa igreja ou num templo, feito cachorro louco; o amor confinado ao casamento, fugindo dos perigos da sociedade; a política acorrentada aos parlamentos, por causa dos genocídios e das guerras que acontecem quando ela se solta.

Os políticos modernos são uns chatos, não lhe parece? Não muito longe de onde eu nasci, tem uma tribo para quem a beleza física é o principal critério para se ter acesso ao poder político. Os viajantes encontram todo mundo deitado na rede, enfeitando-se, cheios de penduricalhos de penas de beija-flores e araras. Os homens usam cabelo comprido. Ninguém naquela comunidade sem sequer sonharia em reparar em alguém tão feio quanto a maioria dos chefes de Estado atuais. Nós índios não somos bons só na hora de nos tornarmos atraentes. Também somos brilhantes para adivinhar aquilo que vocês gostariam de ouvir e dizê-lo, para que assim não possam ter nunca certeza absoluta daquilo que pensamos. Uma outra arte muito propícia à política. A ventriloquia em seu apogeu. Minha avó me ensinou a confiar diariamente nos prazeres do artifício e, mais importante ainda, nas táticas de guerra — surpresa, engano e disfarce, a arte de misturar o visível com o invisível.

Armado com seus conselhos, viajei pela Europa em busca do papagaio que supostamente seria meu coração. Me meti em tudo quanto foi confusão. (Onde me conhecem, sou tido em boa conta. Onde não, quem está lá ligando?) Eu teria feito uma faculdade, mas não consegui encontrar cursos onde estudassem a semelhança da fisionomia humana com a dos animais, os efeitos dos campos eletromagnéticos no comportamento humano e o elo que liga os banquetes à morte.

Deixa eu tirar uns minutinhos para exaltar a criatividade da morte. O que poderia ser mais inventivo? Cada morte, uma coisa única, feito uma impressão digital. Em casa, fazemos encontros regulares dos cadáveres, para que não se sintam postos de lado. Todo mundo que morreu depois da última festa é escavado e desenterrado. Alguns secos e murchos, outros com o que parece ser um tipo de pergaminho sobre os ossos. Tem os que parecem ter sido assados ou defumados. Os que estão começando a apodrecer, os que estão cheios de vermes. São todos levados zelosamente até a clareira, onde nós os pomos sentados em volta da fogueira. Em companhia tão prazenteira, sempre conto histórias de um certo patife, uma personagem nascida do silêncio, movida sobretudo por engodos e pelo desejo de comer carne, uma personagem cujas esquisitices seriam suficientes para fazer gargalhar um morto.

Olha, para nós, é o tipo de morte de que se morre que determina a vida além da morte, não o tipo de vida que se vive. Vocês puseram de cabeça para baixo as idéias de reencarnação. Nós progredimos pela vida afora rumo ao estado de perfeição absoluta que é ser um animal — ao nirvana de responder apenas aos desejos. Animais que se comportem mal — uma onça que hesite antes de atacar, por exemplo — retrocedem na escala e tornam-se seres humanos.

As pessoas invertem as coisas. Fobias, por exemplo. Os psicólogos olham para o passado, em busca de explicações, em vez de olhar o futuro. Fobias são avisos. Se você tem medo de subir até o alto de um edifício, provavelmente é porque está destinado a despencar de um.

Onde eu estava mesmo? É verdade. Na Europa. Foi quando estive na Europa que quase me contaminei fatalmente com a epidemia de separatismo que grassava por lá. O vírus se modifica. Às vezes aparece como nacionalismo, às vezes como racismo, às vezes como ortodoxia religiosa. Minha experiência na selva tropical da América do Sul não me forneceu nenhuma imunidade.

Era um vírus muito contagioso. Senti minha boca se contorcendo com um fervor inusitado. Feito um camaleão, marchei entre eles. Sérvios, escoceses, ingleses, bascos, muçulmanos, tchetchenos — estava todo mundo nessa. Tive de entupir a boca de chocolate belga para evitar de falar e de me expor. Vi que o desejo de estar com os da própria espécie exerce uma atração poderosa.

Num esforço para me livrar da aflição, usei meus dons de ventríloquo para reproduzir a voz de um importuno dissidente (por segurança, fazendo sempre com que o som parecesse sair de um lugar consideravelmente distante de onde eu estava).

Sucumbi. De repente, estava louco para voltar às savanas douradas e ao sol abundante. Lembrei-me de que venho de um povo que gosta de amar docemente, de foder devagar, de boa companhia. Passeamos, nadamos, caçamos, tomamos *parakiri*, brincamos, fodemos lento na rede, entramos no mato para uma boa cagada e trepamos mais um pouco. Ai, que saco, essa vida!

Resolvi desistir de procurar o papagaio por uns tempos e voltar para casa — doce ironia —, para meu próprio povo. De volta à aldeia natal, debati seriamente, comigo mesmo, as vantagens e desvantagens de se permanecer entre os da própria espécie ou mesclar-se em condições de igualdade; as virtudes da natureza desimpedida; a divisão entre mágica e ciência. Estava lá muito feliz, sem chegar a parte alguma, quando o ruído ensurdecedor de um helicóptero pousando me tirou da rede. Veja você! Vi-me diante da famosa Rainha dos Cosméticos, grande empresária que de vez em quando passa pela minha aldeia, em busca de receitas indígenas. Na mesma hora contei a ela sobre o maravilhoso creme facial que fazemos com testículos de formiga.

Ela engoliu. Vendo o cabelo negro espetacular de minha avó, pediu-lhe a receita para mantê-lo tão brilhante.

Antes que eu tivesse a chance de lhe tapar a boca, minha avó respondeu, timidamente: "Brilcreme — quando consigo um pote".

Apesar disso, a empresária se pôs a organizar uma plantação de castanha-do-pará. O salário era bom, como ela prometera. Mas acabou que ninguém mais tinha tempo de consertar a palhoça ou plantar uma roça. Aí acabou que quem plantava as castanhas recebia menos do que aqueles que colhiam as castanhas e quem colhia recebia menos do que aqueles que trituravam as castanhas para fazer óleo de cabelo. Começaram a surgir brigas, quando as mulheres dos colheiteiros abandonaram seus maridos para ir viver com os trituradores. Houve rebuliço. Gritos de "Eu vou arrebentar as pernas dela" ecoaram pela floresta. Cabeças bateram em pedras. Dentes afundaram em nádegas. Flechas espetaram braços e pernas. A aldeia desintegrou-se. Todos nós partimos rumo a outro lugar na floresta.

Confidenciei a minha avó que não encontrara o papagaio, apesar de ter andado a Europa toda. Ela disse que o papagaio tinha voltado para casa, para a América do Sul, mas que em muitas partes grandes áreas de floresta tinham sido derrubadas, ou as árvores envenenadas e desnudadas, e que estava tudo parecendo uma grande regata, cheia de mastros espetados. Falou que o papagaio foi visto voando de pau em pau, sem mais nenhuma pena, com um tumor grande no pescoço.

Durante um tempão, eu solucei.

Depois, pensei: Bom, você sabe que não se pode confiar nas avós — elas são cheias dessas besteiras. A minha não consegue distinguir o passado do futuro — estão os dois entrelaçados em seu troncho tear. Incapaz de decidir se devíamos nos manter isolados ou se devíamos nos atirar no grande mundo, e cansado de aturar formiga, bicho-de-pé, mosquito, carrapato, mosca, inseto e cianureto nos rios, decidi ir morar de novo nas estrelas.

Agora que estou indo, vou revelar o meu nome. Eu me chamo Macu... Não. Mudei de idéia. Mas, claro, a história do papagaio eu conto. Qualquer hora dessas.

AGRADECIMENTOS

A Chofoye Melville, que permitiu o uso de seu nome em um personagem totalmente diferente de sua pessoa.

A Wayland Gordon, que, da mesma maneira, permitiu o uso de seu apelido.

A Elaine Radzik, pelas informações sobre o cardápio de um jantar formal.

À Royal Astronomical Society.

Ao London Arts Board.

ESTA OBRA FOI COMPOSTA PELA HELVÉTICA EDITORIAL EM GARAMOND E IMPRESSA PELA PROL EDITORA GRÁFICA EM OFF-SET SOBRE PAPEL PÓLEN SOFT DA COMPANHIA SUZANO PARA A EDITORA SCHWARCZ EM ABRIL DE 1999